プラムローズは落とせない

スーザン・アンダーセン

平江まゆみ　訳

MIRA®

Hot & Bothered

by Susan Andersen

Published by Harlequin K.K., Tokyo, 2009

この作品をホワイティ家の結婚パーティに集まった抱腹絶倒、荒唐《こうとう》無稽《むけい》な面々に捧《ささ》げます。

まずは新郎新婦のデイヴィッドとヘザーに。

ジョン、サム、チャック伯父さん、ママ、そしてダンスマニアのオースティンとデイヴィッドに。

なかでも、そのすべてを私と分かち合ってくれたコリーンとデイヴに。

最高に楽しいパーティでした。愛しているわ、みんな。

コロラド州デンバーの〈スタンドアップ・フォー・キッズ〉事務長代理マーシン・エジェンダーに感謝いたします。私の質問に答え、今日の若者たちの路上生活について教えていただき、本当にありがとうございました。あなたからうかがった事実に対する私の解釈がそれほど的はずれなものでないといいのですが。もし間違っていれば、すべて私の責任です。

スーザン

プラムローズは落とせない

■主要登場人物

ヴィクトリア（トーリ）・ハミルトン……ドールハウス・デザイナー。
エズメ（エズ）・ハミルトン……ヴィクトリアの娘。
ヘレン……エズメの子守。
パメラ（パム）・チルワース……ヴィクトリアの幼なじみ。
フランク・チルワース……パメラの夫。
レベッカ・チルワース……パメラとフランクの娘。エズメの友達。
ジェイリッド・ハミルトン……ヴィクトリアの異母弟。
フォード・エヴァンス・ハミルトン……ヴィクトリアとジェイリッドの父親。
ディーディー・ハミルトン……フォードの後妻。
P・J……家出少女。本名プリシラ・ジェーン。
ジョン・ミリョーニ……私立探偵。元海兵隊員。通称ロケット。
ガート・マクデラー（マック）……ジョンの調査事務所のオフィス・マネージャー。
クーパー（クープ）・ブラックストック……ジョンの海兵隊時代の友人。通称アイス。
ヴェロニカ（ロニー）・ブラックストック……クーパーの妻。
ザカライア（ザック）・テイラー……ジョンの海兵隊時代の友人。通称ミッドナイト。
リリー・テイラー……ザカライアの妻。

プロローグ

フォード・エヴァンス・ハミルトンはまぶたを開け、ぼやけた焦点を合わせようと目をしばたたいた。頭がずきずき痛んでいた。慎重な手つきで後頭部を探ると、熟れすぎたメロンのような感触があった。

いったい何が起きたんだ？　フォードは眉根を寄せた。遠くに人の声が聞こえる。グラスを重ねる音がする。どこかでパーティでもやっとるのか？

意識の片隅をいくつものイメージがよぎり、フォードは眉根を開いた。ああ、そうそう。パーティをやっとったんだ。マクマーフィのもがき苦しむ姿を楽しむために開いたパーティ。といっても、ターゲットはマクマーフィ一人じゃないが。肝心なのは今夜は大勢の客が来とるということだ。わしは食後のブランデーとともに供する葉巻の箱を取りに図書室へやってきた。そして、ここで……ジェイリッドと鉢合わせしたんだったか？　息子との口論を思い出し、フォードは顔をしかめた。父親を突き飛ばして、図書室から逃げ出すとはなんたる奴《やつ》だ。まさにハミルトン家の面汚し。姉といい弟といい、どっちもろくなもんじゃない。

オービュッソン織りのラグに布のこすれるかすかな音が、フォードを現実に引き戻した。彼は頭を巡らせてたじろいだ。頭蓋骨《ずがいこつ》から尾骨までアイスピックで貫かれたような痛みだ。ジェイリッドめ。生まれてきたことを後悔させてやる。かたわらにひざまずいた人物のぼやけた顔をにらみつけながら、フォードは問いただした。「いったい全体ここで何をやってる？　いや、そんなことはどうでもいい」じれったそうに手を振って自らの質問を一蹴《いっしゅう》すると、彼は横柄な態度で腕を伸ばした。全身の痛みに気が立っていた。「手を貸せ」

「喜んで」相手はつぶやいた。「地獄行きのね」

フォードの朦朧《もうろう》とした頭が状況を理解するより早く、普段マホガニー製のデスクに置いてある剃刀《かみそり》のように鋭い銀の柄のペーパーナイフが迫ってきた。そして、彼の心臓は炸裂《さくれつ》した。

1

「さあ、ダーリン」ジョン・ミリョーニは小柄で肉感的な赤毛の女に向かってつぶやいた。「思い切っていっちまえ。そうしたいんだろう? 気持ちいいぞ」

女がそのとおりにすると、ジョンは息をのんだ。「よし!」彼は小声でささやいた。そして……野原の先で高さ百五十センチを超える馬の背に乗った女にビデオカメラのレンズをズームインさせた。これならクライアントの〈コロラド保険〉も大いに満足するだろう。女は怪我《けが》で障害を負い、愛馬にも乗れなくなったと訴えて、〈コロラド保険〉に数百万ドルの支払いを要求していた。それが真っ赤な嘘《うそ》だとわかったのだから。

女と愛馬はパドックの柵《さく》を飛び越え、デンバーの東に広がる高原を駆けていった。その姿がレンズから消えるのを待って、ジョンは道具一式をしまいこみ、今朝の調査のために用意した埃《ほこり》まみれのぽんこつ小型トラックへ引き返した。

それから四十五分後、彼は〈センパー・ファイ調査事務所〉の玄関ドアを威勢よく開け、ぎょっとした様子で胸に骨張った手を当てたオフィス・マネージャー、ガート・マクデラーににんまり笑いかけた。

「ああ、びっくりした」ガートがラインストーンをちりばめた猫目形の眼鏡ごしににらみ返してきた。「寿命が十年は縮んだわ！　この年になると、十年どころか一分だっておろそかにできないってのに」

「君なら全人類より長生きするさ、マック」ジョンは彼女のデスクの端に脚をかけた。固い樫《かし》材のデスクに尻をのせ、ビデオカメラを差し出した。「こいつを〈コロラド保険〉のファイルにダウンロードして、最終的な請求書をまとめてくれ。今日の分の三時間半も忘れずにな」

オフィス・マネージャーの透明な眼鏡レンズの奥で、アップに固めた青い髪よりは淡いブルーの瞳がきらめいた。「尻尾《しっぽ》をつかんだわけね？」

「ああ、ばっちり」

ガートは歓声をあげ、デジタル・ビデオカメラをコンピュータに接続した。片手でデータを移しながら、もう一方の手を使って、磨かれた石英の塊の下からピンクの不在メモの束を引っ張り出した。「はい、これ。留守中、何本か電話があったわよ」

ジョンは最初に目を通したメモを束の最後に回し、二枚目のメモをガートに返して、「これはレスに渡してくれ」と急増している製造物責任がらみの依頼をさばくために最近雇ったエンジニアの名前を挙げた。次のメモを読むうちに、彼の目が細まった。彼はガートに視線を移し、そのメモも彼女に突き返した。

「身内のごたごたはもう引き受けないと決めただろう」

「しかたないでしょう」ガートはメモを受け取らず、しれっと切り返した。「お金になるんだから」

「ああ、確かに金にはなる。でも、泥沼の愛憎劇に引きずりこまれて、プライバシーも侵害しなきゃならない。こそこそかぎ回って、浮気現場を撮影するなんて仕事はごめんだね。配偶者の隠し資産を暴いてほしいって依頼なら俺《おれ》の得意技だ。喜んで引き受けるさ。でも、配偶者の弱みを握って抹殺したいって依頼なら、ロウアー・ダウンタウンの〈ヘイデン調査事務所〉でも紹介してやれ」ジョンはメモ用紙をデスクに放《ほう》り出した。

ガートはむっとしてアップの髪を撫《な》でつけたが、それ以上の反論はしなかった。ジョンは最後に残ったメモに視線を戻した。

そして、笑顔になった。「うん、こっちは俺向きだな。家出人捜しならいつでも大歓迎だ」彼はデスクに体重をあずけ、ガートを見据えた。「詳しい説明を頼む」

ガートの仏頂面が生き生きとした表情に変わった。「コロラド・スプリングスの大富豪がペーパーナイフで胸を刺された事件を知ってる？」

「ああ。ええと……なんとかハミルトンて名前だっけか？」

「フォード・エヴァンス・ハミルトン。その娘のヴィクトリアが依頼人よ。まあ、実際に連絡してきたのは弁護士だけど。ミズ・ハミルトンには十七歳になるジェイリッドという異母弟がいて、その子が父親が殺された日に姿を消したんだとか」

「息子が犯人てことか？」

「弁護士のロバート・ラザフォードの話だと、ミズ・ハミルトンだかミズ・エヴァンス・ハミルトンだかは、弟はそんなひどい真似《まね》ができる子じゃないと言い張ってるらしいわ。でも、ジェイリッドは前にも問題を起こしてて、それで警察に疑われてるわけ。ミズ・ハミルトンは警察より先に弟を見つけ出したいそうよ。ジェイリッドって子は追いつめられるとかえって反抗するタイプみたい。彼女は弟が警官に口答えして状況を悪化させることを心配しているのね」

同じように反抗的な青年時代を過ごしたジョンには、ジェイリッド・ハミルトンの気持ちが容易に理解できた。彼はオフィス・マネージャーににやりと笑いかけた。「だったら、俺以上の適任者はいないな」

「ほんと、生意気なんだから」ガートは輝く白い歯を見せた。「まあ、そういうところは嫌いじゃないけど」

ジョンは笑った。「認めろよ、マック。俺のすべてが好きだって。俺たちの相性は最高さ。まだ駆け落ちしてないのが不思議なくらいだ」

ガートはレモンをかじったかのように唇をすぼめた。しかし、ジョンは彼女の頬が喜びに染まるのを見逃さなかった。ガートはからかわれるのが大好きなのだ。ただし、本人は絶対にその事実を認めないだろう。彼女が一九五〇年代ふうのスタイルを捨てて、二十一世紀の人間らしくなるよりもありえない話だ。

ジョンの考えを読んだのか、ガートは眼鏡ごしにじろりとにらんできた。「そんな調子じゃ、今に他人のお通夜に押しかけて、死体を口説くようになるわね」

ジョンは胸に手を当てた。「ひどいな、ガート・マクデラー。俺は女の死体でなきゃ口説かないよ」

ガートは唇をひくひくさせながら、じれったそうな身振りで彼を追い払った。「さっさと消えて。弁護士に電話して稼ぐのよ」

「了解」ジョンは颯爽《さっそう》と敬礼した。「君が支払い請求できるようにね」デスクから腰を上げた彼は、弁護士に連絡を取るために自分のオフィスへ向かった。


私がしっかりしなくては。それはわかっているのよ。でも、わかっていても、そう簡単に実行できるわけじゃないわ。亡き父親の邸宅の客間を歩き回りながら、ヴィクトリアは自分が混乱していることを認めた。まさに感情の混乱状態《カオス》だった。

故郷に戻れたことは素直に嬉《うれ》しい。ロンドンの喧噪《けんそう》と歴史あふれる雰囲気も悪くないが、向こうで暮らしている間はどうしても国外追放者の気分を拭《ぬぐ》えなかった。そもそもロンドンへ移り住んだのも、叔母のフィオーナがいたからにすぎない。娘のエズメが自分やジェイリッドのような目に遭う前に、父親から引き離す必要があったのだ。

でも、ようやく我が家に戻れたからといって、喜んでばかりもいられないわ。パパが亡くなったんだもの。しかも、ただ亡くなったんじゃない。パパに対する複雑な感情を思えば、それだけでも充分にショックだけど、まさか殺されたなんて。

最低の父親だった。いい思い出なんて半分もない。いいえ、ほとんどないかも。だとしても、父親は父親よ。それに、どんな人間だろうとあんな殺され方をしていいわけがないでしょう?

とはいえ、最後まで人騒がせなところはいかにもパパらしいじゃない? パパはスキャンダルなんてまったく気にしなかった。次から次へと若い女を妻に迎え、容赦ないやり方で事業を広げていった。そのくせ、私やジェイリッドが少しでも気に入らない真似をすると、徹底的に打ちのめした。つねにフォード・エヴァンス・ハミルトンの良きクローンであることを求めた。そして、私が言いたいことも言えないうちに、自分だけさっさと死んでしまった。パパの子育てについては一度意見してやりたかったのに。

ヴィクトリアの中には父親に対する怒りがくすぶっていた。もちろん、彼女はそんな自分を後ろめたく思っていた。おかげでますます落ち着きを失い、二十秒とじっとしていられなかった。そろそろ弁護士が私立探偵を連れてくる頃《ころ》だ。ハミルトン家の人間が『マルタの鷹《たか》』と関《かか》わる日が来るなど、いったい誰に予想できただろう? 彼女の頭の中では、フェドーラ帽をかぶり、女を別嬪《べっぴん》さんと呼ぶ古い映画の探偵たちのイメージが去来していた。

ヒステリックな笑い声がこみ上げてきた。ヴィクトリアはあわてて口を覆い、慎重に呼吸を整えた。

オーケー、ここはなんとか踏ん張ってみましょう。彼女は客間の淡い黄色の壁へ視線を移し、そこに飾られた高価な美術品に意識を集中させた。とにかくあまり考えすぎないことよ。細かいことは気にせずに、一分一分をやり過ごすの。現実逃避かもしれないけど、それならそれでいいじゃない。私にできるのは問題を一つずつ片づけていくことだけ。いっぺんにいくつも抱えこむなんてとても無理。

電話のベルが鳴った。ぎょっとしたヴィクトリアは、自分の緊張ぶりにうんざりしながら電話へ近づき、受話器を手に取った。「はい、ハミルトンです」

「ヴィクトリア？」

とぎれとぎれの声。電波の届くぎりぎりの位置から携帯電話でかけているのだろう。それでも、ヴィクトリアには弁護士の声だとわかった。「ロバートね？」

声が小さくなった。

「ごめんなさい。よく聞こえないんだけど」

「ああ、ちょっと待って」次の瞬間、いきなり声が明瞭《めいりょう》に聞こえてきた。「新しいチャンネルに換えてみた。これなら聞こえるかな？」

「ええ」

「実は〈センパー・ファイ〉の調査員の件で電話したんだよ。私は法廷に呼び出されて、そちらにうかがえなくなってね。いや、本当に申し訳ない。しかし、ミスター・ミリョーニとの打ち合わせはすんでいるから、何も問題はないはずだ。君は彼に会い、ジェイリッドのことを話し、質問に答えるだけでいい。それで調査はスタートする。私の携帯の番号は知っているね？」

「ええ」

「けっこう。答えに窮するような質問をされた時は私に連絡を」

「そうするわ。どうも──」唐突に電話が切れた。「ありがとう」ヴィクトリアはため息混じりに締めくくり、受話器を置いた。「オーケー。どうやら私一人で対処するしかなさそうね」

別に珍しいことじゃないわ。今までだって、たいていは一人で乗り切ってきたんだから。それに、そろそろ受け身な態度は卒業して、もっと積極的に行動してもいい頃よ。ジェイリッドには大きな借りがあるでしょう。エズメを救うためとはいえ、ジェイリッドを見捨てたようなものなんだから。

ヴィクトリアは複雑な思いを振り払い、客間のデスクに歩み寄った。無理に腰を落ち着け、お悔やみのカードを父親の秘書に託すものと自分で返信すべきものに分けはじめた。

しばらくしてチャイムが鳴った頃には、緊張もかなり和らいでいた。玄関へ向かう途中、彼女はキッチンからあたふたとやってきた家政婦に微笑した。「いいわ、メアリー。私が出るから」玄関にたどり着いたヴィクトリアは、大きなマホガニー製のドアを引き開けた。

玄関ロビーに差しこむ明るい午後の陽光が、彼女の目をくらませ、煉瓦《れんが》のステップに立つ男を黒いシルエットに変えた。背が高く細身であることは確かだが、男の顔立ちまではわからない。それでも、ヴィクトリアはとっておきのよそゆきの笑みを浮かべた。いくつものマナースクールに通ったため、今ではそれが習性と化していた。「ミスター・ミリョーニですね？　どうぞお入りになって」道を空けるために後ずさりながら、彼女は手を差し出した。「私は――」

「トーリ」男のかすれた声に彼女の背中がぞくりとした。男が手を差し出さなかったため、ヴィクトリアの手は宙に浮く格好になった。

彼女はその手を引っこめ、眉間《みけん》に皺《しわ》を寄せた。なぜ私のニックネームを知っているのかしら？　私をトーリと呼ぶのは数人の親しい友達とジェイリッドとフィオーナ叔母様くらいなのに。きっとロバートが口を滑らせたのね。ヴィクトリアは私立探偵に改めてよそゆきの笑みを向けた。「実際にはヴィクトリアと呼ばれることのほうが多いんですけど」

「こいつはたまげたな」男はしわがれ声で続けた。

何を驚いているのか知らないけど、ずいぶん下品な人ね。でも、ジェイリッドを見つけるためには、この人の助けが必要なのよ。自分にそう言い聞かせると、ヴィクトリアは再び長年培った習性に頼った。「玄関で立ち話もなんですし、中へどうぞ」

男は玄関の内側へ入り、何かを床に下ろした。日に焼けた喉のラインが力強い。前かがみになった拍子に、ポニーテールにした髪が肩に広がった。日差しを浴びたその髪は、黒くつややかで青光りがしていた。背を起こした男は再び黒いシルエットに戻り、指の長いオリーブ色の手を差し出した。ヴィクトリアがその手を握り返すと、彼は一歩前に出て、曖昧《あいまい》だった風貌《ふうぼう》をさらした。

胃袋がひっくり返った気がした。ヴィクトリアは愕然《がくぜん》として男の漆黒の瞳を見上げた。もう二度と会うことはないと思っていたのに。彼女はあわてて手を引っこめた。「ロケット？」

ニックネームしか知らないまま別れた男。その男との再会が自分にどんな影響をもたらすのか。そのことに気づいたとたん、ヴィクトリアはパニックに陥った。そんな。まさか。それだけは勘弁して。彼を追い返さなくては。手遅れにならないうちに……。

男が後ろ手でドアを閉めた。今ならはっきりと見える。広い肩も、浅黒い肌も、口元からこぼれる白い歯も。しかし、それを確かめるより早く、ヴィクトリアはいきなり抱きすくめられた。彼女のフェラガモの靴が宙に浮くほど強烈な抱擁だった。抱擁を解くと、男は彼女の肩をつかみ、顔をのぞきこんだ。

帰って。ここから消えて。今すぐに……。

「ちくしょう、トーリ」男は言った。「また君に会えて嬉しいよ」

2

ジョンの頬は緩みっぱなしだった。めったなことでは驚かない男だが、開いたドアの向こうにトーリが立っているのを見た時は、彼女の美しく手入れされた爪の先で一押しされ、尻もちをついたような気分になった。一瞬、自分の目が信じられなかった。

しかし、男は自分の生き方を見直すきっかけとなった女を忘れたりはしないものだ。記憶の中にあるいつも笑っていた茶色の髪の娘は、クールな目をしたよそよそしい表情の女に変わっていた。それでも、彼にはすぐにわかった。理屈抜きの確信があった。新しいクライアントはかつて忘れがたい一週間近くをともに過ごしたあの潮の香りのする娘に間違いないと。

ジョンはヴィクトリアの肩から手首へと両手を滑らせた。記憶どおりの滑らかな肌。すごいぞ。俺《おれ》の体はトーリのありとあらゆる部分を覚えているらしい。彼はすっかり舞い上がり、モスグリーンの瞳にほほ笑みかけた。「君が戻ってくるのを待ってたんだぞ」

ヴィクトリアは彼に手首をつかまれたまま硬直していた。「なんですって？」

「君が消えた時さ。身内に緊急事態が起きたってメモを残していっただろう。だから、俺は君が戻ってくるのを待っていたんだ」

「身元は明かさず、一週間限定で。そうルールを決めたのはあなたでしょう」

それは君に出会うまでの話だ。そのほうが好都合だったからだ。「わかってる」ジョンはかすかに眉をひそめた。トーリの口調は完璧《かんぺき》なまでに礼儀正しい。でも、その奥に何か含みが感じられる。俺への非難か？　それとも後悔？

ヴィクトリアが冷ややかに質問した時には、その何かは消えていた。「で、どうして私が戻ってくると思ったの？」

「希望的観測かな」ジョンは両手を彼女の腕に這《は》わせた。「君が緊急事態を解決して戻ってきてくれたらと思ったんだろう。だから、万が一のために二日粘った」

「戻ってくると期待するほうがどうかしているわ。約束の期限まであと二日しかなかったし、あなたはルールを変更したいなんて一言も口にしなかったのよ」ジョンが答える暇もなく、ヴィクトリアはおざなりに手を振ってその話題にけりをつけた。「いずれにしても過去の話ね」そして、再びよそよそしい口調に戻った。「あなたと再会できてよかったわ。でも、あいにく今日は引き取っていただくしかなさそうなの。また身内にごたごたが持ち上がっていて、これから来客がある予定なのよ」

丁重な言葉遣いだが、彼女の言わんとすることは明らかだ。今度の反応は日差しに目がくらんだせいにはできない。何を期待していたんだ、エース？　トーリがあの頃《ころ》の二人に戻りたいと言い出すことを？　彼女は一度も笑顔を見せていない。それに、この手の下にある彼女の体。これ以上こわばったら、サーフボードになっちまいそうだ。探偵ともあろう者が、こんなあからさまな事実に今ごろ気づくなんて。彼女に会えた喜びで頭がどうかしてたんだろうか。

要するに、トーリは俺との再会を喜んでいないってことだ。ジョンは両手をだらりと落としてあとずさった。彼の記憶に残る二十五歳の裸足《はだし》の娘は、今やマンゴー色のリネンと真珠の長いネックレスで身を飾り、腰まであった茶色の髪を切って、肩の上の位置で上品にカールさせていた。だが、明らかにこれは新たな変身ではない。どちらかといえば、彼の記憶の中のトーリ――擦り切れたショートパンツにトロピカルな柄のビキニ・トップスを着て、足を砂まみれにしていたあの時の娘――のほうが一時的に変身した姿だったのだろう。

ドアをくぐってから初めて、ジョンは彼女から目をそらし、玄関ロビーを見回した。堂々たる階段。黒と白の大理石でできたタイル。壁を彩る華やかな美術品。彼は改めてトーリ――いや、ヴィクトリアだ――を振り返り、じっくりと値踏みした。不意に疑問が湧《わ》き、目を細めた。「だったら答えてくれ。あの時の俺たちは――あれは君にとってただの社会見学だったのか？」

「勘弁して。もうすんだことでしょう。今は本当に時間がないの。じきにお客様が――」

「もう来ている」くそったれ。彼女の言うとおりだ。あれはとっくの昔に終わった話。今さら後戻りはできないし、後戻りすべきじゃない。今の彼女は大きな悩みを抱えている。

そして、俺は仕事をするためにここにいる。彼女は新しいクライアントにすぎない。自分にそう言い聞かせると、ジョンは雑念を振り払って手を突き出した。「ジョン・ミリョーニだ」

「まさか」差し出された手をヴィクトリアは愕然《がくぜん》として見つめた。この長くしなやかな指にまた触れろというの？　最初の握手の余韻もまだ消えていないのに。「嘘《うそ》でしょう」彼女の視線がジョンの前腕に落ちた。シルクのような黒い毛の下にタトゥーが刻まれている。彼女はそれを指先でたどった記憶を押しのけ、白い髑髏《どくろ》マークを三方から取り囲む〝素早く、静かに、容赦なく〟の赤い文字を確認した。それから視線を上げ、漆黒の瞳をのぞきこんだ。彼の調査事務所の名前は覚えていたが、それでも確認せずにいられなかった。

「あなたは海兵隊員でしょう？」

「元海兵隊員。そちらの台詞《せりふ》じゃないが、もうすんだことだ。辞めて五年以上になる」そちら？　ヴィクトリアは床からコンピュータ・ケースを持ち上げるジョン・ミリョーニの動きを目で追った。そうね。彼は仕事のためにここに来たんだわ。私だって彼とまたああいうことになりたいとは思わない。だけど、〝そちら〟はないでしょう？

背を起こしたジョンは無表情で彼女を見返した。「調査を始める前に、パソコンを設置できる場所に案内してもらえないか」

急に仕事モードになったわね。これは喜ぶべきことだわ。そうよ、私は喜んでいる。もし私の中にためらいがあるとしたら、それはかつてロケットとして知っていた男に消えてほしいからだわ。

だけど、一刻も早くジェイリッドを見つけ出したいなら、ジョン・ミリョーニに協力してもらうしかないでしょう？　ロバートも言っていたじゃないの。行方不明のティーンエージャーを捜してくれる私立探偵を当たったら、あちこちでジョン・ミリョーニの名前が挙がったと。ヴィクトリアは長々とあきらめのため息を吐いた。「では、父のオフィスへどうぞ」こういうことはさっさと片づけてしまうに限るわ。私の対応が早ければ、その分、ロケットことジョン・ミリョーニも早く仕事に取りかかれる。この場さえ乗り切れば、あとの対応はロバートに任せられる。

数分後、彼らは向かい合わせの革張りの椅子に腰を下ろした。ジョンがコンピュータを起動し、ファイルを呼び出す間に、ヴィクトリアはこっそりと彼を観察した。明らかに変わった点は髪の長さくらいかしら。出会った時の彼は軍隊ふうの丸刈りだったけど、今は私より髪が長い。こういう髪型をしていると女っぽく見えそうなものなのに、高い頬骨や鷲《わし》を思わせる鼻、鋭角的な顔の輪郭が強調されて、かえって男らしい感じがするわ。

携帯電話の音が黒っぽい羽目板を張り巡らせたオフィスの静寂を破った。ジョンはぼそぼそと謝罪の言葉をつぶやき、しなやかな動きで体をひねって、椅子の脇《わき》の小さなテーブルに置いたコンピュータ・ケースを探った。携帯電話を耳に当てながら、通話ボタンを押した。「ミリョーニだ」

ヴィクトリアは伏し目がちに彼の様子をうかがった。ジョンは時折質問を挟み、何度も相槌《あいづち》を繰り返し、法律用箋《ようせん》にメモを書きなぐった。スリムで背が高いのは相変わらずね。これで肩幅が広くなかったら、やせっぽちと誤解されそう。だけど、私は知っている。この黒いシルクのTシャツとプレスのきいた黒いズボンの下には、タングステンのように固い筋肉が隠されていることを。

彼女の視線が黒いズボンへ流れ、ジッパーの右側の印象的な膨らみをとらえた。ヴィクトリアはすぐにその視線を引きはがした。情けないわね。今は過去の思い出に浸っている場合じゃないのよ。

しかし、ロケットが教えてくれた感情はさらに忘れがたいものだった。自分に対する肯定感。安心感。性的な解放感。確かにロケットは持続的な関係を期待できる男ではなかったかもしれない。だが、彼は芯《しん》のある男のように思われた。それに、とても優しかった。父親の言葉による虐待に耐えてきたヴィクトリアにとって、ロケットのぶっきらぼうな優しさは性的能力以上に魅力的だった。

彼女の唇から思わず笑みがこぼれた。さすがにそれは言い過ぎかしら。私の記憶の中では、その二つは渾然《こんぜん》一体となっているもの。ロケットは私を世界一楽しくて利口でセクシーな女になった気にさせてくれた。ほかの女性なら、誰に対してもそうなんじゃないかと疑っていたでしょうね。だけど、私は気にしなかった。少なくとも最初のうちは。褒め言葉よりも辛辣《しんらつ》な言葉を浴びせられることに慣れていたから、ロケットの頼もしさや甘い台詞、心遣いにすっかりのぼせ上がってしまった。

「ロケット！」ロケットがいきなり彼女を抱き上げて半回転した。色鮮やかな万華鏡の中で、太陽と波と砂もくるりと回る。ヴィクトリアは呆気《あっけ》にとられて笑った。何かが視界の隅をかすめたが、気にはならなかった。ただ自分を腕に抱く男を魅入られたように見つめた。身長百七十五センチの彼女はとてもか弱い花とは言えない。だが、ロケットはいつも楽々と彼女を抱き上げた。おかげで、ヴィクトリアはティンカーベルよりも華奢《きゃしゃ》になった気がした。

「悪い、悪い」遠くから声が飛んできた。抱き上げられた時と同じ唐突さで砂浜に下ろされ、ヴィクトリアは目をしばたたいた。ロケットが落ちたバレーボールを拾った。宙にトスを上げ、拳《こぶし》を一振りして、声の主に送り返した。彼の筋肉の流れるような動きを眺めるうちに、ヴィクトリアの心臓の鼓動がゆっくりと確かなものに変わった。

くらくらするような感覚が治まり、彼女はロケットが飛んできたボールから自分を救ってくれたことに気づいた。「あなたの反射神経は猫並みね」ぬくもりと安心感が体の奥をざわつかせた。ヴィクトリアは一歩前へ出た。「あれが飛んでくるのが見えたとは思えないんだけど」

ロケットはぞんざいに肩をすくめた。「感じでわかったのさ。空気の振動かな」

ヴィクトリアは彼の前腕を撫《な》でた。「まるで……ヒーローみたいだった」

ロケットの喉から粗野なうなり声がもれた。しかし、彼女がしなだれかかり、首筋にそっとキスをすると、うなり声は消えた。

「ヒーローにお礼しないと」唇を下へずらしながら、ヴィクトリアはつぶやいた。彼の肌の塩気をとらえた唇から喜びの声がもれる。胸と胸を合わせると、ロケットが彼女に両腕を回して抱き寄せた。硬くなりはじめた彼の欲望をみぞおちに感じ、ヴィクトリアは微笑した。わずかに身をよじり、頭をのけぞらせて、ロケットを見上げた。「でしょ？」

細められた漆黒の瞳が彼女を見返してきた。「ちくしょう、トーリ」ロケットはかすれ声で毒づき、彼女の背中に当てた両手に力をこめた。「そんな真似《まね》をされたら、この場で服を引き裂き、君を抱きたくなっちまう」

ヴィクトリアは彼の喉のくぼみをなめた。のっぽでタフな海兵隊員が身震いすると、自分が強力な存在になった気がした。「これだけの人たちがいる前で？」

「連中とその犬たちの前で」ロケットは向こう見ずな熱いまなざしを返した。「だからダーリン、連中に見られる覚悟がないなら、すぐに一歩下がって、俺に頭を冷やす時間をくれ」

「すまない。長く待たせるつもりはなかったんだが」

ヴィクトリアはぎょっとした。誰かに牛追い棒でつつかれたとしても、これほど驚きはしなかっただろう。顔が火照るのを感じたが、幸い、ロケットはまた視線をそらし、携帯電話をコンピュータ・ケースにしまおうとしていた。彼女は素早く深呼吸を繰り返した。

あの漆黒の瞳に見据えられる前に、落ち着きを取り戻さなくては。

「いいのよ。気に――」まるで蛙《かえる》みたいな声。ヴィクトリアは咳払《せきばら》いをした。「気にしなくて。始める前に何か飲み物を出しましょうか？」あの頃を思い返すなんて。いったい私は何を考えていたの？

「いや、けっこう。こっちはいつでも始められる」椅子に体をあずけると、ジョンは膝のノートパソコンを開き、彼女に視線を戻した。「君の弟について話してくれないか」

「ああ、ジェイリッドね。もちろん」ヴィクトリアは一瞬でも弟のことを忘れた自分を恥じた。いらだちに彼女の背筋が伸びた。私はうかつすぎるわ。それって危険なことよ。気を引き締めた彼女は、正面からジョンの視線を受け止めた。「最初に言っておくけど、ジェイリッドは父を殺していないわ。そのことを理解してほしいの」

「わかった。君がそこまで確信している理由は？」

ヴィクトリアは身を乗り出した。しかし、彼女が一言も発しないうちにオフィスのドアが開き、亡き父親の五番目の妻がふらふらと入ってきた。

ブロンドのグラマーな女は二人の姿を見て足を止めた。いかにも関心がなさそうにヴィクトリアを無視したものの、ジョンまでは無視できなかったらしい。しげしげと彼を眺めたあげく、ようやく口を開いた。「あら、ごめんなさい。人がいるなんて知らなかったから」

ヴィクトリアはため息をのみこんだ。「ミスター・ミリョーニ、こちらは父の未亡人のディーディー・ハミルトン。ディーディー、この人はジョン・ミリョーニ。父の弁護士が紹介してくれた私立探偵よ」

ディーディーの大きな青い瞳がさらに大きく見開かれた。「なんであなたが探偵を雇ったりするわけ？　今までフォードを怒らせることしかしなかったくせに。あのエズ——」

「ミスター・ミリョーニはティーンエージャーの捜索の第一人者なの。彼ならジェイリッドの行方を突き止めてくれるわ」

「あの子を見つけてどうするの？　ここに連れ帰ったとたん、豚箱にぶちこまれるのが落ちじゃない」

ヴィクトリアの中で怒りが燃え上がった。「ジェイリッドは父を殺してないわ！」

肉感的なブロンドは肩をすくめただけだった。

「絶対に殺していません」

ディーディーの顔にうんざりした表情が浮かんだ。「はいはい。だったら、なんであの子は逃げ出したのよ？」

「可能性は色々考えられるわ。たまたま父の死体に遭遇したとか。十七歳の子がそんな目に遭えば、死ぬほど怯《おび》えてもおかしくないでしょう？　あるいは、父が殺されるところを目撃してしまったのかもしれない。ジェイリッドが自分の意思で姿を消したんじゃないとしたら？」

「まさか」

「真面目《まじめ》に聞いてよ、ディーディー。ジェイリッドと接したことがある人間なら、あの子にそんな乱暴な真似はできないとわかるはずだわ」

「そう？　なんでそう言い切れるの？　あたしがここに来て二年になるけど、その間あなたがこっちに戻ってきたのはたまの祭日くらいじゃない」

「ええ、そうね。私はジェイリッドをあの父のもとに置き去りにしてしまった。その事実は一生背負っていくしかないわ。でも、人間の本質はそうそう変わるものじゃない。ジェイリッドは虫一匹だって殺せない子よ」

「そうかもしれないけど」ディーディーはまた肩をすくめた。「だったら、誰がどんな理由でフォードを殺したっていうの？」

「冗談でしょう？」ヴィクトリアの唇から耳障りな笑い声がもれた。「父はああいう性格の人だった。このままだとヒステリーを起こしてしまいそう。彼女は自分にブレーキをかけた。ディナーパーティの最中に殺された。そして、自分が乗っ取ったばかりの会社の最高経営責任者をいたぶるために開いたディナーパーティの最中に殺された。その事実を考え合わせれば、誰が犯人でもおかしくないと思うわ」彼女はジョンに向き直った。「亡くなった人のことを悪く言いたくないけど、私の父親が善人じゃなかったことは最初に話しておくべきでしょうね。父は人をもてあそぶのが何よりも大好きだったわ。事件のあった夜、父のささやかなパーティに出た客たちは、月曜日の朝まで自分の首がつながっているかどうか、誰一人知らない状態だった。乗っ取られた会社の社員だけじゃない。父のそばでは誰も気を抜けなかった。乗っ取った会社の社員を首にするように、父は身近な人間でも平気で切り捨てた。それも一瞬の気晴らしのためにね」

「うちの親父《おやじ》より最悪の父親はいないと思っていたが」ジョンは女たちのやり取りを熱心に見守っていた。この会話がどれほど多くの情報を彼にもたらしてくれるか、当の二人にはまったくわかっていないようだ。だが、そろそろ単刀直入なアプローチが必要かもしれない。話の流れをこちらが望む方向へ誘導しなければ。

二人の女が互いをあまり好いていないのは明らかだ。彼はディーディーに向き直った。俺の記憶が確かなら、トーリは今年三十一歳になるはずだ。この女はトーリと同年輩に見える。年上だとしても、せいぜい一つか二つの差だろう。そんな女が新しい継母になれば、摩擦が起きないはずがない。もっとも、不和の最たる原因は二人の性格の違いだな。初めて出会った頃でさえ、トーリはバーでナンパされるタイプの女じゃなかった。だから、ナンパに成功し、トーリが遊び慣れていないことに気づいた時は、彼女が羽目を外そうと決心したタイミングで俺と出会わせてくれた運命にただ感謝したものだ。

一方、ディーディーは見るからにすれっからしという感じがする。ジョンは友人のザックがのちに妻となる女性と初めて会った時のことを思い返した。もちろん、人は見かけどおりとは限らない。でも、ディーディーには世間ずれした雰囲気がある。少なくとも、典型的な玉《たま》の輿狙《こしねら》いのように思える。

ジョンはディーディーに愛嬌《あいきょう》たっぷりの笑顔を向けた。「あなたの言うことも一理ある。

殺人事件ではまず被害者の身内を疑うのが定石だ。どんな刑事でも十中八九は顔見知りの犯行説に飛びつくでしょうね」

ディーディーがヴィクトリアに勝ち誇った視線を投げた。ジョンは内心むっとしたが、その手の揉《も》め事《ごと》に立ち入るつもりはなかった。女同士の対立に関《かか》わってもいいことなんて一つもないし、クライアントや事件関係者の私生活に深入りするのはプロのすることじゃない。たとえ二人が取っ組み合いの喧嘩《けんか》を始めたとしても、こっちは高みの見物を決めこむだけだ。ついでに服のむしり合いでもしてくれたら、なおけっこう。

ジョンはヴィクトリアの細身なワンピースを見やった。続いて、つんと上を向いた彼女の貴族的な鼻を眺め、鼻を鳴らしそうになった。やばいぞ、エース。マジでそうなるかも。

ディーディーに関心を戻すと、彼はつけ加えた。「もちろん、連中が最初に目をつけるのは配偶者だ。遺産の大部分はたいてい配偶者が受け継ぐわけだし」

ディーディーはにっこり笑った。「だったら、あたしはセーフね。婚前契約書にサインしてるもの。結婚してから五年以内に離婚するかフォードが死亡したら、あたしはなんにももらえないの。まあ、ほとんど何もってことだけど。あたしにとって、フォードは金の卵を産む鵞鳥《がちょう》だった。彼に長生きしてもらうほうがよかったってこと」

ジョンの視線を受けて、ヴィクトリアがうなずいた。「父はすべての妻とそういう契約を結んでいたわ。十年以上夫婦を続けて、初めて高額の遺産が受け取れるという条件で」

彼女は肩をすくめた。「十年近くもったのは私の母だけだったけど、その母も私が八つになる前に亡くなったし」

ブラインドから差しこむ光がヴィクトリアの瞳を照らし、瞳孔《どうこう》を取り巻く金色の斑点《はんてん》を際立たせた。その輝きを前にすると、ジョンは次の質問をしづらくなった。彼女をこれ以上追いつめたくなかった。彼はそんな自分にいらだち、無遠慮にヴィクトリアを見据えた。

「ということは、君たち姉弟が親父さんの遺産の大半を受け継ぐわけか」

モスグリーンの瞳が細められた。光のまぶしさのせいではなさそうだ。それでも、ヴィクトリアは抑揚のない声で答えた。「ええ。先に言っておくけど、父が亡くなった時、私はロンドンで暮らしていたのよ。ジェイリッドにそんな真似ができないことはもう話したわね」

ロンドンだろうがどこだろうが、殺し屋を雇うのは簡単だ。それに、会ったこともない若造の善良さなんて誰が信用できるか。とはいえ、この依頼を失いたくないなら、それは言わないほうがいい。俺は十代の家出人捜しの第一人者かもしれないが、唯一無二の存在というわけじゃない。そうでなくても、トーリは過去に関係のあった俺を煙たがっているみたいだし。

でも、それがどうした。自分でいつも言ってるだろう。迷った時はとりあえず信じてみろと。第一、トーリが殺し屋を雇って、自分の父親を始末させるとは思えない。まあ、今のトーリなら、その冷淡さで男を凍え死にさせることくらいはできそうだが。

即興劇を見物するように自分たちを眺めているディーディーに気づき、ジョンは彼女に視線を移した。「席を外してもらえますか、ミセス・ハミルトン？　俺は時間単位で料金をもらっている。そろそろ仕事に取りかかりたいんで」

「そりゃそうね」つぶやいたディーディーは、ピンヒールを履いた足できびすを返し、入ってきた時と同じ悠長な足取りで出ていった。

ドアが閉まるのを待って、ジョンはヴィクトリアに真面目くさった顔を向けた。「オーケー。なんにせよ、俺は君の弟を見つけ出すつもりだ。ただしその前に、君が弟の無実を信じる理由を聞いておきたい。どんな人間でも状況次第で人殺しをする可能性はあると思うんだが」

「ジェイリッドがそこまで追いつめられる状況なんて想像もできないわ。あの子は蜘蛛《くも》を死ぬほど怖がっているけど、もし蜘蛛がうちの中に入りこんだら、捕まえて外に逃がしてやるタイプの人間よ。あんなもの、私だったら生かしておきたくないけど」

そうだった。ペンサコラのホテルの客室に不運な蜘蛛が迷いこんだ時も、トーリは俺の背中にしがみつき、〝やっつけて！〟と悲鳴をあげていたっけ。懐かしい記憶を振り払い、ジョンは事実のみに意識を集中させた。「でも、君の弟はちょっとしたトラブルを抱えていたんだろう？」

「あの子が何度か放校処分を受けたのは事実よ。でも、原因は飲酒とか喫煙とか態度が悪いとかそういう類《たぐ》いのことだった」ヴィクトリアが身を乗り出した。何がなんでも理解してもらおうという意気ごみが感じられた。「あの子、小さい頃はいつも〝これ見て！　これ見て！〟と言いながら父に駆け寄っていたわ。ほんのちょっとでいいから父に振り向いてほしい一心で。放校処分も同じことよ。父の関心を引くための手段だったの。たとえそれが否定的な形であっても」

「ジェイリッドの交友関係を教えてくれ」

ヴィクトリアは椅子の背にもたれた。「それがまた厄介なのよね。あの子は悪い仲間に惹《ひ》かれるところがあった。だから、色々と問題を起こしたとも考えられるわ。ただし、今回は別よ。学期の途中で前の学校を追い出されたから、父の判断で残りの数カ月は地元の学校に通うことになったの。ジェイリッドはそこで野球チームに入った。野球の面白さに目覚め、二人のいいチームメイトと出会った。私にも彼らのことを話してくれたけど、あいにく名前はダンとデイヴとしか聞いていないわ」

「それで充分だ。学校名は？」あとは野球のコーチに接触すれば、なんとか調べがつくだろう。

ヴィクトリアから聞き出した情報をコンピュータに入力していると、再びオフィスのドアが開いた。ジョンは眉間《みけん》に皺《しわ》を寄せ、視線を上げた。今度はなんだ？

戸口に立っていたのは幼い少女だった。もつれた長い茶色の髪をきらきらした蝶《ちょう》の形のバレッタで留めている。ジョンに好奇のまなざしを向けながら、少女はヴィクトリアに駆け寄った。「ハロー、ママ」明瞭《めいりょう》なイギリスふうのアクセントで挨拶《あいさつ》すると、少女はヴィクトリアにもたれかかった。「ヘレンから聞いたの。探偵さんが来てるって。その人がジェイリッド叔父ちゃまを捜してくれるって」

ママ？　ジョンはあんぐりと口を開け、少女を抱き寄せるヴィクトリアを眺めた。トーリには子供がいるのか？

「ええ、そうなの」ヴィクトリアは答えた。「だから、お話の邪魔をしないでね、スウィーティ。お話が終わったら、ママもすぐそっちに行くから」

さっきと同じだ。トーリの口調に何か含みが感じられる。ジョンは目を細めてヴィクトリアを見据えた。いったいなんだ？　不安？　警戒？

「でもママ、あたしもご挨拶したい」

一瞬気まずい沈黙が流れたが、ヴィクトリアはすぐに立ち直った。「そうね、スウィートハート。こちらはミスター・ミリョーニ。ヘレンが言っていた探偵さんよ。ジョン、この子は私の娘でエズメというの」

幼い女の子か。俺には未知の領域だな。そもそも、この年ごろの子供と接した経験がない。でも、それがどうした。女は女だ。ジョンは少女にとっておきの笑顔を見せた。「はじめまして、エズメ。きれいな蝶々だ」

小さな手がバレッタへ伸びた。年齢を超越した女ならではの仕草だ。「ありがとう。ママが〈ハロッズ〉で買ってくれたの」薔薇《ばら》の蕾《つぼみ》のような唇に嬉《うれ》しそうな笑みが浮かぶ。見つめ返してくる大きな瞳は彼と同じ黒だった。

不意に疑念が湧き、ジョンのみぞおちを騒がせた。おいおい。まさか。嘘だろう？

いや、ありえない。俺たちはちゃんと避妊していた。

でも、あの方法じゃ百パーセント安全とは言い切れない。ジョンは大きく息を吸いこみ、内心の動揺を静めた。「〈ハロッズ〉？　ロンドンのデパートだね？」

「うん」

「ずいぶん大きく見えるけど、もう運転免許は持っているのかな？」

エズメはくすくす笑った。「ううん。あたし、まだ五歳だもん」

「五歳か。じゃあ、まだちょっと早いな」みぞおちの熱いざわめきが氷に変わった。俺は世界一の数学者じゃないが、この程度の計算ならできる。それに、この子の目が加われば、正解を導き出すのは簡単だ。少女がスキップでオフィスを出ていくまで、ジョンは自制心を総動員して気さくな笑顔を保った。しかしドアが閉まった瞬間、その笑顔は消えた。彼は険しい形相でヴィクトリアに向き直った。

「どういうことか説明してもらおうか」

3

どうしよう！　ヴィクトリアの胸の中で心臓が轟《とどろ》いた。口の中が干上がり、胃がきりきり痛んだ。どうしよう。どうしよう。どうしたらいい？　一瞬、彼女はただジョンを見つめることしかできなかった。私立探偵の正体を知った時から恐れていた事態。それが現実になってしまったのだ。でも、私には長年培ってきた演技力があるわ。彼女は静かに息を整えた。本心とは裏腹の落ち着いた態度を装い、ジョンに視線を据えた。「いったい何を説明しろというの？」

「とぼけるな、トーリ。なんのことか、よくわかっているくせに」ジョンが一歩進み出て、彼女の前に立ちはだかった。黒い瞳に抑えた怒りが燃えているのを見て、ヴィクトリアは唾《つば》をのみこんだ。「エズメだよ。俺《おれ》はあの子が誰の子なのか知りたい。今すぐに」

「私よ」こみ上げてきた怒りが彼女の背筋を伸ばした。心臓の轟きはなんとか制御できるレベルまで収まっていた。つんと顎をそびやかすと、ヴィクトリアは相手の険しい視線を正面から受け止めた。「エズメは私の子よ。私の娘だわ」

「そして、俺の娘でもある」ジョンはうなった。「もし今日ここに来なければ、俺はこの由々しき事実を永遠に知らずにいたわけだ」

　ヴィクトリアに考える余裕さえあれば、彼の言葉を否定していたかもしれない。なんといっても、六年前の彼らは律儀にコンドームを使っていたのだから。しかし、この二週間で彼女の父親が殺され、弟が姿を消した。彼女自身も家財道具をまとめて、地球の反対側へ移動しなければならなかった。そのうえ、出し抜けに娘の父親まで現れたのだから、とても冷静に考えられるわけがない。第一、事実を否定してなんになるだろう？　彼女にとって、ロケットとの火遊びは一生に一度の大冒険だった。それはロケットも気づいていたはずだ。今の彼女は度重なるショックでぼろぼろの状態にあった。ロケットのベッドから別の男のベッドへ直行したふりをする気力など残っていなかった。

　だとしても、この厚かましさにはあきれるわ。ヴィクトリアはあんぐりと開いた口をあわてて閉じた。「あのね、ロケット――いいえ、ジョン――それはちょっと独りよがりが過ぎるんじゃないかしら。どうしてあなたに私を非難できるの？　名前も知らない男にどうやって連絡すればよかったの？　アメリカ海兵隊にロケット宛《あて》の手紙を送って？　私たち、ちゃんと避妊していたでしょう。だから、最初はしつこい風邪だと思ったの。それが妊娠の兆候だと気づくまで二カ月かかった。その間にあなたはどこにいたの？　またどこかで別の女と遊んでいたんじゃないの？　仲間に私とのことを得意げに吹聴《ふいちょう》していたんじゃないの？」

「ちくしょう、トーリ。俺は誰にも一言も話してない」

否定の言葉を聞いて、ヴィクトリアは少し安堵《あんど》した。それでも、糾弾の手は緩めなかった。「どうして？　それがあなたのいつものスタイルだったんでしょう？　あなたと出会った晩、お仲間の一人が警告してくれたわ。あなたは口が軽くて、そういう経験談を洗いざらい披露したがる男だと」おかげで、こっちはペンサコラのホテルから逃げ出したあともしばらく気が休まらなかったんだから。

「お仲間ってのはバンタムのことか？　君を口説こうと躍起になっていたあの男だろう？」ジョンは両手をポケットに突っこんだ。一瞬ヴィクトリアを見つめてから、ぞんざいに肩をすくめた。「まあ、否定はしない。確かにそれが俺のスタイルだった……君に会うまでは」

「あらそう？」どうだか怪しいものね。「私は特別だったと言いたいわけ？　どこまで人をばかにすれば気がすむの？」ヴィクトリアは片手を上げて、相手の反論を封じた。「いいえ、答えてくれなくてけっこう。実際、私は大ばかよ。警告を無視して、あなたの誘いに乗ったくらいだもの」でも、あの時の胸のときめきは――抗《あらが》えない何かに押し流されていくような浮き足立った気分は、今でもはっきりと思い出せるわ。

そもそも六年前の旅行は、優れたデザインで新規の顧客を獲得したヴィクトリアに、当時勤めていた建築事務所からご褒美として贈られたものだった。当初、彼女はペンサコラ行きをためらった。ギフト券で指定された宿泊先が、育ちのいい彼女には縁遠い気ままな独身者向けのリゾートホテルだったからだ。とはいえ、自分の仕事を認められ、上司たちから称賛されたのだから、嬉《うれ》しくないわけがない。この手柄を彼女は勇んで父親に報告した。

父親の反応は冷たかった。当然と言えば当然の結果だ。それまでも彼女を褒めたことなど一度もなかったのだから。父親は彼女の努力の成果を無視し、居丈高に決めつけた。もちろん、おまえは〈クラブ・パラダイス〉などという下品なリゾートには行くまいな。その愛情のかけらも感じられない態度に、ヴィクトリアはまたしても傷ついた。だが、今回の彼女は違った。初めて父親の言葉に逆らったのだ。

パパへの面当てのつもりで出かけた旅行。でもロケットと出会った瞬間、そんなことはどうでもよくなった。彼と一緒にいると全然退屈しなかった。いつもどきどきして、怖いくらいだった。どんどん彼に夢中になって、まるで……。

懐かしさがヴィクトリアの喉をつまらせた。彼女は記憶を振り払い、ぴんと背筋を伸ばして相手を見据えた。「でも、私がばかだからといって、あなたが正しいとは思わないで。あなたは一度も私に連絡を取ろうとしなかった。一緒にいる間も自分の個人情報をひた隠しにして、絶対に尻尾《しっぽ》をつかまれないようにしていた。おかげで私はあなたがどの基地に配属されているのかも知らなかった。だから、一人で子供を産む決心をしたのよ。父は自分の評判を気にして、始末しろと迫ったけど」

ジョンの動きが止まった。「君の父親は中絶しろと言ったのか？」

「どうしても産みたければ、父が選んだ投資金融業者と結婚しろとも言われたわ」

ジョンの黒い瞳に凶暴な何かが表れた。だが、その何かはすぐに消え、よそよそしい表情に変わった。「なるほど。妊娠に気づいても、君には俺に連絡を取る手段がなかった。その点は認めよう」ヴィクトリアを〝そちら〟と呼んだ時と同じように、彼の口調は冷淡で礼儀正しかった。しかし、彼女を見据える目つきは礼儀正しさとは程遠いものだった。「でも、再会した俺にエズメのことを黙っていた言い訳にはならない」

「冗談でしょう?」いいえ、この顔つきからみて冗談ではなさそうね。「いきなりそんなことが言えると思う? 六年間も会ってなかった男に?」ヴィクトリアは自分の言葉にショックを受けた。なんだか嫌味な言い方。あなたはもう立派な大人でしょう。礼儀を忘れてどうするの。大きく吸いこんだ息を、彼女は静かに吐き出した。「ごめんなさい。今のは言い過ぎたわ」

ジョンは唇をゆがめた。「なんでもずけずけものを言えばいいってものじゃない」

そうね。世の中には本音を口にして許される人間と許されない人間がいるもの。ヴィクトリアは努めて冷静に尋ねた。「だったら、言い方を変えるわ。私には今の環境に順応した小さな娘がいる。私の記憶にあるあなたはとてもいい人だったけど、長続きする関係を望んではいなかった。それがこの六年間で変わったとも思えない」言葉を並べるうちに、次第にきつい口調になってきた。しかし、彼女はそれを改めようとはしなかった。「率直に言って、あなたがいい人であろうとなかろうと、私にはどうでもいいことなの。ただ、エズメがピーターパンのように現れたり消えたりする父親に振り回されることだけは阻止したい。そのためなら死ぬまで戦う覚悟よ」

ジョンの目つきがさらに険しくなった。「ハニー、一つ言っておく。俺はもともとピーターパン型の人間じゃない。確かに、君と出会った頃《ころ》の俺は遊び人だったかもしれないが、大人になりたくないと思ったことは一度もなかった。当時の俺はまず第一に海兵隊員だった。海兵隊員であるってことは信頼に足る人間だってことだ。俺は悲惨な子供時代を経て、人より早く大人になった。そんな俺に責任がどうのと説教をするつもりか？ 君がまだ甘やかされたお嬢様のためのお上品な学校に通っていた頃、俺は銃弾の雨をかいくぐって、泥にまみれていたんだぞ」

「何が望みなの、ロケット？」ヴィクトリアは相手のむっつりとした顔を見つめた。一瞬、その顔に戦士の一面を見た気がした。このままでは負けてしまう。彼女はつい辛辣《しんらつ》な口調になった。「訪問権？ 隔週末と夏休みをエズメと過ごしたいの？」六年前のロケットなら、そんなことを望むはずがないけど。

結局、ロケットは六年前とあまり変わっていないようだった。彼は一瞬動きを止め、無言でヴィクトリアを見つめた。その顔をパニックにも似た表情がよぎったが、彼はすぐに目をしばたたき、元の曖昧《あいまい》な表情に戻った。そして、慎重に問い返した。「訪問権？」

「なんだかんだと難癖をつけているけど、要はそれが狙《ねら》いなんでしょう」冗談じゃないわ。そんな可能性は考えたくもない。確かに私にはロケットに妊娠を伝える方法がなかった。でも、心のどこかでそのことに安堵していた。根無し草のような遊び人に父親役を押しつけるのはいやだもの。私は子育てに無関心な父親に拒絶されて育った。エズメにまでそんな思いはさせられないわ。

でも、もしロケットが本気でエズメの人生に関《かか》わりたいと思っているとしたら……。そうなると、私の気持ちは二の次ってことになるのかしら。肝心なのはエズメにとって何が最善の選択かということ。考えるのもいやだけど、私には無責任なろくでなしを娘から遠ざける権利はなさそうだわ。そのろくでなしに父親役に取り組む覚悟があるのなら。

ジョンは警戒する目つきになった。「あの子に俺のことをどう話してあるんだ？」

「何も」

「何も？　何もってどういう意味だ？　あの子は何も訊《き》かなかったのか？　ほかの子たちにはパパがいるのに、なんで自分にはパパがいないのか、とか？」

「もちろん、訊かれたわよ。でも、本当のことなんて言えると思う？　ママはママの名字も知りたがらない海兵隊員と出会って火遊びをしたの。あなたはその結果できた子供なのよって？」

「じゃあ……なんて答えたんだ？　俺は死んだことにされたのか？」

「とんでもない！」人をばかにするのもいいかげんにして。ヴィクトリアはきっとしてにらみ返した。「いいこと、ミリョーニ。私は娘に嘘《うそ》はつきません。あの子が理解できる年ごろになったら、ちゃんと真実を話すわ。その日が来るまでは、今までと同じ説明でいくつもりよ」

黒い瞳に不信感がにじんだ。「どんな説明だ？」

「あなたのパパはあなたと一緒にいられないの。でも、神様はママに特別な女の子を授けたいと思った。それで、あなたをママのもとによこしてくださった。ママはパパの分まであなたを愛しているから、私たちにパパは――」ヴィクトリアは途中で言葉を切った。さすがにそこまで言ってはまずいと気づいたからだ。

しかし、時すでに遅く、黒い瞳は糸のように細められていた。「パパはなんだ、ヴィクトリア？　パパは必要ないか？　君には必要なくても、子供にとってはいても損にならないと思うが」

「もう一度訊くわ。あなたの望みは何？」

ジョンはもどかしげな様子で一つに束ねた髪を指で梳《す》いた。「わからない」

「だったら、先に私の考えを言っておくわね。私は愛情と思いやりのある父親が欲しかった。でも実際には、親に無視されるつらさしか知らずに育った。エズメには私と同じ苦しみを味わわせたくないの」ヴィクトリアは黒い瞳を正面から見据えた。「あなたにはあなたの言い分があると思うけど、エズメにふさわしい父親になる覚悟がない限り、あの子に自分が父親だとは名乗らないで」

「わかった」

ジョンはしばし無言で彼女を見つめた。ヴィクトリアはひどく落ち着かない気分になった。ようやく相手が視線を外した時は心の底から安堵した。しかし、ほっと息をつく暇もなく、彼女はまた黒い瞳に見据えられることになった。

「部屋を用意してくれないか」ジョンは言った。抑えた口調ではあったが、それが命令であることは明らかだった。「俺が泊まれる部屋を」

「なんですって？」

「君から見れば、俺は六年近く前から父親だったのかもしれない。でも、俺がそのことを知らされたのはほんの十分前だ。この新事実をどう受け止めたらいいのか、正直、今はまださっぱりわからない。ただ、その答えを探す間、自分の娘を知るチャンスを与えてもらっても罰は当たらないと思う」

「それもそうね」ヴィクトリアの心臓がまた激しく轟きはじめた。「じゃあ、ホテルに泊まって、毎日あの子に会いに来ればいいわ」

「俺が見ていない隙《すき》に、君があの子を連れて、どこか知らない土地へ逃げるかもしれないのに？　冗談じゃない」

「私はそんなことはしません！」ヴィクトリアは愕然《がくぜん》とした。ロケットは私にそんな真似《まね》ができると本気で信じているの？

「君は忘れているようだが、俺は前にも君に置いてきぼりを食らってるんだぞ」

　ええ、そうよ。でも、それはルールを破ってしまいそうだったから。あなたに深入りしかけていたからだわ。忘れたくても忘れられない記憶がよみがえり、ヴィクトリアの心と体をうずかせた。六年前、私は自分が住む世界の腑抜《ふぬ》けた男たちとはまったく違う荒々しい魅力を持つ男に出会った。その男にどんどん惹《ひ》かれていく自分に気づいたから、夜明けとともにペンサコラのホテルから逃げ出した。最初は彼のルールに従うつもりだったわ。気軽に後腐れのない関係を楽しめばいいと思っていた。でも、一日ごとに彼への思いは深まり、私はそんな自分が怖くなった。これ以上心の傷を広げないためには逃げ出すしかなかったのよ。

だけど、そのことを今目の前に立っている険しい顔つきの男に認めるわけにはいかない。この人は私の記憶の中のロケットとはまるで別人だわ。こっちが少しでも弱みを見せたら、容赦なくそこを突いてきそうな気がする。ヴィクトリアは内心の不安を隠して、相手の視線を受け止め、平然と嘘をついた。「だから、あの時は緊急事態でうちに呼び戻されたのよ」

「じゃあ、また緊急事態が起きて、君がどこかに呼び出された場合に備えて、俺もここにいることにしよう」

ジョンの口調には彼女への嘲《あざけ》りも不信も感じられなかった。それでも、ヴィクトリアはばかにされた気がした。脅されている気分になった。きっとこの目つきのせいだわ。彼女は密《ひそ》かに考えた。なんとかロケットをうちに入れずにすむ方法はないかしら。

でも、私がつっぱねても、ロケットが素直に引き下がるとは思えない。それに、パパが誰かに殺されたのは事実よ。犯人は絶対にジェイリッドじゃない。だからといって、パパに恨みを持つ者の犯行とも限らない。真犯人が次に私たちを狙ってくる可能性だってあるわ。だとしたら、エズメを守れる男手がうちにいるのもそう悪いことじゃないのかも。納得のいく結論ではなかった。だが、ほかにいい手も思いつかない。ヴィクトリアはしぶしぶ譲歩した。「私はジェイリッドが見つかるまでここから動くつもりはありません。でも、とりあえずメアリーに言って、あなたの部屋を用意させるわ」

「よろしく」ジョンはしれっとした顔つきで答えた。「あとは君の弟の写真だな。それが揃《そろ》えば、調査開始だ」彼は商談を取りまとめるような態度で手を差し出した。

ここで握手を拒めば失礼になる。ヴィクトリアは差し出された手を握った。とたんに自分がミスを犯したことに気づいた。六年前ペンサコラのバーで初めてロケットを見た瞬間から始まり、数分前にも彼女の脈を乱した化学反応は、まだその効力を失っていなかった。日に焼けた頑丈な手に包まれ、彼女の肌が火照った。体の奥から全身へと興奮の波が広がっていった。

ヴィクトリアは相手に不審がられずにすむぎりぎりのタイミングで手を引っこめ、自分自身に言い聞かせた。大丈夫。努力すれば、なんとかなるわ。エズメのためだと思えば、どんなことでも我慢できる。

だったら、なぜ悪魔と契約を結んでしまったような気がするのかしら？

ジョンは怒っていた。心底腹を立てていた。「ごめんなさい、だと」彼は甲高い裏声でヴィクトリアの口調を真似た。「今のは言い過ぎたわ、だと」自分の車に乗りこみ、エンジンをかけると、彼は荒っぽいUターンで駐車スペースを離れた。ギアをファーストに入れて、ハミルトン家の私道を突き進んだ。トーリのくそったれ。何が言い過ぎだ。エズメのことはずっと黙っていたくせに。

煮えくり返る怒りが彼に喧嘩《けんか》をしろとけしかけていた。誰かを殴りたかった。相手は誰でもいい。とにかく、人の肉に拳《こぶし》をめりこませる感触を味わいたかった。

でも、それじゃ酔っぱらった時の親父《おやじ》と同じだ。ジョンは自分にブレーキをかけ、代わりにアクセルを踏みこんで、閉じかけていた門の隙間を走り抜けた。通りに出ると、スリップした車の体勢を立て直し、猛スピードで高速道路を目指した。俺には何年もかけて培ってきた自制心がある。トーリに裏切られたくらいで自分を見失ってたまるか。

だとしても、何かで発散すべきだ。でないと爆発してしまう。ジョンはアクセルを踏む足から力を抜いた。車の速度を多少ましなレベルまで落とし、携帯電話をつかんで短縮番号を押した。

幸い、電話に出たのはザック本人だった。これでリリーと話さずにすむ。友人の妻はすばらしい女性だが、今はささやかなおしゃべりを楽しむ気分ではない。ほっとしたジョンは、前置き抜きにわめいた。「葉巻を配ってくれ。俺は父親になったぞ」

短い沈黙ののち、ザックの声が聞こえた。「ロケット?」

「ああ。ちょっと待ってろ。クープにも電話してみる。とても黙ってられなくてさ。でも、説明は一度にすませたい。さもないと、マジで血の雨を降らしそうだ」

「まあ、あせるな。俺はいくらでも待つよ」

友人の言葉で冷静さを取り戻したジョンは、続いて別の短縮番号を押した。こうして海兵隊時代の同僚であり親友でもあるクーパー・ブラックストックやザック・テイラーと三人同時に会話できるようにすると、できるだけ簡潔に自分が父親になった事実を伝え、その事実を知るに至った経緯を説明した。

説明のあとには沈黙が訪れた。次の瞬間、親友たちは同時に口を開いた。

「やれやれ」ザックがため息をついた。

「ついに〝口輪〟の名前が判明したわけだ」クープが言った。

「ヴィクトリアか」ザックはつぶやいた。「タイミングは合うな」

「タイミング？」ジョンは眉をひそめ、アクセルから足を離した。「おまえら、いったい何をぐだぐだしゃべってるんだ？」

「海兵隊員はぐだぐだしゃべったりしない」ザックが釘《くぎ》を刺した。「十年以上もの間、前夜の収穫を事細かに吹聴してきたおまえが、六年前から急に秘密主義に変わったこと、俺たちが気づかないとでも思ったか？」

「あれは露骨だったよなあ」クープも同調した。「気づくなってほうが無理な話だ」

「俺は理由を訊かれた覚えはないぞ」

「おまえがだんまりを決めこんでるから、訊くに訊けなかったのさ。いつものおまえとすっかり様子が違っていたし」

「ほんとは知りたくてうずうずしてたんだぜ」ザックがつけ加えた。「クープとあれこれ想像していた。いったいどんな女がロケットを骨抜きにしたのかって」

「ああ、そうかい」ジョンは車を路肩に寄せ、ギアをニュートラルに入れて、ブレーキをかけた。「友達ってのはありがたいね。俺の人生の転機に、おまえらは妙なあだ名をつけて笑いものにしてたわけだ」

「それは違うぞ、ジョン」クープがきっぱりと否定した。「俺たちは笑ったりしなかった。おまえの態度からみて重大な問題だってことはわかっていたからな。ただ、興味はあった。それで、おまえの急変ぶりについて話し合ううちに、〝口輪〟という表現が生まれたわけだ。なかなか悪くないだろう？」

「ああ」ジョンは気を取り直し、友人たちの立場からこの状況を見てみることにした。「まああって感じかな。俺はトーリと出会って、自分がただの種馬じゃないことに気づいたんだ」

「なんだよ、それまで気づいてなかったのか？」クープが言った。「おまえほど誇り高い男はめったにいなかったよ」

ジョンの口から苦笑がもれた。「おまえはうちの親父に会ってるだろう。あんな父親の下でまともな人間が育つと思うか？」泥酔状態でキャンプ・レジューンに現れた父親に海兵隊入りをなじられた夜のことを、彼は今もはっきりと覚えていた。「自分に種馬の才能があると気づくまでの俺は、しょっちゅう降格されてる屑《くず》みたいな海軍士官の不肖の息子でしかなかったんだよ」

「海軍ごときが」クープが吐き捨てた。

「海軍、くそくらえ」ザックも同調した。「あそこは海兵隊に入れなかった腰抜けどもの吹きだまりだ」

友人たちはあえて口にしなかったが、あの夜ジョンは罵詈雑言《ばりぞうごん》を浴びせられ、さんざん小突き回されたあげく、ついに癇癪《かんしゃく》を起こして父親をたたきのめした。しかし実を言えば、彼に自尊心を植えつけたのは海兵隊ではなかった。最初のきっかけは、自分にはほかの男たちが羨《うらや》むほどのお宝があると気づいたことだった。

「ついにおまえも父親か」ザックがつぶやいた。「父親デビューの経緯は別にして、今どんな気分だ？　昔は絶対に子供は持たないなんて言ってたが」

「そのつもりだったんだが、こうなったら俺に選択の余地はない。気分は……とにかく娘のことを知りたいね。でも、おっかなくて、うかつに近づけない。なあ、ミッドナイト、俺の娘はイギリスふうのアクセントでしゃべるんだぜ。まるでイギリス女王みたいに！」

「そりゃ、びびって当然だ」

「てことは、おまえのヴィクトリアはイギリス人なのか？」クープが口を挟んだ。

「彼女は俺のものってわけじゃ――」ジョンは途中で言葉を切った。むきになって抗議すれば、かえって厳しく追及されることになる。「いや。トーリはイギリス人じゃない。父親に余計な口出しをされないよう、向こうでエズメを育てていたんだ」

「エズメ? それが娘の名前か?」

「ああ」

「きれいな名前じゃないか」クープは言った。「見た目はどうだ?」

「ちっこくて、かわいいぞ。いかにも女の子って感じで。髪は母親譲りの癖っ毛で、俺と知り合った頃のトーリみたいに後ろに流している」目は俺と同じだ。あの目を思い出すたびに胸がつぶれそうになる。

「なかなかの美人らしいな。小さな女の子ってのは手強《てごわ》いぞ。俺も姪《めい》のリジーに会って初めて気づいた。今度写真を送ってくれよ」

三人はしばらく会話を続けた。とりとめのない内容だったが、電話を切る頃にはジョンの気分も晴れていた。これで少しは落ち着いたか。でも、まだ気持ちの整理がついたわけじゃない。自分に娘がいるという事実を、俺はどう受け止めればいいんだろう。彼は路肩に停《と》めた車から外の木立を眺めやった。

幸い、俺には仕事がある。面倒な状況の時でも、得意なことをやっていると心が休まるって言うだろう? 俺の得意技といえば謎解《なぞと》きだ。ジョンはブレーキを外し、エンジンをかけた。

そして、ジェイリッドの野球のコーチに会うために車をスタートさせた。

4

「おまえのチーム、試合に負けたそうだな」

ジェイリッド・ハミルトンは視線を上げ、図書室の戸口に立つ父親を見やった。偉大なフォード・ハミルトンが僕に声をかけるのは、いちゃもんをつけたい時くらいだ。でも今夜は……わざわざパーティを抜け出してきたみたいだから、それなりに気にしてくれてるんだろうか。ちびちびなめていたブランデーの瓶をそっとバックパックの後ろに隠すと、ジェイリッドはだらしなく丸めていた背中を起こした。落ちこんでいた心にかすかな希望の光が差した。もしかしたら慰めの言葉が聞けるかもしれない。「うん」

「しかも、おまえの三振で試合終了だったとか」

希望の光が消え、みぞおちがむかむかしはじめた。それでも、ジェイリッドは立ち上がり、少年時代に身につけた退屈そうな薄ら笑いを浮かべた。「しかたないだろ？　運が悪かったのさ」

フォードは嫌悪のまなざしを返した。「それは〝運が悪かった〟んじゃない。おまえの鍛え方がたりなかったんだ」

ジェイリッドは肩をすくめたが、みぞおちのむかつきは強まる一方だった。お次は〝おまえには失望した〟か？　父さんはいつもそれだ。たまにはほかのことも言えないのか？　よその父親は息子の練習につき合ってくれるのに、フォード・エヴァンス・ハミルトンは息子のミスをあげつらうだけ。彼は顎を突き出した。「で、誰が僕を鍛えてくれるの？　父さんが？」

「ばかを言うな」フォードは大股《おおまた》で図書室を横切り、息子の前に立ちはだかった。金のかかった髪型から磨き上げたローファーに至るまで、どこを取っても一分の隙《すき》もなかった。「おまえはもう十七だ。自分で野球教室に申しこむなり、コーチを雇うなりすればいい。たまには頭を使え。ハミルトン家の人間なら勝つために努力しろ」

「努力はしてるかもしれないよ！　なんで父さんにわかるのさ？　僕のプレーを見たこともないくせに」

フォードはいらだった様子でワイシャツの袖《そで》を引っ張った。「また泣き言か？　なぜわしがおまえのつまらん試合を見に行かなきゃならんのだ？　何度言えばわかる？　スポーツよりも――」

「仕事が大事」父親の澄ました声にジェイリッドの声が重なった。「ああ、ああ、わかってますとも」不意に頭に浮かんだ言葉を、彼はよく考えもせずに口走った。「父さんみたいなのを偽善者って言うんだね」

フォードの動きが止まった。「今、なんと言った？」

父親ににらみつけられ、ジェイリッドは息が止まりそうになった。心臓が激しく轟《とどろ》いた。だが、もう後戻りはできなかった。「もともと僕は野球をやる気なんてなかった。父さんがやれって言ったんだよ。チームプレーが学べて、人間形成の役に立つからって」実際に始めてみたら、野球はけっこう楽しかった。自分にそこそこ才能があることもわかった。でも、ほかの連中には試合の応援に来てくれる家族がいた。僕には誰もいなかった。トーリとちびすけが二年前にロンドンへ行ってしまったから。顎をさらに突き出すと、ジェイリッドは精いっぱい挑発的な表情を作った。「チームプレーねえ」声が情けないほどうわずった。彼はジャージの袖をもてあそび、腕のタトゥーをちらつかせることでその事実をごまかそうとした。「そんなのきれいごとだろ。父さんは人にチームプレーを要求する。でも、自分は別だと思ってる。フランチャイズのお偉いオーナー様には、人のために何かする暇はないってわけだ」

「とてもわしの子とは思えんな」フォードは声を荒らげなかった。しかし、その言葉は北極の風のようにジェイリッドの自尊心を凍りつかせた。「そのタトゥーといい、ピアスといい、まるで街のちんぴらじゃないか。おまけに三度も放校処分を受けて。おまえはハミルトン家の恥さらしだ」

「四度だよ」ジェイリッドの体が震えはじめた。そのことを父親に悟られまいとして、彼は全身の筋肉をこわばらせた。「またチルトンのことを忘れてる。それに、放校なんてかわいいもんだろ。親子ほど年の離れた女と離婚再婚を繰り返すのに比べたら」

フォードの目がさらに冷たくなった。彼は身を乗り出し、息子の耳元でこともなげにつぶやいた。「おまえの母親に中絶させるべきだった。そうすれば、こんな面倒は背負いこまずにすんだものを」

心の痛みが熱い涙となり、ジェイリッドの瞳からあふれそうになった。苦しくて息ができない。でも、ここで父さんに弱みを見せるくらいなら死んだほうがましだ。彼は夢中で両手を突き出し、父親を押しのけた。早くここを出ないと。お願いだ、父さん。僕をこれ以上惨めにしないで。逃げ出そうとする彼の肩が父親の胸に当たった。

バランスを失ったフォードは間の抜けた悲鳴をあげた。テーブルにぶつかり、その上にあったものをオービュッソン織りのラグに散らしたあげく、両腕を振り回すことでなんとか体勢を立て直した。ところが、体を起こしながらあとずさったところで、床に転がっていた金縁の革製の古書に足を取られ、そのまま後ろへひっくり返った。

「父さん！」ジェイリッドはとっさに飛び出し、父親の手をつかもうとした。だが、フォードの苦労知らずな手は滑らかで、つかんでもするりと抜けていった。彼はどうすることもできず、仰向けに倒れていく父親を見つめた。頭が大理石の暖炉にぶつかるいやな音がした。床に倒れた父親はそのまま動かなくなった。

「そんな。嘘《うそ》だろ」ジェイリッドは床にしゃがみこんだ。「父さん？　ごめん。ごめんね。わざと当たったんじゃないんだ」

フォードからの反応はなかった。ジェイリッドは手を差し伸べた。父親の頭は大理石の角に沿って不自然に傾いていた。「大丈夫？　起きてよ、父さん。目を覚まして！」彼は父親の後頭部を手探りした。血は出ていないし、こぶもないみたいだ。でも……この角度は変じゃないか？　後頭部から首の前面へ手を移動させると、彼は頸動脈《けいどうみゃく》のある部分に指を押し当てた。

指先に伝わってくる脈動はなかった。

ジェイリッドはぎょっとして目を覚ました。恐怖と吐き気が全身を駆け巡っていた。横たわったまま目を開けると、左右に並ぶ花が見えた。一瞬混乱したものの、彼はすぐに自分の居場所を思い出した。唇から安堵《あんど》のため息がもれた。そう、僕はデンバーにいるんだ。ここはシビックセンター・パークの庭園だ。

小声で悪態をつきながら、彼は上体を起こした。デンバーに着いて以来ほとんど眠っていない。夜は怖くて眠れないので、昼間のうちにうたた寝する程度だ。目覚めている間は、つねに恐怖にさいなまれている。警察に捕まる恐怖といきなり誰かに襲われる恐怖。そして、夜になれば悪夢がよみがえる。まぶたを閉じるたびに、あのおぞましい出来事が思い出される。あの夜まで時間を巻き戻せたら、もう一度やり直せたらなんでもするのに。でも、無理なものは無理だ。どんなに祈ったって、僕が父さんを殺した事実は消せやしない。ジェイリッドは膝を抱えた。膝頭の間に顔をうずめ、絶望的な気分で体を揺すった。なんであのまま逃げ出したんだろう？　せめて救急車だけでも呼んでいれば。どのみち、父さんは助からなかったかもしれない。だけど、助かった可能性だってないとは言えないじゃないか。

だが、あの夜の彼はパニックに陥っていた。ブランデーの瓶とバックパックをつかんで、玄関へ駆け出すことしかできなかった。もしもダイニングルームから出てきたパーティの招待客と鉢合わせしたら。すべてを見透かしたような目でにらまれ、指をさされ、人殺しとなじられたら。そう思うと、彼の頭は恐怖でいっぱいになった。とても冷静に考えられる状態ではなかった。

母さんが生きていてくれたら。ふと脳裏をよぎった思いは一瞬にして消えた。ジェイリッドは幼くして母を失っていた。彼の記憶にある母の思い出は、実際には姉のヴィクトリアから聞かされたものばかりだった。

頼れるのはトーリだけだ。トーリと連絡が取れたら。でも、そんなことをしたら、トーリも僕の共犯者ってことになるんだろうか？　第一、今はトーリの連絡先がわからない。番号案内に尋ねても、ロンドンの電話番号まで案内してくれるとは思えない。

それに、トーリになんて言えばいいんだ？　ごめん、僕、父さんを殺しちゃったって？

ジェイリッドはバックパックをつかんで立ち上がった。公園を出て、どこかに行こう。人が大勢いる場所に。誰とも口をきかなくたってかまわない。とにかく、にぎやかな騒音で頭の中の声をかき消すんだ。彼はコルファックス通りに出て、〈十六番街モール〉へ向かった。

円形劇場の陰から小柄な人物が現れ、彼のあとをついてきた。しかし、悲嘆に暮れていたジェイリッドはそのことにまったく気づいていなかった。

翌日の午後、ヴィクトリアは父親の新しいオフィスの戸口で立ち止まり、室内の様子をうかがった。ジョンは耳と肩の間に受話器を挟み、目の前のデスクに斜めに置かれた法律用箋《ようせん》にペンを走らせていた。この新オフィスのある南棟は彼女がロンドンへ移ったあとにできたものだった。パパはなぜオフィスを二つも必要としたのかしら？　古いオフィスは別の何かに改装するつもりだったとか？　でも、そんなことはどうでもいいわ。肝心なのは、ここが古いオフィスよりも家の中心から離れていることよ。だから、ロケットにここを割り振ったんだもの。

だったら、なぜ私はこんなところに突っ立っているの？　ヴィクトリアはたくましい肩と腕を眺めた。ジョンは左利き特有の癖のある手つきでメモを取りつづけ、その動きに合わせて、上腕の筋肉が伸び縮みしている。男の腕なら今までに何度となく見てきたが、これほど男らしい腕はほかに見たことがない。気まずさを振り払い、彼女はオフィスの中へ足を踏み入れた。

すると、ジョンのつぶやきが聞こえた。「さすがだね、マック。そろそろ俺《おれ》と駆け落ちする気になった？」

ほらね、これが現実よ。この人は女たらしなの。それを忘れてはだめ。ヴィクトリアは無関心な表情を装い、電話が終わるのを待って声をかけた。「私に話があるそうね」

ジョンがいきなり顔を上げた。黒い瞳に熱く危険な何かを見て、ヴィクトリアは動けなくなった。だが、彼はすぐに無表情に戻り、ペンを置いて、コーヒーカップに手を伸ばした。コーヒーをすすりながら、カップの縁ごしにヴィクトリアを見返した。「君が経過報告を聞きたいんじゃないかと思ってね」

ヴィクトリアは一時の気まずさも忘れ、勇んでデスクに歩み寄った。「ジェイリッドが見つかったの？」

「いや、それはまだだ。でも、必ず見つけ出す」

期待は落胆に変わった。彼女は詫《わ》びるように眉をひそめ、デスクの向かいの椅子に浅く腰かけた。「いきなり〝見つかったの？〟はないわよね。私がせっかちすぎたわ」

「せっかちなのはこっちも同じだ。まだ報告できるような段階じゃないのに。でも、たいていのクライアントは調査の進捗《しんちょく》状況を知りたがるものだし、もし君が興味があるなら……」

「ええ、ぜひ聞かせて。今の状態だと、つい悪い想像ばかりしてしまって。だから、何か――なんでもいいから――情報があると気が休まると思うの」

「ジェイリッドの友人のダン・コールターとデイヴ・ヘムズリーから話を聞いた。あいにく、どっちにもジェイリッドからの接触はなかったそうだ」

ヴィクトリアはますます落胆した。「彼らが嘘をついている可能性はないの？　ジェイリッドをかばっているつもりでいるとか。十代の子供たちだから、あなたにジェイリッドの居場所を教えるのは仲間への裏切りだと思いこんでいるのかもしれないわ」

「可能性としてはあるな。ただ、俺は今までに大勢の十代から話を聞いて、連中の仕草や微妙な言い回しに注目することを学んできた。俺が見たところ、あの二人は正直者だ。隠し事といっても、せいぜいレイブパーティに参加したくらいのもんだろう」

ヴィクトリアは冷静になりたかった。冷静にふるまおうとして、唇を引き結んだ。しかし、低いうめき声を抑えることはできなかった。

「そうへこむなよ」ジョンは身を乗り出して慰めた。「世界の終わりってわけじゃあるまいし。確かに、これで一番楽なパターンは期待できなくなったが、それなりに収穫もあった。あの二人に事態の深刻さとジェイリッドが危険な状況にあることを説明し、知っていることはすべて話すように言ったんだ。十代の男の子は仲間に言えないこともガールフレンドにはしゃべったりするもんだが、あいにくジェイリッドにはそういう相手がいないようだな。でも、ダンもデイヴも約束してくれたよ。もしジェイリッドから仲間の誰かに連絡があったら、必ず俺に知らせると」

「つまり、ジェイリッドがこの街の友人宅にかくまわれている可能性はないということね。だったら、次はどうするの？」

「警察と話す。今回は順序を変えてみたが、いつもは真っ先にそうしている」

「私も警察と話をしたけど、彼らはジェイリッドを犯人にすると決めているみたいだったわ」その時の会話がよみがえり、ヴィクトリアのみぞおちを騒がせた。

ジョンは肩をすくめただけだった。「警察が情報を出し渋ったら、直接タクシー会社を回って、事件当夜この近所で客を拾った運転手がいないか訊《き》いてみる。もしいたら、ジェイリッドの写真を見せて確認する。そっちが空振りに終わったら、次はバスターミナルだ。誰かがジェイリッドにチケットを売ったことを覚えているかもしれない」彼は腕を伸ばし、デスクの上できつく握り合わされていたヴィクトリアの手をそっと撫《な》でた。「ヴィクトリア、ジェイリッドは必ず俺が見つけ出す」

ヴィクトリアは両手を引っこめ、深く腰かけ直した。励ましてくれるのはありがたいけど、彼に触れられると冷静でいられなくなる。何か気を紛らわすものはないかしら？　彼女はジョンの視線を避けて周囲を見回した。そして、戸惑いに眉をひそめた。「この部屋はどこか変ね。寸法なのか、配置なのか、それとも単に色遣いの問題なのか。理由ははっきりしないけど、何かずれている感じがする。こういうのってすごく気になるわ」

ジョンは椅子にもたれ、興味深そうに見返した。「ああ、君は建築家だもんな。たしか、俺と出会った頃《ころ》はどこかの一流建築事務所で出世街道をひた走っていた。そのうち事務所の共同経営者になれそうだと言っていたっけ。あの話、実現したのか？」

「いいえ。そういう話も出たけど、断らざるをえなかったわ」

「断った？」ジョンは椅子から背中を起こし、彼女を見つめた。「あんなにやる気満々だったのに。君のデザインだかなんだかのおかげで大口の契約が取れたんだろう？」

「ええ」当時を思い出し、ヴィクトリアは頰を緩めた。

「そのために必死に努力してきたのに、なんだって断ったりしたんだ？」

「エズメよ」

「子供のために仕事をあきらめたっていうのか？　まるで一九五〇年代の感覚だな。いいことを教えてやるよ、ダーリン。今時の女性は仕事と子育てを両立させているんだ」

「有益な情報をありがとう、ミリョーニ」ヴィクトリアの胸に怒りがこみ上げた。今度ばかりは彼女もそれを抑えようとはしなかった。「簡単な選択だったと思う？　私はあの仕事を愛していた。自分の仕事に誇りを持っていた。でも、共同経営者になったら、一週間に六十時間以上は働かなくてはならなかった。こっちもいいことを教えてあげるわ、ダーリン。子育てよりも仕事を優先する親を持つつらさを私は身をもって学んでいるの。自分の子供にはそんな思いをさせたくなかったのよ」

彼女は椅子から立ち上がった。様々な感情が交錯し、とてもじっとしていられなかった。ここから出ていかなくては。ロケットのそばにいると、なぜか冷静さを失ってしまう。私は冷静でいたいのに。六年前もそうだったわ。そのせいでぼろぼろに傷つきかけた。早くここから逃げ出すのよ。でも、その前に……。

ヴィクトリアは相手を見下ろした。「今時の女性は仕事と子育てを両立させていると言ったわね。一度そういう女性たちと話をしてみるといいわ。できれば子供とうちにいたいかどうか尋ねてごらんなさい。たぶん驚くほど多くの女性がそうしたいと答えるはずよ。

私がそういう選択をしたのは、それを可能にする経済力があったから。だから、あなたに何を言われても痛くもかゆくもないの。だいたい、あなたにだけは子育てについて意見されたくないわ。根拠のない言いがかりをつけて、強引にここに入りこんできたくせに。娘と知り合うチャンスをくれ、さもないと、みんなにとって面倒なことになると脅したくせに」まあ、こっちもこっちで、ロケットがいたほうがエズメを守れると思って譲歩したわけだけど、それはまた別の問題だわ。

「誰が脅した？　俺は脅迫めいたことなんて一言も――」

「現にあなたの望んだとおりになっているじゃない」彼女はジョンの言葉を遮った。怒りで全身が震えていた。「だけど、妙な話よね。エズメとの顔合わせはもうすんでいるのに、あなたにはあの子と知り合おうという努力がまったく見られない」

胸の高鳴りを感じながら、ジョンは彼女の顔を見つめた。むき出しの感情。きらめくモスグリーンの瞳。これが俺の記憶にあるトーリだ。ハミルトン家に足を踏み入れた時から相手にしてきたクールで控えめな名士とは違う。あの名士面には本当にいらいらさせられた。でも、距離を置くためにはそのほうがはるかに好都合だった。少なくとも、今すぐデスクに押し倒して、六年前のような激情に身を任せたいと思わずにすんだ。

ヴィクトリアの低いうなり声で、ジョンは自分が無言で彼女を見つめつづけていたことに気づいた。しかし彼が口を開く前に、ヴィクトリアはくるりと向きを変えた。茶色の髪がふわりと広がり、元の形に戻る。猛然とオフィスから出ていく彼女の背中を、ジョンはただ見送ることしかできなかった。ドアが閉まると、彼は椅子に身を投げ出した。悪態をつきながら髪を撫でつけ、ずきずきと痛む目に両手を押し当てた。

いったい俺はここで何をやっているんだ？　俺は子育てについて何一つ知らない。父親になる資格なんてない。そのことを考えただけで怖くてたまらなくなる。

　まったく俺らしくもない。いつもの怖い物知らずの男はどこに行った？　俺は高校を卒業したその日に親父《おやじ》の署名を偽造し、海兵隊に入った。それから十五年間、世界中のありとあらゆる地獄や紛争地域を見てきた。もちろん、一度もびびらなかったと言ったら嘘になる。最新兵器で武装した死ぬ気満々のテロリスト連中に心中覚悟で向かっていけるのは、何も考えてないばかくらいのもんだろう。それでも、俺は並みの男には耐えられない修羅場をいくつもくぐってきたんだ。

　そんな男がなぜふわふわの癖毛と大きな黒い瞳を持つ小さな女の子にびびらなきゃならない？

　確かに俺が昨夜遅くまで外出していたのも、今朝、朝食抜きで出かけたのも、エズメと鉢合わせするのを避けるためだ。でも、関心がないわけじゃない。本当はあの子のことならなんでも知りたい。どんなおもちゃがお気に入りなのか。嫌いな食べ物はないのか。本を読んでもらうのは好きか。いや、五歳ならもう自分で本を読むのかもしれないが。そういうことについて、俺はどれだけ知っているんだろう？　その答えも知りたい。でも、俺に親父の拳《こぶし》をかわさせ、敵の銃弾をよけさせた本能が警告しているんだ。あまり近づきすぎるなと。

俺はデンバーに戻るべきだろうか。ヴィクトリアが築き上げた暮らしを邪魔しないほうがいいんだろうか。彼女は自分が正しいと信じるやり方でエズメを育てようとしている。彼女がいい母親であることは明らかだ。

一方、俺はどうだ？　父親であることのなんたるかもまるでわかっていないじゃないか。やっぱり、戻ったほうがいいのかもしれない。でも、今はまだだめだ。調査事務所のほうはガートがドイツ製エンジン顔負けの正確さで切り盛りしてくれている。調査依頼は何件も抱えているが、さしあたってデンバーでの活動が必要なものはない。それに、まだこっちで調査すべきこともある。

第一、ジョン・ミリョーニともあろう者が女ごときに恐れをなして逃げ出していいわけがない。たとえその女が身長九十センチもない子供だろうと、すらりと脚の長い母親だろうと。

トーリにその気がなかったとしても、これは俺に対する挑戦だ。彼女は俺がエズメと知り合おうとしないと非難した。暗に臆病《おくびょう》者だと指摘した。いいだろう。確かに俺は臆病風に吹かれていた。でも、このままでは終わらせない。

腹をくるのに少し時間がかかったとしても、ジョン・ミリョーニは挑戦から逃げ出す男じゃない。

5

「ちょっとじっとしてて、スウィートハート」ヴィクトリアは前かがみになり、娘のバックパックの肩紐《かたひも》に挟まっていたフリルを引っ張り出した。興奮に輝くつぶらな黒い瞳をのぞきこむと、思わず笑みがこぼれた。今日のエズメはコットンのショートパンツにレトロ調のサイケな柄のタンクトップを着ていた。そのタンクトップの裾《すそ》を整えると、最後に彼女は娘の三つ編みからはみ出た癖毛を撫《な》でつけた。「忘れ物はないわね？」

「大丈夫だって、ママ」エズメはそわそわした様子で母親の手から身を引き、じれったそうに答えた。「ねえ、レベッカはいつ来るの？　あたし、ずっとずっと待ってるんだけど」

「五分前から〝ずっとずっと〟ね」ヴィクトリアは吹き出したいのをこらえた。玄関のステップを上ってくる足音に気づき、娘の腕を軽くたたいた。「ほら、来たわ。きっとレベッカのママよ」

ところが、予想に反してノックの音はしなかった。いきなり大きなマホガニー製のドアが開き、日差しが玄関ロビーにあふれた。閉まったドアの前に立っていたのはジョンだった。彼はしかめっ面をしていたが、ヴィクトリアとエズメを見るとすぐに表情を改めた。

荒々しさの消えた瞳にはまだ用心深さが感じられたが、口元には礼儀正しい微笑が浮かんでいた。

その笑顔がヴィクトリアをいらだたせた。嘘臭《うそくさ》くていやな感じ。実際に海兵隊員だった六年前よりも、今のほうがよっぽど軍人らしく見えるわ。少なくともあの頃《ころ》のロケットは思ったことをそのまま態度に表していた。表情を作ったりしなかった。でも、このジョン・ミリョーニは何を考えているのかさっぱりわからない。

「ハロー、ミスター・ミロンドーニ!」エズメがジョンを見上げた。期待に満ちた明るい表情。この子は彼が自分の父親だということをまったく知らないんだわ。胸の痛みを覚えつつも、ヴィクトリアは穏やかに指摘した。「ミリョーニよ、スウィーティ」

「どっちにしても言いにくいよな。こんなにちっちゃな口じゃなおさらだ」ジョンはエズメにほほ笑みかけた。今度の笑顔は本物だった。「そんなややこしい発音を練習するよりも……」彼はヴィクトリアをちらっと見やり、咳払《せきばら》いをした。「ジョンと呼ぶのはどうだろう? そのほうが手っ取り早いと思うんだが」

「うん、そうする」

ジョンはエズメの前に腰を落とし、バックパックから顔をのぞかせている眼鏡をかけた三つ編みの人形に日に焼けた長い指を伸ばした。「この子は? 君の妹?」

「妹なわけないでしょ。これ、アメリカンガールのお人形よ。モリー・マッキンタイアって名前なの」

「かわいい子だね」一瞬言葉につまり、ジョンはまた咳払いをした。どうも調子が出ないな。女を喜ばせるのはお手のもののはずなんだが。「君には負けるけど」そうつけ加えると、彼は小さくにやりと笑った。そのはにかんだような笑みに、端で見ていたヴィクトリアは思わず目をしばたたいた。

「やあだ」エズメは嬉《うれ》しそうにくすくす笑い、柔らかな布に包まれたジョンの固い胸に小さな指を突き立てた。「モリーのお洋服はどう？　いいと思う？」

「ああ、いいね。実にその……青くて」

「ね、すてきでしょ？　新しいお洋服なのよ。ママがイ、イ、イ、イナーネットで買ってくれたの」

「インターネットよ、エズメ」

「そう、それ」少女は母親には目もくれず、きらきら輝く瞳でジョンを見つめつづけた。

「あたし、今日はレベッカ・チルワースと遊ぶ約束をしてるの。レベッカとレベッカのママがお迎えに来るはずなんだけど、ちっとも来てくれなくて。レベッカはあたしの親友なのよ。前はフィオーナ・スマイスが親友だったけど、今はアメリカにいるから、レベッカが親友なの。レベッカのママとうちのママも子供の時から親友だったんだって。あなたにも親友がいる？」

「ああ、二人いる」ジョンは少し茫然《ぼうぜん》としつつも果敢に答えた。「クーパーとザックといってね。海兵隊で一緒だったんだ」

幼い額に戸惑いの皺《しわ》が浮かんだ。「それ、何?」

「兵隊さんが大勢いるところよ、エズメ」ヴィクトリアが口を出した。「イギリスの衛兵隊みたいなもの」

「もっとましだけどね」ジョンはつけ加えた。「海兵隊員はへんてこな毛皮の帽子をかぶらずにすむ」

きょとんとしている娘を見て、ヴィクトリアは説明を補足した。「ほら、モリーのパパがいるようなところよ」

エズメはぱっと表情を輝かせ、偉大なスーパーヒーローを崇《あが》めるまなざしをジョンに向けた。「じゃあ、海の向こうに行ったこともある?」

「ああ。あちこち行ったよ」

「モリーのパパは海の向こうにいるの。だから、モリーはギセーを払わなきゃならないのよ」

ヴィクトリアの唇がひくひく震えた。気の毒なロケット。狐《きつね》につままれたような顔をしているわ。なんの話か、さっぱりわからないのね。エズメのおしゃべりにつき合わされた人間はたいていこうなるのよ。でも、女に振り回されるロケットというのも新鮮で悪くないかも。

「ずいぶん楽しそうだな」ジョンのうなり声で、彼女はますます笑顔になった。

「ええ、おかげさまで」娘の戸惑いの表情に気づき、ヴィクトリアは緩んだ頬を引き締めた。「アメリカンガールの人形たちには、それぞれ異なる時代が設定されているの。個々の人形にはその設定に合わせた物語があって、それも売りの一つなのよ。モリーの物語のテーマは第二次世界大戦中の銃後の守りで、父親が海外に出兵した話や、祖国の勝利のために家族が犠牲を払う話が出てくるわ」

エズメは目の前の黒髪の男に向かってにっこり笑った。「そう、ギセーよ。ママが言うの。ギセーを払うからモリーはヘアインなんだって」

「ヒロインね、スウィーティ」

「なるほど」ジョンも白い歯を見せて、にんまり笑い返した。膝から崩れ落ちそうになるのを感じ、ヴィクトリアは太腿をきつく閉じた。君は俺《おれ》には逆らえない、必ず俺を好きになると宣言するような屈託のない笑顔。六年前に彼女を虜《とりこ》にしたあの笑顔だ。

太腿から力を抜くと、ヴィクトリアはあわてて一歩後ろへ下がった。そうしなければ、何か愚かな真似《まね》――たとえば娘が指を突き立てた同じ場所に指を這《は》わせるとか――をしてしまいそうな気がしたからだ。全身を駆け巡る熱い反応にさいなまれていた彼女は、チャイムの音を耳にして、密《ひそ》かに胸を撫で下ろした。玄関ロビーを横切り、ドアを開けて、いつも以上に温かい態度でレベッカとその母親を出迎えた。

待ち人が現れたとたん、エズメはジョンへの興味を失った。呆気《あっけ》にとられるほど見事な豹変《ひょうへん》ぶりだった。うまく会話できていると思ったが、俺は単なる暇つぶしで、用がすんだらお払い箱か。これは図に乗っちゃいけないという教訓だな。ジョンは娘の動きを目で追った。エズメは母親の首に両腕を巻きつけ、薔薇《ばら》の蕾《つぼみ》のようにすぼめた唇で熱烈なキスをすると、淡いブロンドの巻き毛の少女――察するにこれが親友のレベッカなのだろう――と早口でしゃべりながら外へ飛び出していった。彼は自分を戒めた。まったく、子供ってやつは謎《なぞ》だ。ほんの五分ばかり小さな女の子の気を引けたからって、俺が子供の何を知っているというんだ。

「遅れてごめんなさい」ブロンドの少女をそのまま大人にしたような女性が、息を切らしながらヴィクトリアに話しかけた。ジョンは私道に停《と》まったミニバンに乗りこもうとしている子供たちからその女性へ視線を移した。「用事を片づけるのに意外と時間がかかっちゃって。おまけに――」

「マーマァ！」

レベッカの母親は肩をすくめ、ジョンに値踏みするような好奇の視線を投げながらドアへ向かった。「暴動寸前って感じ。エズメは六時までに送り届けるわ」

「よろしくね、パム」

ヴィクトリアはブロンドの女性と一緒に外へ出た。ひとしきり挨拶《あいさつ》の言葉が飛び交い、ミニバンのドアが閉まる音がした。ほどなく戻ってきた彼女がドアを閉めると、玄関ロビーに静寂が訪れた。

目にかかった髪に息を吹きかけながら、ヴィクトリアはジョンに笑いかけた。モスグリーンの瞳が愉快そうにきらめいていた。「やれやれだわ」

乱れた髪。紅潮した頬。まるで昔のトーリみたいだ。不意にジョンは彼女をドアに押しつけ、唇を重ねたい衝動に駆られた。一回だけ。軽くキスするだけでいい。このお堅いヴィクトリアの味を試してみたい。六年間俺の心を虜にしつづけてきたあの味がするのか、確かめてみたい。胸の高鳴りを意識しつつ、ジョンは決然として一歩前へ進み出た。

ヴィクトリアは髪を後ろに押しやった。「さあ、説明して。あなたが仏頂面で帰ってきた理由を」

現実に引き戻され、ジョンは動きを止めた。「なんだって？」

「そのドアから入ってきた時、あなたはひどくご機嫌斜めだったわ。ところが、私とエズメに気づいて、急に愛想のいい顔になった。あれ、ちょっとわざとらしかったわね」

オーケー。ジョンは大きく一歩後退した。今のは単なる気の迷いだ。俺にはプロとして守るべきルールがある。だとしても……。「わざとらしいってのはどういう意味だ？」

「とぼけないでよ、ミリョーニ。明らかに不機嫌そうだったのが、嘘臭い愛想笑いに変わったじゃないの。わざとらしいったらないわ。まるで中古車のセールスマンみたいだったた」

「中古車のセールスマンね」ジョンは再び前へ出た。「そういう君はどうなんだ？」

ヴィクトリアも負けずに前へ出て、つんと顎をそびやかした。「私がなんだと言うの？」

「本音じゃ俺をここから追い出したくてたまらないんだろう？　それなのに君は、再会してからずっと社交界のプリンセスみたいな笑顔で俺に接している。いったいどういうつもりだ？」

「それがマナーだからよ」

「ふうん。つまり、こういうことか？　君が愛想笑いをするのはマナーで、俺が同じことをすると中古車のセールスマンになるわけか？」ジョンは肩をすくめた。「それでフェアと言えるのか？」

彼の予想に反して、ヴィクトリアは笑顔になった。「確かにフェアとは言えないわね。あなたの愛想笑いと私の愛想笑い。まったく同じとは思えないけど、感情を隠すための方法という意味では似たようなものかしら」

ちくしょう。ジョンはまた自分たちとドアを隔てる距離について考えはじめた。やっぱり、あの固いドアの表面に彼女を押しつけたい。プロ意識なんか知ったことか。そんなものより、あの髪に両手をうずめて、あの唇にキスすることのほうがずっと価値がある。

でも、これが危険な考えじゃないとしたら、危険な考えってなんだ？　とにかく、ここは距離を置いたほうがいい。そう判断したジョンは、ズボンのポケットに両手を突っこみ、大きく一歩後退した。なんだかとろいフォークダンスを踊っている気分だ。「機嫌が悪かったのは、ジェイリッドのことで警察と話したせいだ。捜査主任がドーナツばかり食ってそうな豚野郎で、君の弟を犯人と決めつけ、ほかの可能性についてはいっさい考えないぐうたらだったからだ」

これで彼が望んでいた距離は確保できた。しかし、笑みの消えたヴィクトリアの顔を見ても満足は得られなかった。トーリの顔。不安に引きつっている。俺がいやなことを言ったせいだ。これじゃ俺は学校のいじめっ子だ。ポケットから両手を引き抜きながら、ジョンは彼女のほうへ身を乗り出した。

ヴィクトリアは背筋をぴんと伸ばし、彼の大嫌いな当たり障りのない表情を顔に張りつけた。そこで彼も思いとどまるべきだった。だがその時、彼の頭の中にヴィクトリアの言葉がよみがえった。〝感情を隠すための方法という意味では似たようなものかしら〟

くそ。

「場所を変えて話そう」ジョンは彼女の手を取り、自分に割り当てられたオフィスへ向かった。まず彼女を向かいの椅子に座らせ、自分もデスクを回りこんで定位置に落ち着いた。「メアリーに何か持ってきてもらうか？　アイスティーでも？　それとも、もっと強いやつのほうがいい？」客の分際でよその家の使用人に指図するのもなんだが、まあ、よしとしよう。昨日スタッフ全員に質問して以来、家政婦は俺を気に入ってくれている。せっかくの好意だし、甘えられるうちに甘えとけ。

しかし、ヴィクトリアは無言で首を横に振った。

「ところで、彼女も君と同意見だった」

ヴィクトリアは目をしばたたいた。「彼女ってメアリーのこと？　何について同意見だったの？」

「ジェイリッドの無実について」

その言葉がヴィクトリアの関心をとらえた。モスグリーンの瞳が怒りにきらめくのを見て、ジョンはしてやったりの気分になった。これでいい。敗北感に打ちのめされているよりは、怒りのほうがはるかにましだ。

ヴィクトリアの背筋が伸びた。「あなた、メアリーに話を聞いたのね？」

「聞いたよ。料理人と週に一度掃除に来る女の子二人にも。ああ、あと庭師もか」ジョンは彼女の怒りを煽《あお》るような挑発的な笑みを返した。「庭師はジェイリッドに車でダリアを踏みつぶされたことをいまだに根に持っていたが、ほかの四人からは同じ答えが返ってきた。ジェイリッドには蝿《はえ》一匹殺せない、父親を殺せたわけがないってね」

「だから、私がそう言ったでしょう！」

「ああ、言ってたな。でも、俺は何も信じないし、誰に何を言われても鵜呑《うの》みにはしない。たとえ真実に近づきかけていても、二重三重に裏を取るまでは満足できない。それが俺の仕事なんだよ」

「皮肉屋になることが？」

「そのとおり。君の手を握って、君の言葉にいちいちうなずき、父親が殺されたことや弟が失踪《しっそう》したことに同情してくれる人間が欲しいなら、カントリークラブにでも行けばいい。君の望みはジェイリッドが見つかることだろう。俺が雇われたのはそのためだ。だから俺はジェイリッドの私生活をほじくり返している。姉さんには口が裂けても言えないような彼の秘密を探り出すために、スタッフたちにも話を聞いているんだ」

当然、ヴィクトリアはその秘密とはどんなものかと尋ねるだろう。ジョンは相手の出方を待った。ところが、ヴィクトリアは座ったまま背筋を伸ばし、何かを推し量るような表情で彼を見返してきた。「警察にはジェイリッド以外の容疑者を捜す気がないのね？」

「シンプソン刑事の口ぶりから察するにな」あの刑事の無能さときたら。思い出すだけではらわたが煮えくり返る。たいていの警察官はあそこまでひどくはないんだが。

「だったら、あなたへの依頼内容を変更するしかなさそうね」

ジョンは彼女を見つめた。「どう変更するんだ？」

「私にはその刑事の態度がどうしても解せないの。父の死を望んでいた人間はいくらでもいるのに。だから、あなたが彼らを調査して。今この場で十人は名前を挙げられるから、まずはそこから始めて」

「そういう金の使い方はどうかと思うね。依頼料だけで一財産必要だし、君の期待に応《こた》えられる保証もない」

「お金はこの際、問題じゃないわ。警察が怠けている以上、あなたに彼らの代わりをやってもらうしかないでしょう」

「君もわかっていると思うが、俺には人を尋問する権限はない。口を閉ざした相手から無理やり答えを引き出すことはできないんだ。私立探偵がめったに殺人事件に関《かか》わらないのはそのせいさ。刑事と違って、俺たち探偵には司法権も情報源もないからな」

ヴィクトリアは彼の視線をとらえ、薄い笑みを浮かべた。「でも、あなたならなんとかできる。そうよね？」

一瞬ためらってからジョンは肩をすくめた。「君がそこまで言うなら。俺は挑戦されると燃えるタイプでね」彼は椅子の背にもたれ、ヴィクトリアを見返した。「君の金だ。君の好きにするさ。ただし、俺に全財産を吸い取られたくないなら、俺が君の世界の住人たちと接触できるよう協力してくれ。俺はカントリークラブ向きの人間じゃないから」

ヴィクトリアはしげしげと彼を観察した。「確かにそうね。でも、それのどこが問題なの？」

「人は異質なものをいやがる。君の紹介なしに接触を図ろうとしても、たいていの連中は俺を警戒するだろう」あるいは露骨に俺を拒絶するかだな。

「わかったわ」

「何がわかったんだ？　連中が警戒することか？　それとも——」

「私があなたをみんなに紹介するわ」

「安請け合いはしないほうがいい」ジョンは警告した。「けっこう手間がかかるぞ」

ヴィクトリアは肩をすくめた。「手間くらい何よ」彼女は椅子から立ち上がり、ジョンを見下ろした。「それでジェイリッドの容疑が晴れて、私たち家族が前向きな人生を送れるようになるのなら、私はどんな手間も惜しまないわ。何か必要なものがあれば、遠慮なく言って」

ジョンはオフィスを出ていく彼女の背中を見送った。俺に必要なものか。前向きな人生か。考えるうちに、彼の唇から苦笑がもれた。二日前の俺なら、そんなことは気にもしなかっただろう。でも、今の俺は自分に娘がいることを知りながら、その事実とどう向き合えばいいのか途方に暮れている。俺に弟の無実を晴らすことしか望んでいない女への欲望を持て余している。これのどこが前向きな人生だ？

だいたい前向きな人生っていったいなんなんだ？　何がなんだか、俺にはもうさっぱりわからない。

6

ジェイリッドは〈ザ・スポット〉の外に立ち、野球のコーチが試合前にいつも口にする激励の言葉を思い返した。彼がこの娯楽センターの存在を知ったのは、〈十六番街モール〉で釣銭詐欺をやっている二人組の会話を小耳に挟んだ時だった。〈ザ・スポット〉なら午後五時から十時まで粘れると聞き、彼の心は浮き立った。五時間も移動せずにすむと思うと軽い目眩《めまい》さえ覚えた。最後に一つの場所でまとまった時間を過ごしたのはいつだったろう？　娯楽センターの活動内容なんか知ったことじゃない。眠れなくてもいい。しばらくじっとしてられるだけでいい。ちょっと落ち着いたと思ったら、すぐにまた移動しなきゃならない──ずっとその繰り返しだったんだから。

彼はしばらくドアのそばにたたずみ、センターの中でふざけ回っているヒスパニック系の若者たちを観察した。それから大きく深呼吸をし、入り口に向かって一歩足を踏み出した。

「そこはやめといたほうがいいよ」背後からハスキーな声が聞こえた。ジェイリッドはぴたりと動きを止め、肩ごしに振り返った。建物の脇《わき》から一人の少年が現れた。風が吹いたら飛ばされそうなほど貧相な体つきをしている。だぶだぶなジーンズのポケットに両手を突っこみながら、少年はとがった顎でセンターの中の若者たちを指し示した。「あいつら、地元のごろつきなんだ。よそ者と見ると、すぐちょっかい出してくるから」

「くそ」ジェイリッドは落胆に打ちのめされた。もうだめだ。体力の限界だ。うちに帰りたい。

まぶたの裏が熱くなり、鼻がつんとした。こんなへんてこな声のがきに泣き顔を見られてたまるか。

彼は少年に背中を向けた。「教えてくれて助かった」ぶっきらぼうに礼を言うと、重いため息をつきながら、数時間の安らぎを与えてくれるはずだった場所から歩き出した。

「ねえ、ちょっと！」追いかけてきた少年がなれなれしい仕草で彼をつついた。「あんた、あちこちうろうろしてたよね。こっちはＰ・Ｊっていうんだけど、そっちの名前は？」少年はポケットに汚れた手を突っこみ、キャンディバーを取り出した。「半分いる？」

ジェイリッドは不覚にもあふれてしまった涙をこっそり拳《こぶし》で拭《ぬぐ》い、少年のほうを盗み見た。Ｐ・Ｊと名乗る少年はわざとそっぽを向いていた。たまに襲ってくる無力感に負けてしまうのは、僕だけじゃないのかもしれない。そう思うと、なぜか気が楽になった。シャツの裾《すそ》で鼻を拭うと、彼は肩をいからせた。「ああ、もらう」彼は差し出されたキャンディバーを慎重に受け取った。そうしないと、Ｐ・Ｊの手からひったくってしまいそうだったからだ。最後に食べ物を口にしたのはいつだったか。ブランデーの瓶が空になったのは昨夜だが、固形物はそのずっと前から食べていない。一度に口に押しこみたい衝動を我慢して、彼はちびちびキャンディバーをかじった。「悪いな」

「いいよ。それよりあんたの名前は?」

「ジェイリッド」

「ふうん、きれいな――じゃなくて、いい名前だね」P・Jは咳払《せきばら》いをしたが、かえって声がかすれただけだった。「で、〈ザ・スポット〉で何をするつもりだったわけ?」

「何って、とりあえず……いられりゃそれでよかった。僕の言う意味がわかるか? しばらく移動せずにすむ場所が欲しかったんだよ」ジェイリッドはキャンディバーをもう一口かじろうとしたところで、自分の手も汚れていることに気づいた。「それに、シャワーも浴びたいし。あとはもう救世軍に行くしかないのかな」彼がその手の施設を避けてきたのは、身元がばれることを恐れていたからだ。しかし実のところ、彼は自分のことがこの地で報道されているかどうかも知らなかった。コロラド・スプリングスの大ニュースがデンバーでも報じられる価値があるとは限らない。しかも、彼の体から発せられる悪臭は本人でさえ耐えがたいレベルに近づきつつあった。

「言っちゃなんだけどさ」P・Jの声が彼の思考に割りこんだ。「救世軍もやめといたほうがいいよ。意地悪な連中がごろごろいるから」

「救世軍も安全じゃないのか?」ジェイリッドは愕然《がくぜん》として貧相な少年を見返した。「クリスマスには街頭に立って、ベルを鳴らしながら募金活動してるのに?」

「そう。世の中はそんなに甘くないってこと」P・Jは肩をすくめた。「あそこを運営してる連中はまあいいよ。みんな、そこそこ親切だし。けど、ああいうとこには大人のホームレスが大勢集まるじゃん？」少年は口笛とともにかぶりを振った。「そいつらにかかったら、あんたなんかすぐぼこぼこにされちゃうよ」そこで彼はにっこり笑った。「行くんなら〈ソックス・プレース〉だね」

「〈ソックス・プレース〉？」

「別のシェルター。といっても教会みたいなとこだけど、あそこはお勧めだよ。食事も出るし、シャワーも使える。二、三時間くらいなら寝ることもできる。どう？」

「いいね」すごくいい。まるで天国みたいだ。でも、そこまでは言わないでおこう。かっこつけてる場合じゃないけど、ちょっとは見栄《みえ》を張ったっていいじゃないか。

数分後、P・Jと並んで新たな目的地へ向かいながら、ジェイリッドは連れのいるありがたみをしみじみと噛《か》みしめた。この悪夢のような状況にあって、彼が何より恐ろしく感じたのは自分が一人きりだという事実だった。しかし、話をする相手がいれば少しは気が紛れるというものだ。

とはいえ、ジェイリッドにはあまり発言の機会がなかった。P・Jは生まれついてのおしゃべりらしく、何かにつけて自分の意見を披露したがったからだ。ジェイリッドは喜んで聞き役に回った。貧相な少年は明らかに彼よりも路上生活歴が長く、彼一人で学ぶには何週間もかかりそうな耳寄りな情報の宝庫だった。

先に立ったＰ・Ｊが後ろ向きにスキップしながら、オーラリア・キャンパスに紛れこんで休息を取る方法を伝授しはじめた。僕たち、でこぼこコンビって感じだな。ジェイリッドは考えた。僕はハミルトン家の血を受け継いでて背が高い。といっても、手と脚ばかり長くて、筋肉のほうはさっぱりだけど。でも、それはまだ骨が成長中だからだ。うちのコックも言ってたろ。じきに筋肉がついて、たくましくなるって。

別にそこまで筋肉にこだわってるわけじゃないさ。でもＰ・Ｊと比べたら、僕なんかボディビルダーで通りそうだ。こいつは僕より三十センチくらい背が低い。細っこくて女の子みたいだ。大きな目と棒みたいに細い腕のせいでそう思うのかな。三サイズくらいでかそうなＴシャツとぶかぶかのジーンズで隠れてる部分はわからないけど、どうせ体もがりがりに決まってる。それに、この顔。まだ産毛も生えてないじゃないか。

「年はいくつだ？」ジェイリッドは問いかけた。

「もうすぐ十五」

「十五？」ジェイリッドは疑わしげな目つきで相手を眺め回した。「もうすぐって、正確には何カ月だよ？」

「二十カ月くらいかな」Ｐ・Ｊはにやりと笑った。「あんたは？　見たとこ、十八はいってるよね？」

「十一月までは十七だ」

「ほぼ当たりじゃん」

「まあ、十三と十五よりは近いな」ジェイリッドは鼻を鳴らした。だが、それが単なるポーズにすぎないことは二人ともよくわかっていた。「で、P・Jはなんの略だ?」

「プリシラ・ジェーン」

ジェイリッドの足が止まった。「女なのか?」つい声がうわずったが、今はそんなことを気にしている余裕はない。彼は愕然として相手を見つめた。

「決まってるじゃん! 女だよ! なんでみんな間違えるのかな?」P・Jは自分の体を見下ろし、平らな胸からTシャツをつまみ上げた。「おっぱいがないから? そんなもん、いつか生えてくるよ。ちょっと人より遅れてるだけなんだから」三角形の小さな顔をわびしげな表情がよぎった。「けど、今おっぱいがあったら、こんなにお金の苦労をしなくてすむのにな」

「なんでそう思うんだ?」女とわかって見てみれば、確かに女の子だ。くそ。なんで最初に会った時に気づかなかったんだろう?

「もしいい体をしてたら――胸が真っ平らじゃなかったら――うまいことやってお金儲《かねもう》けができるじゃん」そう言いつつも、P・Jは顔をしかめた。「まあ、それができなくて、ほっとしてる部分もあるんだけど。あたしがこんなことを言ったなんて誰にもしゃべらないでよ。もしあんたがしゃべっても、あたしは否定するから。でもさ、セックスってなんか……気持ち悪そうだよね?」

「うん、まあな」ジェイリッドは改めてP・Jを観察した。見た目はエズメと大差ない。

こんな子供が脂ぎった中年おやじに体を売るのかと思うと、胸が悪くなる。彼は腕を伸ばし、少女の後ろ前にかぶった野球帽をぽんとたたいた。「あのな、体を売るってことは、でぶのおやじにべたべた触られ、好き勝手されるってことなんだぞ。売り物がなくてよかったと思え」

「そう言うけど、あんたなら絶対大金が稼げるよ」P・Jは羨望《せんぼう》のまなざしを返した。

「やっぱ、かっこいい人間は得だよね」

ジェイリッドはいちおう顔をしかめてみせたが、容姿を褒められて悪い気はしなかった。それに、体で金を稼ぐというアイデアにも惹《ひ》かれるものを感じた。彼の所持金は残り十二ドルになっていた。「女もセックスに金を払うのか?」世の中にはそんないい商売があったのか。セックスは二度しかしたことないが、あれはいいぞ。

すごく気持ちいい。

P・Jは無作法な音をたてた。「わかってないなあ。女じゃなくて男だよ」

「男が男を?」ジェイリッドはばい菌から逃れるように後ろへ飛びのいた。「変態じゃないか!」

「そう、変態」P・Jはむっつりとうなずいた。「だから言ったじゃん。セックスは気持ち悪いもんだって」

「セックス自体は捨てたもんじゃないぞ。僕も偉そうなことは言えないけど、ホットファッジ・サンデーつきのセックスはいいと思う。ただし、それは相手が女の子の場合だ。男同士は絶対いやだね」考えただけで反吐《へど》が出る。

「ホットファッジ・サンデー？」Ｐ・Ｊは興味を引かれたようだった。「あたしもあれは好きだな。けど、セックスで得するのは男だけでしょ？　女はサンデーに釣られて泥を食わされるのが落ちだよね」

「おい！」ジェイリッドは侮辱された気分になったが、ベス・チェンバレンとの初体験を思い返し、考えを改めた。「まあ、最初のうちは男のほうが得なのかも」次に彼は年上のヴァネッサ・スポールディングから色々と手ほどきを受けたことを思い出した。「でも、男が経験を積めば、女もだんだん得するようになるんだよ」

「だったらいいけど」Ｐ・Ｊは肩をすくめた。「でも、あたしはべたべた触られる部分をすっ飛ばして、ホットファッジ・サンデーを食べたいな」

ジェイリッドは笑った。わずかでも愉快な気分になれたのは、コロラド・スプリングスの自宅を逃げ出して以来初めてだ。今の自分には仲間がいる。そう思うと、恐怖心も薄れていく気がした。彼は気さくな態度で少女の肩を押した。「いい奴《やつ》だな、君は。君に会えてよかったよ」

7

ジョンはハミルトン家の裏にある車六台を収容できるガレージの外階段を上っていった。階段を上がりきると、肩ごしに視線を投げ、母屋のキッチンのドアを見やってから、真鍮《しんちゅう》で作られたアンティークのドアノッカーを使った。家政婦のメアリーはヴィクトリアならここにいるはずだと言った。その言葉を疑う理由はないが、トーリはガレージの上で何をやっているんだろう？　まさか、お抱え運転手とお楽しみの最中ってことはないよな？

つまらない冗談だ。ちっとも笑えない。再会したトーリの変わりようを考えたら、ありえない話じゃないだろう？　なのに、彼女がどこかの男とよろしくやってるなんて、考えただけでも腹が立つ。いったいこれはどういうことだ？　この六年間、トーリが男と無縁で生きてきたとでも思っているのか？

ああ、そうだよ。俺《おれ》はそうであってほしいと思っている。それが悪いか？

ドアを開けた女性はとても密会中には見えなかった。細身のドレスと真珠で身を固めた社交界の名士の姿はもうどこにもなかった。代わりにそこに立っていたのは、見覚えのある素足の女だった。彼女は擦り切れたショートパンツをはき、真っ赤なスポーツブラの上に白いシャツを重ね、腰の位置で裾《すそ》を結んでいた。裾の長さと肘までまくり上げた袖《そで》の余り具合からみて、元は父親のシャツだったのだろうか。頭の後ろで縛った赤いバンダナからは、奔放な癖毛が後光のように広がっていた。しかし、ジョンの視線を釘《くぎ》づけにしたのは、引き締まった太腿を囲んでいるショートパンツの無造作にカットされた裾の部分だった。

「何か用事があって来たの、ミリョーニ？　それとも、私の脚を眺めに来ただけ？」

ジョンはむきだしにされた長く滑らかな脚から視線を引きはがした。「自分でもわかっているだろう。その脚に鑑賞するだけの価値があることは」ヴィクトリアと視線を合わせて、彼は言葉を続けた。「本当に用事があって来たんだが……その脚のせいできれいさっぱり忘れてしまった」彼はにんまり笑った。狙《ねら》って笑ったわけではない。いつものことだが、ヴィクトリアといるとつい笑みがこぼれてしまうのだ。「参ったな、トーリ。君の脚がどんなに魅力的か、すっかり忘れていたよ。君はもっとショートパンツをはくべきだ」これ以上やるとセクハラだと非難されてしまう。最後にもう一度問題の脚を見つめてから、彼は意識して視線を外した。

その視線はヴィクトリアを通り過ぎ、広い部屋の奥の作業台へ向かった。シャープペンシルや設計図、木屑《きくず》などが散乱する作業台の中央には、高さ一メートル足らずの家の模型が二つ置いてあった。一つはバルサ材でできた比較的シンプルな家だが、もう一つは見るからに手がこんでいる。作業台の向こうの棚にも、バルサ材や石材で作られた様々なスタイルの家が並んでいた。

「すごいな、あれ。君のか?」

「そうよ」

ジョンは彼女の脇《わき》を通り抜けて、作業台に歩み寄った。模型の背後に壁がないことを知ると、腰を折り曲げ、手のこんだほうの家の内部をのぞきこんだ。「これはドールハウスってやつかな?」

「ええ」

彼はもう一つの家を指さした。「こっちは?」

「こっちは試作品」

「両方とも君が作ったのか?」ジョンは棚の模型に向かって顎をしゃくった。「あそこにあるのも全部?」

「ええ」

「たいしたもんだ」彼は製作中の模型をじっくりと観察した。「細かい部分にもちゃんと気が配られている。非の打ちどころがない」ジンジャーブレッドの屋根板。手すりのついたポーチ。バルコニー。出窓。それぞれの部屋も見事に再現されている。客間の窓下の腰かけや樫《かし》の羽目板から、古風な壁紙、二階の浴室に置かれた白い陶製の洗面台に至るまで。模型の横にあった小さな金属の箱のスイッチを押すと、ドールハウスの内部の小さな照明がいっせいに灯《とも》った。彼の胸から笑いがこみ上げてきた。「実にクールだ」

ジョンは作業台を回りこみ、棚の模型も点検しはじめた。ヴィクトリアは戸惑いに目をしばたたいた。普通、ロケットみたいな男臭いタイプは、ドールハウスを女々しいものだと思っているんじゃないの？　少なくとも、それほど興味を示さないはずだわ。なのに、この人はすっかり夢中になっているみたい。ジョンが石の城の前に立ち、肩ごしに彼女を振り返った。黒い瞳が好奇心に輝いていた。

「こいつはほかとは違うな。男のドールハウスって感じだ」

ヴィクトリアの唇から笑い声がもれた。「いい表現ね。それはある男の子のために作ったの。その子はおもちゃの兵隊のコレクターで、特に騎士や王様や馬や中世の戦士をたくさん集めているのよ。石材を使うのは初めての経験だったけど、自分ではなかなかの出来だと思っているわ」ジョンのかたわらに移動すると、彼女は棚から石の城を取り出し、作業台の上に置いた。「ほら、ここ」彼女はジョンの腕と交差するように腕を伸ばし、城の内部を示した。「この跳ね橋と落とし格子戸は実際に操作できるのよ。それから、この石を動かして」彼女は指先を使って実演してみせた。「隣の石をこっちに動かすと……じゃじゃん！」内部の壁が回転し、隠し部屋が現れた。隠し部屋の壁には中世の武器の絵が並んでいた。

ジョンは笑った。「最高だ！　俺だったら後ろの壁を厚くして守りを固めるところだが、武器を揃《そろ》えるのも戦術としては悪くない。あとは煮え立つ油の樽《たる》を二つばかり用意し、包囲攻撃に持ちこたえられるだけの食糧を蓄えれば、城の守りは盤石だ」彼は首をひねり、ヴィクトリアを見やった。「君はこれで食っているのか？」

「ええ」いやだわ。これじゃ顔が近すぎる。好奇心をむきだしにしたまなざしに圧倒されて、ヴィクトリアは一歩後ろへ下がった。その拍子に二人の腕が触れ合った。ジョンの皮膚の熱さと滑らかな感触を、彼女はなんとか無視しようとした。「といっても、意識してそうなったわけじゃないけど。きっかけはエズメのために作ったドールハウスなの。それをあの子の仲良しさんたちがすごく気に入っちゃって。で、その子たちの親が私に製作を依頼し、そこから口コミで噂《うわさ》が広がったというわけ。最初はロンドンのメイフェア地区からの注文がほとんどだったけど、去年インターネットにウェブページを開設してからは、さばききれないくらい注文が来て、断らざるをえない状態なのよ」

「大量生産という選択肢は考えなかったのか？」

「ちょっとだけ」ヴィクトリアは彼の視線を受け止めた。「でも、すぐに考え直したわ。大量生産を始めたら、〈キンブル&ジョーンズ〉に勤めていた頃《ころ》と同じになってしまう。仕事に追われて、エズメと過ごす時間が減ってしまうもの。それに、大量生産では個性が消えてしまうし……何より楽しくないじゃない。私はあまり手を広げたくないの。一人一人の子供に合わせて、その子にとって価値がある家を作りたいのよ。そうすれば、子供たちは世界に一つしかない自分だけのドールハウスを持てるし、私も創造性を発揮できる。限定品ということで高く売れるから、安定収入にもつながるわ」

城の仕掛けを試すために身を乗り出したジョンの肩が彼女の肩とぶつかった。ヴィクトリアはさらにあとずさり、棚の前まで戻って、そこに残っていた模型を意味もなくいじりはじめた。

「それで思い出したけど、そろそろ仕事に戻らなきゃ。あなた、何か用事があって来たと言っていたわよね？」

振り返った彼女は、ジョンがまた自分の脚を眺めていることに気づいた。ジョンはすぐに視線をそらし、彼女の目を見返した。「ああ。ジェイリッドが街を離れた可能性が高まった。事件の夜、彼を乗せたタクシーの運転手が見つかったんだ」

「そう」ヴィクトリアの膝から力が抜けた。彼女は作業用のスツールを引き寄せ、その上にへたりこんだ。「それで、その運転手はなんて言ったの？　ジェイリッドをどこまで運んだの？」

「ひどく無口な子だったと言っていたね。ショックで口がきけない様子だったと。運転手が大丈夫かと尋ねたら、ジェイリッドはヒステリックに笑ったそうだ。でも、じきに落ち着いて、バスターミナルに行くように言ったらしい」

「あの子はバスターミナルからどこへ向かったのかしら？」

「そこまではわからない。彼にチケットを売ったことを覚えている人間がいなくてね。でも、たいていの家出少年は都会を目指すもんだ。コロラド・スプリングスから一番近い都会といえばデンバーだから、そっちに向かったのかもしれない」

ヴィクトリアは足を踏ん張って立ち上がった。「十分で支度するわ」

「おいおい、そうあせるなよ」ジョンは彼女の両肩をとらえ、たしなめるようなまなざしで見据えた。「誰もデンバーに行くとは言ってないだろう」

「でも、あの子がデンバーにいる可能性があるのなら……」

「可能性はあくまで可能性にすぎない。頭を切られた鶏みたいに闇雲《やみくも》に走り回っても、なんの得にもならないだろう。ここは知恵を働かせるんだ。俺には情報源がある。まずはデンバーの〈スタンドアップ・フォー・キッズ〉に連絡を取ってみよう」

「それは何？」

「家出少年やストリートチルドレンを支援する団体で、毎週日曜日と火曜日にスカイライン・パークで奉仕活動をやっている。彼らに電話し、ジェイリッドの写真をファクシミリで送って、奉仕活動の時に捜してもらうんだ。子供ってのは意外とたくましいからな。どこでただ飯と日用品が配られているか、すぐに学習する。もしジェイリッドがデンバーにいれば、遅かれ早かれスカイライン・パークに現れるだろう。俺は前にもあの団体と仕事をしたことがあるから、子供を虐待的な状況に連れ戻す人間じゃないことはわかってもらえているはずだ。もしジェイリッドが見つかれば、必ず連絡をくれるだろう」

「じゃあ、私たちがデンバーへ行くのは連絡が来てからね？」

「とりあえず俺はそうするつもりだ」

「あなた一人だけ行かせるわけにはいかないわ。見ず知らずの人間が迎えに来たら、ジェイリッドは死ぬほど怯《おび》えるに決まっているもの」

ジョンは彼女の両肩を軽く握った。「その件はいったん棚上げにしないか？　具体的な情報が入ったら、改めて話し合おう」

もっともな意見ね。確かに今ここで揉《も》めてもしかたのないことだわ。ヴィクトリアは苦笑をもらし、場を和ませようとしてジョンをつついた。「了解」

ところが、ジョンはにこりともしなかった。顔をしかめただけだった。「ちくしょう、トーリ。そんな態度をとられたら、君と再会して以来ずっと気になっていたことを確かめるしかないじゃないか」

「何が気になって――」言い終わらないうちに、ヴィクトリアは大きな体に引き寄せられていた。ジョンの片腕が腰に回され、もう一方の手が癖毛をかき分けて、うなじをとらえる。男の体温を全身に感じながら、ヴィクトリアは目を丸くして彼を見上げた。「いったいどういうつもりなの、ミリョ――」

ジョンは熱い唇で彼女の唇をふさぎ、質問を断ち切った。

ヴィクトリアは驚きに身をすくませた。次の瞬間には彼の味と舌の動きを意識し、怖くてたまらなくなった。このままではロケットと距離を保てなくなってしまう。彼女は固い胸に両手をついて強く押した。

しかし、その胸はびくともしなかった。ヴィクトリアはロケットの力を思い出した。六年前、その力に惹《ひ》かれ、胸をときめかせたことを。当時の彼女の中には幼い少女がいて、世界から自分を守ってくれる誰かを求めていた。その思いを満たしてくれたのがロケットだった。

でも、あの少女はもういない。頼れるのは自分だけだと気づいたその日に、私が葬ったから。ヴィクトリアは両手に全身の力をこめ、もう一度彼を押しやろうとした。だが気がつけば、なだめるようなキスにほだされて、彼のたくましい胸を撫《な》でていた。

どうせ押しつづけても無駄よ。ロケットに荒っぽいところはないけど、引き下がる気もなさそうだもの。それに、こんなキス——これほど官能的で力強いキスをされたら、とても抵抗できないわ。

懐かしい唇。懐かしすぎる唇。私はこの唇を知っている。かつてこの唇にキスをし、この唇が動くのを眺め、この唇に食べ物を運んだから。もう六年もたつのに。女はこういうことだけは絶対に忘れないものなのね。

ヴィクトリアの膝から力が抜けはじめた。もう抵抗する気力も残っていなかった。かつて一度だけ味わった熱い喜びに満たされ、彼女は夢中でキスを返した。ジョンの豊かな味に溺《おぼ》れ、彼の口の中を舌で探った。たくましい体にぴたりと寄り添い、自分の重みを支えてくれるしなやかな力を堪能《たんのう》した。

次の瞬間、ジョンがいきなり顔を上げた。彼女の体を放して、大きく一歩あとずさった。

「くそ」彼は手の甲で下唇を拭《ぬぐ》った。その手をだらりと下ろし、拭ったばかりの唇をなめながら、ヴィクトリアをにらみつけた。「いまだ健在というわけか。もう昔の君じゃないと、俺の記憶違いであってほしいと思っていたのに。君の中毒性はあの頃と少しも変わっていない」ジョンは燃えるようなまなざしで彼女の全身を眺め回した。「まるで赤いブラをつけたコカインだ」

つまり、六年前の出来事はロケットにとっても大きな意味を持っていたということね。ヴィクトリアは有頂天になったが、それもほんの一瞬のことだった。私はあれ以来セックスから遠ざかっていた。その手の活動からは卒業したんだと思っていた。少なくとも、しばらくの間は。たまに我が身を振り返り、そんな自分を不思議に思うこともあったけど、そういう時は仕事と子育てのせいにした。いつか時間に余裕ができたら、女としての人生を取り戻す日も来るだろうと。でも、今ようやくわかったわ。私がほかの男たちに心惹かれなかったのは、彼らがロケットじゃなかったからよ。

ただし、ロケットのほうも同じだったとは思えない。本人は私のことを覚えていたと言うけれど、口ではなんとでも言えるもの。

いいえ、今はそんなことを気にしている場合じゃないわ。ロケットの発言についてはあとで……もっと冷静な判断ができる時に考えよう。腰の位置で結んだシャツの裾を引っ張りながら、ヴィクトリアは咳払《せきばら》いをした。「確かに、昔と変わらない部分もあるみたいね」

幸い、落ち着いた声を出せたが、実際には全身に火がついたような気分だった。頬が赤く染まっているところを見ると、彼も同じ気持ちなのだろうか。「で、あなたの意見は？　私たち、これからどうするべきだと思う？」

「俺はそれぞれの立場に戻って、探偵と依頼人に徹するのがいいと思う」

正論ね。でも、それはエズメにとってはいいことなのかしら？ 疑問を抱きつつも、ヴィクトリアは素っ気なくうなずいた。それでなくともややこしい状況だもの。このうえ私情が絡んだら、どんなに面倒なことになるか。ここは私情を抜きにして問題解決の道を模索するべきだわ。「賛成よ。私もそのほうがいいと思うわ」

ジョンはまた彼女の脚に見入っていたが、そこから視線を引きはがし、海兵隊仕込みの感情を排した目つきで彼女を見据えた。「そうか。じゃあ、その線でいこう」


おまえは大ばかだ。ジョンは憤然とした足取りで母屋へ引き返した。その頭はただの飾りか、脳たりん？

トーリは俺が今までに会ったほかのどんな女とも違う。昔からそうだった。最初に出会った時から。なのに、なぜまた彼女に近づいてしまったんだ？ 近づいたら抵抗できないとわかっていたはずなのに。

たいていの人間は一度や二度は人生の転機を経験する。ジョンの場合は、自分の一物がほかの男たちより大きいと気づいた日がそうだった。それまでの彼は、アメリカ海軍最低の屑フランク・ミリョーニのやせっぽちで惨めったらしい息子にすぎなかった。母親がボート事故で亡くなったあと、彼は父親と二人でしらみまみれのアパートを転々とした。海軍基地にまともな住宅があっても、父親が近所と揉め事ばかり起こすので、基地の外で暮らすしかなかった。父親が営倉入りしている間は彼一人で過ごし、父親がうちにいて、ほかに鬱憤《うつぷん》晴らしの対象がない時は、彼が代わりにぶちのめされた。

思春期を迎えた頃、父親がまた異動になり、彼もまた新しい学校に移った。あれは体育の授業のあとだった。彼がロッカールームでパンツを下ろすと、その場にいた少年たちの半数が動きを止め、口々に称賛の言葉をつぶやいた。初めて知る快感。一目置かれる優越感。もっともっと尊敬されたい。命綱にすがるように、彼は同級生たちが与えてくれた新しいアイデンティティにすがりついた。

立派なお宝の持ち主。それが彼の得たアイデンティティだった。男ばかりではない。女たちの中にも、男を体だけで評価する者がいた。そんな女たちの手ほどきを受けて、彼はセックスの新しい世界に足を踏み入れた。自慰と妄想をはるかに超越した世界。それは宗教的な体験に近かった。その世界で、彼は最も熱心な信者になった。手当たり次第に女を引っかけ、成果を仲間たちに吹聴《ふいちよう》した。そんな自分の生き方になんの疑問も抱いていなかった。

トーリと出会うまでは。

出会った瞬間、彼にはわかった。トーリは普段相手にしている海兵隊のグルーピーたちとはまるで違う女だと。だが、その出会いが第二の転機になり、彼の人生を大きく変えてしまうことまでは予想していなかった。彼は何も考えず、いつもの調子でルールを設けた。そして、トーリとつき合う中で気づかされた。自分は海兵隊の仲間たちから〝ロケット〟

と名づけられたほどのお宝の持ち主だが、ただそれだけの人間ではないと。これまでは平気で披露してきた自慢話も、トーリのことを誰かに話すと考えただけで吐き気がした。結局、彼はそれっきり女のことを話題にしなくなった。

「ハロー、ミスターM」

遠慮がちな挨拶《あいさつ》の声がジョンの思考に割りこんできた。六年前の記憶――慣れきったはずのセックスに胸をときめかせ、かつて経験したことのない感情に心をうずかせた昼と夜の思い出から現実に引き戻された彼は、目をしばたたかせ、家政婦のメアリーを見返した。メアリーは大判のバスタオルの束を抱えて、彼の前を通り抜けようとしていた。

やれやれ。あのバスタオルが武器なら、俺は確実にやられていたな。ジョンは気持ちを引き締めた。ほら見ろ。トーリに関《かか》わるとろくなことはない。命がいくつあってもたりゃしない。いつもの冷静な自分に戻るために、彼は家政婦に意識を集中させ、ミリョーニの専売特許とも言うべき女たらしの笑みを浮かべた。「やあ、メアリー。気づかなくて申し訳ない。ちょっと考え事をしていたもんでね」

「お気持ちはわかりますよ」メアリーは寛容な笑みを返した。「大変なお仕事ですもの。責任の重さに押しつぶされそうになることもあるんじゃありません?」

仕事。責任。ジョンは咳払いをした。メアリーに人の考えが読めなくてよかった。「ああ。それで、その、ミズ・ハミルトンと話をして、オフィスへ戻る途中なんだ」彼は家政婦が抱えているバスタオルを顎で示した。「そっちは? 備品の補充中かな? 君の仕事ぶりはたいしたもんだ。必要なものはなんでも先回りして揃えてくれてるから、こっちは四つ星ホテルにいる気分だよ」

家政婦は嬉《うれ》しそうに頬を染めた。「ありがとうございます！　ご満足いただけてよかったわ」彼女はバスタオルの束を手で撫で、めくれた端の部分を直した。「でも、今はすべての浴室の備品を交換して回っているわけじゃないんですよ。これはミセス・ハミルトンの分なんです。タオルの追加を命じられたもので」

「そのディーディーはどうしてる？　ここ二日はほとんど姿を見かけてないが」

「それは外出が多かったせいでしょう。ミセス・ハミルトンはよくカントリークラブにお出かけになるんですよ。テニスのレッスンを受けに」

「よっぽどテニスが好きなんだね？」

「テニスというより、テニスのコーチがね」独り言のようにつぶやくと、家政婦は礼儀正しい微笑を返し、階段を上っていった。今のは俺の聞き違いだろうか。とにかく、一度調べてみる必要がありそうだ。そんなことを考えながら、ジョンはオフィスへ向かった。

だが気がつくと、ガレージの上の工房で起きたことばかり考えていた。彼は自分にブレーキをかけた。そのことは考えるな。ヴィクトリアには近づくな。彼女が並みの女じゃないことはわかっているだろう。彼女に近づいたら一度のキスじゃすまない。六年前に学んだはずだ。あの時は一週間近くミンクみたいにやりまくっても、まだ満足できなかった。ますます彼女が欲しくなっただけだった。そういう形で彼女への熱を冷まそうなんて、間違っても考えるな。

いいか。もう一度言う。あの女は麻薬で、俺は重症の中毒患者だ。ただし、今後はいっさい手を出さない。彼女の近くで正気を保つ方法はそれしかない。

中毒を克服するには仕事に打ちこむのが一番だ。ジョンはデスクの奥の椅子に体を沈め、電子手帳へ手を伸ばした。〈スタンドアップ・フォー・キッズ〉の連絡先を画面に呼び出し、受話器を握って番号をプッシュした。そして、ヴィクトリア・ハミルトンから依頼された仕事に取りかかった。

8

ジェイリッドはそこそこ満ちたりた気分だった。その日、彼は再びＰ・Ｊと〈ソックス・プレース〉を訪れた。胃袋を満たし、シャワーを浴び、数時間とはいえ、まとまった睡眠をとった。所持金は減る一方だが、今はせっかくのいい気分を台無しにしたくない。彼は不安を振り払った。〈十六番街モール〉へ向かいながら、夕日に照らされたＰ・Ｊの髪に意識を集中させた。Ｐ・Ｊは彼の周囲でダンスをしながら、相変わらずのマシンガン・トークを繰り広げている。その頭にいつもの野球帽はなく、洗ったばかりの短い栗《くり》色の巻き毛が赤っぽくきらきらと輝いていた。

なんでこの子を男だと思いこんでしまったんだろう？

不意にＰ・Ｊが立ち止まり、にっこり笑った。「あのさ」と例の奇妙なかすれ声で言う。「あたし、ママに電話してみようかな」

ジェイリッドの胸に動揺が広がった。彼は唾《つば》をのみこみ、自分自身に言い聞かせた。女の子に路上生活を続けろっていうのか？　Ｐ・Ｊは母親と大喧嘩《おおげんか》して家を追い出されたけど、本当は仲直りをして家に帰りたいんだ。たとえその家が世界一すてきな場所じゃなくても。そういう矛盾した気持ち、おまえだってわかるだろ？

でも、P・Jがいなくなったら、僕はどうなる？　また独りぼっちに戻るのか？　そんなの、とても耐えられそうにない。だったら、どうする？　電話なんかするなと彼女を止めるのか？

身勝手な真似《まね》をするな。たしなめる心の声にジェイリッドは耳をふさいだ。止めて何が悪い？　P・Jは拒絶されることを死ぬほど怖がってる。彼女の話の半分でも本当なら、その母親はろくなもんじゃないぞ。長い目で見たら、止めてやるほうが親切ってことにならないか？

親切だって。よく言うよ。彼は気まずそうに身じろぎし、希望に輝くP・Jの顔を眺めた。沈みかけた太陽の光が、少女の濃いまつげと澄んだ蜂蜜《はちみつ》色の瞳を際立たせている。今まで考えたこともなかったけど、もしちゃんと栄養をとって、ホームレス生活の苦労がなくなったら、けっこうきれいな子になるのかも。少なくとも、もう少し成長したら、かなりの美人になりそうだ。「そういうことなら」ジェイリッドは肩を回しながら咳払《せきばら》いをした。「小銭が必要だよな？」

「平気、平気」彼の気遣いが嬉《うれ》しかったのか、P・Jは満面の笑顔になった。「コレクトコールにするから」

ジェイリッドはひるみそうになった。P・Jはこの前もコレクトコールで自宅に連絡を取ろうとして、母親に拒絶されている。たった一言〝ノー〟と言われ、いきなり電話を切られたのだ。彼はポケットに両手を突っこみ、P・Jのあとを追って最寄りの電話ボックスに向かった。P・Jが電話をかける間は少し離れた位置に立ち、遠目に彼女の様子を観察した。ほどなく彼女の顔から希望の表情が消えた。また母親に拒絶されたのだとすぐにわかった。

重い足取りで近づいてくるP・Jを見て、彼はいたたまれない気分になった。いつもの元気はどこにもない。しょぼくれた顔が老婆みたいだ。「ほら」彼は少女に向かい、手のひらいっぱいの小銭を突き出した。「君のママがコレクトコールを受けないのは、お金の問題かもしれないぞ。前にうちはかつかつの暮らしだって言ってたじゃないか」

P・Jが視線を上げた。蜂蜜色の瞳が涙で潤んでいた。「オペレーターから言われたんだ。ママがもう電話してくるなと言ったって。自分でまいた種なんだから、自分で……自分でなんとかしろって」幼さの残る顔がくしゃくしゃにゆがんだ。

「そんなの、気にするなって」ジェイリッドは手を伸ばし、同情をこめて彼女の肩をたたこうとした。

P・Jは素早く身を引き、独り言のように吐き捨てた。「くそばばあ！　誰があんな奴《やつ》のとこに帰るもんか！」強気な言葉と裏腹に、その頬はあふれる涙で濡《ぬ》れていた。

今はそっとしといたほうがいい。ジェイリッドは自分が弱気になった時のことを思い出し、あえて目をそらした。やがて、P・Jがくるりと背中を向けた。しきりに目をこすりながら、〈十六番街モール〉に向かって歩き出した。ジェイリッドは少し遅れてあとに続いた。彼女の悲しみを我がことのように感じながら。

〈十六番街モール〉のそばまで来た時、銀色の真新しい車が縁石に寄ってきて、P・Jの横に並んだ。スモークガラスの窓が音もなく開き、男が身を乗り出す。男はゆっくりと車を進めながらP・Jを品定めした。

十五メートルほど後ろにいたジェイリッドは、いやな予感を覚えて歩を速めた。なんでこう次から次に。これが降れば土砂降りってやつか？　あと半ブロックで〈十六番街モール〉の前に着く。そこから先は路面電車以外の車が入れないから安全だ。でも今は、その半ブロックが百キロもあるような気がする。

「やあ、お嬢ちゃん」男はP・Jの全身――特に平らな胸のあたり――を念入りに眺め回した。「お嬢ちゃんはいくつかな？　十歳くらい？」

P・Jは足を止め、車の男を見返した。「十歳って答えてほしいの？」

男は唇をなめ、うなずいた。

「じゃあ、十歳だよ」P・Jは人差し指を口にくわえ、もう一方の手で栗色の巻き毛をもてあそんだ。「でも、なったばっかり。先週、誕生日だったんだ」

男の目つきが熱を帯びた。「お嬢ちゃんは二十ドル欲しくないかい？」

「ううん」一呼吸置いてから、P・Jはつけ加えた。「でも、五十ドルなら欲しい」

「オーケー」男は助手席のドアを押し開けた。

そのドアへ近づいていくP・Jを見て、ジェイリッドはあわてて駆け出した。「まったく、何考えてんだよ?」彼はP・Jの前に回りこみ、力まかせにドアを閉めた。車の窓から顔を突っこみ、ぎょっとしてのけぞった男をにらみつけた。「とっと消えろ!」

男はジェイリッドを見返し、安堵《あんど》の表情を浮かべた。「そっちこそ失《う》せな。こいつは俺《おれ》とその子の問題なんだよ」

男は遠目で見た時よりもがっちりしていた。しかし、ジェイリッドは臆《おく》することなく、車に乗りこもうとするP・Jを押し戻した。「うぜえんだよ、変態。警察に通報してほしいのか?」自分が本気であることを示すために、彼は男と視線を合わせ、車のナンバーを読み上げた。「どうせもう警察に目をつけられてんだろ。子供に声をかけたとなったら、間違いなく逮捕だな」

男は悪態をつきながらアクセルを踏みこんだ。一秒後、そこに残っていたのは急発進したタイヤの跡だけだった。

P・Jが彼の手を振りほどいた。喧嘩《けんか》なら買ってやる。ジェイリッドは肩をいからせて身構えた。

しかし、振り返ったP・Jはしげしげと彼の顔を眺めただけだった。そして、ようやく沈黙を破った。「マジで警察を呼ぶつもりだったの?」

「ああ」ジェイリッドは髪をかき上げ、わびしげな目つきで少女を見返した。「あのな、僕だってばかじゃない。いつか君が生きてくために体を売らなきゃならない時が来るってことはわかってる。君だけじゃなく、僕だって。そのことを考えただけで反吐《へど》が出そうになるけどな。だけど僕たち、まだそこまで追いつめられてないだろ。いくらくそばあに腹が立ったからって、勢いでそんなことをしちゃ――」

突然P・Jに抱きつかれ、彼はよたよたと後退した。驚きに息が止まりそうになった。P・Jは彼の首に両腕を巻きつけ、猿のようにしがみついた。なんだ。殴りかかってきたわけじゃないのか。ようやくそのことに気づくと、ジェイリッドは少女の体におずおずと両腕を回した。小さな背中をぎこちなくたたき、顎を引いて、栗色の巻き毛を見下ろした。

「おいおい、どうしたんだよ?」

「あんた、警察を呼ぼうとしたんだよね」P・Jは顔を伏せたままつぶやいた。「あたしを助けるために警察を呼ぼうとしたんだよね。あんたの父親のことで自分が捕まるかもしれないのに」

ジェイリッドは即座に抱擁を解いた。首に巻きついた細い腕を引きはがし、P・Jを地面に立たせると、大きく一歩後ろに下がった。「僕の父親のことって、いったい何を知ってるんだ?」

「あんたのパパが殺されたこととか、警察があんたを捜してることとか」

ジェイリッドは愕然《がくぜん》として彼女を見つめた。こみ上げてくる吐き気と闘いながら、小声で尋ねた。「どうやって知った?」

P・Jは華奢《きゃしゃ》な肩をすくめた。「実はあんたを尾《つ》けてたんだ。あんたに近づく二日くらい前から」

「なぜ？　なんだってそんな真似をした？　なぜ僕に目をつけた？」

「あんたが――なんて言うんだろ――いいとこのお坊ちゃんて感じだったからかな。ピアスをして、タトゥーを入れてるのに、どっか品があってさ。それに、道ばたでうろついてるほかの連中とは全然違ってた」

「でも、どうやって父さんのことまで？」

「あんたに近づく前の日だよ。コート・プレースのホテルのバーの入り口であんたを見かけたんだ。あんたは誰かに撃たれたみたいな顔をして、バーの中を見つめてた。いったい何を見てるんだろうと思って、あたしもそっと近づいた。そしたら、バーに置かれたテレビにあんたの顔が映ってた。あんたと別の男の人の顔が。あんたはすぐに逃げたけど、あたしは残ってニュースを聞いた。で、あんたのパパが殺されて、警察があんたを捜してるって知ったんだ」

「それを知ってて、僕に近づいたのか？」ジェイリッドは冷笑を浮かべた。「殺人犯に近づくのは怖くなかったのか？」

「ちっとも」P・Jはいったん視線をそらしたが、すぐに肩をいからせ、彼の疑《うたぐ》り深げなまなざしを正面から受け止めた。「そりゃあ、最初は迷ったよ。あんたに話しかけてもいいのかなって。近づかないのが一番かもって思ったりもした。でも、考えるうちに気づいたんだ。あんたがパパを殺したんなら、ちゃんとした理由があるはずだよね。そのパパは世界一のろくでなしだったんじゃないかって」

ジェイリッドは乾いた声で笑った。「確かに父さんは世界一のろくでなしだったよ。でも、僕の父親であることには変わりない。そうだろ?」

「まあね」P・Jはむっつりと同意した。「それはわかってるけど」

「ああ、そこはわかっといてもらわないと。いいか、P・J。神にかけて誓うが、僕には父さんを殺すつもりなんてなかった」

今度はP・Jが疑り深い目つきになった。「じゃあ、なんであんなことに――」

「その話はしたくないんだ。オーケー?」話せば記憶がよみがえる。あの恐ろしい夜の記憶が。ジェイリッドは顔を背けた。

「オーケー。わかったよ。けどさ、ジェイリッド」P・Jは彼の背中に指先でそっと触れた。

「なんだ?」

「あたしの感謝の気持ちは変わらないから。あんたはあの変態に警察を呼ぶって言ってくれた。自分のことを後回しにして、あたしを助けようとしてくれた。あたし、絶対に忘れないから。一生恩に着るから」

ジェイリッドは鼻を鳴らした。「恩になんて着るなよ。とっさに思いついただけなんだから」

「それでもすごいよ」並んで〈十六番街モール〉へ向かいながらP・Jは言った。「あたしなんか、自分が何を考えてたのか、さっぱりわかんないや。けど、これからどうする?

あたしたち、相変わらず一文無しだよ」

「ああ、そうだな。もうすぐ本当に一文無しだ」実際のところ、二人は金の問題をあまり深刻にとらえていなかった。P・Jがコレクトコールを母親に拒否されるまでは。悩まずにすむうちは悩みたくなかったからだ。少し考えてから、ジェイリッドは言った。「僕のバックパックに野球カードが二枚入ってる。いくらになるかわからないけど、明日はあれを売れる店を探してみるか」

「名案だね」P・Jの表情が明るくなった。「それにあたしたち、今夜はこざっぱりして見えるし」

「だな」相槌《あいづち》を打ってから、ジェイリッドはいぶかしげに彼女を見やった。「で？」

「で、それを利用して、観光客からスパンジするのはどう？」

ジェイリッドは歩道の中央で足を止めた。「オーケー、乗った。だけど、その〝スパンジ〟ってのはなんなんだ？」

「小銭をもらう《スペア・チェンジ》ってことだよ。略してスパンジ。あんたはタトゥーを隠して。腹ぺこの好青年のふりをして。あたしも腹ぺこのかわい子ちゃんのふりをするからさ」またしてもスキップでぐるぐる回りながら、P・Jは彼の脇腹《わきばら》を小突き、生意気な笑みを浮かべた。

「あたしら二人なら最強のコンビになれると思わない？」

9

「なんだか気が重いわ」翌日の午後、ヴィクトリアは小声でぼやいた。教会には彼女の父親の追悼式に出席する人々が集まりはじめていた。「やっぱり、ジェイリッドが戻ってくるまで待つべきだったんじゃないかしら」

「そうはいかないだろう」ジョンはきっぱりと否定した。「あれだけ大勢の人間に追悼式はいつだと迫られちゃ」彼はヴィクトリアの肩をぽんとたたいた。「君はよく粘ったよ、ダーリン。でも、検視官事務所から親父《おやじ》さんの遺体が戻ってきて、日程を引き延ばす理由もなくなったし」

「またジェイリッドの母親との約束を破ることになってしまったわ」

ジョンはまじまじと彼女を見つめた。「フォードの追悼式を延期しろと頼まれたのか？」

「ばかを言わないで。ジェイリッドの面倒を見てくれと言われたのよ」ヴィクトリアの唇から苦い笑いがもれた。「でも、現実はこのざま」

ジョンの眉間《みけん》に皺《しわ》が寄った。「それはいつの話だ？」

「私が十六の時」

「やれやれ。十六の娘には大変な重荷だな。なんでジェイリッドの母親は自分で息子の面倒を見なかったんだ？」

ヴィクトリアはきっとして彼に向き直った。「できることならそうしていたわよ」ひそめたままの声で強く言い放った。「でも、彼女は筋萎縮《きんいしゅく》性側索硬化症だった。自分の命が長くないことを知っていたの」

「茶化して悪かった」ジョンは彼女に顔を向けた。彼も声は抑えたままだった。「でも、その約束はやっぱりきついと思うな。彼女は親父さんにとって何番目の妻だったんだ？」

「エリザベスは三番目ね。最初は私の母で、次がジョーン」ヴィクトリアは周囲を見回し、小指をわずかに動かして、教会の後ろの席に座っている女性を指し示した。「あの赤いドレスの女性がそうよ。ジョーンは子供が大嫌いだった。私はもともと要領が悪い子だったけど、彼女に叱《しか》られてばかりいたせいで、ますますへまをするようになったわ。彼女がそばにいると、いつも何かをひっくり返してしまうの。ある時、私は一日のうちに一オンス百ドルもする彼女の香水の瓶とお気に入りの工芸ガラスを両方とも割ってしまった。それで、彼女が父を説き伏せ、私を寄宿学校に入れたのよ」

「寄宿学校ね」ジョンは問題の女性をじろりと見やった。「なんてお優しい夫婦だろう。それは君がいくつの時の話だ？」

「九つ」ヴィクトリアはどうでもよさそうに肩をすくめた。しかし、わずか一年半のうちに母親を亡くし、シンデレラの継母のような義母が現れ、我が家から追放された時の恐怖は今もはっきりと覚えていた。父親の三番目の妻を思い返し、彼女は頬を緩めた。「でも、エリザベスが私を呼び戻してくれたわ」

「ジェイリッドの母親か」

「ええ。エリザベスが父と結婚したのは私が十三の時よ。父に寄宿学校に置きっぱなしの娘がいると知って、エリザベスが父と結婚したのは私が十三の時よ。父はその剣幕に負けて、私をうちに戻したの。私、彼女が大好きだった」だから、彼女との約束を守れなかったことがよけいにつらいのよ。こみ上げてきた自責の念を隠すように、ヴィクトリアは再び正面を向き、まっすぐ前方を見据えた。

彼女の気持ちを読んだのか、ジョンがぶっきらぼうに言った。「やめとけ。自分を責めてなんになる？　君はまだ十六だったんだぞ。その時はジェイリッドだって――いくつだ？　三つくらいか？」

「三歳前よ」

「三歳前ね」ジョンはさらりと繰り返した。「だからって君に何ができたと思う？　十六の小娘にどんな力がある？　赤ん坊をどう育てるか、それを決める権限は法的な保護者にある。横から口を出してどうなるもんでもない」

でも、私が何かするべきだったのよ。どんなことでもいいから。ヴィクトリアがそう言おうとした時、ジョンが話題を変えた。

「四番目の妻は？　どこにいるのか教えてくれ」

「ここにはいないわ。四度目の結婚は半年ももたなくて、シンシアは離婚後に引っ越したの。それ以来、彼女を見たという話は聞かないわね」

「だったら、ディーディーの意見ももっともだな。これ以上追悼式を引き延ばしても、周囲に変に思われるだけだ」ジョンは唇の端をゆがめた。「噂《うわさ》をすれば、か」彼はヴィクトリアの椅子の背に腕をのせ、かすかな顎の動きで脇《わき》のドアを示しながら耳打ちした。「話題の主の登場だ。なかなか面白い組み合わせじゃないか」

ヴィクトリアは礼拝堂のドアに視線を投げた。「もう、勘弁してよ」

フォード・ハミルトンの五番目の妻は、ベールのついたつばの広い帽子から模様入りの薄手のストッキング、ヒールの細い〈ジミー・チュウ〉のバックストラップ・パンプスに至るまで、全身黒ずくめだった。そして、ハンサムな青年の腕にぐったりと寄りかかっていた。

ヴィクトリアはかぶりを振った。「夫の追悼式だっていうのに。どんな時でも自分が注目の的にならないと気がすまないのかしら？」彼女自身のドレスは同じ黒でも控えめなデザインで、真珠の長いネックレスも亡き母親の形見だった。ジョンの視線を感じて、彼女はつんと顎を上げた。首をひねって、彼の視線を受け止めた。「何よ？」

「何ってどういう意味だ？　俺《おれ》は何も言ってないぞ」

「でも、心の中で彼女と私を比較した。私のことをまるで女教師みたいだと思った。そうでしょう？」

ジョンは笑った。「ハニー、もし学校に君みたいな教師がいたら、俺はもっといい成績を取っていたよ。正直に言うと、君に感心してたんだ。君には状況に合った服装を選ぶ才能があるみたいだね」

「まあ」ヴィクトリアの頬が赤く染まった。でも、褒められたからって、私はエズメみたいにもじもじしたりしないわよ。もう大人なんだから。「ありがとう。そう言ってもらえると嬉《うれ》しいわ」

ジョンは肩をすくめた。今度はヴィクトリアが彼の身なりを点検した。スーツは体にぴったりのサイズで、シャツは雪のように白く、ネクタイには地味な模様が入っていた。

「あなたこそ、とても決まっているじゃない。昔からそうだったわ。ほかの人たちが擦り切れたショートパンツで砂浜を駆け回っていても、あなたはいつもしゃれたショートパンツをはいて、シルクのタンクトップやTシャツを着ていた」言ったとたんに後悔し、彼女は背筋を伸ばした。必死に忘れようとしているのに、どうして昔のことを蒸し返したりするの？「そういえば、ここに来てからも、すてきな服を取っ替え引っ替えしているわよね。どういうからくりなの？　しばらくどこかに泊まることになった場合に備えて、つねに車にスーツケースを乗せているとか？」その質問で彼女はまた昔を思い出した。六年前、ロケットは私のホテルの部屋へ移ってきた。私はあっさりとそれを許してしまった。彼は今もほかの女性たちと同じようなことをしているのかしら？　その可能性を考えると、あまりいい気持ちはしなかった。

しかし、ジョンはにやりと笑っただけだった。「俺をボーイスカウトと混同しているな。俺はそこまで準備のいい男じゃないよ。この前、所用を片づけるためにデンバーまでひとっ走りしてね。その時、滞在が長引いた場合に必要になりそうなものをすべてかき集めたんだ」不意に彼の視線がよそへ移った。「あそこにいるのは何者だ？」信者席の一つを顎で示しながら、彼は素っ気なく尋ねた。「あの選挙の立候補者みたいな男は？」

ヴィクトリアも彼の視線を追った。銀髪の男がうなずいたり握手を交わしたりしながら、信者席の奥へ進もうとしていた。

「言いたくないが、あの男、とても君の親父さんの死を悼んでいるようには見えないね」

ヴィクトリアは軽く肩をすくめた。「前にも話したでしょう。父は友人の多い人じゃなかったって」一瞬考えてから、彼女はつけ加えた。「実際、父に友人なんていたのかしら。顔見知りは山ほどいたけど、特に親しかった人となると一人も思い浮かばないわ」それって人間として一番悲しいことよね。

「だったら、なぜみんなここにいる？」

「父が本当に死んだのか、確認するためじゃない？」うっかり口走ってから、彼女は激しく後悔した。だが、自分の言葉がそれほど的外れでないことも認めざるをえなかった。

ジョンはまた唇の端をゆがめ、そっと彼女の顎を撫《な》でた。「言い過ぎだとたしなめたいところだが、うちの親父も似たようなもんだった」

「あなたのお父さん？」興味を引かれて、ヴィクトリアは彼に向き直った。そういえば私たち、六年前にはお互いの家族の話なんてしなかった。こっちがこれだけ手の内をさらしたんだから、彼のことも少しは知りたいわ。「あなたのお父さんにも友達と言える人がいなかったの？」

「ああ。俺が知る限り、今もいないはずだ」

「あなたを除けば、でしょう？」

ジョンは荒々しく笑った。「それはないね」一瞬ためらってから、彼は言いにくそうに打ち明けた。「うちの親父は大酒飲みだ。薄汚い酔っぱらいなのさ」

薄汚い酔っぱらい？　具体的にはどういうことなの？　ヴィクトリアはその疑問を口にしようとした。しかし、ジョンは早く話題を変えたいらしく、先ほどの男をまた顎で示して言った。「で、あれは何者だ？」

「ああ、あの人？」そうだわ。すっかり忘れてた。でも、六年前のロケットもこんな調子だったわね。会話が少しでも個人的な部分に向かおうとすると、必ず別の方向へそらした。まあ、やり方は今とは違っていたけど。当時彼が使っていた手法を思い返し、ヴィクトリアは落ち着かなげに身じろぎした。

これって不平等じゃない？　自分のことは黙して語らない相手に、こっちの家庭の事情を説明しなきゃならないなんて。

いらだちつつも、彼女は問題の男に改めて視線を投げ、かすかに肩をすくめた。「たぶん、ジム・マクマーフィだと思うけど」

ジョンの背筋が伸びた。「その名前、どこかで聞いた気がする」

「父が最近乗っ取った会社の最高経営責任者よ」

「事件の夜、君の家にいた連中の一人か？」

ヴィクトリアはうなずいた。

「あとで紹介してくれ」

「いいわ」

ほどなく追悼式が始まった。牧師が並べる美辞麗句をヴィクトリアは上の空で聞き流した。フォード・エヴァンス・ハミルトンのことを何も知らないくせに。そもそも父を本当の意味で知っていた人間なんているのかしら？　実際、牧師が参加者たちに弔辞を求めても、応じる者は一人もいなかった。

その時、最前列に座っていたディーディーが立ち上がった。細身のスカートと高いヒールに邪魔されながら、もったいぶった足取りで祭壇へ近づいた彼女は、牧師の手をつかみ、レースのハンカチでベールの下の涙を拭《ぬぐ》う仕草をした。信者席を振り返り、集まった人々を無言で見回したあげく、最も離れた席にも聞こえるように、マイクに向かってほうっとため息をついた。

「今、あたしは感動で胸がいっぱいです」ディーディーは悲しげにつぶやき、きれいにマニキュアを施された手を深い襟元からのぞく胸の谷間に押し当てた。結婚指輪にはめこまれた五カラットのダイヤモンドが光を反射してきらめいた。「集まっていただいた皆さんには、お礼の言葉もありません」

なんなの、この悲劇の女王みたいな態度？　ヴィクトリアは天を仰ぎたい衝動に駆られ、そんな自分を恥じた。

「フォードには気難しいところがあって、誤解されることが多い人でした」ディーディーの唇から、また震えるため息がもれた。「でも、それは仕事に対する彼の情熱のせいだったと思います。仕事の鬼みたいな人だったから、家族や友人、ビジネスパートナーをおろそかにすることもありました」

ヴィクトリアは感心した。けっこうまともなことを言うのね。えげつない処世術でここまでのし上がってきた人だから、浅はかで愚かな女かと思っていたけど、意外としっかりしているみたいだわ。

「でも、彼はすばらしいプレゼントをたくさんくれました。彼が開くパーティは最高でした。そして二人きりの時は……まあ、彼にもおろそかにしないことがあったとだけ言っておきましょう。ああ、あたし、彼が恋しくてなりません！」

やってくれたわ。やっぱり浅はかな女なのよ。でも、今日フォード・エヴァンス・ハミルトンを擁護したのはディーディーだけ。たぶん彼女は彼女なりに父を大切に思っていたんだわ。

追悼式が終わると、参加者たちは車を連ねてハミルトン家へ移動した。それもまたヴィクトリアが戦いに負けた結果だった。彼女は自宅外でのレセプションを主張した。会場には伝統と格式のある〈ブロードムーア・ホテル〉かカントリークラブがふさわしいと。しかし、ディーディーは絶対に自宅でレセプションを開くと言って譲らなかった。客間に収まりきらず、テラスまであふれ出た客たちの応対に追われるうちに、ヴィクトリアは継母に勝ちを譲ったことを悔やみはじめた。おかげで彼女は二階の静かな自室に逃げこみたいと思いながら、給仕たちを監督し、人の流れが滞らないように目を配るはめになったのだから。

だが、敗北の余波はそれだけにとどまらなかった。ディーディーに捕まり、挨拶《あいさつ》の列に加えられてしまったのだ。昔を思い出し、ヴィクトリアはいやな気分になった。社交的な人間の横で縮こまり、果てしなく続く客の列と向き合って、挨拶の言葉を繰り返していると、一分が一年にも感じられた。しかも、十分が過ぎても、行列が途切れることはなかった。

「もううんざり」ヴィクトリアは小声でつぶやいた。「十代の頃《ころ》に戻ったみたいだわ」

「十代の頃?」ジョンはネクタイを直した。「それにしても、なんで俺までここに並ばされているんだ?」今のは忘れてくれというように大きな肩をすくめると、彼はヴィクトリアに顔を寄せた。「悪い、悪い。で、十代の頃ってなんのことだ?」

「こういうことよ。透明人間になった気分で挨拶の列に並ぶこと」無理やりパーティに引っ張り出されたあげく、誰からも存在を無視される。そんな思いを何度味わったことか。たまに存在に気づかれても、のっぽでがりがりのさえない娘は、洗練された父親や若く華やかな継母と比較されるのが落ちだった。

今回だってそうよ。こっそり列を抜けたい。でも、抜ける口実がない。レセプションは滞りなく進行中で、もう監督の出る幕はないんだから。

「確かに」ジョンは皮肉っぽく同意した。「みんな、まだディーディーが大金を相続しなかったことを知らないようだな」二人の視線がディーディーに向けられた。ヴィクトリアの若き継母は一組のカップルからちやほやされていた。

しかしその直後、ヴィクトリアは自分の考えの甘さを悔やむことになった。ディーディーの周辺にできていた人垣が崩れ、彼女とジョンのほうへ押し寄せてきたのだ。これなら透明人間扱いされるほうがまだましだった。

ほとんどは見知らぬ顔だったが、彼女が十代の頃に会ったことのある人々も交じっていた。そういう人々は口ではもっともらしい悔やみの言葉を並べながら、露骨な詮索《せんさく》のまなざしを向けてきた。ヴィクトリアはかつての無能な自分に戻った気がした。でも、今の私は無能じゃないわ。あれから何年も努力してきたんだもの。

誰もフォード・エヴァンス・ハミルトンの死を心から悼んでいるようには見えなかった。しかし、その娘が今回の事件をどう受け止めているかについては、皆、興味津々のようだった。かつて〝それで、靴のサイズはいくつになったの?〟が口癖だったヴィヴィアン・ボズウェルは、近づいてくるなりヴィクトリアのしゃれたパンプスを凝視し、「あらあら、大きな足だこと」と言った。それから視線を上げて、コロラド・スプリングスにはいつまで滞在するつもりかと尋ねた。

ロジャー・ハムリンはヴィクトリアの父親が娘の不出来を嘆いていた話を蒸し返し、彼女の脚をじろじろ眺めながら、その不出来な娘がこんなに立派に育って、フォードもさぞほっとしただろうとのたまった。

そんな夫の態度にむっとしたのか、ミセス・ハムリンは辛辣《しんらつ》な口調でフォードが婚外子を産んだ娘のことを恥じていたと言い放ち、とどめにこう質問した。「それで、エズメの父親は誰だったの？」

年老いたミセス・ベックはしきりにヴィクトリアの手をたたいて同情を示し、身を乗り出してささやいた。「ほんとにねえ！　ディーディーの態度ときたら！　あなた、あれをどうするつもり？」

ヴィクトリアは子供時代にたたきこまれたマナーを死守した。手の内をさらさないように気を配りながら、ぶしつけな質問にも丁重に対応した。しかし、パム・チルワースが目の前に現れた時には、さすがにほっとした表情になった。

「変人大集合って感じね」彼女の友人はつぶやいた。「ほんと、ご苦労様。何か私に手伝えることはある？」

「いいえ。その気持ちだけで充分よ」

「もし思いついたら、なんでも言って」

「そうするわ」ヴィクトリアは友人を抱きしめた。「ありがとう」

それまで、彼女はジョンに対する客の好奇心を無視してきた。質問を振られても、彼の名前しか教えなかった。だが、友人となるとそうはいかない。パムがジョンをちらりと見やってから彼女に視線を戻した。これはあとで詳しく説明しろという合図ね。ヴィクトリアは苦笑をもらし、友人に向かって小さくうなずいた。パムなら聞いた話をよそで広めたりはしないだろう。彼女は古くからの友人を信頼していた。

苦笑がまだ消えないうちに、次の客が手を握ってきた。振り返ったヴィクトリアは、その客の顔を見たとたんに動けなくなった。

しかし、それもほんの一瞬のことだった。落ち着きを取り戻すと、彼女はまたよそよそしい微笑を顔に張りつけた。握られた手をさりげなく引っこめながら、目の前に立つ優雅な身なりをした途方もなくハンサムな男を冷ややかに観察した。光り輝くブロンドの髪。今日も毛筋一本乱れていないわ。私の髪なんてすぐくしゃくしゃになるのに。かつてはこの人のこういう不可解な能力に惹《ひ》かれたものだけど。

でも、それは遠い昔の話。ヴィクトリアは素っ気なくうなずきかけた。「マイルズ」

「ヴィクトリア」なれなれしい口調で呼びかけると、ハンサムな男は美しくマニキュアを施した手を差し伸べた。彼女がたじろぐのもかまわず、むきだしの腕に指を当てて、手首から肩へと撫で上げた。「懐かしいな」

冗談じゃないわ。誰が懐かしいもんですか。ヴィクトリアはむっとした。だが、あとで悔やみそうなことを口走る前に、伸びてきたジョンの腕に腰をとらえられ、大きな体に引き寄せられた。左半身に伝わってくるジョンの体温が、彼女の心の古傷を癒《いや》した。彼女はわずかに体をひねり、感謝をこめて無表情な黒い瞳にほほ笑みかけた。「ジョン、こちらはマイルズ……」ヴィクトリアはハンサムな男を振り返った。「ごめんなさい。名字はなんだったかしら？」

　男の目に怒りが燃え上がった。それでも、相手はよどみなく答えた。「ウェントワース」

「そうそう。そんな名前だったわね。マイルズ・ウェントワース、ジョン・ミリョーニを紹介させていただくわ」

　マイルズはジョンを見下そうとしたが、背が同じくらいだったため、うまくいかなかった。そこで彼は冷ややかに問いただした。「で、君とヴィクトリアの関係は……？」

「俺は彼女のフィアンセだ」ジョンが答えた。

　ヴィクトリアは唖然《あぜん》として彼を見上げた。ジョンは巧みにその反応をごまかした。彼女に回した腕に力を加えて抱きしめるふりをし、ついでに素早くキスをした。再び顔を上げた彼は、ヴィクトリアの下唇に残る湿り気を親指でそっと拭いながら、目つきで警告した。それから、マイルズに向き直った。

「失礼。彼女のそばにいると、自分を抑えられなくてね」

　マイルズはジョンの黒くつややかなポニーテールに尊大な視線を投げた。無言でヴィクトリアにうなずきかけ、きびすを返して去っていった。

　ヴィクトリアは即座にマイルズの存在を忘れた。頭をのけぞらせ、ジョンの黒い瞳を見つめた。一瞬、そこに奇妙な男の満足を見た気がしたが、たくましい腕で抱き寄せられ、大きな手を背中に感じると、そんなことはどうでもよくなった。

ジョンはとっておきの笑顔を彼女に向けた。「効果てきめんだったたな？」

「あなた、頭がおかしいんじゃないの？」ヴィクトリアは脇腹に肘鉄を食らわせて彼の腕から逃れ、押し殺した声で問いただした。「フィアンセですって？　いったい何を考えているのよ？」今は彼の胸に指を突きつけたい衝動を我慢するだけで精いっぱいだった。

「でも、こいつは名案だぞ」

「名案？」ヴィクトリアは腕組みをした。「どこが名案なのか説明してちょうだい」

次に並んでいた客が二人の前に立った。ジョンは彼女の肘をつかみ、笑顔で請け合った。「説明するよ。あとでね」

客は次から次へとやってきた。機械的な礼儀正しさで応対を続けるうちに、ヴィクトリアの緊張は少しずつほぐれはじめた。ロケットはとっさの思いつきであんなことを口走ったんだわ。でも、相手は一人だったし、その相手がマイルズだったことを考えると、婚約の噂が広まる可能性は低いわよね。早めに誤解を正しておけば、何も問題は……。

「婚約したって？」

問題発生！　もう噂が広まってる。ヴィクトリアは愕然《がくぜん》としてジョンを見上げた。「あ、もう。なんてことをしてくれたのよ？」

ジョンは表情を変えず、命令口調でつぶやいた。「君も調子を合わせろ。ちゃんと理由があってしたことだ。あとで説明するから」

彼はまたヴィクトリアの背中に手を当て、彼女を客たちのほうへ向かせた。ヴィクトリアはしかたなく顔に笑みを張りつけたが、嘘臭《うそくさ》い笑顔になっていないかと気が気ではなかった。客たちからいっせいに拍手が起こった。彼女は心の中で繰り返した。ロケットを殺してやるわ。絶対に殺してやるんだから。

決定的な解決法が見つかるまでは、応急処置でしのがなくては。ヴィクトリアは片手を上げた。拍手とざわめきが収まるのを待って口を開いた。「皆さん」だが、そこにジョンの声が割って入った。

「実は今日のところは伏せておくつもりだったんですよ」

まるで隠し事でもあるような言い方をして。人目がなかったら、ぶん殴ってやるところだわ。ヴィクトリアはこわばった唇を笑みの形に保ち、左の足をわずかにずらして、とがったヒールでジョンの爪先《つまさき》を踏みつけた。「今日は父を追悼する日ですもの。ジョンと私はそちらを最優先したかったんです。そうよね？」ジョンと視線を合わせて、彼女は同意を求めた。

「ああ、そうだとも」ジョンは彼女の膝の裏側に自分の膝頭をぶつけ、穴の空きかけていた足から凶器のヒールをどかした。

ヴィクトリアは笑顔のまま腕を伸ばした。自分の腰に置かれたジョンの手に爪を食いこませながら、客たちに向かって言った。「ですから皆さん、この話は聞かなかったことにしてください。もし今日の主役が私たちになってしまったら、私は一生自分を許せないでしょう。もちろん、ジョンも」多くの客が納得顔でうなずくのを見て、彼女は安堵《あんど》のため息をもらした。

そこへディーディーが手にした磁器のカップを銀のティースプーンでたたきながら進み出てきた。

そうだわ。ディーディーはジョンの正体を知っているのよ。注目されるのが大好きな彼女のことだもの。きっとここぞとばかりに真実を暴露する。そうなったら、私はいい笑いものね。下手をしたら、大嘘つきと思われるかも。ヴィクトリアはジョンの反応をうかがった。落ち着き払った顔をして。両手で首を絞めてやりたいわ。目玉が飛び出るくらい、絞めて、絞めて、絞めまくって……。

「ヴィクトリアの言うとおりよ」ディーディーは言った。「今日はフォードを追悼する日だもの。でも、これだけはあたしから言わせて。今日ここにいる皆さんを二人の婚約パーティにご招待します。詳しいことはまた改めてお知らせするわ」

ヴィクトリアの背筋に衝撃が走った。どういうこと？　なぜディーディーが偽の婚約話に調子を合わせるの？　理由は見当もつかないけど、どうせろくなものじゃないはずだわ。

次々と質問をぶつけてくる客たちに、ヴィクトリアは弱々しくほほ笑みかけた。それから、ジョンに冷静なまなざしを向けてつぶやいた。「ただじゃすまないわよ」

挨拶の列はまだしばらく続いたが、ジョンは途中で姿を消した。ヴィクトリアはその背中をねたましげに見送った。だが、ジョンの離脱について考えている暇はなかった。客たちが一人残された彼女を質問攻めにしたからだ。必死に答えをはぐらかすうちに、ヴィクトリアは狩られる狐《きつね》に親近感を覚えるようになった。彼女の我慢もそろそろ限界に近づいていた。

しかし、有閑マダムの一団からふと目をそらし、娘の姿を発見したとたん、ヴィクトリアは落ち着きを取り戻した。心に爽《さわ》やかな風が吹いた気がした。

エズメは子守りのヘレンの手を握り、戸口のところでためらっていた。小さな足を交差させて立ち、人込みをきょろきょろ見回していた。ようやく母親の姿を見つけると、少女は瞳を輝かせた。子守りの手を離し、一目散に駆け寄ってきた。

「ハロー、ママ！」エズメはヴィクトリアに抱きついた。「あたし、ママに会いたかったの。ねえ、ツイトシキはすごく悲しかった？」

「追悼式ね、スウィーティ。ええ、とても暗いムードだったわ」ヴィクトリアは簡潔に答え、娘を抱きしめた。いつものことながら、元気で屈託のない娘の様子に胸がいっぱいになった。エズメが自分とはまったく違う育ち方をしていることを心から嬉しく思った。

エズメは母親の胸に顎をあずけ、視線を上げた。「あたしをお留守番させるからよ。あたしが一緒だったら、ママもちょっと楽しくなれたのに」

「でも、それだとあなたが悲しくなってしまうでしょう」ヴィクトリアは小さな体を優しく押しやった。ピンクの花のアップリケがついた黒いサンドレスの皺を伸ばし、柔らかな頬にかかる癖毛を指で払ってから、つぶらな黒い瞳をのぞきこんだ。「そうなったら、ママはもっと悲しいわ」

「けど、ツイトシキはもう終わったんでしょ？　じゃあ、あたし、ママのそばにいる。ママがまた悲しくならないように」

「まあ、ママ思いなのね」ヴィクトリアと会話していた年配の女性が言った。

「ええ、優しい子で」ヴィクトリアは同意したが、本当はわかっていた。これはエズメなりの作戦だ。すでに話し合って決めたことについて、母親から譲歩を引き出そうとしているのだ。彼女は笑みを噛《か》み殺した。こういうところは祖父譲りなのかしら。「ママのことは心配しないで、スウィーティ。ママの考えはもう説明したでしょう。小さな子はお葬式やお通夜には出ないほうがいいのよ」もっとも、これは葬式や通夜とは言えないわね。故人を偲《しの》ぶ善意の集まりじゃないし、故人の亡くなり方も亡くなり方だし。でも、それは言葉のあやというものよ。「まわりを見てごらんなさい、エズ。ほかに小さい子はいる？」

「いなーい」

「いないのにはちゃんと理由があるの。そのことは昨夜《ゆうべ》と今朝よく話し合ったわね。でも、レベッカのママにご挨拶するくらいならいいわ。ご挨拶がすんだら、ビュッフェの料理をお皿に取って、庭でヘレンとピクニックをしてらっしゃい」

エズメは母親をじっと見返してから、大げさなため息をついた。「オーケー」

本当は納得していないと言いたいわけね。たった一言でよくこれだけ気持ちを表現できるものだわ。頬を緩めつつも、ヴィクトリアは娘の手を取り、年配の女性のほうを向かせた。「はい、ミセス・ベルにご挨拶して。ベティ、これが娘のエズメよ」

　エズメは即座に笑顔になった。「ハロー、ミセス・ベル」

「ハロー。本当にしっかりしたお嬢ちゃんね」

　エズメは〝しっかりした〟という言葉の意味がわかっていないようだったが、それでも大きくうなずいた。「うん。ママはね、あたしのこと、とってもお利口だって言うの」

　ベティ・ベルの瞳が愉快そうにきらめいた。「確かにお利口さんだわ」彼女はエズメにほほ笑みかけ、続いてヴィクトリアに視線を転じた。「一度にたくさんの責任をこなさなきゃならなくて大変でしょう。そろそろあなたを解放してあげなくてはね。お父さんのこと、本当にお気の毒だわ。立派な人物だったとは言えないけど、あなたにとっては父親だもの。今度のことでは色々と苦労が絶えないんじゃなくて？」

「ええ、まあ」相手が婚約について余計なことをつけ加える前に、ヴィクトリアは娘を連れて、暖炉のそばにいるパム・チルワースのほうへ移動した。

　ビュッフェ・テーブルのそばを通った時、そこにできていた小さな人垣からつぶやきが聞こえてきた。「ここはブロードムーア地区に残された最後の大地所の一つだが、今度の相続で分配されることになるのかね？　あのくそ爺《じじい》が開発に抵抗していたことを考えると、なんとも皮肉な話だな」

　ヴィクトリアはジョンの姿を捜した。ジョンはフレンチドアの近くに立ち、ジム・マクマーフィと小声で話しこんでいた。今の話、彼の耳にも入れておくべきかしら。確かに、パパはリゾート開発計画に反対していたわ。数年前にその話が持ち上がった時はかんかんに怒って、計画を阻止しようと動いていた。結局阻止できなかったことを考えれば、あまり意味のない情報かもしれないけど。

だとしても、調べる価値はあるかもしれないわ。とにかく、簡単に決めつけないことよ。

レベッカの母親への挨拶をすませると、ヴィクトリアはエズメと一緒にビュッフェの料理を選んだ。その間も、故人に関する芳しくない評判があちこちから聞こえてきた。早くエズメをここから出さなくては。ヴィクトリアはあせった。こんな評判がエズメの耳に入ったら、自分の祖父が嫌われ者だったと気づいてしまう。パパが思いやりのあるお祖父《じい》ちゃんじゃなかったのは事実だけど、それをエズメに知らせてなんになるの？ それに婚約の件を知られるのも困るわ。ママは婚約したけど、それは作り話だなんて、小さな子供にどう説明すればいいの？

ヴィクトリアは二枚の皿に急いで料理を盛りつけた。その皿ごと娘を子守りに引き渡すと、ため息とともに接待の仕事を再開した。

長い午後になりそうだった。

10

「それぞれの立場に戻って、探偵と依頼人に徹するんじゃなかったの？」

ジョンは今日会った人物たちの印象を書きこんでいたノートから顔を上げ、オフィスに入ってきたヴィクトリアを見返した。彼女はドアを静かに閉めた。それでも、なぜか力まかせにドアをたたきつけたように見えた。デスクの前に立った彼女が腕組みをし、ジョンをにらみつける。モスグリーンの瞳がきらめき、頬が赤く染まっていた。ジョンは椅子に背中をあずけ、彼女の様子を観察した。これはそうとう頭にきているな。

やばいぞ、エース。自分の手首に赤く残る三日月形の爪痕《つめあと》を見やってから、彼はヴィクトリアに視線を戻した。「俺《おれ》はこれからも探偵と依頼人の関係でいくつもりだが」

「婚約者のふりをしながら？」

トーリのあきれた口調。俺が相手じゃ不満というわけか。ジョンの心の奥底には、彼自身も存在を認めたがらない小さな不安感がひそんでいた。その不安感を刺激され、彼はペンとノートを放《ほう》り出した。デスクにのせていた両足を床に下ろし、姿勢を正した。「それにはちゃんとした理由があると言っただろう」

「ちゃんとした理由ね。おおかたの察しはつくわ。当ててみせましょうか？　自分が昔興味を持った骨に、ほかの犬が関心を示したからでしょう？」

ヴィクトリアの読みは当たっていた。あれはマイルズ・ウェントワースに対する牽制《けんせい》だった。ジョンは彼女の腕を撫《な》で回す伊達《だて》男の態度に闘争本能をかき立てられ、とっさにフィアンセを名乗ってしまったのだ。「〝昔〟の部分はいらない。俺が今も君に惹《ひ》かれていることは、君も充分承知しているはずだ。といっても、俺には男の所有欲みたいなもんはないけどな」あるいは、トーリと出会うまではなかったと言うべきか。そもそも、なぜ男は女を独占したがるのだろう？　彼にはとうてい理解できなかった。そういう態度をいいとは思わないし、信じてもいなかった。

彼が信じているのは自分の能力だった。何もないところから最高のアイデアを思いつき、それを実行する能力。彼には鋭い直感があった。その直感に従うことを遠い昔に学んでいた。

婚約の件にしてもそうだ。直感がそうしろと命じたから、彼はそのとおりに実行した。伊達男の鼻を明かして大いに満足したとしても、それはついでのおまけみたいなもので、本来の目的ではない。肝心なのは計画の有効性だ。その点、今度の計画は秀逸だった。ヴィクトリアの婚約者を名乗れば、関係者から情報を引き出しやすくなる。その情報で彼女の弟の容疑を晴らせるかもしれないのだ。

ところが、ジョンの口をついて出たのはそういう説明の言葉ではなかった。「それにしても、君とあの自惚《うぬぼ》れ屋はどんな関係なんだ?」ヴィクトリアは身を硬くした。「なぜ私とあの人の間になんらかの関係があると思うの?」

「よく言うよ。〝ごめんなさい、名字はなんだったかしら?〟」ジョンは裏声で彼女の真似《まね》をしてから普段の声に戻った。「君が人の名前を忘れるとは思えない。ああいうなれなれしい奴《やつ》の名前となればなおさらだ。で、あいつは何者なんだ?」

ヴィクトリアはジョンの全身を見回した。「あなた、自分の父親は薄汚い酔っぱらいだと言ったわよね。あれはどういう意味なの?」

思いがけない質問がジョンの急所を直撃した。彼はひるみそうになるのをこらえ、瞬《まばた》き一つせずにヴィクトリアの視線を受け止めた。俺の荒《すさ》んだ子供時代を知ったら、トーリはどう思うだろう? どんな目で俺を見るんだろう? それを考えると、みぞおちが凍りついた気がした。「それとこれとどんな関係があるんだ?」

「お返しよ、ミリョーニ。あなたは当然のような顔をして、私に立ち入ったことを尋ねるのに、自分のことは何も話そうとしないのね」

「それは話すべきことがないからだ。じゃあ、そろそろ話を元に戻そうか?」

ヴィクトリアの顔から活気が消え、よそよそしい表情になった。本当なら歓迎すべき変化だが、ジョンは少しも嬉《うれ》しくなかった。

「そうね」ヴィクトリアは客に挨拶《あいさつ》していた時と同じ礼儀正しさでうなずいた。「そうしましょう。まずはあなたから説明してくださらない？　私のフィアンセのふりをすることが、どうしてジェイリッドの利益につながるのか」

向こうが堅苦しい態度でいくなら、こっちもそれに合わせるまでだ。ジョンは今さらながら立ち上がり、彼女にデスクの向かい側の椅子を勧めた。「座って」

椅子に腰を下ろしたヴィクトリアは、背筋をまっすぐに伸ばし、足首を交差させ、膝の上で両手を組み合わせた。いかにもレディらしい落ち着きっぷりだ。道ばたで遭遇したごろつきを無視するみたいに、俺と目を合わせようとしない。これだったら、手に爪を食いこませたり、足を踏みつぶそうとしたりする彼女のほうがよっぽどましだ。ジョンは肩をすくめて自分の席に戻った。しばらくは無言のまま彼女を観察した。

疲れた顔をしているな。ストレスがたまっているみたいだし、それに……悲しそうだ。ジョンは後ろめたさを覚えた。今日、俺たちはほんの少しだけ昔に戻ったような気安さで言葉を交わした。あれはたぶん追悼式という場所柄のせいだろう。埋葬の儀式がなかったとはいえ、今日の催しは葬式みたいなものだった。トーリにしてみれば、色々と考えることがあったはずだ。故人はろくでもない男だったらしいが、それでも彼女にとって父親であることには変わりない。なのに、俺は彼女の力になるどころか、ウェントワースに余計な爆弾発言をしちまった。

話し合いは明日でいい。少しはトーリを休ませてやろう。そういえば、今日トーリが少しでも嬉しそうな顔をしたのは、エズメがレセプション会場に現れた時だけだった。

ジョンの脳裏に、母親の腰に抱きついて笑顔で見上げていた少女の姿がよみがえった。彼は肩をいからせ、その記憶を押しやった。しっかりしろ、エース。トーリはおまえのことを良心のかけらもない男と思っているはずだ。自分の娘をよく知るために、おまえがいったい何をした？　今さら良心に目覚めてなんになる？　これ以上話をややこしくするのはやめておけ。

脳裏にこびりついた黒い瞳の少女の姿を、彼は必死に打ち消そうとした。その甲斐《かい》あってか、やがて少女の姿は祭壇で悼辞を述べるディーディーの姿に取って代わられた。密《ひそ》かに胸を撫で下ろしながら、ジョンは新たな決意とともに身を乗り出した。「なあ、君は弟の容疑を晴らしたいんだろう。だったら、警察に新たな容疑者を差し出すのが一番だ。そのためには、俺が君の親父《おやじ》さんと関係のあったカントリークラブ・タイプの連中に接触する必要がある」

「その話は前にも聞いたわ。私もあなたをみんなに引き合わせることに同意したはずだけど」

「そう、それだ。あと、私立探偵はめったに殺人事件に関《かか》わらないって話もしたよな。警察は探偵の介入を嫌う傾向があるし、探偵には人を尋問する権限がないからって。俺にはいやがる人間の口を開かせることはできない。でも、進んで情報を提供したがる人間なんているか？　いるとしたら、その動機はなんだ？　真実と正義とアメリカのためか？」

ヴィクトリアが反論しようと口を開きかけた。しかし、彼はその隙《すき》を与えなかった。

「ただし、俺が君のフィアンセとなれば話は別だ。誰にも疑われずに接触できる。人間てのは社交的な場では気が緩むもんだろう。そこにつけこんで、うまく会話を持ちかければ、知りたい情報を引き出すことができる。客のチップを頼りにしているバーテンダーやキャディにしても、気兼ねなく連中の秘密を暴露できるというわけだ」

「つまり、調査のために嘘《うそ》をつくわけ?」

「一時的にだよ、ダーリン。俺の顔が気に入ったからって理由で、犯人が自分がやりましたと自白すると思うか? 探偵稼業には演技力も必要なのさ」

「あなたは直球タイプかと思っていたわ」

「基本は直球勝負だ……それで事件解決に必要な情報がつかめる限りは。でも、場合によっては変化球も使う。自分じゃない人間のふりをして、この真珠のように真っ白な歯からいけしゃあしゃあと嘘をつく」

ヴィクトリアの顔を失望の表情がよぎった。しかし、彼女は長い脚を組んだだけで、特にコメントはしなかった。「バーテンダーやキャディと話をして、どんな得があるの?」

ジョンはずり上がったスカートからのぞく太腿をあえて見ないようにした。「まず第一に、彼らは使用人と同じで透明人間扱いされる。しかも、無視されながら周囲のことをちゃんと見ているし、しっかり聞き耳を立てている。たとえばディーディーだ。追悼式では君の親父さんが恋しくてならないようなことを言っていたが、カントリークラブのテニスコーチとよろしくやっているという噂《うわさ》もある。その噂が真実かどうか、ボールボーイならよく知っているんじゃないか」

「どうしてあなたがそんな噂を知っているの？」問いかけてから、ヴィクトリアは首を横に振った。「いいえ、聞かないほうがよさそうね。仮にその噂が真実だとしても、彼女には父を殺す動機がないわ。その件については前に話したでしょう？」

「とっさに思いついた一例を挙げただけだ」ジョンは彼女の脚に視線を投げ、ネクタイを緩めた。この程度で注意散漫になる俺も俺だが、そう脚を見せびらかさなくてもいいじゃないか。彼は少しむっとして、ヴィクトリアを見据えた。「でも、俺の言いたいことはわかるだろう？　それとも、わざと鈍いふりをしてるのか？」抑えろ、エース。トーリが傷ついた顔をしているじゃないか。今のは言い過ぎだぞ。駆け引きならお手のものじゃなかったのか？「殺人は俺の専門分野じゃないし、婚約話をでっち上げたところで、たいした収穫は得られないかもしれない。だとしても、これだけは断言できる。探偵として情報をかぎ回るよりは、フィアンセのふりをして話を聞き出すほうがはるかにましな結果が出るはずだ」

ヴィクトリアはとがったヒールのパンプスの中で足をもぞもぞ動かした。「要するに、あなたはまた私を騒ぎの渦中に放りこみたいわけね」不機嫌そうな口調で彼女は言った。「今日みたいな思いは二度としたくないと思っていたのに」

「決めるのは君だ」急にかりかりしてどうしたんだ？　ちっともトーリらしくない。いつもはマナーで完全武装して、いやな顔一つ見せないのに。もっとも、それは俺以外の人間に対しての話だが。ジョンは気遣わしげに彼女の様子をうかがった。「今日、何か食べたのか?」

「そんなこと、どうだっていいでしょう」ヴィクトリアは顔をしかめた。「それより、母親が急に婚約したと知ってエズメがどう思うか、少しでも考えてみたの?」

しまった。まったく考えてなかった。俺だってあの子を傷つけたいわけじゃないんだ。できればあの子を傷つけることだけはしたくない。でも、そのためにはどうしたらいいんだろう? あの子と親しくなるよう努力するべきなのか。それとも、距離を保つほうがいいのか。

彼の迷いを見抜いたのか、ヴィクトリアはうんざりした視線を投げてよこした。「あなたってお気楽な人ね、ミリョーニ。たとえエズメが何も知らずにすんだとしても――まあ、その可能性は限りなくゼロに近いけど――こんな計画がうまくいくと思う? あのクラブはゴルフとテニスと社会的地位がすべてなのよ。だけど、あなたは……」彼女は批判的な目つきでジョンの全身――特に髪型を値踏みした。「どう見てもカントリークラブ向きの人間じゃないわ」

ジョンは椅子をきしませて立ち上がった。「何が言いたい? 俺が高級クラブのダイニングルームでナイフを取り出し、歯をほじるとでも思っているのか?」彼は怒りに突き動かされていた。そして、怒りとは異なるもう一つの感情にも。だが、その感情の正体を見極める気にはなれなかった。「ああ、わかったよ。今日の一件は俺のフライングだったことにしよう。俺一人がその気になっていただけで、君にその気はなかったってことにして、当初のプランに戻ろう。今日一日で何人ものクラブ会員と会って話をしたから、そううまくはいかないだろうが。だとしても、やるだけはやってみる。お上品な友人たちの前で君に恥をかかせたくないからな」彼はドアへ向かったが、ノブに手をかけたところで振り返り、ヴィクトリアの金のかかった身なりを眺め回した。それから、驚きに見開かれたモスグリーンの瞳に視線を据え、抑揚のない声で吐き捨てた。「君が六年前から変わったことには気づいていたが、こんな俗物になり果てているとは思いもしなかったよ」

勢いよくドアを開けると、ジョンはオフィスを飛び出し、そのまま正面玄関へ向かった。

「私は俗物じゃないわ」無人の空間に向かって、ヴィクトリアはつぶやいた。ドアに向けてひねっていた体を元に戻し、椅子の背にもたれて、デスクの奥の書棚をぼんやりと眺めやった。どうして私が責められるの？　前にロケットが自分で言ったじゃないの。俺はカントリークラブ向きの人間じゃないと。それに、私のコメントは遠回しの褒め言葉だったのよ。実際、彼が男同士のつまらない見栄《みえ》の張り合いに興味を示すとは思えないもの。

良心のうずきを感じて、彼女は椅子から背中を起こした。そうね。確かに言い方はまずかったかもしれない。でも、あのクラブの男性会員たちがゴルフのこととなるとむきになるのは事実だわ。私にはロケットがゴルフをやる姿なんて想像できないし、彼がゴルフについて何か知っているとも思えない。第一、髑髏《どくろ》のタトゥーを入れているような男とカントリークラブ族の間に共通点なんてあるかしら?

でも、ロケットはスポーツ万能だし、クラブ会員の誰にも負けないくらいおしゃれよね。それに、私が知る限り、彼が誰かに対して言葉につまったり動揺したりしたことは一度もなかったわ。ヴィクトリアは頬を赤らめた。私は人を見る目があるほうとは言えないし、お互いの育ちについてロケットと話し合ったこともない。ということは、彼が私と同じような家庭で育った可能性もあるんじゃないの? それをタトゥーだけで判断するなんて。

やっぱり、俗物なんだわ、私。

ヴィクトリアは椅子から立ち上がり、ふらふらとドアへ向かった。怒りと混乱とジョンに指摘されて気づいた飢えのせいで今にも気絶しそうだった。だとしても、婚約者のふりをするなんてとんでもないわ。ロケットと私がカップルだなんて、そんな話、誰が信じると思うの? まあ、私も一度はそう信じたわけだけど。でも、それは若気の至りというものよ。あの時だって、つき合う前から期限とルールを決めるような男に深入りしつつあることに気づいたとたん、大急ぎで逃げ出すくらいの分別はあったでしょう。またあの状態に戻るなんて冗談じゃない。あまりにも危険すぎるわ。

そこまで考えたところで、自室へ戻る前に何か食べようとキッチンに向かっていた彼女の足が止まった。そう。危険なのよ。少なくとも、私の心にとっては。ロケットのこととなると、私は冷静さを失ってしまう。偽の婚約話で親しいふりを強要され、意志の力を試されるのはごめんだわ。それもエズメを理由に人の家に入りこんできながら、あの子をほったらかしているような男に。

それに、ロケットの説明はもっともらしく聞こえたけど、あれは絶対に誇張しているわね。ジェイリッドの容疑を晴らすためには情報が必要で、その情報を探り出すには婚約者のふりをするのが一番いいですって？　本当は男の闘争本能を刺激されて、衝動的に婚約を宣言しただけじゃないの？　私には、マイルズとくだらない意地の張り合いをしたことを恥じて、あんな言い訳をしているとしか思えないんだけど。

恥じる？　ヴィクトリアは鼻を鳴らした。ロケットが何かを恥じている姿なんて想像もつかないわ。

そういえば、私がほかに容疑者を捜してほしいと頼んだ時、彼は強く反対はしなかった。たしか、挑戦されると燃えると言ったのよね。

そうよ。私は間違ったことはしていない。やり方は無作法でまずかったかもしれないけど、もう一度ジョン・ミリョーニの魅力的な罠《わな》にはまるよりは、手に負えなくなる前に偽の婚約話に歯止めをかけるほうがはるかに賢い選択だわ。

ちゃんとした食事をとり、夜はよく眠り、朝は抱きつくのが大好きな子供と遊んで過ごす。それだけでこんなにも気持ちが落ち着くなんて。昼食の席に向かいながら、ヴィクトリアは笑みをもらした。昨夜の動揺は跡形もなく消えていた。エズメはヘレンがついているから大丈夫。今ごろは遊びに来たレベッカと一緒に、ピザとお人形さんごっこの午後を満喫しているはずだわ。その間に、私はロケットとディーディーを捕まえて、この婚約騒動に終止符を打たなくては。事態の収拾がつかなくなる前に。

ただし、今日は絶対に取り乱さないようにしよう。あくまでも友好的な態度で、冷静に話し合うのよ。

目指す二人はすでにダイニングルームに顔を揃《そろ》えていた。ヴィクトリアが遅れて入っていくと、彼らは同時にテーブルから視線を上げた。ジョンは閲兵式に臨む軍人のように表情を消していたが、ディーディーは彼女に向かってにっこり笑いかけた。

「あらあら、未来の花嫁の登場だわ」やけに嬉しそうな継母の歓迎ぶりに、テーブルへ向かいかけていたヴィクトリアの足が止まった。

だが、それも一瞬のことだった。ダイニングルームを横切った彼女は、ジョンの隣の席に腰を下ろし、急に友好的になったディーディーに不審の一瞥《いちべつ》を投げた。「そのことだけど――」

「そのことって？」ディーディーはジョンに向かって手を振った。「それにしても、この大男さんは仕事が早いわね！　もちろん、あたしはあなたたちが互いに惹かれ合ってることくらい最初からお見通しだったけど」

ヴィクトリアはまじまじと継母を見つめた。最初は嫌味で言っているのかと思ったが、どうやらそうでもないらしい。彼女はディーディーにあまり好かれていないことを知っていた。だから、今度の件にしても、ディーディーが継娘《ままむすめ》の苦境を楽しんでいるのだと思っていた。ところが、継母の顔にあったのは、自分の読みが当たったことを得意がるような表情だった。だとしたら、まずは誤解を正さなくては。ヴィクトリアは身を乗り出した。

「だから、昨日の婚約発表のことなんだけど――」

「ああいう形の発表になったことを気にしてるのなら、その点は安心して。あたしがうまくフォローしたから」ディーディーは二人に皮肉っぽい笑みを返した。「仕事が早いのは大男さんだけじゃないのよ」

ヴィクトリアは一瞬目の前が真っ暗になった。隣でだらしなく座っていたジョンが、ゆっくりと背を起こした。そのことに気づいた彼女はとっさに腕を伸ばし、ジョンの手をつかんだ。「それ、どういう意味かしら？」

「あたしがフォードとの結婚生活で気に入ってた点の一つはね、いろんなお偉方と会えることだったの。昨日はいまいち集まりが悪かったけど、〈ガゼット〉の社主も来てたのよ。ちょっとしたお願いもできないんだとしたら、州のお偉いさんを全員知っててもなんの意味があるわけ？　で、あたしはヘンリーと話をしたの。そしたら、ほら！」ディーディーは社交欄が表になるように折りたたまれた新聞を取り出した。「このとおり！　コネの力があったら、なんでもあっというまよね？」

ヴィクトリアはテーブルに身を乗り出し、継母が押しやった新聞に目を通した。そこに掲載された告知を見たとたん、心臓が凍りついた。

嘘。

嘘だわ。

嘘だと言って。

しかし、目の前にあるのは印刷された現実だった。口の中が干上がり、心臓が轟《とどろ》きはじめた。唾《つば》をのみこむと、ヴィクトリアは広告を読み上げた。「ヴィクトリア・エヴァンス・ハミルトン、ジョン・ミリョーニと婚約。結婚式は十月――」彼女ははじかれたように顔を上げ、愕然《がくぜん》として継母を見つめた。「日取りまで決めたの？」

「しょうがないでしょ。ヘンリーが日取りが決まってないと受けつけられないって言うんだから。でも、別にこれに合わせなくたっていいのよ。婚約パーティの写真つきで正式な告知を出すなら、その時に修正しちゃえば？　これはあくまで基本計画。結婚準備の第一歩みたいなもんよ。結婚準備といえば」ディーディーは興味津々の表情でジョンに向き直った。「あなたも彼女に婚前契約書にサインさせられるのかしらね？」

「婚約パーティって何？」ヴィクトリアは問いただした。テーブルの上のワイングラスが砕けないのが不思議なほど甲高い声だった。

「昨日、あたしがみんなの前で約束したじゃない」ディーディーは椅子の横に置いてあった紙ばさみを手に取り、テーブルの食器を脇《わき》へ押しやった。そこに紙ばさみを広げ、メモ用紙の束をめくってから、ヴィクトリアに視線を戻した。「告知した日取りまで六週間しかないから、さっそくパーティを開かなきゃ。次の日曜日なんてどう？」

「どうもこうも」ジョンがつぶやいた。

ヴィクトリアは声を荒らげた。「あなた、正気なの？」

「わかってる。わかってるって」ディーディーはすべてのみこんだ顔でうなずいた。「日曜の夜はパーティ向きじゃないわよね。いい会場は何カ月も先まで予約で埋まってるし、先に予定が入ってて、出席できない人もいるだろうし。だけど、世の中なるようになるって言うじゃない？　もちろん、カントリークラブは予約でいっぱいだったけど、〈ブロードムーア・ホテル〉のほうに一つキャンセルで空いた会場があったから、とりあえずそっちを押さえたわ。ついでに、社交界の面々にも連絡を取ったの。そしたらねえ」彼女は身を乗り出し、胸の谷間をのぞかせた。「なんと全員が喜んで出席するって言ったのよ！　これってすごいことじゃない？」

もうマナーなんて知ったことじゃないわ。かっとなったヴィクトリアは、継母の首を絞めるつもりでテーブルによじ登ろうとした。ジョンは素早く彼女の肩に腕を回し、自分のほうへ引き寄せた。

「ああ、確かにすごい」彼はさらりと相槌《あいづち》を打ったが、黒い瞳は冷ややかだった。「ちょっと失礼していいかな？　なにしろ急な話だし、トーリと二人でよく相談しないと」

ディーディーは目をしばたたいた。「でも、話し合うことがたくさんあるのよ。それに、ランチはどうするの？」

「俺たちの皿に保温カバーをかけておくようコックに伝えてくれないか。あとで食べるから」

「あなたの皿だけでいいわ」ヴィクトリアはぶつぶつ言った。「私は一生分の食欲を失ったみたい」でも、各方面に連絡を取って、新聞に告知を出したとなると、ロケットはパパの知人たちから話を聞きやすいはずだわ。もし私が婚約は嘘だと認めたら、ロケットは私が雇った私立探偵だと暴露したら、それでも協力してくれる人はいるかしら？

まずいないわよね。彼女は頭をのけぞらせ、立ち上がったジョンを見上げた。「あなた、まだこれを続けるつもり？」

ジョンは彼女の椅子の背に手を置いた状態で動きを止めた。それから、うなずいた。

「もちろん」

「前に私に説明したのと同じ理由で？」

「ああ」

ヴィクトリアはためらった。五秒。十秒。そして、ようやく観念したようにため息をついた。「だったら、いいわ」彼女の視線がディーディーに移った。「でも、こういうのは大きなお世話じゃないかしら。だいたい、あなたに――」

「パーティを計画する資格があるのかって話よね。費用を払うお金もないのに」ディーディーはうなずいた。「わかってる。フォードもよく言ってたわ。主役が勘定を持つことになるパーティをほかの人間が企画するのは〝筋違い〟だって」

ヴィクトリアは継母を見つめた。お金の問題なんて考えもしなかったわ。ディーディーはついこの間まで好き勝手に贅沢《ぜいたく》なパーティを開いていた。でも、それももうできなくなったのね。

「だけどね」ディーディーは続けた。「言い方は悪いけど、フォードが死んでから、ここはずっと死体置き場みたいだったじゃない？」

「ずっとって、まだ三週間もたっていないのよ！」

「そうね。けど、これって憂さ晴らしをする絶好のチャンスだと思うの。それに、おめでたい話ならそれなりのお祝いをしなきゃ」

「それはそうかもしれないけど、私は内々のお祝いですませるほうがいいわ」

ディーディーはうんざりした顔で息を吐いた。「ほんと、あなたって退屈な人ね」

「ええ、そうよ。それに私、忙しいの。面倒なパーティの準備にかかずらわっている暇はないのよ」暇だけじゃなく、その気もないけど。

「そりゃそうよね」ディーディーは組んだ腕をテーブルにのせ、胸の谷間を押し上げるようにして身を乗り出した。「一方、あたしは暇だけはたっぷりある。だから、準備はあたしに任せて。あなたは何も心配しないで。次の日曜の晩に、それらしい格好をして出席してくれりゃいいの。あとはすべてあたしがやってあげるから」

やってあげるから？　人を追いつめておいて、よく言うわね。そもそもディーディーは本当にパーティを開きたいだけなのかしら？　仮にそうだとしても、とても感謝する気にはなれないわ。

でも……。

私がどう思おうと、この婚約騒動はもう止められないみたいだわ。だとしたら、私も覚悟を決めて、ロケットができるだけ多くの人間と話ができるように協力したほうがいいのかもしれない。息がつまりそうな社交活動もしばらくの間なら耐えられそうだし。

ただし、実現しないとわかっている結婚式の準備に時間を取られるのはごめんだわ。ヴィクトリアは大きく吸いこんだ息をゆっくり吐き出した。テーブルごしに継母を見やり、こわばった唇から言葉を押し出した。「じゃあ、お願いしようかしら。ありがとう。あなたって本当に親切なのね」

この嘘つき。天罰が下っても知らないから。

11

その夜、ジョンは虫の知らせのようなものを感じ、デスクから視線を上げた。戸口に立つヴィクトリアを見た時は軽い既視感に襲われた。ただし、今回のヴィクトリアは〝静かにドアを閉めながら、力まかせにたたきつけたような印象を与える〟という芸当を披露しなかった。ドアを閉めようともせず、ただオフィスに顔を突っこんで、命令口調で言った。

「一緒に来て」

「どこへ？」そう尋ねたものの、ジョンは返事を待たずに立ち上がった。ヴィクトリアも質問を無視し、即座にきびすを返して、大股《おおまた》で廊下を歩き出した。ズボンのポケットに両手を突っこむと、ジョンはのんびりとした足取りであとに続いた。彼女の魅力的な腰の動きと尻の丸みを見ないように努めながら。

もちろん、無駄な努力だったが。

「で、どこへ行くんだっけ？」階段を上りきり、二階の廊下に出たところで、ジョンは問いかけた。俺《おれ》の悪い癖だ。トーリの行くところなら、どこでもほいほいついていってしまう。初めて出会った夜もそうだった。彼は回転させるように両肩を動かした。「シーツが裂けるほどホットなセックスを楽しむために君の部屋へ向かっている、と思うのは甘い考えだろうな」

「今日はあなたのラッキーデーかもしれないわね」ヴィクトリアが肩ごしに冷ややかな視線をよこした。「とりあえず後半部分は当たっているもの」

「後半部分？」ジョンは興味を引かれ、彼女の横に並んだ。「つまり、俺たちは君の部屋へ向かっているわけか？」

「部屋といっても一つじゃないけど」

「でも、セックスのためじゃない？」

「こういう時、海兵隊員ならどう答えるのかしら？　〝そのとおりであります。セックスのためではありません〟？」

ここはおとなしくしておいたほうがいい。それがわかっていながら、ジョンは悪魔の誘惑に負けた。ヴィクトリアの腰をとらえ、彼女を引き寄せて耳打ちした。「かしこまらなくていいんだよ、ダーリン。俺たち、婚約しているんだから」彼は深々と息を吸いこんだ。いい匂《にお》い。トーリの匂いだ。

「ええ。みんな、そう思っているようね。だから、あなたにここまで来てもらったの」彼の腕をすり抜けると、ヴィクトリアは閉ざされたドアの前に立った。そして、改めて彼を振り返った。

彼女の表情がジョンのふざけた気分を吹き飛ばした。「トーリ……？」

「私たち、今からここでエズメに婚約について説明するという大仕事に取りかかるのよ」

ジョンは自分でも信じられないほどうろたえた。全身から冷たい汗が噴き出した。彼はパニックとは無縁の男だった。緊張を楽しみ、かつてはわざと危険を求めた男だった。だが今は、この状況にどう対処すればいいのか、皆目見当もつかなかった。「なぜ先に言ってくれなかった？　そうすりゃ、ここに来るまでの間に対応策を練れたのに」

ヴィクトリアは鼻を鳴らした。「ジョン、これは核融合じゃないのよ。エズメには事実を言うしかないでしょう」彼女の手がドアノブへ伸びた。

ジョンはその手をつかんで止めた。「正気か？」

「それは正気という言葉をどう定義するかによるわね。私は子育て中の身よ。子育ては正気じゃ務まらないと言う人間もいるでしょうし」次の瞬間、モスグリーンの瞳から皮肉めいたユーモアの光が消えた。「あなた、娘のことをもっとよく知りたいと言ったわよね」

ヴィクトリアは抑えた声で念を押した。「だったら、いい機会じゃない。あなたの夢をかなえたら？　ただし、あの子に嘘《うそ》はつかないで」

「まだ五歳の子だぞ！　あの子がよそでしゃべったら、計画が水の泡になる」

「計画ね」ヴィクトリアは強情そうに顎を突き出した。「だったら、ほかにどんな方法があるの？　あの子と親しくなって、ようやくパパができたと思わせて。それでいいと思っているの？　まあ、あなたの計画にはいいかもしれないわね。でも、あなたはいつか荷物をまとめてデンバーへ帰っていく。その時、エズメはどうなるの？」

すべてが終わった時、俺とエズメの関係はどういう状態になるんだろう？　俺にはさっぱりわからない。それに、今後の父娘《おやこ》のあり方といったって、俺の一存じゃ決められないだろう。

危険から子熊《こぐま》を守ろうとする母熊のように、エズメの前にはトーリが立ちはだかっているんだから。今もこうして怖い目で俺をにらんでいるんだから。

「あなたのくだらない計画のために、私のベビーを泣かせたりしないでよね」

またしてもプライドを傷つけられたジョンは、お返しに彼女の全身を眺め回した。「俺が君のそばにいたい一心でこんなことをしていると思うか？　自惚《うぬぼ》れないでくれ、スウィートハート。君の言うくだらない計画はな、君の弟を救うことが目的なんだよ！」

「よく言うわ！　ジェイリッドを見つけることすらできないくせに！」

魔女が指先から放つ稲妻のように、モスグリーンの瞳がきらめいた。婚約者のふりをすることに同意して以来、ずっと抑えられてきた怒りがついに爆発したのだ。ジョンはしてやったりの気分になった。人を怒らせて喜ぶのは大人げないが、最初に喧嘩《けんか》を売ってきたのはトーリのほうだ。確かに俺とトーリじゃ釣り合わないさ。彼女が好きこのんで今度の計画に巻きこまれたんじゃないこともわかっている。もしディーディーが余計な真似《まね》をしなかったら、そして、トーリ自身が世間体を気にする育ち方をしてなかったら、この計画はとっくにつぶれていたはずだ。

しかし、感情の爆発は一瞬で終わった。彼がかいま見た怒りの表情は消え、ヴィクトリアはまた心を閉ざした。改めてジョンに向き直り、ぞっとするような丁重さで言った。

「こんなことを言いたくはないけれど、もしエズメとジェイリッドのどちらかしか守れないとしたら、私はエズメを守るつもりよ」彼女は精いっぱい背筋を伸ばし、ジョンを見下ろした。「じゃあ、始めましょうか。二人で中へ入っていって、エズメに事情を説明するのよ。あの子がほかの誰かから婚約の話を聞いて、はかない期待を抱く前に」

ジョンには彼女の言いたいことがよくわかった。基本的には彼も同意見だった。だが、心のどこかで納得のいかないものを感じていた。それが顔に出てしまったのだろう。ヴィクトリアはますます背筋を伸ばし、海兵隊の教官たちも羨《うらや》むような厳しい口調で命令した。

「よく聞きなさい、ミリョーニ！　私たちは正しいことをやろうとしているの。わかった？」

ああ、わかっているとも。でも、自分の遺伝子がつまった小さな子供と向き合うくらいなら、立てこもったテロリストたちのアジトに突入するほうがまだましなんだよ。ジョンは素っ気なくうなずき、彼女のあとに続いた。今度ばかりは彼女の尻を鑑賞している余裕はなかった。ヴィクトリアの居間は一見したところ、屋敷内のほかの部屋と大差なかった。インテリアは優雅だが冷たい印象を与えるものだった。しかし、ここには生活感があった。小型のコーヒーテーブルやソファの上に本や雑誌が散らばっていた。部屋の片隅には派手な色遣いのサンダルとおとなしめな色のハイヒールが転がり、エンドテーブルのスタンドのシェードから、プラスチックの宝石をはめこんだおもちゃのサングラスがぶら下がっていた。

家庭的な散らかり具合を眺めていたジョンは、娘を呼ぶヴィクトリアの声で現実に引き戻された。トイレの水洗の音に続いて、エズメの返事が聞こえた。

ジョンは浴室の水音に耳を澄ました。自分でも信じられないほど心臓が激しく轟《とどろ》いていた。おまえは元海兵隊員だろう。相手はただの子供じゃないか。そう自分自身に言い聞かせていた時、浴室のドアが勢いよく開き、模様の入った紺色のパジャマをずり上げながら、エズメが飛び出してきた。

「ハロー、ママ——わあ、ミスター・ジョンだ！」母親に駆け寄ろうとした少女は途中でコースを変え、ジョンに向かって直進した。

くそ。まただ。エズメを前にすると、距離を保とうという決意を忘れそうになる。この子には磁力でもあるんだろうか。

「やあ、エズメ」エズメが目の前でぴたりと止まり、爪先《つまさき》立ちになった。ジョンの手がひとりでに伸び、少女の髪に触れた。感電したのかと疑いたくなるほどの癖毛だが、触ってみると驚くほど柔らかい。彼の中で喜びがはじけた。「元気かい？」

「うん、元気！　ミスター・ジョンは？　あたしにご本を読みに来てくれたの？」

「いや……」ジョンは助けを求めてヴィクトリアを見やった。

「違うわ、スウィーティ」ヴィクトリアは真顔で答えた。「座ってちょうだい。ジョンとママからあなたにお話があるの」

「ふうん」エズメは少し落胆した様子でジョンの手をつかみ、シルクの布を張ったソファへ向かった。

小さな手に引っ張られて居間を横切りながら、ジョンは娘の表情を観察した。

「何が〝ふうん〟なんだい？」

「ママがお話があるから座ってって言う時は、いつもシンコキな話なの」

「深刻よ、エズ」ヴィクトリアが口を挟んだ。

「ね？」エズメはジョンの手を放し、ソファに体を投げ出した。腰を落ち着けるとすぐにまたつぶらな瞳をジョンに向けた。「あたしの言ったとおりでしょ？」

「そうよ、スウィーティ」ヴィクトリアはソファの向かいの椅子に腰を下ろした。「これは深刻なお話なの。でも、あなたがいやな気分になるお話じゃないから安心して。ジョンがここに来た理由は覚えてる？」

「うん」少女は自信がなさそうにうなずいた。

「最初の日、あなたは彼に会いに下りてきたでしょう？　あれはヘレンの話を聞いたからよね？」

エズメはしばらく裸足《はだし》のかかとでソファをたたいていたが、急にぱっと表情を輝かせた。

「そう！　ヘレンが言ったの。探偵さんがジェイリッド叔父ちゃまを捜してくれるって」

少女は嬉《うれ》しそうに身をよじった。体をひねり、小さな肩をジョンの脇腹《わきばら》に押しつけると、

〝あたしってお利口でしょ?〟と言いたげににっこり笑った。

ジョンは不意を突かれた。胸に心臓をわしづかみにされたような痛みが走った。

「そのとおりよ」ヴィクトリアは言った。「でも、そのためにはジョンはいろんな人からお話を聞かなくてはならないの。それで、ジョンとママはちょっとしたお芝居ごっこをすることにしたのよ」

エズメはソファにかかとを打ちつけるのをやめ、獲物を追う猟犬のように身構えた。ジョンにもたれかかっていた体を起こし、母親をじっと見返した。「お芝居ごっこ? あたしもお芝居ごっこしたいな」

「あなたはお芝居ごっこが大好きだものね。ママはあまりお芝居ごっこが好きじゃないし、あなたみたいに上手でもないけど、ジェイリッド叔父ちゃまを助けるためだから、できるだけ頑張ってみるつもりよ」ヴィクトリアはジョンにためらいの視線を投げた。だが、再び娘に視線を戻した時、その顔からためらいの表情は消えていた。彼女は大きく吸いこんだ息を静かに吐き出した。「ジョンとママは今夜から婚約のお芝居ごっこをすることにしたの」

「わあ、楽しそう」浮き浮きとした様子でうなずいてから、エズメは尋ねた。「婚約って何?」

ジョンが吹き出した。ヴィクトリアはそれを無視して説明した。「男の人と女の人が結婚しようって決めることよ」

エズメは動きを止め、ジョンを横目で見やった。それから、眉間《みけん》に皺《しわ》を寄せて母親を見つめた。「レベッカのママとパパみたいに？」

「ええ、そんな感じね。レベッカのママとパパは本当に結婚しているけど、ジョンとママの場合はお芝居なの。でも、お芝居だってことは誰にも言っちゃだめよ」

「レベッカにも？」

「ええ、スウィーティ。レベッカにもよ」

「なんで？　レベッカはあたしの親友なのに」

「知ってるわ。でも、もしレベッカが内緒だってことを忘れて、ほかの人にしゃべり、その人がまた別の人にしゃべったらどうなると思う？　お芝居ごっこだということがみんなにわかってしまって、ジョンはいろんな人からお話を聞けなくなるのよ」ヴィクトリアは座ったまま身を乗り出し、娘の足の親指をつまんで軽く揺すった。さらに足の甲全体を手のひらで包みこんだ。「親友に何かを内緒にするのはいやよね。でも、少しの間だから我慢して。もしどうしても誰かにしゃべりたくなって、ママがそばにいない時は、ヘレンとお話するといいわ。ヘレンは本当のことを知っているから。コックとメアリーもそのうち気づくと思うけど」彼女はそこでためらった。「でも、ディーディーには絶対に内緒よ。いいわね？」

エズメは憤慨の息を吐いた。「ディーディーってばかだもんね」

ヴィクトリアの返事はジョンの予想を裏切るものだった。「それは違うわ、スウィートハート。ディーディーは小さな子供に慣れていないだけ。だから、あなたにどう話しかけていいかわからないのよ」

エズメはつかまれた足を前後に揺らしながら、しばらく母親を見つめていた。横目でジョンを見やり、また母親に視線を戻した。それから、ようやく長い沈黙を破った。「あたし、これからもときどきママと一緒に寝られるの？」

「もちろんよ、ダーリン！　なぜそんなことを心配するの？」

「ミスター・ジョンはママのベッドで寝ないの？」

ヴィクトリアは小さな足を放し、背中を起こした。「ええ、寝ないわ。なぜそんなふうに考えたの？」

エズメは肩をすくめた。「レベッカのパパはママのベッドで寝てるでしょ」

「そうね。でも、これはただのお芝居ごっこなの。そう言ったでしょう？」

「うん」

「それに、ジョンとママは結婚したふりをするんじゃないの。これから結婚するふりをするだけなの。わかる？」おぼつかなげにうなずく娘を見て、ヴィクトリアはつけ加えた。「王子様がシンデレラに靴をあげるようなものよ」

「わかった」そう答えたものの、少女の額にはまだ困惑の皺が刻まれていた。

本当にわかっているんだろうか？　ジョンは不安を抱いた。彼の脳裏に、ぎりぎりでバランスを保っていたトランプの家が崩れ落ちるイメージが浮かんだ。トーリの言い分はもっともだ。俺たちが黙っていたとしても、エズメはほかの人間から婚約の話を聞かされることになっただろう。でも、このままじゃ俺は仕事がしづらくなる。仕事を終えて、現実世界に戻ることができなくなる。

だったら、どうすればいい？　ジョンは脳をフル稼働させて考えた。しっかりしろ、エース。女の扱いはお手のものだろう。確かにエズメはまだ子供だ。おまえが扱ってきた女たちより小さいが、それでも女であることには変わりない。女心をつかむこつは相手の望みを知ることだ。そして、その望みをかなえてやることだ。彼は娘に向き直った。

「君もお芝居ごっこがしたいかい？」ヴィクトリアの抗議の声を無視して、彼は少女の反応をうかがった。大きな黒い瞳が輝くのを見て、自分の読みが正しかったことを確信した。

エズメは大きくうなずいた。

「みんなにお芝居ごっこを信じさせるにはどうしたらいいと思う？」エズメにじっと見つめられ、ジョンは落ち着かない気分になった。五歳児にしては驚くべき眼力だ。密《ひそ》かに舌を巻きつつも、彼はなんとか話を続けた。「君がミスターをやめて、俺をただジョンと呼べばいいんだよ」

「あたし、できる！」エズメはにっこり笑った。「パパと子供のふりをすればいいのね」

「ただし、これがお芝居ごっこだということは忘れないでね」ヴィクトリアがぴしりと釘《くぎ》を刺した。

ジョンはこみ上げてきたいらだちを抑えた。トーリは何回同じことを言えば気がすむんだ？　それくらい、エズメも俺もとっくに承知しているのに！エズメでさえも母親の態度に少々うんざりしているようだった。「じゃあ、レベッカにしゃべっていい？　ジョンがあたしのパパになるって？」少女は挑戦的にヴィクトリアを見据え、また同じ台詞《せりふ》を聞かされる前につけ加えた。「でも、嘘のパパだってことは内緒ね」

一瞬困った顔をしてから、ヴィクトリアはほっと息を吐いた。「ええ、いいと思うわ。さあ、もうベッドに入る時間よ。ママが寝かしつけてあげるから、ジョンにおやすみなさいを言って」

「ジョンも一緒がいいな」エズメは言った。「あたしたち、これから〝ママとパパとあたし〟ごっこをするんだから」

ジョンはぎょっとした。このしたたかさは俺の血か？　エズメはソファから飛び下り、柔らかく小さな手を彼に向かって突き出した。

「来て」母親とよく似た有無を言わさぬ口調で少女は命令した。「ママが寝かしつける役で、ジョンがご本を読む役よ」

12

次の土曜日の夕方、ジェイリッドはP・Jとともにその夜のねぐら——昼間のうちにチェックしておいた建築現場——へ向かった。デンバーの空は分厚い雲に覆われつつあった。彼らが建築現場を囲む網状フェンスまでたどり着く頃《ころ》には、すでに空はインクのような黒に変わっていた。

「雷が来ないといいな」フェンスをよじ登りながら、P・Jがぶつぶつ言った。「あたし、苦手なんだ」

「雷が？」ジェイリッドは少女にちらりと視線を投げた。彼はすでにフェンスを乗り越え、反対側に下りようとしていた。「あんなもの、僕はちっとも怖くないね」

「まあ、そこまで苦手ってわけじゃないけどさ。どっちかっていうと、雷より——」

二人の会話に呼び寄せられたかのように、いきなり空が明るくなった。青白い閃光《せんこう》が空を駆け抜け、枝分かれしながらロッキー山脈の方角へ消えていった。P・Jの口から悲鳴がほとばしった。

その女々しい反応にうんざりして、ジェイリッドは声を荒らげた。「まったく、ぎゃあぎゃあ騒ぐなよ。もしここに警備員がいたら、気づかれるじゃないか」

「ごめん」Ｐ・Ｊは小声で詫《わ》びた。「さっきのはなし。やっぱり、雷は苦手だ」フェンスにしがみついたまま、彼女はジェイリッドのほうに顔を向けた。地面に飛び下りたジェイリッドは、腰に両手を当てて彼女を見上げた。「けど、もっと苦手なのは――」

雷鳴が轟《とどろ》いた。フェンスをつかみそこね、Ｐ・Ｊは地面に落下した。ジェイリッドがキャッチしようとしたが一秒遅かった。彼にできたのは手を差し伸べ、Ｐ・Ｊを助け起こすことだけだった。「大丈夫か？」

「大丈夫に決まってるじゃん」Ｐ・Ｊは素早く手を引っこめ、ぜいぜいあえぎながら乱れた息を整えようとした。見かねたジェイリッドが彼女を支えようと手を伸ばした。しかし、Ｐ・Ｊはその手を押しのけた。「触んないでよ。あっちに行って！」

「ああ、そうか。勝手にしろ！」ジェイリッドはきびすを返し、七割がた完成している建物の中へ入った。昼間見た建築計画の看板によれば、ここは一階に店舗が入った複合コンドミニアムになるという。しかし、先のことはどうでもいい。肝心なのは、今体を休められること。そして、誰にも邪魔されないことだ。

あと、雨露をしのげることだな。一秒後、急に始まった雨音に気づいて、ジェイリッドはつけ加えた。土砂降りの雨に、建物の周囲の地面はたちまちぬかるみと化した。彼は壁にうがたれた窓用の穴から外を眺めやった。みぞおちが締めつけられた。じめじめした空気。コンクリートの床と壁。骨まで凍えそうだ。まだ夏は終わってないのに。これで秋が来たらどうなるんだろう？　どうやってコロラドの冬を乗り切ればいいんだろう？

少し遅れて、Ｐ・Ｊが悪態をつきながら入ってきた。新たな閃光が今夜のねぐらを照らし出す。彼女は両腕を体に巻きつけ、周囲を見回した。それから、とがった顎をそびやかし、ジェイリッドがバックパックを置いた場所とは反対の壁際へ向かった。

ジェイリッドは空腹だった。所持金はあと一ドルしかなかった。そして、死ぬほど家が恋しかった。とても十三歳の不機嫌な少女をなだめるような気分ではなかった。「何をすねてんだよ？」

「別にすねてなんかないよ」

「よく言うな。じゃあ、なんで毛むくじゃらのでかい虫にけつを刺されたみたいな態度をとってんだ？」

「言ったじゃん」Ｐ・Ｊはいつも以上にかすれた声できいきいわめいた。「あたしはこの天気がいやなの。うんざりしてんのよ」

「ああ、確かにいやな天気だ」ジェイリッドはバックパックを拾い上げ、彼女のほうへ向かった。「でも、前向きに考えろよ。少なくとも、僕たちは濡《ぬ》れてない。それに、ここには邪魔者もいない。こんな幸運、めったにあるもんじゃないぞ」

またしても雷鳴が轟いた。たいていは先に稲光が見えるものだが、今回はそれがなかった。Ｐ・Ｊがたじろぐのを感じ、彼は華奢《きゃしゃ》な体に腕を回した。

とたんにＰ・Ｊは身を硬くした。「がき扱いしないでよ！」

「誰も好きでしてるわけじゃない。なあ、五分でいいから、そのお姫様みたいな態度をやめられないか？　雨が降り出して、急に冷えてきたろ。少し人肌が恋しかっただけかもしれないじゃないか」

「ああ、そういうことか」小声でつぶやくと、Ｐ・Ｊは体の力を抜いた。「なら、いいよ」

ジェイリッドは危うく笑みをもらしそうになった。独立心旺盛《おうせい》だな。おまけに、驟馬《らば》みたいに強情だ。そこがＰ・Ｊの長所だけど、たまにめちゃめちゃ頭にくる。

彼らはしばし無言で暗闇《くらやみ》の中に座っていた。聞こえるのは三階上の屋根をたたく雨の音だけだった。脇腹《わきばら》に伝わってくるＰ・Ｊのぬくもりと感触が、ジェイリッドの心に安らぎをもたらした。ところが、その安らぎがいつしか性的な緊張に変わった。彼はあわてて腕を引っこめ、座る位置をずらして、Ｐ・Ｊとの間に距離を置いた。

別に意味なんてないさ。相手がいちおう女の子だったから。真っ暗な中で体を寄せ合っていたから。ただそれだけのことだ。きっと相手がどんな女の子でも同じ反応をしたはずだ。ジェイリッドは必死に自分に言い聞かせたが、罪悪感を振り払うことはできなかった。なんでよりによってＰ・Ｊに？　まだほんの子供じゃないか。僕とは年が離れすぎてる。もし年の問題がなかったとしても、Ｐ・Ｊにその気があったとしても、彼女がやせっぽちのおしゃべりだってことには変わりない。僕がイメージするガールフレンドには程遠い。せいぜい妹って感じだ。

でも、僕のこれまでの人生でＰ・Ｊ以上にいい友達はいなかったかもしれない。

稲光が再び室内を照らし出した。P・Jの頬を濡らす涙に気づき、彼は胸を蹴《け》られたような衝撃を受けた。

「どうした」ジェイリッドは体が触れ合わない程度に距離を縮め、そっと声をかけた。

「なんで泣いてるんだ？」

室内に闇が戻ってきた。しかし、ジェイリッドは耳で彼女の動きを感じ取った。P・Jはまた喧嘩《けんか》腰のポーズを取っているのだろう。自分を弱虫扱いする人間に対して、いつもやっているあのポーズを。

「泣いてる？　何言ってんの？　なんでそう思ったわけ？」

くそ。かまうもんか。「これだよ」ジェイリッドは小さな体に腕を回し、もう一方の手で彼女の濡れた頬を拭《ぬぐ》った。「なあ、P・J。泣くなって」そうやって泣かれると、こっちまで泣きたくなるだろ。

「いいよ、わかった。そりゃ、ちょっとだけ泣いたかもしんないけど」P・Jは彼の手を払いのけた。「あんたには関係ないでしょ。あたしのことなんてほっとけばいいじゃん。ほかの連中みたいにさ」

「関係ない？」ジェイリッドは彼女の顔を見ようと目を凝らしたが、照明もない屋内では影の濃淡くらいしかわからなかった。「なんでそんな台詞《せりふ》が出てくるんだ？」

「知ってるくせに」

「勝手に決めつけるな。知らないから訊《き》いてるんだよ」

「あたしのこと、ばかだと思ってんでしょ。雷なんか、こ、こ、怖がるから」最後の部分で言葉がつかえた。自分の弱さをごまかすために、P・Jは彼の脇腹を小突いた。

「おい！　やめろって」ジェイリッドは彼女の指をつかんだ。「雷なんか怖がるほうがどうかしてるよ。あんなの、ただの音じゃないか」だが、小さな体が押し殺した嗚咽《おえつ》で震えていることに気づくと、彼はつかんだ指を放し、肩に回した腕に力をこめた。くだらない恐怖心だと思いつつも、P・Jのために天候を変えられたらと願った。それでなくとも、彼らはぎりぎりまで追いつめられているのだ。このうえ、天気の悩みまで背負いこみたくはない。

「あんたって最低の友達だよね。あたしがフェンスから落ちても、さっさと一人で行っちゃうし！」

「何言ってんだ？　僕が助けようとしたら拒否したくせに！」でも、あれは決まりが悪かったせいか。そのことに気づいたとたん、ジェイリッドの怒りは治まった。

それを憐《あわ》れみと受け取ったのか、P・Jは身を硬くした。大きく息を吸いこみ、拳《こぶし》で目をこすった。「拒否した？　立ち上がる時は手を借りたじゃん。あんたが寒いって言うから、その臭い腕を回されても文句を言わなかったんだよ。なのに、さっさと腕を引っこめちゃってさ。そこまでされたら、ばかでもわかる。あんたはあたしに嫌気がさしたんだ。逃げ出したくなったんだ」

「いったいなんの話だよ？　わけのわからないことをわめいて！」

「あたしはわめいてなんかない、このお高くとまった脳たりんの――」

「だったら、ばかな真似《まね》はやめろ。僕が腕を引っこめたのは体が、その、温まりすぎて、ちょっと冷ましたくなったからだ」あの血迷った瞬間について説明させられるのはごめんだ。ジェイリッドはぶっきらぼうに命令した。「だから、もう泣くな。な？　僕は君抜きでどこかに行く気はない。この街に流れ着いてから、なんとか正気を保ってられたのは君のおかげなんだから」

P・Jは彼の胸にもたれて顔を上げた。暗闇の中でも、ジェイリッドは彼女の視線を感じた。「ほんと？」P・Jの不安げな声が聞こえた。

「ほんとだよ。絶対にほんと」ジェイリッドは小さな手を強く握った。P・Jも手を握り返し、彼の胸に顔をこすりつけた。「おい！　僕のシャツで鼻を拭《ふ》くな！」

P・Jの唇から嗚咽混じりのくすくす笑いがもれた。「ごめん。ティッシュがないんだ」

「トイレットペーパーでいいなら、僕のバックパックに〈ウルフギャング・パック〉からちょろまかしてきたやつがある」ジェイリッドはバックパックを引き寄せ、片手で中身を漁《あさ》って、トイレットペーパーを取り出した。「ほら」

上体を起こしたP・Jは、適当な長さで紙をちぎってから残りを彼に返した。彼女が鼻をかむ間に、ジェイリッドはトイレットペーパーをバックパックにしまった。改めて壁に背中をあずけると、すぐにP・Jがもたれかかってきた。彼はまた小さな体に腕を回し、胃袋の抗議の声を無視しようと努めた。「で、明日はどうしようか？」

「明日って日曜?」

「ああ」

「〈スタンドアップ・フォー・キッズ〉がスカイラインに来る日だね。何か食べる物にありつけるよ」

食べ物のことを考えただけで、ジェイリッドの口に唾《つば》が湧《わ》いた。「配布は午後からだっけ?」

「うん」P・Jはあくびした。「ひょっとしたら新しい歯磨きももらえるかも」

「楽しみだな。でも……」ためらってから、ジェイリッドは尋ねた。「金はいくら残ってる?」

返ってきたのは彼が予想していたとおりの答えだった。「もうほとんどゼロ」

「ちくしょう。僕もだ」ジェイリッドは重いため息をついた。「まあ、いいか。とりあえず、雨に濡れずにすんでるんだし。朝飯のことは朝が来るまでに考えりゃいい」

13

ホテルのパーティ会場の片隅で、ジャズのカルテットが控えめな演奏を続けていた。しかし、ダイヤモンドで飾り立てたその女性客は身を乗り出し、ヴィクトリアの手をのぞきこむと、音楽にも負けない声を張り上げた。「ああら、どうして婚約指輪をしてらっしゃらないの?」

ヴィクトリアはぽかんとして相手を見返した。代わって、ジョンが彼女の腰に腕を回して答えた。「トーリの希望なんですよ。結婚指輪だけで充分だと」ヴィクトリアの脇腹《わきばら》を撫《な》でながら、彼は女性客にとっておきの笑顔を見せた。「トーリは地味好みでね。一方、俺《おれ》は華やかな指輪をした彼女が見てみたい。ダイヤモンドを三つくらい並べて、フットボール競技場一つ分隔てた位置からどんなばかが見ても、すぐに彼女だとわかるようにしたい。で、目下トーリを説得中なんです」

女性客はうっとりと彼を見つめた。女の扱いに慣れたジョンでさえたじたじとなるほどの熱い視線だった。

やがて、女性客は目をしばたたいた。「あら、すてきだこと」視線をジョンから引きはがすと、彼女はヴィクトリアを見据えた。「ここはあなたが譲るべきよ。ダイヤモンドにしておけば間違いないわ」最後にもう一度ジョンを見やってから、彼女はその場を離れ、シャンパンを配って歩いているウェイターのあとを追った。

あとにはジョンとヴィクトリアが残された。音楽と彼らの婚約を祝うために集まった客たちの会話が聞こえる中、二人は無言で突っ立っていた。ジョンは顔に笑みを張りつけ、ヴィクトリアの顎をとらえて視線を合わせた。遠目には未来の花嫁に夢中な男を装いながら、冷静な口調でつぶやいた。「婚約ごっこを成功させたいなら、もっとましな芝居をしてくれよ」

意外にも、ヴィクトリアは素直にうなずいた。「そうね。ごめんなさい。思いがけない質問だったから戸惑ってしまって。私に即興劇は無理みたい」彼女の唇から中途半端な笑い声がもれた。「即興劇だけじゃないわね。あなたやエズメと比べたら、私なんて大根役者もいいところだわ」

娘のことを考えると、ジョンの頬が緩んだ。実際、エズメはたいした子だ。あの子と過ごしたこの一週間は海兵隊時代に戻った気分だった。ほとばしるアドレナリン。危険を前にした不安と高揚。あの子と過ごすたびに酔っぱらったような感覚に陥る。まったく俺らしくもない。なぜ俺は本物の父親になることをためらっているんだろう？　親父《おやじ》の二の舞になりそうだから？　昔から自分に子育ては無理だと思いこんできたが、案外そうとも限らないんじゃないか？　現にエズメは俺と一緒にいると楽しそうだぞ。

でも、それは単に似た者同士なせいなのかもしれない。エズメには俺と似た部分がたくさんある。隠し事をしたがるところとか、我を通したがるところとか、そういうあまり自慢できない性格も含めて。あの子の中に自分と同じ性質を見つけるたびに、俺はパニックとプライドでわけがわからなくなる。

彼はヴィクトリアに向かってにやりと笑った。「あの子はただ者じゃないよな?」

ヴィクトリアは肩の力を抜いてほほ笑み返した。「ええ、ほんと。あなたがあの子と過ごす時間を作ってくれてよかったわ」

「俺もよかったと思っている。あれは大物だぞ。五歳にして、すでにそうとうな策士だ」

ジョンは笑った。「エズメは将来、海兵隊に入る気はないのかな。でなきゃ、俺の調査事務所で雇ってもいい。今から鍛えたら、十歳くらいでうちのエースになりそうだ」

ヴィクトリアは頭をのけぞらせて笑った。その朗らかな屈託のない笑い声がジョンのみぞおちを直撃した。彼は動きを止めて、ヴィクトリアをじっと見下ろした。

彼女に圧倒されたのはこれが今夜で二度目だ。一度目はパーティが始まる前、彼女がハミルトン家の階段を下りてきた時だった。彼女は物理の法則に挑戦しているのかと疑いたくなるような髪型をしていた。結い上げられた豊かな茶色の髪は今にも崩れ落ちそうに見えながら、重力に逆らい、元の形を保っていた。ブロンズ色のドレスをまとい、滑らかな肩とクリーム色の胸元をさらした彼女の姿は、上品でありながらセクシーだった。

クールな気品。それはヴィクトリアと出会った時から彼を虜《とりこ》にしたホットなセクシーさとは相反するものだった。素手でロブスターにかぶりつき、バターを胸に垂らして笑っていた六年前の彼女と、社交界のプリンセスのように優雅な今の彼女。ジョンの中ではその二つがどうしても結びつかなかった。

でも今夜は――今だけは余計なことを考えたくない。「ああ、ごめん」ジョンはつぶやいた。「一瞬、言葉が出てこなかった。これでも一部じゃ〝銀の舌を持つ悪魔〟と呼ばれているんだが」自虐的にかぶりを振り、肩をすくめると、彼はヴィクトリアのこめかみに指を近づけ、緩いカールをもてあそんだ。「今夜の君がどんなにすてきか、もう話したかな？　ほんと、きれいだ。最高だよ」

ヴィクトリアは恥じらいの笑みを浮かべ、以前エズメが見せたあの女らしい仕草で髪に手をやった。「ありがとう。もう聞いていたけど、何度聞いても嬉《うれ》しいわ。あなたもとてもハンサムに見えるわよ」彼女はジョンの全身を眺め回し、皮肉っぽく眉を上げてみせた。「そのタキシード、レンタルじゃないわね。まさか、それもデンバーへ戻った時にバッグに放《ほう》りこんできたの？」

「さあ、どうかな」ジョンは最上の笑顔――友人のクープがミリョーニ・スペシャルと名づけたもの――で答えた。しかし、彼女の眉が上がったままなのを見て、作戦を変更することにした。おかしいな。以前はトーリにも効果があったんだが。少なくとも、無意識でやっている分には。「本当のことを言おうか。実は金曜日にまたデンバーまでひとっ走りしてきたのさ。支払い小切手にサインしなきゃならなかったし、ほかの調査の進み具合もチェックしたかったんでね」

「そのうち、自宅よりこっちにある荷物のほうが多くなりそうね」ヴィクトリアは冷ややかな視線を返した。「それに、もう一つ興味深い事実があるわ。あなたは今回も私に指摘されるまでデンバー行きについて何も言わなかった。余計なことはよくしゃべるくせに、個人的なこととなると――」

「やあ、ご両人！」

怪しい雲行きにびくついていたジョンは、邪魔が入ってほっとした――相手の正体を知るまでは。マイルズ・ウェントワース。婚約パーティにまで押しかけてきたか。偽の婚約とはいえ、こんな奴《やつ》に水を差されるのはごめんだ。トーリだって身を硬くしているじゃないか。

彼はマイルズの全身に視線を向けた。光り輝くブロンドの髪からぴかぴかに磨き上げられた靴に至るまで、一通り眺め回してから素っ気なくうなずいた。「ウェントワース」

マイルズはミリョーニの発音を二度しくじったあげく、面倒臭そうに手を振った。足下がふらついていた。「まあ、いいか。そういう外国の名前は発音しにくいんだよね」続いて、彼はヴィクトリアに向き直った。だらしなく相好を崩し、彼女の手を取った。「いやあ、うっとりしちゃうよ、ダーリン。こんな馬の骨は捨てて、僕と結婚しないか」呂律《ろれつ》は回っていても、体がぐらついている。マイルズはそのぐらつく体を折り曲げ、ヴィクトリアの指に唇を押しつけた。ジョンは目を細めた。こいつ、明らかに酔っているぞ。酔っぱらいをさんざん見てきた俺がそう思うんだから間違いない。

しかし、実際にその事実を指摘したのはヴィクトリアだった。「あなた、酔っているのね」低い声で冷淡に言い放つと、彼女はマイルズから手を引っこめた。

マイルズはしかめっ面で背を起こした。「ああ、酔ってますとも。約束を反故《ほご》にされたら、誰だって……」彼は不意に口を閉ざし、髪をかき上げた。

ジョンは身構えたが、またしてもヴィクトリアに先を越されてしまった。「約束ってなんなの?」モスグリーンの瞳が険しくなった。「父があなたに何か約束したの?」

「とんでもない」一瞬マイルズの顔に狡猾《こうかつ》な表情が浮かんだが、すぐに悲しげな子犬の表情に取って代わられた。「僕はただ、崇拝する女性が明らかにふさわしくない相手と結婚しようとしてることを嘆いているだけさ」

馬の骨。ふさわしくない相手。いいかげん、うんざりしてきた。あらゆる戦闘方法を学んだ男の恐ろしさを、この脳たりんに思い知らせてやるか。しかし、ジョンはここでも出遅れた。ヴィクトリアがつんと顎をそびやかし、軽蔑《けいべつ》しきった表情でマイルズの視線を受け止めたのだ。

「でも、あなたならふさわしい。そう言いたいのかしら? お忘れのようだけど、私はあなたの〝不滅〟の愛情を経験しているのよ」先ほどジョンにそうしたように、彼女は皮肉っぽく眉を上げて問いかけた。「それで、父は今回あなたに何を約束したの? 私に求愛する代償として?」

今回？　ジョンは目を丸くして彼女を見つめた。

「君には関係ないことだよ」マイルズは喧嘩《けんか》腰で言い返した。しかし、すぐに態度を改め、崇拝のまなざしでよどみなくつけ加えた。「こうしてまた君と再会すると、色々な思いがこみ上げてきてね。嬉しいような……決まりが悪いような気分になるんだ」

ヴィクトリアはすべてお見通しだと言いたげな顔でうなずいた。「もちろん、そうでしょうとも。あれから十年以上たつけど、あなたは今も報われない愛を引きずっているというわけね」冷たい口調には嘲《あざけ》りが感じられたが、彼女の顔をよぎったのは苦痛の表情だった。

ジョンはとっさに彼女へ腕を伸ばした。ヴィクトリアがその腕をとらえ、自分のほうに引き寄せる。上腕に伝わってくる温かな乳房の感触を味わいながら、彼はマイルズに勝ち誇った笑顔を向けた。だが、笑っていられたのはヴィクトリアの表情に気づくまでだった。

「おっと、俺たちの思い出の曲だ。じゃあ、これで失礼」断りを入れると、彼はヴィクトリアとともにマイルズに背中を向けた。

「そんなにお似合いの二人なら」マイルズの声が追いかけてきた。「なんで彼女は指輪をしてないんだ？」

ヴィクトリアがきっとして振り返った。「どんな指輪にするか、まだ検討中だからよ。私は地味なほうが好きだけど、ジョンはダイヤモンドが三つついた指輪がいいと言っているの。質問はここまでにしてくれる？　いいかげん答えるのに飽きてきたし、あなたみたいなおしゃべりにうかつなことを言うと、すぐよそに広まってしまうもの」

えらい剣幕だな。おまけに、俺のでたらめ話まで利用して。ジョンは頭をのけぞらせて笑った。痛快な気分だった。狭いダンスフロアにたどり着くと、彼はヴィクトリアを腕の中に引き寄せた。「よくやった！」

ヴィクトリアは無言で彼のたくましい胸に頭をあずけた。すらすらと嘘《うそ》が出てきた時は胸がすっとしたが、今はむしろ虚《むな》しい気分だった。

ジョンは顎を引き、彼女の顔をのぞきこんだ。「で、あのあほたれは君のなんなんだ？」

「彼女の初恋の相手さ」

ヴィクトリアははっと顔を上げた。いつのまについてきたのか、二人のすぐ脇に得意げな顔のマイルズが立っていた。ショックと激しい怒りがないまぜになり、彼女は一瞬その場に棒立ちになった。だが、マイルズに言われっぱなしで黙っているわけにはいかない。彼女はジョンに説明した。「実際はそんなものじゃなかったわ。この男は私の父のコネが欲しかったの。そのために、一時的に私に気のあるふりをしたのよ」そして、マイルズに蔑《さげす》みの視線を投げた。「私はあなたにのぼせていただけ。本物の恋は私自身の価値を認めてくれる別の誰かのために取っておいたわ。人を出世の道具扱いするような男に、私が心を奪われるわけがないでしょう」

「のぼせていただけ？　いいや、そんなはずはない。確かに、僕のやり方はまずかった。あのあと、どんなに後悔したことか。でも、君は間違いなく僕を愛していた」マイルズは淡いブロンドの眉を上げ、彼女の全身を眺め回した。「でなきゃ、僕に処女を捧《ささ》げたりしないだろう」

「結局、大きな間違いだったけど」しかも、ホテルのダンスフロアでその話を持ち出すなんて。本当に最低の男だわ。ヴィクトリアの体に回された腕に力が加わった。彼女はジョンを見上げ、平気なふりをして肩をすくめてみせた。「当時、私は十七だった。最初はマイルズがゲームをしているとは気づかなかったの。でも、夏が終わらないうちにわかったわ。マイルズは父の会社に入りたくて、私を誘惑しただけだったんだと」

「それは違う」マイルズは抗議した。「僕は君に夢中だった」

「あなたは父の権力に夢中になっていただけ。私は目的のための手段にすぎなかったのよ」死ぬまで認めるつもりはないけど、あの夏、確かに私は彼に恋していると思いこんでいた。だから、彼に利用されているだけだと知った時はぼろぼろに傷ついたわ。ヴィクトリアの中で古い痛みが怒りに変わった。悪魔の声がささやいた。身を乗り出して、マイルズに耳打ちしてやりなさい。弁護士から聞いた話を。あなたが大金を相続することを。そして……彼がその大金を手にする日は永遠に来ないことを。

でも、自分の財力を自慢するのは下品なことだわ。それに、マイルズはもうそのことを知っているはずよ。そうでなかったら、彼が突然私に興味を示すわけがないもの。相続の噂《うわさ》はまだカントリークラブには広まっていないと思うけど、マイルズなら弁護士の秘書を誘惑して、情報を聞き出すくらいのことはやりかねない。たとえその秘書が六十歳を越えていたとしても。静かに息を吸いこむと、ヴィクトリアは冷淡なまなざしでマイルズを見据えた。

一方、ジョンはマイルズに凄《すご》みのある微笑を投げかけた。「いいか、ウェントワース。物事には最初があるが、肝心なのはそのあとだ。たいていの男は一等賞を狙《ねら》う。だが、ゴールのテープを切っても、すぐにコースを外れちまったら、賞はもらえないんだよ」そこで彼は冷めた表情に変わった。「長居をしすぎたな。もうおまえの出番は終わりだ」

マイルズは肩で大きく息をしながら、しばらく二人をにらみつけていた。それから、ぷいと背中を向け、大股《おおまた》で遠ざかっていった。彼の姿が会場から消えるのを見届けてから、ヴィクトリアは再びジョンの胸に頭をあずけた。「なかなか興味深いスピーチだったわ。意外性があって」

「ああ、わかっている。俺に偉そうなことを言う資格はないよな」ジョンは彼女に回した両腕に力をこめた。「でもダーリン、俺は馬の骨かもしれないが、あいつは絶対に紳士じゃない」しばらくの間、彼はブルースの調べに合わせて体を揺すっていた。それから頭を下げ、ヴィクトリアのこめかみに顎をこすりつけた。「すまなかった。あいつをぼろくそに言って。一度は君が惚《ほ》れた相手なのに」

今にして思えば、傷ついたのはプライドだけかもしれない。確かに終わり方は悲惨だったけど、私がマイルズに対して抱いていた感情は、恋に恋するようなものだったわ。「当時の私は死を超越して永遠に続く情熱だと思っていたけど」ヴィクトリアは顔を伏せたままつぶやいた。「実際には子供の恋愛ごっこにすぎなかったわ」

「でも、子供だって、ぶたれりゃ傷つく」

「ええ、そうね」ヴィクトリアは曲が終わっていることに気づいた。二人ともそうとは知らずに体を寄せ合い、踊りつづけていたのだ。しかし、恥ずかしいと思う暇もなく、次の演奏が始まった。切ないスローな曲だった。彼女は顔を上げ、ジョンを見つめた。「あなたは馬の骨なんかじゃないわ」

ジョンは肩をすくめた。「俺がろくな育ち方をしてないのは事実だ。さすがにスラムまでは経験してないが、君がつき合うような連中とは雲泥の差だろう」

「さっきあなたが会ったのが、私がつき合うような連中の典型例よ。あれに比べたら、あなたのほうが十倍はましだと思うけど」

ジョンは笑って彼女を抱き寄せた。「まあな」

「それで、これからどうするの？　情報集めでもする？」

ジョンの唇の端が上がった。「いや。熱々カップルのふりをしながら、君に何人か関係者を紹介してもらう」

「まあ」ヴィクトリアは目をしばたたいた。『マルタの鷹《たか》』とはだいぶ違うのね。「なんだか拍子抜けだわ」

「現実はこんなもんさ」ジョンは二人の体がこすれ合うようにステップを踏んだ。

体の奥の神経がざわつきはじめ、ヴィクトリアはまぶたを伏せた。

ジョンは薄い笑みを浮かべて彼女を見下ろした。「まずは君の友人とその旦那《だんな》を紹介してくれないか?」彼はハーフターンで二人の位置を入れ替えた。引き締まった太腿の感触に、ヴィクトリアは気もそぞろになった。

「私の友人?」

「ほら、エズメの仲良しさんのママだよ」

その言葉がヴィクトリアを現実に引き戻した。彼女は警戒のまなざしでジョンを見上げた。「パムが父の死に関係していると思っているの?」

「そうは思っていない。でも、彼女には俺たちのことを話してあるんだろう?」ジョンは強いまなざしで彼女の反応を探った。「本当のところを?」

やましさに頬を染めつつも、ヴィクトリアは彼の視線を受け止めた。「いきなり婚約したと言っても、パムが信じるわけがないもの。エズメはああいう子でしょう。あなたのこともさっそくレベッカに教えたはずだわ。ジェイリッド叔父ちゃまを捜してくれる探偵さんだって」ジョンは批判めいたことは何も言わなかった。それでも、彼女は挑戦的に顎をそびやかした。「前にも言ったけど、私はお芝居は苦手なの。だから、パムに本当のことを話したのよ。なぜ急に私立探偵と結婚することになったのか、婚約パーティの最中にあれこれ尋ねられたくなかったから」

「そうか」ジョンは穏やかに相槌《あいづち》を打った。

「それに、パムは古くからの……」彼が反論しなかったことに気づき、ヴィクトリアは途中で弁解をやめた。「でも、どうして私が彼女に話したとわかったの？」

「俺は探偵だよ、ダーリン。これが俺の仕事だ」

なんだか適当にごまかされた気がするけど、まあいいわ。ヴィクトリアは再び固い胸に頬を寄せた。こうして抱かれていると、昔に戻ったみたい。ロケットの力強さ。ぬくもり。匂《にお》い。でも、それを楽しむのは愚かなことよね。

曲が終わると、ジョンは彼女の手を取ってダンスフロアを離れた。ヴィクトリアは少しほっとした気分で先に立ち、テーブルの間を抜けて、カウンターのそばに立っている友人たちのほうへ向かった。途中、二人は客たちに何度も呼び止められた。彼女は笑顔で言葉を交わしながら、なんとか目的地までたどり着いた。

「やあ、初々しい花嫁の登場だ」フランクが血色のいい顔に温かい笑みを浮かべて、二人を出迎えた。彼はパムの夫で、がっしりした体格の赤毛の男だった。「トーリ、今夜は一段ときれいだね」

「相変わらず口がうまいんだから」ヴィクトリアは男たちのタキシードとパムのクリーム色のドレスを身振りで示した。「でも、確かに今夜はみんな、ばっちり決まっているわよね」

「ほんと、ほんと」フランクは真顔に戻り、彼女の手をそっと握った。「この前はごめん。親父さんの追悼式に行けなくて」

「パムから聞いたわ。出張中だったんでしょう」

「ノバスコシア半島のほうに。でも、君の力になれなくて本当に申し訳なかったと思っているんだ。パムの話だと、とても……印象深い式だったようだね」

「ちなみに、どのあたりが?」ジョンが皮肉っぽく問いかけた。「ディーディーの悼辞の部分? それとも、俺たちの婚約宣言の部分かな?」

フランクは彼と視線を合わせた。「どっちもだよ」

マナーを思い出したヴィクトリアは、ジョンの手を強く握ってから手を離した。「ごめんなさい。正式な紹介がまだだったわね。フランク、パム、こちらが私の……」彼女は咳《せき》払《ばら》いをした。「フィアンセのジョン・ミリョーニよ。ジョン、こちらはパムとフランク・チルワース夫妻」

握手がすむと、しばらくは他愛のないおしゃべりが続いた。フランクは通りかかったウエイターのトレイからシャンパングラスを受け取り、全員に回してから乾杯の音頭を取った。

「トーリとジョンに。二人の……協力関係が実り多きものになりますように」全員がグラスに口をつけるのを待って、彼はジョンに向き直った。「君はゴルフはやるかい?」

「いちおう」ジョンは肩をすくめた。「芝を掘り返して、バンカーで砂遊びする程度だけどね」

「だったら、今度ぜひ金を賭《か》けてやらないか?」

シャンパングラスを唇に当てたまま、ジョンはにやりと笑った。「俺はいいカモってことか?」

「いやいや、君は一筋縄ではいかないタイプだろう。でも、そういうタイプから金を巻き上げるのがまた快感なんだよ」フランクはにんまり笑い返し、肩をすくめた。「それに、楽して儲《もう》かるのが嫌いな奴はいない。まあ、冗談は置いといて、さっそくフレデリック・オルソンとハヴィランド・カーターに声をかけてみるか」

ジョンの背筋が伸びた。「その二人はたしか……」

「ああ、最後の晩餐《ばんさん》の出席者だ」答えてから、フランクはヴィクトリアにすまなさそうな視線を投げた。「ごめん、スウィートハート」

ヴィクトリアは平気なふりをしてほほ笑んだが、心がまったく痛まないわけではなかった。

パムが彼女の腕に触れ、小声でささやいた。「ほんと、無神経でごめんなさい。でも、悪気はないのよ」

「わかってるわ。父の魂が悪魔のポケットより黒かっただろうってこともね。ただ……」

「あなたの父親であることには変わりないものね」

「ええ」ヴィクトリアはため息をついた。「口を開けば、父の悪口しか出てこないけど」

「家族ってそんなものだと思うわ」パムはうなずいた。「で、さっきのは何? あなたとジョンとマイルズ・ウェントワースの間で何が起きていたの?」

「こっちが知りたいくらいよ。マイルズはお酒が入っていたわ。それで、自分が私の初めての男だったことをジョンに伝えるべきだと思ったみたい」

パムは眉をひそめた。「最低」

「でしょ？　おまけに、ずっと私が好きだったなんて言うのよ」

「いつから？」

「父が亡くなって、私が遺産相続人になってからでしょう。どうもいやな予感がするの。父は彼に何かを約束していたんじゃないかしら」

「たとえば、どんな？」

「見当もつかないけど、どうせろくな約束じゃないわよ」

ヴィクトリアの腰に腕が回された。「ウェントワースのことは忘れろ」ジョンが彼女を引き寄せた。「あんな屑《くず》野郎に俺たちのパーティを台無しにされていいのか？　それよりほかの友人も紹介してくれよ」

「今夜の出席者の中で本当の友人と言えるのはフランクとパムだけよ」ヴィクトリアは素っ気なく答えた。「でも、知人ならほかにも紹介できるわ」

それからの一時間、彼女はジョンとともに客たちの間を回り、彼を父親と関係のあった人々に引き合わせた。しかし、ジョンに腰を抱かれていると、彼の体のぬくもりやたくましさばかりが気になり、会話に集中することができなかった。紹介がすむと、ジョンは再び彼女をダンスフロアに引っ張り出した。ヴィクトリアはもはや定位置となった厚い胸に頬を寄せ、彼の首に両腕を回して、遠い昔に封印したつもりでいた感情に浸った。

ジョンは彼女をさらに引き寄せ、耳元でささやいた。「懐かしいな。君とダンスをした記憶が体に焼きついているみたいだ」

ヴィクトリアの中で、かつての欲望と新たな欲望が一つになった。「あなたも？　私だけかと思って――」

彼女の胸に振動が伝わってきた。同時にジョンが悪態をついた。「くそ。俺の携帯だ」

彼はすまなさそうに顔をしかめ、一瞬ためらってから肩をすくめた。「出るしかないな」

「当然よ」ヴィクトリアは彼の首に絡めていた腕を下ろし、あとずさろうとした。だが、ジョンは彼女の腰に回した腕をほどこうとしなかった。

彼は空いたほうの手を使って、ジャケットの内側から携帯電話を取り出した。「ミリョーニだ」じれたように答えた次の瞬間、スローダンスをしながら甘い言葉をささやいていた男は消え、〝無表情なジョン〟が戻ってきた。「いつ？」彼はヴィクトリアから腕を離し、電話に意識を集中させた。「なのに、なんで今ごろ連絡が来るんだ？」短い沈黙ののち、彼は口調を和らげた。「すまない、マック。君に当たるのはお門違いだよな。え？　いや、君は動かなくていい。すぐそっちに行くから」

マック。その名前が出たとたん、ヴィクトリアは彼の声が耳に入らなくなった。聞き覚えのある名前だわ。たしか、ロケットがうちに来たばかりの頃《ころ》に電話で話していた――彼が駆け落ちしようと誘っていた女性よね。彼女は顎を上げ、肩をいからせて、冷静なポーズを作った。そして、自分に言い聞かせた。何度痛い目に遭えばわかるの？　ロケットの女たらしは今に始まったことじゃないでしょう？

ジョンは携帯電話を閉じ、ポケットにしまった。出し抜けにヴィクトリアの腕をつかみ、パーティ会場の出口に向かって歩き出した。「挨拶《あいさつ》をしとかなきゃならない相手がいるなら、今すぐ言ってくれ」抑えた声で彼は告げた。「うちのオフィス・マネージャーから連絡が入った。ジェイリッドが見つかったそうだ」

14

彼らはジョンの車でハミルトン家へ戻った。ヴィクトリアは助手席で身構えた姿勢を取りつづけていた。ついにジェイリッドが見つかった。少なくとも、姿を確認された。車が屋敷の正面で停《と》まった時も、彼女はまだその事実を受け止めあぐねていた。

ジョンが彼女に向き直った。私道の照明の中では、その表情を読み取ることはできなかった。「玄関までつき添わなくてもいいか？　何かつかめたら、すぐに報告するから」

「報告する？　何を言っているの？　もちろん、私も一緒に行くわよ。一分で着替えてくるわ」

黒い瞳からつい先ほどまであったからかいの表情が消えていた。「それはどうかと思うね」

「私も行きますから」

一瞬彼女を見つめてから、ジョンは肩をすくめた。「まあ、君が金を払っているわけだしな。ただし、一つはっきりさせとこう。この件に関しては俺《おれ》がボスだ。どうしてもついてくるつもりなら、俺のやり方に従ってもらう」

ヴィクトリアはうなずいた。それからいくらもたたないうちに、彼らを乗せた車は州間道路二五号線をひた走っていた。車を降りたことも、服を着替えたことも、子守りのヘレンに連絡を取ったことも、ヴィクトリアはぼんやりとしか覚えていなかった。はっきりと覚えているのは、眠っている娘におやすみのキスをしたことだけだ。運転席を見やった彼女は、ジョンがジーンズをはいていることに気がついた。彼のジーンズ姿を見るのはこれが初めてだった。

ジョンがウィンカーを点滅させたのは、それからさらに五分か十分ほど過ぎた頃《ころ》だった。車はデンバーのコロラド大通り出口に差しかかっていた。ヴィクトリアは雑念を振り払い、彼に視線を投げた。「ジェイリッドは今夜中に見つかるかしら?」

右側に車線を変更しながら、ジョンはちらりと視線を返した。「そいつはどうかな。とりあえず、俺は君を降ろしたらすぐに捜索を始めるつもりだ。それでだめなら、明日また別の場所を捜す。ただ、よっぽどの偶然でもない限り、そう簡単には見つからないだろう。勝負は〈スタンドアップ・フォー・キッズ〉が炊き出しをやる火曜日だが」彼はまたヴィクトリアに視線を投げた。今度の視線には警告が含まれていた。「それも絶対とは言えない」

「私も今夜から一緒に捜すわ」

「トーリ、君はホテルで待っててくれないか。捜索は俺に任せてほしい」

ジョンの口調は丁重で辛抱強いものだった。しかし、ヴィクトリアは首をへし折られたような、道の真ん中でストリップをやれと言われたような気分になった。「弟がたった一人でこの街をさまよっているのに、私が平気で眠れると思っているの？」彼女は唖然《あぜん》として問いただした。「それに、あなたはジェイリッドに会ったこともないのよ。あの子にしてみれば、見ず知らずの他人だわ。私なら一目であの子だとわかるし、あの子の恐怖心をなだめることができる。だから、私も行くわ！」

「まったく、強情だな」

「あら、私の強情さはこんなものじゃないわよ」

「好きにしろ」ジョンは肩をすくめ、ミシシッピ通りに車を進めた。ほどなく彼らはチェリー・クリーク地区にあるトスカーナ様式のホテルの駐車エリアに入った。

ヴィクトリアは憤然として彼をにらみつけた。「どういうことよ、ミリョーニ？　私は──」

「いったん捜索を始めたら、何時まで続くかわからない」ジョンは彼女の言葉を遮った。「寝場所を確保しておきたいなら、チェックインをすませて、荷物を置いてったほうがいいぞ」

「そんなことを言って、私が降りたとたんに車を出すつもりなんでしょう？　私は絶対に──」

ジョンは身を乗り出し、顔を突きつけた。その剣幕に気圧《けお》されて、ヴィクトリアは口をつぐみ、頭が革張りのヘッドレストにめりこむほど身を引いた。「俺が一度でも君に嘘《うそ》をついたことがあったか？」

「ないわ」一瞬間を置いてからヴィクトリアは答えた。自分が最低の女になった気がした。「ごめんなさい」彼女はジョンのため息を唇に感じた。そのくすぐったい感触を唇をなめることでごまかそうとした。

幸い、ジョンはすぐに身を起こし、自分の座席に戻った。

「チェックインしてこいよ、トーリ」感情を排した声で彼は促した。「あとできっとそうしといてよかったと思うはずだ」

ヴィクトリアは無言で車を降り、トランクから自分のスーツケースを取り出した。ホテルのロビーに入った彼女は、大理石で作られた優雅な暖炉や円柱には目もくれず、カウンターへ直行した。手早く適当な客室を確保すると、ルームキーをポケットにしまい、ベルボーイにチップを渡してスーツケースを託し、そのまま車へ引き返した。そして、ドアを開け、助手席に乗りこんだ。「行きましょう」

ヴィクトリアは覚悟ができているつもりでいた。しかし一時間もたたないうちに、自分の考えが甘かったことを思い知らされた。すでに真夜中を過ぎていたが、彼らは悪臭を放つ薄暗い路地を捜し歩いた。まずは〈十六番街モール〉から始め、そこからコルファックス通り方面へ向かった。無許可で建てられた薄汚い小屋。ごみ収集箱の裏。あちこちで虚《うつ》ろな目をした若者を見かけたが、ジェイリッドの姿は見つからなかった。

ジョンは出会った若者たちの一人一人に穏やかに声をかけた。最初に顔を確認したあとは、懐中電灯の光を相手に向けないように配慮し、ジェイリッドの写真を見せて、こういう男を見かけなかったかと尋ねた。しかし、どの若者も首を横に振るばかりだった。

またしても質問が空振りに終わり、ごみだらけの路地を出たところで、ヴィクトリアはやりきれなさそうにため息をついた。「ひどいものね。こんなに悲惨な現実が存在するなんて夢にも思わなかった」彼女はジョンに目をやった。「この街にはシェルターみたいなものはないの？」

「こういう子たちが行けるようなところはないな。ホームレスは物を巡って喧嘩《けんか》するが、子供じゃ勝ち目がないから」少し間を置いてから、ジョンは事務的な口調でつけ加えた。「連中にとっては路上のほうがまだしも安全だったりするんだ。シェルターの大人たちの中には、平気で子供を虐待するのもいるんだよ」

「ひどいものね」ヴィクトリアは同じ言葉を繰り返した。

「ああ、ひどい話だ。でも、これが路上で暮らす家出少年の現実なのさ」

それから小一時間ほどたった頃、彼らはまた別の路地に入った。警戒しながら進んでいくと、ごみ収集箱の裏から突然黒い人影が飛び出してきた。ジョンは悲鳴をあげるヴィクトリアの腰をとらえ、後ろに押しやった。ヴィクトリアは彼の背後に隠れ、できるだけ体を縮こまらせた。

「痛い目に遭いたくなきゃ金を出しな！」

若い男の声だった。ジョンは彼女の腰から手を離し、ごく自然な態度で声の主と向き合った。だが、ヴィクトリアは大きな背中がこわばるのを感じ取った。一秒。二秒。三秒。いったい何が起きているの？　ついに辛抱できなくなった彼女は、ジョンの脇《わき》の下から前方をのぞき見た。

強盗は声から想像するよりもさらに幼い感じがした。しかし、ビルの隙間《すきま》から差しこむ月明かりのせいか、かなり凶暴そうにも見えた。ピンクに染めた髪を逆立て、顔中にピアスをつけ、手にはナイフを握っている。ヴィクトリアは目を丸くした。これほど恐ろしげなナイフを見たのは初めてだった。

「金を出せって言ってんだろ！」うわずった声でわめくと、少年はナイフを左右に振った。その剣幕に怯《おび》えて、ヴィクトリアは再びジョンの背後に隠れた。

ところが、ジョンは微動だにしなかった。「金を出すことはできないが、君を見逃してやることはできる」

静まり返った路地に少年の笑い声が響き渡った。「あんた、目が見えないのか？　ナイフを持ってるのはこっちなんだぜ」

「なかなかいいナイフだ」ジョンはさらりと言った。

次の瞬間、ヴィクトリアを守っていた大きな背中が目の前から消えた。気づいた時には、ジョンが少年の手首をつかんでいた。どういう技を使ったのか、少年はたちまちその場に崩れ落ち、膝をついた。少年の手を離れたナイフを、ジョンは手のひらを差し出してキャッチした。

　彼は少年の手首を放し、ナイフを点検した。「うん、実にいい。といっても、武器は使う人間の腕がなきゃ無意味なものだが」ナイフを折りたたんでポケットにしまうと、彼はジェイリッドの写真を取り出した。それを少年のほうに差し出し、懐中電灯で照らした。

「この男を見なかったか?」

　少年は手首をさすった。写真を見るふりさえしなかった。「見てねえよ」

「たとえ見たとしても、俺に教える気はない、か?」むっつりと視線を返す少年に、ジョンは笑顔を見せた。「気持ちはわかる。女性の前で恥をかかせた奴《やつ》なんかに情報を教えたくはないだろう。ところで、謝礼についてはもう話したかな?」

　少年は三秒ほど迷った末に手を突き出した。「もういっぺん見せてくれ」

「いいとも」ジョンは写真を手渡し、懐中電灯で照らし出した。勝ち誇った様子は微塵《みじん》も見られなかった。

「ああ、こいつなら見たことある。ピーウィーだったか、P・Gだったか、とにかくそんなふうに呼ばれてる女の子とつるんでた」

　ヴィクトリアの胸が高鳴りはじめた。じゃあ、本当なのね。ジェイリッドはこの街のどこかにいるのよ。もちろん、疑っていたわけじゃないけど……実際にあの子を見た人間から直接そう聞かされると実感が湧《わ》いてくるわ。

　しかし、ジョンの表情は変わらなかった。天気予報でも聞いたかのような反応だった。

「どこに行けば、その二人に会える？」

「さあね。こないだはスカイラインで見かけたけど、そのあと、どっちに向かったんだか」少年は拳《こぶし》で鼻をこすり、あきらめ顔でジョンを見返した。「これじゃ謝礼はねえよな？」ジョンは尻ポケットから札入れを出し、二十ドル札を一枚つまんだ。「その女の子について聞かせてくれ」

「そっちもよく知らねえ。女の子ったって、まだがきだよ。俺より下で、そいつよりはずっと下って感じだ」少年はジョンが手にしている写真を示した。「髪は茶色だったかな。すげえおしゃべりでさ」彼はジョンの手の中にある二十ドル札を食い入るように見つめ、唾《つば》をのみこんだ。「変な声なんだ」

「どんなふうに変なんだ？」

「どんなって言われてもな。なんてんだっけ？　コ、ト、ー、エ、ン？　なんかそれにやられたみたいな声だよ」

「喉頭炎《こうとう》？」

「そう。それ」

ジョンは自分の名刺とともに二十ドル札を手渡した。「もし二人を見つけたら、俺に連絡してくれ。その時はもっと謝礼をはずむから。あとな、強盗はプロに任せといたほうがいいぞ。死にたくないなら、ナイフもやめておけ」

少年は肩をすくめ、二十ドル札をポケットにしまいながら、ごみ収集箱の裏側へ戻っていった。

ジョンは無言で歩き出したが、路地を出たところでヴィクトリアの腕をつかんで止めた。

「今夜はここまでにしておこう。続きは明日だ」

ヴィクトリアの高揚感はしぼみ、あとには落胆だけが残された。でも、ジェイリッドはこの街にいるのよ。さっきの少年と同じように追いつめられているかもしれないのよ。捜索を続けなくては。あの子を見つけ出さなくては。今すぐに。彼女はそう訴えたかった。しかし、激動の一夜に疲れ果て、今はうなずくことしかできなかった。

ジョンの車が停めてある場所まで、彼らは黙々と歩きつづけた。ホテルへ戻る車の中で、ヴィクトリアはふと考えた。私は来ないほうがよかったのかしら。もし私が捜索に加わると言い張らなかったら、ジョンは今この瞬間もジェイリッドを捜しつづけていたんじゃないかしら。

その考えは胃壁を蝕《むしば》む酸のように彼女の心を苦しめた。ヴィクトリアは過去を振り返り、自分を責めつづけた。イギリスに移り住んだ時もそうだったわ。あれは選択としては間違っていなかった。私はエズメを最優先にしなきゃならなかったんだもの。でも、ジェイリッドが頻繁にイギリスに来られるよう、パパにかけ合うべきだった。そうすれば、あの子も困った時は私に気軽に相談できたのに。こんなことにならずにすんだのに。考えるうちに涙があふれ、彼女の頬を濡《ぬ》らしはじめた。

ジョンが視線をよこした。「おい」彼は腕を伸ばし、ヴィクトリアの膝をつかんだ。「おい、泣くなよ、ダーリン」

「わかってる」ヴィクトリアはうなずき、いっそう激しく泣き出した。

ジョンは小声で悪態をつき、アクセルを踏みこんだ。大通りを突っ走り、ホテルの駐車場にたどり着くと、空いたスペースに車を停め、ライトを消して、運転席から降り立った。ヴィクトリアは助手席から動こうとしなかった。すると、いきなりかたわらのドアが開き、日に焼けた手が伸びてきた。

「来いよ」ジョンはぶっきらぼうに言った。

今のヴィクトリアに言い返す気力はなかった。彼女は次から次へとあふれてくる涙を止めようとしきりに瞬《まばた》きを繰り返した。手首で頬を拭《ぬぐ》ってから、差し出された手をつかんだ。コンクリートの床に片足を置き、頭を下げて車から降りようとした。

そして、まだ締めたままだったシートベルトに引き戻された。

「ほんと、みっともないったらないわ」うんざりしたように息を吐くと、ヴィクトリアはシートベルトを外し、ジョンの手を借りて車を降りた。ところが、彼女の屈辱に追い打ちをかけるように、今度は鼻水が出はじめた。できるだけ音をたてないように鼻をすりながら、彼女はティッシュを求めてハンドバッグを引っかき回した。これじゃ迷子になった三歳児だわ。ティッシュの袋はどこに行ったの？ ティッシュ一枚見つけられないなんて、私は神様に見放されているのかしら？ ついになりふりかまっていられなくなり、彼女は盛大に鼻をすすった。

「かわいそうに」ジョンは彼女の肩を抱き、駐車場のエレベーターに向かった。「部屋まで送るよ。カードキーを貸して。少し眠れば、気持ちも明るくなるさ」

たしか、こういう時にぴったりのことわざがあったわ。あれはなんといったかしら？　エレベーターに乗りこみながら、ヴィクトリアはハンドバッグから鍵《かぎ》を取り出し、それをジョンに手渡した。人は死ぬ思いをして強くなる？　たぶん屈辱で死んだ人間はいないわ。それに、涙を止めるという意味では、瞬きをするよりよっぽど効果的かも。実際、数分後にジョンがある部屋の前で足を止めた時には、彼女の涙はほとんど止まりかけていた。ジョンはドアに書かれた数字とキーホルダーの数字を見比べた。それから手早くドアを開け、彼女を先に中へ通しながら、入り口の照明をつけた。

ヴィクトリアはそのまま浴室へ直行し、備えつけのティッシュで鼻をかんだ。浴室のドアを閉め、明かりを灯《とも》して、鏡に映る自分の姿を眺めた。

あらまあ。なんていい眺め。顔はまだらに赤く染まっているし、目のまわりは腫《は》れているし。世の中にはきれいに泣ける女性もいるのに、どうして私にはできないの？　彼女は冷たい水で顔を洗い、ぐずぐずと時間をかけてタオルを使った。でも、ずっと浴室にこもっているわけにはいかないわ。いつかはロケットと向き合わなくてはならない。大きな赤ん坊みたいに泣きじゃくらなかったふりをしなくてはならないのよ。ついに彼女は腹をくくった。几帳面《きちょうめん》にタオルをたたみ、カウンターの上に置いた。

それから、肩をいからせ、顎をそびやかして浴室を出た。

客室はすでにベッドとデスクのスタンドが灯されていた。ジョンはジーンズのポケットに両手を突っこみ、窓の外を眺めていたが、彼女が現れるとすぐに振り返った。「少しは落ち着いた？」

「ええ。ごめんなさい。あなたにまで心配をかけてしまって」

「別に」ジョンは肩をすくめた。「無理もないさ。大変な夜だったからな。君はよく頑張った」

彼の言葉でヴィクトリアは気が楽になった。と同時に、六年前に彼から逃げ出した理由を思い出した。当時、ロケットは私の心の平和を脅かす存在だった。それは今も変わらないみたいだわ。少年にナイフを突きつけられた時の彼の対応。つい忘れてしまいがちだけど、ロケットは戦闘訓練を受けているのよね。だけど、私は彼を怖いとは思わない。それどころか、頼もしささえ感じてしまうわ。

こういう人に恋するのは簡単よ。

そこまで考えたところで、ヴィクトリアは急に恐ろしくなった。彼女はデスクのそばで足を止めた。ロケットに近づきすぎてはだめ。賢くふるまうのよ。今度こそは。

「この部屋はミニバーがついているんだな」ジョンは彼女の背後の棚を示した。「リラックスするためにワインでも飲むか？　それとも、紅茶のほうがいい？」

そんなに優しくしないで。ヴィクトリアは髪をかき上げながら首を左右に振った。「いいえ、やめておくわ。もうくたくたなの。すぐにベッドに入ったほうがいいみたい」

「そうか。じゃあ、俺は退散するよ」

ジョンが彼女のほうへ近づいてきた。ヴィクトリアは後ろへ下がり、体をひねって、彼を通そうとした。今の状態では服が触れ合っただけでも自制心を失いそうな気がしたからだ。ジョンに続いてドアまで行くと、彼女はほっとして息を吐いた。これでよかったのよ。意識しているのは私だけみたいだもの。

少なくとも、パーティでダンスをしている時はそんな感じだったわ。

ジョンはドアを開けたが、ノブに手をかけたまま足を止めた。「明日は若い子が昼間集まりそうな場所をチェックしてみよう。何時に迎えに来ればいいかな？」

「あなたの都合に合わせるわ。なるべく早いほうがいいわよね？」

「そうあせることはないさ」ジョンは彼女の左目にかかる髪を長い指でとらえ、そっと後ろに押しやった。不意にヴィクトリアは彼の男臭さを意識した。今夜彼女の中でうずいていた欲望が一気に爆発した。

ヴィクトリアは思わず体を近づけ、そんな自分に気づいてあとずさった。「じゃあ――」

彼女は咳払《せきばら》いをした。「十時でどうかしら？　それとも、十一時にする？」

「間を取って十時半にしよう」ジョンは彼女の唇を見つめてから、モスグリーンの瞳に視線を戻した。「オーケー？」

「ええ、いいわ」

「よし、決まりだ」ジョンも咳払いをした。「そろそろここを出たほうがよさそうだな。

君が少しでも眠れるように」彼の視線が再びヴィクトリアの唇に落ちた。「おやすみ、ヴィクトリア」

ヴィクトリアは返事をしようとして唇を開いた。だが、ジョンの黒い瞳に何か熱のようなものを見たとたん、自分を抑えきれなくなった。彼女はため息とともに敗北を受け入れた。腕を伸ばし、ジョンのシルクのTシャツを両手で握った。「もうどうだっていいわ」

そして、爪先《つまさき》立ちになり、ジョンにキスをした。

15

なぜ再びトーリと関《かか》わってはいけないのか。理由はいくつもあったが、ジョンはそのすべてを把握していた。彼女と運命の再会を果たして以来、毎日自分に一つ一つ言い聞かせていたからだ。にもかかわらず、彼はトーリの柔らかな唇の誘惑に抵抗することができなかった。

情けない話だな。一人の女のキスに抵抗することもできないのか？　おまえは女たらしのミリョーニ――港町を埋めつくす船乗りたちが束になってもかなわないほど経験豊富な男なんだぞ。

彼は決意を新たにし、ささやかな抵抗を試みた。約十五秒ほど。

だが、それが限界だった。彼の中で欲望がうなりをあげた。彼は尻でドアを閉め、ヴィクトリアの髪を両手でとらえた。彼女の下唇に舌を這《は》わせ、甘く湿った口の中を探った。舌と舌が出合い、彼女が息をのむ音が聞こえた。ジョンは征服者になった気がした。

しかし、ヴィクトリアに征服されるつもりはなさそうだった。有頂天になりかけていたジョンは、絡みついてくる彼女の舌に圧倒され、今度は自分が息をのむはめになった。ヴィクトリアは握っていたTシャツから手を離し、彼の首に両腕を巻きつけた。胸から膝まで柔らかな体を押しつけられ、ジョンはわずかに残っていた自制心を失った。

彼は体の位置を入れ替え、ヴィクトリアを壁に押しつけた。唇を開き、舌をさらに深く差し入れた。俺《おれ》はこの味を知っている。ずっと忘れることができなかった。俺は彼女を知っている。そして、今も彼女を求めている。求めずにいられないから。

ジョンは身を乗り出した。さらに強く壁に押しつけられ、ヴィクトリアは苦しげにうなった。その声が杭《くい》のようにジョンを貫いた。何をやっているんだ、エース？　彼は唇を引きはがし、荒い息をつきながらヴィクトリアを見下ろした。いったいどうした？　おまえは如才ない男じゃなかったのか？　自分より相手優先で女心をつかんできたんじゃないのか？　初めての経験に浮き足立った若造じゃあるまいし。彼は二人の額をこすり合わせた。「くそ。どれくらい上品ぶればいいんだ？」彼はゆっくりと背中を起こし、ヴィクトリアを見つめた。動揺と混乱と満たされない欲望に心臓が轟《とどろ》いていた。

ヴィクトリアは瞬《まばた》きを繰り返した。ようやく焦点の合った目を細め、かすれ声で言った。「わかってないのね。上品なんてくそくらえよ」片手でポニーテールをつかみ、もう一方の手でうなじをとらえると、彼女はジョンの顔を引き寄せた。「私は本当のあなたが好きなの」きっぱりと言い放ち、自分の全体重を彼にあずけた。

不意を突かれたジョンはバランスを失い、数歩後ろに下がった。今度は彼の背中が壁にぶつかった。こんなふうに不意打ちを食らったのは初めてだ。彼がかぶりを振っていると、ヴィクトリアがむしゃぶりついてきた。爪先《つまさき》立って唇を合わせ、我を忘れたように激しいキスをした。ジョンは面食らった。ヴィクトリアがこんなことをするのか？　でも、トーリならするだろう。六年前のあのトーリなら。

だったら、こっちもだ。

彼はヴィクトリアの体に両腕を巻きつけ、同じ激しさでキスを返した。彼女がしがみつけばつくほど、彼のキスも熱を帯びていった。もう我慢できない。ジョンは膝を折り、二人の顔の高さを合わせた。ヴィクトリアは即座に彼の開いた太腿の間に割って入り、鍵穴《かぎあな》と鍵を合わせるように二人の腰を密着させた。

ジョンは彼女のジーンズのウエストバンドへ手を伸ばした。ボタンと格闘しながら、彼女を押し戻すようにベッドルームへ向かった。彼らは反対側の壁にぶつかり、デスクにぶつかって、スタンドを揺らした。

この部屋はフットボール競技場並みの広さがあるのか？　ジョンがそう思いはじめた頃《ころ》、ようやくマットレスがヴィクトリアの後退を阻んだ。彼女はそのままベッドに仰向けに倒れた。ジョンは肩で息をしながら彼女を見下ろした。顔にかかる乱れた茶色の髪を。赤く染まった頬を。そして、キスで腫《は》れた唇を。

「ああ、なんてきれいなんだ」彼はしゃがれ声でつぶやいた。

ヴィクトリアは両腕を頭上に伸ばし、カバーの上で身をくねらせながら、彼に笑いかけた。「これは泣き腫らした目っていうの。今、美容業界で大ブームなのよ」

ここで言葉につまるようじゃ俺の名がすたる。ジョンは無理に唇の端を上げ、皮肉っぽい笑顔を作った。「ああ、君を一言で表現するなら、最先端で言葉がぴったりだ」

ヴィクトリアの愉快そうな笑い声が彼の胸を締めつけた。ジョンは彼女の靴を脱がせ、肩ごしに投げやった。ベッドまでたどり着く間になんとかボタンを外し、ジッパーを下げておいたジーンズも脱がせ、床に放《ほう》り出した。そして、あらわになった金色のシルクに黒いレースがついたショーツをじっと見つめた。

彼は視線を引きはがし、ヴィクトリアと目を合わせた。「ちくしょう、トーリ。俺は君が欲しい。体が興奮して、歩くこともできないくらいだ」

「本当に？」ヴィクトリアの視線が彼のジッパーへ移った。「あなたはラッキーよ。歩く必要はないもの」クリームを前にした猫のような笑みを浮かべて、彼女は片肘をついた。上体を起こし、腕を伸ばして、ジョンのウエストバンドの下にあるものを引っ張った。

ジョンは笑いながら彼女の上に倒れこんだ。指と指を絡ませ、彼女の両腕を頭の上に押しやると、頭から爪先まで体を重ねて、再び彼女にキスをした。そして、たちまち彼女の甘い唇がもたらす夢の世界に落ちていった。

ジョンは飽くことなくヴィクトリアを味わった。もはや彼に聞こえるのは、二人の荒い息と耳の中で轟く自分自身の心臓の音だけだった。彼はヴィクトリアの乳房に自分の胸をこすりつけ、その柔らかな感触に酔った。ヴィクトリアの喉からもれる甲高いあえぎ声が彼の欲望に火をつけた。ヴィクトリアが身をよじるたびに、かすれた声をもらすたびに、その欲望は高まっていった。彼は自分自身にブレーキをかけた。そうしなければ、みっともないことになってしまいそうだった。

しかし、ヴィクトリアにTシャツを引っ張られると、そのブレーキも怪しくなった。彼女の手がシルクの生地の下に滑りこんだ。素肌と素肌が触れ合うのを感じ、ジョンは低いうなり声とともにキスを深めた。ヴィクトリアが彼の背中を撫《な》で上げた。その動きに合わせてTシャツがめくれ、彼の脇《わき》の位置で塊になった。ここから先はジョンの協力がなくては進めない。ヴィクトリアがもどかしげな声をもらすと、彼は両手をついて上体を浮かせた。

ヴィクトリアがTシャツを引き上げた。ジョンはいったんキスをやめ、彼女がTシャツを頭から抜き取るのを待った。それから改めて彼女にのしかかり、キスを再開した。ところが、今度は左右の腕の間で伸びきったTシャツが彼の動きの邪魔をした。ジョンは右手をマットレスから離し、Tシャツを腕から引き下ろそうとするヴィクトリアに協力した。

残すは左腕だけだ。彼はじれったそうに腕を振り、Tシャツをナイトテーブルのほうへ飛ばした。ヴィクトリアはむきだしになった肩に両手を回した。背筋を這い下りた爪が、脇腹から腕のつけ根へと向かう。ジョンは身震いした。この感触を体の前面にも感じたい。彼はわずかに体を浮かし、ヴィクトリアの両手が二人の間に入りこめるようにした。

ヴィクトリアはためらうことなく誘いに乗った。彼の胸毛をかき分け、指先で乳首を探り当てると、爪を使って刺激した。

ジョンにとって乳首は特に感じやすい場所ではなかった。しかし、それもヴィクトリアの乳首について考えはじめるまでのことだった。彼はそのすべてを覚えていた。何一つ忘れていなかった。色も、形も、興奮した時とそうでない時の違いも。何より忘れがたいのは、その敏感さだ。自分の胸を押し返してくる硬くとがった頂。それを指でつまみ、唇にとらえることを夢想しただけで、ほかのことは何も考えられなくなる。ジョンは上体を起こし、彼女にまたがるように膝をついた。

「そっちはずいぶん厚着しているな」彼はコットンのブラウスのボタンに手を伸ばした。

「奇遇ね。実は私も同じことを考えていたの」ヴィクトリアの手も彼のジッパーへと伸びた。

ジョンはボタンを外し、ブラウスを脱がせたが、ヴィクトリアはジッパーをそのままにして、くたびれたデニムの生地ごしに彼の屹立《きつりつ》したものを撫でた。彼女を仰向けにし、この長い脚を宙に浮かせたい。そして、彼女と一つになりたい。ジョンは歯を食いしばって自分を抑え、彼女の両手をマットレスに押しつけた。

ヴィクトリアは真上にある黒い瞳をのぞきこみ、頭を浮かせて彼の下唇に歯を立てた。自分がもたらした痛みを舌でなめ取りながら、再びマットレスに頭を戻し、彼に向かって片方の眉を上げてみせた。「これじゃ私たち、手を使えないわ。どうするつもり、アインシュタイン?」

彼女の顔を見据えたまま、ジョンは頭を下げた。そして、歯を使った。

ヴィクトリアは鋭く息をのんだ。モスグリーンの瞳が翳《かげ》り、オリーブ色に変わっていく。

「オーケー」彼女はささやいた。「いい作戦ね」

ジョンは歯でブラジャーの肩紐《かたひも》を下ろし、片方のカップをずらして、とがった薔薇《ばら》色の乳首をあらわにした。喜びにハミングしそうになりながら、舌で刺激しては反応を確かめ、息を吹きかけてはまた反応を確かめた。そして、高くそびえ立った乳首を口でとらえて吸った。

ヴィクトリアは喉がつまったような声をもらした。背中を弓なりに反らし、自ら乳首を押しつけた。「ああ、お願い。お願いよ、ロケット」

ジョンは彼女の手首を放し、ブラジャーをむしり取って、彼女が差し出した捧《ささ》げ物を見つめた。サイズは普通だ。特に大きくも小さくもない。でも、このぷくっとした小さな乳輪と硬くとがった先端がたまらない。彼は片方の乳首を舌でなめながら、もう一方を指でつまんだ。「どうしてほしいんだ、ダーリン？　こうか？」彼の指先に力が加わった。

ヴィクトリアの喉から甲高いあえぎ声が突き上げた。

ジョンはにんまり笑った。「いいね。癖になりそうだ」

ヴィクトリアは彼の両手の下で身をよじり、上の空で尋ねた。「癖になりそう？　なんのこと？」

「今の君のことだよ。真っ裸で、熱く火照って、俺の言いなりになっている」

ヴィクトリアは動きを止め、細めた目で彼を見返した。「あなたの言いなり？」両手が自由になっていることに気づき、彼女は伸ばしていた腕を縮めた。それから、ジョンの言葉を笑い飛ばした。「確かにあなたは大きくてたくましい元海兵隊員だけど、今は私の動きを封じこめることさえできていないじゃないの。それでどうやって私を言いなりにするつもり？」

「こうすればいいのさ」ジョンは彼女の左の乳首を強く吸い、右の乳首を軽く引っ張った。それから、顔を上げて、彼女ににやりと笑いかけた。「このかわいいベイビーたちさえ手中に収めれば、もう勝ったも同然だ」彼は両方の乳首をそっとつまんだ。

ヴィクトリアはまぶたを伏せた。長いため息とともに腰が上下に動いた。

ジョンの顔から得意げな笑みが消えた。「くそ」彼は小声でつぶやき、片方の乳房から離した手を彼女の脚の間に滑りこませた。黒いレースのついた小さなショーツは、クロッチの部分が欲望でしっとりとしていた。ジョンはその薄い生地を両手で引き裂きたい衝動に耐え、彼女の湿った部分に指を這わせた。ヴィクトリアはあえぐように息を求め、再び腰を突き上げた。しかし、ジョンにもう一度攻めこむチャンスはなかった。彼女が反撃に出たからだ。

ヴィクトリアは彼の手を払いのけ、両脚を閉じた。寝返りを打って、膝立ちになった。「ちょっと一方的すぎない？」かすれた声で抗議しながら、彼女はジョンの胸を両手で押した。

でも、〝互角の勝負〟になったら俺がもたないかもしれない。不安を感じつつも、ジョンは好奇心に負けて、仰向けになった。知ったことか。もし早々に白旗を掲げたとしても、もう一戦挑めばすむことだ。彼女が相手なら何度でも戦える。頭の下で両手を組むと、彼は片方の眉を上げた。「では、ご自由にジョン・ミリョーニを召し上がれ」

「そう」ヴィクトリアは彼にまたがり、尻を小刻みに動かした。「いい心がけね」身を乗り出し、固い胸に両手の指を広げて、ジョンを見下ろした。「私、あなたの体が好きよ」

「俺も君の体に夢中だよ」

「私の体は欠点だらけだもの。でも、あなたの体は……」ヴィクトリアは彼の首と肩の間にキスをした。むきだしの乳房を、硬く温かな先端を腹にこすりつけられ、ジョンは歯を食いしばった。彼がヴィクトリアの背中を撫でたところで、ヴィクトリアはキスをやめ、再び彼の太腿の上に腰を据えた。

次に彼女は指でジョンの鎖骨をたどった。「あなたの体って全然つまめないのね。セルライトもない。たるみもない。おなかも引き締まっているし。幸い、私はこのおなかがお気に入りだけど、そうでなかったら、あなたに嫉妬《しっと》するところだわ」ヴィクトリアは腰の位置をずらし、毛に覆われた胸に唇を当てた。視線を上げて彼と目を合わせ、鼻に皺《しわ》を寄せながら微笑した。「くすぐったい」

「ああ、トーリ」俺の目には君の体こそ完璧《かんぺき》に見える。しかし、彼はその思いを言葉にできなかった。ヴィクトリアの次の出方が気になって、それどころではなかったからだ。

どうした、エース？　女たらしのミリョーニの名が泣くぞ。第二偵察大隊C中隊公認の銀の舌を持つ悪魔が口もきけなくなるとはな。でも、このままやられっぱなしにはならないぞ。ジョンは彼女が上体を起こした隙《すき》を狙《ねら》い、手を伸ばして乳首をつねった。

ヴィクトリアはまぶたを閉じ、背中を弓なりに反らして低くうなった。ジョンの手首をつかみ、彼の頭の左右に押しつけた。「お行儀よくなさい」彼女はジョンの耳元でささやいた。「でないと、ベルトとスカーフでベッドに縛りつけるわよ」ジョンの体が激しく反応した。彼女は目をしばたたいた。「まあ！　あなた、このアイデアが気に入ったのね？」

「最終的に君と一つになれるなら、どんなアイデアでも大歓迎だ」

「そう。私もよ」再び起き上がった時、ヴィクトリアの乳首はさらに鋭くとがっていた。

ジョンはまた手を伸ばそうとした。彼女はその手をかわし、ジョンの腹に唇を当てて、胸から股間《こかん》へと続く毛の流れを羽根のようなキスでたどった。彼女がジーンズのウエストバンドにたどり着く頃には、ジョンは息をすることも忘れていた。

ヴィクトリアは彼を見上げ、ジーンズを押し上げる膨らみに視線を落とした。「すっかり忘れていたわ。あなたの……迫力を」一瞬、彼女は驚いた顔になった。それから肩をすくめ、頭を下げて、デニムの膨らみにキスをした。

ジョンは彼女の髪に指を差し入れ、柔らかな癖毛を握りしめた。だが、彼女を引き離したいのか、引き留めたいのか、自分でもよくわからなかった。彼が結論を出しかねていると、いきなりヴィクトリアが歯を立てた。

「おい、からかうなよ！」ジョンはびくりと体を震わせた。

ヴィクトリアは無言で笑みを返した。膨らみと平行になるように首をひねり、できるだけ大きく口を開くと、硬くそそり立つものをデニムの生地ごと上下の歯の間にとらえた。そして、歯をそっと左右に動かしながら唇を閉じ、自分がもてあそんだ場所にキスと頬ずりをしてから、彼に満足げな笑顔を向けた。

ジョンは彼女の頭をつかんだ。トーリの髪に指を差し入れた時はまだ迷いがあった。でも今は……。

ヴィクトリアはウエストバンドのボタンを外し、ジッパーを下げた。中に手を入れて、硬く大きなものを握った。

その時、彼女の中でためらいが生じた。ここまで彼女は心から楽しんでいた。すべて承知のうえでジョンを煽《あお》っていた。しかし今になって、彼女を支えていた自信がしぼみはじめた。

あれからもう六年もたつのよ。やり方を忘れていたらどうしよう？「私、いけない坊やの相手は久しぶりなの」ヴィクトリアはちらりと彼の顔を見上げた。「だから、勘が狂っているかも」

「自転車と同じだよ」ジョンは彼女を励ました。「一度こつを覚えたら絶対に忘れないもんさ」

彼の声は張りつめていた。ヴィクトリアの手元を見下ろす顔もこわばっていた。それでヴィクトリアは自信を取り戻した。試しに強く握ってみると、手の中のものが脈動した。

さらに自信を深めた彼女は、ジョンの一物をジーンズから引っ張り出し、自分があらわにしたものをじっと見つめた。

「まあ」ヴィクトリアはつぶやいた。「私、あなたを覚えているわ」

彼女の目の前で、ジョンが変化した。彼女にされるがままだった男は消え、リゾートのバーで彼女が見つけた男が現れた。ジョンは自信満々の女たらしの笑みを浮かべ、濃いまつげに縁取られた黒い瞳で彼女を見据えた。一瞬、ヴィクトリアはその熱いまなざしに溺《おぼ》れそうになった。

「俺もだ、ダーリン。君を忘れたことはなかった」ジョンは長い腕と脚を使って位置を入れ替え、彼女を仰向けにした。優しくほほ笑みながら、彼女の顔にかかる髪を払いのけ、頭を下げた。

彼のキスはホットだった。ヴィクトリアの分別を吹き飛ばす激しさがあった。彼が再び頭を上げた時には、ヴィクトリアは熱くうずく神経の塊と化していた。ジョンが自分の中に入ろうとしていることに気づき、彼女はため息とともに両脚を広げた。

ジョンは彼女の喉をキスでたどりながら、称賛の言葉をささやきつづけた。唇の柔らかさから胸のそばかすに至るまで、彼女のすべてを褒めまくった。そうやって耳までたどり着くと、耳たぶを軽く吸い、敏感な内側の部分を舌で探った。ヴィクトリアはうめき声をもらし、彼の下で身をよじった。彼がもう一方の耳を攻めはじめると、じっとしていられなくなって腰を浮かせた。

気がつくと、ジョンは彼女の中にいた。これ以上は進めないほど奥深くに。ヴィクトリアは体の奥が伸びきり、満たされるのを感じた。いい気分だわ。最高にいい気分。だが、それもある事実に気づくまでだった。「コンドーム！」彼女はジョンの肩を押した。「コンドームを忘れてる！」

「しまった！」ジョンは身を引き、まだ足首に絡まっていたジーンズの尻ポケットを探った。悪態とともに札入れを取り出し、中身をかき回しながら蹴《け》りやった。「よし！」彼は大きく息を吐いた。「一個発見！」札入れから包みを引っ張り出すと、彼はィクトリアに視線を転じた。「君は？」包みを破り、巨大なものにコンドームをかぶせながら彼は尋ねた。「君も持ってないか？」

「いいえ、持ってないわ」ヴィクトリアは唇を噛《か》んだ。どうして用意しておかなかったのかしら？　ロケットを相手に一度ですむとは思えないのに。

「気にするな」ジョンは再び彼女に覆いかぶさり、腰を前へ進めた。ヴィクトリアの脚がひとりでに開いた。体が昔教わった曲を思い出し、《ハレルヤ・コーラス》のフルバージョンを歌おうとしているかのようだった。そっとキスをしてからジョンは頭を上げ、目をしばたたきながら見上げてくるヴィクトリアに言った。「一個を有効活用すればすむ話だ」

そして、そろそろと彼女の中に身を沈めた。

「ああ、嘘《うそ》みたい」ほとんど忘れかけていたわ。限界まで彼に満たされる感覚。子宮全体の神経を刺激されているみたい。その感覚をもっと味わおうとしてヴィクトリアは体を締めつけた。

ジョンの喉がひゅっと鳴った。吸いこんだ息を吐き出してから、彼はささやいた。「そう。これだ」閉じていたまぶたをゆっくりと開き、腰を引きながらヴィクトリアを見下ろした。

こんな刺激じゃ手ぬるいわ。もっと強い刺激が欲しい。ヴィクトリアは彼の尻をつかんだ。固い筋肉に爪を立て、彼を引き戻した。

「もっと速いほうがいい？」ジョンはペースを上げた。マットレスに手のひらをついて上体を浮かせ、ヴィクトリアの反応を見ながら、彼女の脚を太腿で押し広げた。「よし、任せろ」

彼が一突きするたびに、ヴィクトリアの快感が高まった。喉からこみ上げてくる欲望の声を抑えることができなかった。絶頂が近づくと、彼女はジョンを見上げ、体を弓なりに反らした。

「ああ、くそっ」ジョンは背中を丸め、押し上げられた乳房に顔を近づけた。先端を吸いこみ、舌でなぶってから口を離した。日に焼けた喉を汗が伝った。肩から滑り落ちたポニーテールの髪が、彼女の左の乳首をかすめた。ジョンは彼女を見下ろした。しかし、黒い瞳は焦点が定まっていなかった。「そろそろ限界みたいだ」腰の動きを速めながら、彼はかすれ声で言った。「すまない、ダーリン。君のためにもっともたせたかった。先に君を二度ばかりいかせたかったんだが……ちくしょう、トーリ……俺はもう――」

その思いつめた声がヴィクトリアを燃え上がる絶頂のただ中に送りこんだ。体の奥の神経がはじけ、強く長い収縮が始まった。彼女は朦朧《もうろう》とした頭で自分自身のあえぎ声を聞いた。「ああ、ジョン、ああ！」

その声は彼女の絶頂とともにいつまでも続いた。延々と。

ジョンはつめていた息を一気に吐き出し、彼女の奥深くで動きを止めた。喉から低く長いうなり声をほとばしらせながら、彼自身も絶頂を迎えた。

次の瞬間、彼はヴィクトリアの上に崩れ落ちた。ヴィクトリアは両腕で大きな体を抱き留めた。心臓はまだ乱れたビートを打ちつづけていた。どうしよう。私、とんでもないトラブルを抱えてしまったのかも。ロケットが経験豊富なことは初めて会った時からわかっていたわ。私がその経験を活用しなかったと言えば嘘になる。でも、彼の世慣れた魅力になら抗《あらが》うこともできた。

私の心をわしづかみしたのは、愛し合うたびに彼が自制心を失い、そんな自分に戸惑っていたことよ。彼はいつも私を求めていることを隠そうとしなかった。あれだけ強く求められたら、誰だって自分は世界一魅力的な女だと勘違いするんじゃないかしら。私はどんどん彼の魅力にはまっていった。だから、彼から逃げ出したのよ。心に深手を負う前に。いったん彼のルールを受け入れてしまった以上、逃げ出すしか道はなかったのよ。

なのに、このざまは何？　彼に恋してしまう危険性は六年前とちっとも変わっていないわ。むしろ、彼という人間がわかりはじめた分、今のほうが危険なくらいよ。もちろん、彼のすべてを知りつくしているわけじゃないけれど、六年前よりはるかに知識が増えたのは確かだわ。

ジョンが彼女の首筋に唇を押し当てた。「大丈夫？」

大丈夫どころじゃないわ。何か真面目《まじめ》なことでも考えないと、また彼に溺れてしまいそう。でも、今は何も考えたくない。今夜は大変な夜だったし、今さら自己分析しても手遅れだもの。今夜、私たちは大きな一歩を踏み出した。でも、その一歩がどういう意味を持つのか考えるには、私は疲れすぎている。

そうよ。考えるのは明日でいい。

「最高の気分よ」ヴィクトリアは首をひねり、彼の唇にキスをした。たちまち頭の中に官能の靄《もや》が広がった。その靄の中で、彼女はぼんやりと思った。ちゃんと考えるわ。ちゃんと。

明日になったら。

16

ジョンは翌朝の七時前にホテルの客室へ戻ってきた。足音を忍ばせてベッドに近づき、眠っているヴィクトリアの姿を見下ろした。夜中に愛し合ったあと、彼はヴィクトリアをさらに満足させるためにもう一働きした。女たらしの意地からではなく、そうしたかったから、そうせずにいられなかったからだ。

もちろん、律儀なヴィクトリアはお返しをさせてほしいと言い張った。彼に断る理由はなかった。彼の体はまだ燃えていたし、コンドームのいらないプレイなら問題はないはずだった。彼はそういう奉仕に慣れていた。だから、特に身構えはしなかった。女のテクニックにそう違いがあるはずはないのだから。

ところが、結果は全然違った。テクニシャンという意味では、ヴィクトリアは彼が会った中で一番とは言えないかもしれない。だが、彼女の奉仕はジョンの心をかき乱した。彼女のひたむきさに、ジョンは息が止まりそうになった。

そう、トーリはどんなことにもひたむきに挑戦しようとする。六年前もそうだったし、今もそれは変わってない。トーリは何をするにも純粋で情熱的だ。だから、俺《おれ》はずっと彼女を忘れられなかった。だから、飽くことなく彼女を求めてしまうんだ。

それくらい、前からわかっていたんじゃないのか？　いったんトーリとよりを戻せば、もっと彼女が欲しくなる。もっと彼女を求めてしまう。それがわかっていたから、そうならないように努力してきたんだろう？

ジョンは小さな不安を振り払った。俺たちにどんな未来が待っているかはわからない。でも、幸い今は最上級のホテルにいる。手にした箱を宙に放《ほう》り上げて、ジョンはにやりと笑った。そして、いいホテルにはなんだって揃《そろ》っている。

たとえギフトショップが閉まっていても、コンシェルジュにかけ合えば一発だ。こうしてコンドームが手に入る。あとは二度でも三度でもやりたい放題だ。なんだったら、四度でも五度でも。

ただ……トーリの性格を考えると、起き抜けのお楽しみは無理かもしれない。彼女は弟のことを本気で心配している。目が覚めたとたん、一時でも弟のことを忘れた自分を責めそうな気がする。でも、夢を見るだけなら自由だ。とりあえず、読みが外れた場合のために準備だけはしておこう。

ジョンは箱をナイトテーブルに置き、服を蹴《け》り捨てて、ヴィクトリアの横にもぐりこんだ。

意識が戻って五秒とたたないうちに、ヴィクトリアは罪悪感に押しつぶされそうになった。目覚めた瞬間の温かな満足感はたちまち消えて、あとには乱れた心臓の鼓動とこわばった肩と筋肉痛だけが残された。昨夜、街中で家出少年の現実を目の当たりにしたのに、さっさとそれを忘れて、自分の満足を追求するなんて。いったい私は何を考えていたの？　それでも姉と言えるの？

「そういうのはやめておけ」背後からジョンの声がした。

　ヴィクトリアはびくりと体を震わせた。そして初めて、背中を包む彼のぬくもりと、腰に回されたたくましい腕を意識した。尻には硬いものが押しつけられていた。

　動かなくては。そうするべきよ。それがわかっていながら、彼女は微動だにしなかった。そして、力のない声で問い返した。「そういうのって？」

「そうやって自分を責めることだ。確かに昨夜《ゆうべ》、君は俺と羽目を外した。でも、君の弟を犠牲にしたわけじゃない」

　ロケットには人の心が読めるのかしら？　いけないと思いつつも、ヴィクトリアは少し肩の力を抜いた。もどかしげにかぶりを振り、背後に視線を投げた。「だったら、どうしてこんなに後ろめたいの？」

「気にしすぎじゃないか、ダーリン？　俺は気にならないけどな。昨夜の捜索はちゃんとやっただろう。君が犠牲にしたのは自分の睡眠時間だけだ」

　ヴィクトリアは寝返りを打ち、彼と顔を合わせた。「でも、今日もまたジェイリッドを捜すのよね？」

「もちろん。今日は〈十六番街モール〉からオーラリア・キャンパス方面に向かう。あそこはストリートチルドレンが紛れこみやすい場所だからな。夜になったら、また路地裏巡りだ」

「じゃあ、さっそく始めましょう」ヴィクトリアは毛布を蹴り下ろしはじめた。

ジョンは彼女の腰に広げた指に力をこめて引き留めた。「朝食が先だ」

ヴィクトリアは彼の温かな体から離れ、マットレスの端ににじり寄った。「食欲がないの」

「ふうん」ジョンは手に頭をのせ、ベッドに居座った。「でも、何も食べないってわけにもいかないだろう」

「ジョン――」

「燃料補給だ。昨夜の激しい運動を忘れたわけじゃないよな？」ヴィクトリアの体が震えた。ジョンにはそれが何よりの答えだった。「〈スタンドアップ・フォー・キッズ〉の炊き出しまであと一日半もある。食べておかないと体がもたないぞ。それとも、捜索は俺に任せて、君はここに残るか？」

「いやよ！」ヴィクトリアは思わず声を荒らげた。ジェイリッドを捜し歩く代わりに、檻《おり》の中の動物のように一日中この部屋をうろつき回るのかと思うと、頭に血が上った。「食べればいいんでしょう、食べれば」

「いい子だ」ジョンはシーツをめくって立ち上がった。自分が裸だということをまったく気にしていないようだった。ヴィクトリアの視線が一点に釘《くぎ》づけになった。彼の体はまだ半分興奮していた。その姿は原始的な力に満ちあふれていた。

「ルームサービスを頼もうか？　それとも、ダイニングルームに下りる？」

ヴィクトリアの視線を受けて、その部分がさらに大きくなっていく。彼女は目をしばたきながら訊《き》き返した。「今なんて言ったの？」突然、ジョンがまっすぐに近づいてきた。彼女の全身を興奮が駆け巡った。

ジョンは彼女の顎をとらえて視線を合わせた。「上を向いてろ、ダーリン」彼はざらつく声で命じた。「俺に行儀よくしてほしいならな。君がそんな態度じゃ、俺はこの部屋から出られなくなる」

ヴィクトリアの頬がかっと熱くなった。「ごめんなさい。私のこと、最低の姉だと思っているんでしょう」

「そんなふうには思わないが」

「じゃあ、尻軽だと思っているのね」

ジョンは彼女の肩を両手でつかんで引き寄せた。「とんでもない。尻軽なら何人も見てきたが、君じゃ連中の足下にも及ばないよ」

「そうなの？」ヴィクトリアは彼が過去につき合ってきた女性たちのことを考えた。気にしてはいけないとわかっていても、いい気持ちはしなかった。「どこがどう違うの？　私は出会ったその夜にあなたとベッドに倒れこんだのよ。その人たちと同じでしょう?」

「ベッドに倒れこんだ?」ジョンは笑ってかぶりを振った。「俺がそうなるよう仕向けたんだよ。らしくもない努力をして」彼は唇の端をゆがめ、得意げな笑みを返した。「努力してでも誘惑したいと思った女は君が初めてだった」

確かにロケットなら努力なんて必要ないかも。ヴィクトリアはつんと顎をそびやかした。

「よっぽどもてもてだったのね?」

「ハニー、俺が出入りしていたバーでは、でかい一物を持つ海兵隊員というだけで女がいくらでも寄ってきた。そのうえ顔がいいとなれば、もう怖いもんなしだった」

ヴィクトリアはあんぐりと開いた口をあわてて閉じた。「つまり、女はあなたを一目見ただけで立派なお宝の持ち主だとわかるってこと?」

「見るべきところを見ればな」

「あきれた人ね。どこまで自惚《うぬぼ》れれば気がすむの?」

ジョンは肩をすくめた。「本当だからしかたない。俺の巨根は有名だからな――というか、有名だったからな」

「ハリウッドのプレイボーイみたいに?」ヴィクトリアは疑わしげに鼻を鳴らした。「よく言うわ。私は何も聞いてなかったけど」

「ああ」ジョンはにやりと笑った。「知ってる。そこが新鮮だった」ヴィクトリアのむっとした顔を見て、彼はあわててつけ足した。「海兵隊には分隊ごとにグルーピーがついているんだ。相手が海兵隊員だという理由だけで男と寝るような女たちが。そういうグルーピーの中には巨根専門の一派もあった。自分が寝た男のサイズを仲間に自慢するのが好きな連中だな。そうやって噂《うわさ》が広まったわけだ」

彼に腕をさすられ、ヴィクトリアは自分も裸だったことに気がついた。あわてて身を引こうとしたが、彼が放してくれなかった。

「でも、俺が言いたいのは」ジョンは続けた。「君は俺が会ったどんな女とも違っていたということだ。君がバーに入ってきた瞬間からわかっていた。だから、必死になって君の気を引こうとした。それまでの俺は女なんて誰でもいいと思っていた。一人が消えても、また次が現れるもんだと。でも、あの夜はほかの誰かじゃいやだった。君が欲しかったんだ」

「なぜ？　私が挑戦しがいのある獲物だったから？」

「いや。どうかな。自分でもわからない」ジョンはじれったそうにかぶりを振った。「俺にわかっていたのは、君が苦労してでも手に入れる価値のある女だってことだけだ。いや、むしろ君とは苦労せずに話せたせいかな。君は俺を熱くしただけじゃなかった。俺を笑わせ、いろんなことについて考えさせた。君といると、なんていうか……素の俺でいられた。俺は女の前では自分を作ることが多かった。でも、君のそばにいるためなら、自分をさらけ出してもかまわないと思った。だから、自分のことを尻軽なんて言うな。俺はそういうのは嫌いだ」ジョンは彼女の腕を放した。背中を向け、肩ごしに告げた。「ルームサービスを注文しといてくれよ。俺はシャワーを浴びてくる」

彼の姿が消えても、ヴィクトリアはまだ茫然《ぼうぜん》と立ちつくしていた。やがて、浴室のドアが閉まる音がした。

彼女はスーツケースに歩み寄り、蓋《ふた》を開いた。しかし、そこでまた動きを止め、これまでのことを振り返った。

私はロケットと出会った夜のことをすべて覚えているつもりだった。でも実際は、この六年の間に都合よく記憶を書き換えていた。ロケットは努力して私を手に入れたと言うけど、そう仕向けたのは私だわ。なのに、私はその事実を封印した。心の奥の奥に押しやって、忘れたつもりになっていた。

あの夜、私はホテルのチェックイン・カウンターで知り合った女性二人とバーにやってきた。テーブル席に着くと、ロケットがさりげなく隣の椅子に腰を下ろした。私は瞬間的に彼に惹《ひ》かれるものを感じたわ。でも、彼はちょっと自信過剰に見えた。魅力的だけど世慣れた感じがした。だから、私は気のないふりをした。連れの女性たちとロケットと彼の連れの男性、それぞれ平等に相手をした。あの男性、名前はなんといったかしら？　ルースター？　いいえ、違うわね。似たような名前ではあったけど。そう、思い出した。バンタムよ。

でも、あの人のことはどうでもいいわ。最初から眼中になかったもの。私はずっとロケットのことばかり意識していた。彼のそばにいると、体が火照ってはじけそうな気がした。

彼が私のジョークに笑うと、自分が世界一面白い人間になった気がした。そして、彼が世慣れたプレイボーイの仮面を脱ぎ捨てると、もう彼のこと以外何も目に入らなくなった。彼の素顔に最後に残っていた理性まで吹き飛ばされてしまった。

そして、ああいう結果になった。

ヴィクトリアはスーツケースに手を伸ばし、最初に触れたものをつかんでベッドへ運んだ。しかし、そこで足を止め、ナイトテーブルに置かれたコンドームの箱を見下ろした。

この箱、いったいどこから現れたの？

私が眠っている間に、ロケットがどこかから仕入れてきたのね。でも、なぜ彼はそのことを話さなかったの？　せっかく仕入れてきたものを使わなかったの？　彼なら私をその気にさせることくらい簡単にできたのに。

まったくもう！　ヴィクトリアは額をこすった。私が彼にレッテルを張るたびに、彼は予想外の言動で私を惑わせる。彼がセックスしか頭にない男だったら話は簡単なのに。そういう男なら簡単に無視できるもの。私はそんな浅はかな男に恋したりしないもの。

でも、ジョンはセックスだけの男じゃない。

そして、私は彼に恋してしまった。

ヴィクトリアは息をのんだ。ずっと否定しつづけてきたけど、これ以上は無理みたい。この気持ちは昨日や今日に始まったことじゃないわ。六年前も、私は彼に強い感情を抱いていた。約束を破って夜明けに逃げ出したのは、彼に飽きたからじゃないでしょう。期間限定の関係をはるかに超えた感情を抱いてしまいそうだったからだわ。

ヴィクトリアは乱れたままのベッドの上に着替えを置き、心の鎧《よろい》を繕った。オーケー。私は強い女よ。エズメを妊娠した時を思い出して。あの時、パパは当然のような顔をして父親の名前を問いただした。だけど、私は口が裂けても言わなかった。私は夢見る乙女とは違うのよ。自分の感情を認めることとおとぎ話のような関係を期待することとは同じじゃないの。私にはエズメがいるわ。何よりもまず、あの子のことを考えて。自分がどういう道を選択するべきか検討するのよ。慎重なうえにも慎重に。

でも、今日のところは……。彼女は浴室と寝室を隔てる壁を見やり、流れる水の音に耳を傾けた。ここは私の家じゃない。エズメもここにはいない。

彼女は受話器を握り、ルームサービスに電話をかけて、一小隊分の胃袋も満たせそうな量の食事を注文した。そして、コンドームの箱から包みを一つ取り出すと、悠然とした足取りで浴室へ向かった。

私が背中を流してと言っても、ロケットならきっと気にしないはずだわ。

月曜日の午後には、ジェイリッドの空腹は限界に近づいていた。へそが背骨にくっつきそうだ。飢え死にしそうだと思ったことは何度もあるけど、あれはいったいなんだったんだろう？　手近なところにジャンクフードがないって意味か？　家に卵と肉と野菜があっても、自分で料理をする気はないって意味か？

くそ。今ここにそのうちのどれか一つでもあったら。P・Jも僕ももう二十四時間近く何も食べてない。腹の虫がぐうぐううるさいったらありゃしない。

今日、ジェイリッドは最後の一ドルを使った。姉が父親の葬儀のためにロンドンから戻ってきていることを期待して、自宅に電話をかけたからだ。父さんの葬儀。そのことを考えると、空っぽの胃袋に引きつれるような痛みが走った。不意にまぶたの裏が熱くなり、彼はむきになって瞬《まばた》きを繰り返した。そのことは考えるな。そのことだけは。

代わりに彼は電話のことを考えた。もしあの電話がつながっていたら、トーリは僕に金を送ってくれたはずだ。姉のイメージが脳裏をよぎり、彼はほのぼのした気分になった。だが、すぐにつらい現実が戻ってきた。結局、彼は一ドルを無駄にすることになった。電話に出たのはディーディーだった。継母の声を聞いたとたん、彼はパニックに襲われて電話を切ったのだった。

「ほら！」P・Jが彼の脇腹《わきばら》に肘鉄を食らわせた。「笑顔だよ、笑顔。あそこの女の人があんたを見てる」次に彼女は唇をゆがめ、別の方向を指さした。「それに、あの男も」

ジェイリッドは反射的に彼女の指の先へ目をやった。高級そうなスーツを着た小太りの中年男が片方の眉を上げ、期待の表情で彼にほほ笑みかけてくる。ジェイリッドはぞっとして目をそらした。もう限界なんだろうか。このままじゃ僕は堕《お》ちるところまで堕ちるしかないんだろうか。

だからって、生きるためにそこまでしなきゃならないのか。だったら、いっそ死んだほうがましかも……。

彼の心中を察したのか、P・Jがきっぱりと言った。「あたしら、まだそこまではいってないよ」そして、中年男の姿を見ずにすむよう、ジェイリッドの向きを変えさせた。「それに、あんたは頭がいいんだからさ。そうなる前に何か考えつくんじゃない？」

彼女はジェイリッドの手を引いて縁石に近づき、路面電車が通り過ぎるのを待って、車道に足を踏み出した。北西行きの電車を待っている中年女性に狙《ねら》いを定め、彼の腕を強く握ってから押し出した。「あの人、気前がよさそうだよ。あの人にしよう」

ジェイリッドは足を踏ん張った。「なあ、ほかの方法を試してみないか？」

P・Jは押すのをやめて、彼を見上げた。「いいよ。どんな方法？」

ジェイリッドは自分のバックパックを親指で示し、彼女の耳元で指示をささやいた。

P・Jのつぶらな金褐色の瞳が輝いた。「へえ、名案じゃん」

ジェイリッドは標的の中年女性に向かって歩き出した。踊るような足取りでついてきたP・Jが彼のバックパックの蓋を開け、中身を引っかき回した。さらに、困ったような声をあげ、中のものを引っ張り出しはじめた。やるな、P・J。ジェイリッドは危うくにやつきそうになった。

「ちょっと待って」「待ってったら」P・Jは停留所の中年女性に向かって歩きつづける彼のバックパックをたたいた。「待ってったら。あれ、この中にないよ」

ジェイリッドは首をひねって彼女に視線をやった。「ないってどういう意味さ？　あるに決まってるだろ。ちゃんと探せよ」

「だから、ないんだってば」

ジェイリッドはバックパックを背中から下ろし、中年女性の足下に置いた。彼女を見ないようにしながら、バックパックに手を突っこみ、中身を次から次へと地面に放り出した。

「なんでないんだよ」彼はうめいた。自然とせっぱつまった声が出た。実際、彼はせっぱつまっていた。自分とP・Jの明日の食事をどうしても確保したかった。「どうしよう、P・J？」

「ママに殺される」P・Jは半泣きになった。

「ねえ、あなたたち」優しい声を耳にして、二人は中年女性を見上げた。「二人とも、大丈夫？」

「はい、大丈夫です」答えるジェイリッドの声に、P・Jのべそかき声が重なった。

「何かなくしたの？」

ジェイリッドは中年女性の様子を観察した。優しげな瞳。くたびれた靴。この人は観光客なんかじゃない。僕たちほどじゃないにしても、お金に困ってるみたいだ。こんな人をだましたら、僕はごきぶり以下の人間になってしまう。地面に散らばった荷物をかき集めながら、彼はのろのろと立ち上がった。「いいえ、なんでもありません」

P・Jが彼の背中をどついた。「何言ってんの？　お金がないとうちに帰れないよ。このままだとママに怒られちゃう。もうあたしたちだけで街に来られなくなっちゃう」

中年女性は使い古したハンドバッグをかき回し、皺《しわ》だらけの一ドル札を三枚取り出した。ジェイリッドは彼女の肩ごしに財布をのぞきこんだ。中には一ドル札が二枚しか残っていなかった。

中年女性は三枚の紙幣を彼に差し出した。「これで少しは役に立つかしら」

腹の虫が大いに役に立つとわめき立てた。それでも、ジェイリッドは金を受け取ることができなかった。代わりにP・Jが中年女性の手から三ドルをむしり取った。

「ありがとう。すっごく助かります!」

「どういたしまして」中年女性は二人にほほ笑みかけた。「あなたたちを見ていると、うちの息子を思い出すわ」

「あたしたち? てことは、その子も不細工なの?」

中年女性の瞳を影がよぎった。「いいえ、とてもハンサムな子だったわ」

P・Jの動きが止まった。「だった?」

「イラクの自由作戦で亡くなったのよ」

「そうなんですか。残念です」

「ええ。私も残念でならないわ」中年女性はごとごと音をたてて近づいてくる路面電車に向きを変えた。

ジェイリッドはバックパックからペンと紙切れを引っ張り出し、中年女性に向かって突き出した。「ここに住所を書いてもらえませんか。借りたお金はなるべく早くお返ししますから」

「いいえ、いいのよ」

「お願いです！」

　中年女性は一瞬彼の瞳をのぞきこんだ。それから、ペンと紙を受け取り、自分の住所を走り書きした。そこに路面電車が到着した。「二人とも、元気でね」ペンと紙を返すと、彼女は電車に乗りこんだ。

　遠ざかる電車を見送ってから、P・Jはジェイリッドに向き直った。「作戦大成功だね。しょっぱなからついてるじゃん」彼女は意気消沈した表情でジェイリッドを見つめた。

「なのに、なんであたし、こんなに気分が悪いんだろ？」

「たぶん、僕が気分が悪いのと同じ理由だろうね」ジェイリッドは住所の書かれた紙を慎重にバックパックの前ポケットにしまった。自分にはあの女性の寛大さに報いるチャンスがないことを承知のうえで。「このお金は明日のために取っとこうか？」

「うん。じゃあ、そろそろスカイラインに移動する？」P・Jは力のない声で提案した。

「何か食べたら、ちょっとは気分がよくなるよね。そう思わない？」

「ああ」ジェイリッドは嘘《うそ》をついた。「たぶん、今よりはずっとましな気分になるんじゃないかな」

17

「見てよ、ジョン。あそこ！」

ヴィクトリアに手首をつかまれ、ジョンは視線を落とした。ヴィクトリアは彼と目を合わせたが、すぐに公園の反対側に視線を戻した。

「あなたの言ったとおりね。あの子はここにいたんだわ！」

ジョンは彼女の視線を追い、彼女と同じ豊かな茶色の髪を持つ長身のスリムな青年に目を留めた。その青年はサンドイッチにかぶりつきながら、蜂鳥《はちどり》のように周囲を跳ね回っている少女のおしゃべりに耳を傾けていた。

ジョンはヴィクトリアに視線を戻した。自分の目が信じられないって顔だな。無理もないか。昨日今日と丸一日半捜し回っても見つからなかった弟が、いきなり目の前に現れたんだから。これで先日の目撃情報が正しかったことは証明されたわけだが、問題はあの坊やにどうやって近づくかだ。路上生活を経験した子供は神経過敏になっていることが多い。どんな態度で接するか、トーリと話し合っておいたほうがよさそうだ。

あいにく、彼が警告している暇はなかった。ヴィクトリアがいきなり彼の腕を放し、走り出したからだ。

「ヴィクトリア、待て！」

しかし、有頂天のヴィクトリアにその声は届かなかった。彼女は噴水の周囲でくつろいでいる若者たちの群れを縫い、ゲートから飛び出した競走馬のように駆けつづけた。ジョンも急いであとを追い、彼女の肘をつかんで引き留めた。しかしその時にはすでに、彼女は弟の名前を叫んでいた。

くそ。もう手遅れか。ジョンは彼女の腕を放し、身構えながら前へ進んだ。もしあの坊やが逃げ出したら……その時は地面に押し倒すまでだ。

ジェイリッドは茫然《ぼうぜん》とした様子で一、二度目をしばたたいた。姉の名前をつぶやき、蜂鳥のような少女に何か話しかけた。それから少女の手をつかみ、ジョンが恐れていたとおり、一目散に駆け出した。

ただし、二人が向かったのは彼の予想とは反対の方角だった。ジェイリッドは姉に向かって突進してきた。その顔には満面の笑みが浮かんでいた。

ヴィクトリアはジョンの指示を待たなかった。弟のことで頭がいっぱいで、ジョンの存在そのものを忘れているようだった。彼女はジェイリッドに駆け寄り、両腕で抱きしめた。弟を守ろうとするかのように、バックパックの生地に指を食いこませた。手を離せば、また弟が消えてしまいそうで怖かった。ジェイリッドはかすかにすえた臭《にお》いがしたが、彼女は気にしなかった。弟がここにいる。無事な姿でここにいる。その事実だけで充分だった。

ジェイリッドの体が震えはじめた。ヴィクトリアは弟を抱く腕に力をこめ、左右に揺すった。ジェイリッドはさらに激しくしがみつき、彼女の頭に頬を押しつけた。ヴィクトリアは彼が自分の髪で涙を拭《ぬぐ》うのを感じた。考えるべきことは山ほどあった。しかし、彼女の頭をよぎったのは〝この子、いつのまにこんなに背が伸びたのかしら？〟という疑問だけだった。

やがて、ジェイリッドは頭を起こした。姉を見下ろし、しわがれ声でつぶやいた。「ごめん、トーリ。もう一度あの夜をやり直せるなら、僕はどんなことだってやる。でも、これだけは信じて。僕は父さんを殺すつもりはなかったんだ」

ヴィクトリアは目の前が真っ暗になった。これまで彼女は、きっと何かの間違いだ、ジェイリッドさえ見つかれば万事解決することだと信じていた。ジェイリッドに父親を殺せたはずがないと確信していた。しかし、弟の苦悩の表情を見て、自分が間違っていたことを思い知らされた。急に胃がきりきりと痛みはじめた。

その痛みに耐えながら、ヴィクトリアは考えた。それでも、ジェイリッドが私の弟であることには変わりないわ。パパは冷淡で意地の悪い人だった。ということは、よっぽどの事情があったはずよ。うっすらと髭《ひげ》の伸びた弟の頬に手をやって、彼女は穏やかに答えた。「私はあなたを信じるわ。何があったか話してくれない？」

ジェイリッドは髪をかき上げながらあとずさった。「父さんが言ったんだ……おまえは……」彼は咳払《せきばら》いをした。「とにかく、ひどいことを言われて、僕は逃げ出したくなったんだ。それで、父さんを押しのけた。でも、まさか死んじゃうなんて！」

「待って」ヴィクトリアは弟を見つめた。「あなた、パパを押したの？」

「ああ」ジェイリッドは落ち着きなく身じろぎした。「逃げ道を作りたくて。そしたら、父さんはひっくり返って、暖炉の角に頭をぶつけた。今にして思えば、すぐに救急車を呼ぶべきだったんだよね。でも、父さんに触ってみたら脈がないし、ダイニングルームには人が大勢いるし。それで、僕はパニックを起こしたんだと思う。ごめん、トーリ。本当にごめん！」

　ヴィクトリアは胃の痛みが薄れていくのを感じた。しかし、先に口を開いたのはジョンだった。彼は感情を排した口調で言った。「君は親父《おやじ》さんを殺していない」

「え？」ジェイリッドは目を丸くしてジョンに向き直った。「ううん、僕がやったんだ。言っただろう。脈がなかったって」

「この人の言うとおりだよ、J」連れの少女がジェイリッドの前に飛び出した。「前に話したよね。あんたのパパの事件をニュースで観《み》たこと。あの時、テレビで言ってたよ。あんたのパパは刺し殺されたって」

「なんだって？」ジェイリッドは自分が誰かに刺されたような表情になった。「そんなはずないよ。僕は父さんを押したんだ」

「でも、親父さんの死因は頭の傷じゃなかった」ジョンが指摘した。「彼は胸を刺されて失血死したんだ」

「じゃあ、僕が父さんを殺したあと、誰かが父さんを刺したんだろう」

「違うな」ジョンはきっぱりと言い切った。「君が親父さんの脈を探せなかった理由はわからないが、もしその時点で死んでいたら、心臓が停《と》まっていたはずだ。心臓が停まっている状態で刺しても、あれほどの血は流れない」

ジェイリッドは目をしばたたき、眉間《みけん》に皺《しわ》を寄せた。初めてジョンの存在に気づいた様子だった。「あなた、誰なんです？」途中で声がうわずり、彼は痛々しいほど真っ赤になった。

「ごめんなさい、スウィーティ」ヴィクトリアが間に入った。「先に紹介しておかなくて。あなたの無事な姿を見たとたん、ほかのことが頭から飛んじゃったのね。こちらはロケット――というか、ジョンよ。ジョン・ミリョーニ。彼は……私の古い友人で、あなたを捜すために雇ったの」

「雇った？」ジェイリッドはジョンを見やった。「ってことは、私立探偵か何かですか？」

ジョンは落ち着いた態度で若者の視線を受け止めた。「ああ」

「マジで？」一瞬、ジェイリッドは興味津々の表情になったが、すぐにどうでもよさそうに肩をすくめた。それから、少しリラックスした様子で姉に視線を戻した。「ほんとに僕が父さんを殺したんじゃないの？」

「間違いないわ」ヴィクトリアは請け合った。

「よかった」ジェイリッドはその場に崩れ落ちた。セメントの小道の上であぐらをかき、両手に顔をうずめた。「ああ、トーリ。僕は絶対地獄に堕《お》ちるんだと思ってた」

「ちょっといいかな？」ジョンが言葉を挟んだ。「続きは俺《おれ》のオフィスでやらないか？　まわりの連中がこっちを見ているぞ。ジェイリッドの容疑はまだ晴れたわけじゃないんだ。すべて片づくまで、人目につくことは避けたほうがいいだろう」

ジェイリッドに会えた喜びで一瞬忘れていたけど、警察はまだ彼を一番の容疑者と見ているんだわ。ヴィクトリアは周囲を見回した。ロケットの言うとおりよ。ここは立ち入った話にふさわしい場所とは言えないわ。「名案ね」

かすれ声の少女がためらいがちにあとずさった。「じゃあ、あたしはここで」だぶだぶのジーンズのポケットに両手を突っこみ、やせた肩をいからせると、彼女はうなだれたジェイリッドの頭をつらそうに見やった。だが、彼女の言葉にジェイリッドがはっと顔を上げると、無理に明るい笑顔を作った。「あんたたちの邪魔しちゃ悪いしさ」

「だめだ！」ジェイリッドははじかれたように立ち上がり、少女の細い腕をつかんだ。「君も一緒に来るんだよ」

「けど……」

ジェイリッドは少女を姉のほうに向かせた。「これがトーリ、僕の姉さんだ。トーリ、この子はＰ・Ｊ。僕が今までなんとかやってこられたのは、このＰ・Ｊのおかげなんだよ」

「そんなことないって」Ｐ・Ｊは首を振り、ヴィクトリアに視線を据えた。「ジェイリッドはほんとに頭がよくて――」

「P・Jが近づいちゃいけない場所を教えてくれたんだ」ジェイリッドは少女の言葉を遮った。「シャワーが使えて、食べ物が手に入る場所も。そして、ずっとそばにいてくれた。もしここで別れたら、P・Jはまた独りぼっちになる。この子の母親は――」

P・Jはジェイリッドの手を振りほどき、精いっぱい背伸びした。「ママのことは言わないで！」

「オーケー、悪かった。でも、君も一緒に来るんだぞ」

P・Jはヴィクトリアをちらりと見やった。二人のやり取りを興味深く見守っていたヴィクトリアは、少女の瞳に不安と怯《おび》えの色を見て、胸が張り裂けそうになった。「ねえ、P・J、ここは弟に譲ってあげてくれない？」彼女は優しい笑顔で口添えした。「ジェイリッドはいったんこうと決めたら騾馬《らば》みたいに頑固なの」

「それくらい知ってるって」少女は減らず口をたたいたが、怯えの表情は薄れていた。彼女はジェイリッドに向き直った。「じゃあ、いいよ。でも、ちょっとだけだからね」

「わかった、わかった」ジェイリッドは首に腕を回してP・Jを引き寄せ、彼女の野球帽のてっぺんに拳骨《げんこつ》をこすりつけた。

P・Jはとがった肘でジェイリッドの脇腹《わきばら》を押しやり、濃紺のひさしをつかんで野球帽をかぶり直した。「まったく。人をがき扱いしないでくれる？」

ジョンはくすくす笑ったが、ヴィクトリアの視線に気づいて表情を改めた。「じゃあ、

「俺たちが事務所に行くことをマックに知らせておくべきだな」そう言うと、彼はポケットから携帯電話を取り出した。

ヴィクトリアの高揚感がしぼんだ。ほら、また出た。マックの名前が。ロケットの事務所を切り回している女性。彼が駆け落ちしようと誘った女性。どんな人か、すぐ想像がつくわ。きっと髪はプラチナブロンドね。肌はいつでも小麦色。胸は特大サイズで、胡桃《くるみ》でも割れそうな太腿をしているのよ。ヴィクトリアは自分の薄汚れたTシャツと埃《ほこり》だらけのスニーカーを見下ろした。今朝、化粧の時間を惜しんだことが悔やまれた。

ジョンの車の後部座席に乗りこんでも、ジェイリッドとP・Jは肩を寄せ合っていた。二人が支え合って路上生活を送ってきたことがよくわかる光景だった。ヴィクトリアはこの二日間にかいま見たストリートチルドレンの暮らしぶりを思い返した。そして、弟に頼れる存在――孤独から救ってくれる存在がいたことを心の底から感謝した。

ジョンはしばらく走ったのちに、改装されたアーツ・アンド・クラフツ様式の家の前で車を停めた。屋根のついた玄関ポーチの柱に、〈センパー・ファイ調査事務所〉と書かれた真鍮《しんちゅう》の看板がかけてあった。

美しく塗装された小さな家も、その家が高級住宅地にあることも、ヴィクトリアには驚きだった。ミッキー・スピレインの小説に出てくるような探偵事務所を想像していたからだ。「どうなってるの?」彼女はつぶやいた。「うらぶれた廊下もないし、磨《す》りガラスのドアもないわ」

ジョンはにやりと笑い、彼女の太腿を握りながら、後部座席のジェイリッドを振り返った。「いいか、坊主。腹を――」

「ジェイリッドだよ」P・Jが言い返した。

ジョンは少女にほほ笑みかけた。「そうか。悪かったな。腹をくれ、ジェイリッド。君もだ、P・J。これからガートとご対面だからな」

P・Jはシートベルトを外し、興味津々で身を乗り出した。「ガートって誰？」

「ガート・マクデラー。通称マック。うちのオフィス・マネージャー兼雑用係だ」ジョンはヴィクトリアにいたずらっぽい視線を投げた。「要するに、俺のなんでも屋だな」

ええ、ええ、わかってますとも。ヴィクトリアは苦々しげに考えた。私は妬《や》いてなんかいないわよ……そんなには。彼女はほかの三人より遅れて車を降りた。ぐずぐずとその場にとどまって、体についた埃を払った。ほんと、信じられないわ。デンバーの路地を歩いただけでこんなに埃まみれになるなんて。

ロケットのなんでも屋はきっと埃一つついていないわね。

「けっこう」開いた戸口の奥から、きびきびした声が聞こえてきた。「やっと顔を出したわね。ふらふら飛び回るのもたいがいにしてほしいもんだわ」

ジーンズをはたいていたヴィクトリアはゆっくりと背中を起こした。ちょっと待って。今のがマックの声？ 私が予想していた声と全然違うわ。彼女は急いでポーチの階段を上り、開いた戸口から中へ入った。

部屋の奥には大きな樫《かし》のデスクがあった。その向こうに髪を青く染め、猫目形の眼鏡をかけた年配の女性が座り、怖い目つきでジョンをにらんでいた。「これでコロラド・スプリングスの仕事は片づいたわけね」

「いや、それがまだ」ジョンはデスクの端に片脚をのせ、平然と彼女にほほ笑み返した。

「まったくもう。さっさと片づけなさい」ガートはメモ用紙の束を彼の鼻先で振った。

「こんなにメッセージがたまってるのよ！　せっかく来た儲《もう》け話をいくつ断ったことか」

「まあ、そう言わずに」ジョンは落ち着き払って答えた。「この事件は思ったより複雑でね。ミズ・ハミルトンは弟が犯人じゃないと知って、俺に真犯人を捜してほしいと言ってるんだ」

「つまり、殺人事件を捜査しろと？」ガートは険しい視線をヴィクトリアへ移した。「あなた、殺人事件の捜査はいくらかかるかご存じ？」

「ええ。料金についてはジョンから聞いたわ。大金を払っても犯人が見つかる保証はないということも」

「〝ジョン〟がねえ」

「うるさいぞ、ガート」

「ま、いいけど」ガートは彼をじろりと見やり、一九五〇年代ふうに逆立てた髪を撫《な》でた。

「ドアを閉めてちょうだい」彼女はＰ・Ｊに向かってがなり立てた。Ｐ・Ｊはオフィスの中をうろうろしたあげく、戸口から半身を出して、ポーチに置かれた鳥の餌《えさ》箱を眺めていた。「外気を吸うために空調代を払ってるわけじゃないのよ」

「ごめんなさい。ここ、すごくきれいなところだから、ついいろんなものが見たくなって」Ｐ・Ｊは命じられたとおりにドアを閉め、スキップでデスクに近づいてきた。「その眼鏡、おしゃれだね」ガートをしげしげと眺めながら、彼女は言った。「それに、髪型も決まってる！　本物のレトロがわかってる年寄り――ううん、高齢の人ってかっこいい」

「一人前に言うじゃない」口調こそ辛辣《しんらつ》だが、少女を見るガートの目は優しかった。

Ｐ・Ｊは大きなデスクやオフィスの内部を身振りで示した。「おばさんはここでどんな仕事をしてるの？　けっこう偉い人なの？　ミスター・ミリョーニに言われたんだ。おばさんに会うから腹をくくれって」

「ミスター・ミリョーニは口の減らないがきなのよ」ガートは言った。「ただし、調査の腕は超一流。あたしの仕事はね、彼が調査できるようにこのオフィスを切り回すこと。だから」彼女は一点の曇りもないレンズの奥からジョンに鋭い一瞥《いちべつ》を投げた。「彼にちゃんと働けと言ってるの。でなきゃ、クライアントにお金を請求できないでしょ。お金があるからこそ、ご飯が食べられて、屋根の下で眠れるのよ」

Ｐ・Ｊはうなずいた。「それってすごく大事なことだよね」

ガートは一瞬動きを止めた。それから、改めて少女の全身を眺め回した。「あなた、いい子みたいね」

「ありがと。Ｐ・Ｊっていうんだ」

「あたしはガートよ」

「で、こっちはジェイリッドだ」ジョンが口を挟んだ。「さて、紹介もすんだことだし、俺のオフィスに移動しようか。ジェイリッドの嫌疑を晴らし、ほぼまともな生活に戻してやる方法を考えないと」

「ほぼまとも？」ヴィクトリアは訊《き》き返した。

ジョンは肩をすくめた。「完全にまともな十代なんていないだろ」

ヴィクトリアはくすりと笑った。身を硬くして姉のかたわらに立ち、P・Jとジョンの間で視線をさまよわせていたジェイリッドも、わずかに頬を緩めた。

「俺のオフィスはこっちだ」ジョンは彼らに声をかけた。自ら先頭に立って、短い廊下を進んでいった。廊下には深い金色の壁紙が張られ、一九四〇年代の探偵映画のポスターが並べられていた。

ヴィクトリアは途中の部屋――キッチンや浴室やドアが閉まっていて中がのぞけない部屋をチェックしながら、ジョンの後ろ姿――広い肩から細い腰へと続くラインや、いかにも運動神経がよさそうな身のこなしを観察した。ジョンが次のドアの前で足を止めた。彼のつややかな髪に見とれていたヴィクトリアは、あわてて視線を引きはがした。今時ポニーテールにしている男なんて、六十年代マニアのヒッピーか殺し屋くらいだと思っていたけど、そうとばかりも言えないようだわ。密《ひそ》かに笑みをもらしながら、彼女はジョンの前のドアを見やった。

そして、目を丸くした。そのドアに磨りガラスがはめこまれていたからだ。ガラスには〝私立探偵ジョン・ミリョーニ〟の文字が刻まれていた。彼女はジョンに向かって片方の眉を上げた。「言ってもいい？　これって決まりすぎだわ」

ジョンは頬をかすかに赤らめながらも、彼女に向かってにやりと笑った。「しかたないだろ？」黒いTシャツに包まれた大きな肩が流れるように動いた。「これが一番しっくりきたんだから」

「これって何？」P・Jはジェイリッドを見上げた。「あの二人、なんの話をしてるの？」

「ドアの話だよ」ジェイリッドは答えた。「古い探偵小説には必ずこういうドアが出てくるんだ」

「ふうん」P・Jはどうでもよさそうにつぶやいた。

オフィスに入ると、ジョンは三人をデスクの向かいの椅子に座らせ、自分はヴィクトリアに最も近いデスクの角に片脚をのせた。

その結果、ヴィクトリアは彼の開かれた太腿を正面から見る格好になった。立派すぎるものが邪魔にならないよう左に寄せてあることに気づき、彼女はジョンと過ごしたこの二晩を思い出した。

ヴィクトリアは椅子の上で身じろぎし、落ち着きなく脚を組み替えた。

「俺たちがまず最初にやるべきなのは、ジェイリッドに優秀な刑事事件専門の弁護士をつけることだ」ジョンは切り出した。「トーリ、うちの事務所から君の弁護士に連絡して、誰か推薦してもらおうと思うんだが、それでかまわないかな？」

　ヴィクトリアの頬が真っ赤に染まった。私ったら、いったい何をやっているの？　思い出にふけっている場合じゃないでしょう。ジェイリッドの問題はまだ解決していないのよ。彼女は組んでいた脚を解き、両手を膝に置いて、背筋を伸ばした。「ええ、かまわないわ」

「弁護士の名前はわかってるな、マック？」ジョンが質問した。

　ヴィクトリアは驚いて振り返った。いつのまに入ってきたのか、オフィスの隅に置かれた古い革張りの椅子にガートが座っていた。これだけ存在感のある人がこんな狭い部屋に入ってきたら、いやでも気づきそうなものなのに。でも、この人なら状況に合わせて気配を消すこともできそうだわ。

「ラザフォードね」ガートは椅子の肘かけに置いた法律用箋《ようせん》から視線を上げた。「この話し合いがすんだら、さっそく連絡してみるわ」

　ジョンはジェイリッドに視線を転じた。「次は君だが、この事態を収拾するには、君が自らコロラド・スプリングス警察に出向くしかない。ただし、出向くにしても、タイミングと方法が重要だ。動くのは作戦を立ててから。つまり、コロラド州で一番の敏腕弁護士がつくまで、君は身を隠すことになる。あと、君は未成年だから、警察の尋問を受ける際は保護者の同伴が認められる」

「僕にはもう親はいません」ジェイリッドのはしばみ色の瞳が翳《かげ》った。

「ああ、わかっている」ジョンはきびきびと言った。「君の場合はヴィクトリアが保護者ということになるはずだ。そしてトーリ、君には」彼はジェイリッドからヴィクトリアへ視線を移した。「俺を保護者代理に指名してもらいたい」

「なんですって？」ヴィクトリアはさらに背筋を伸ばした。「いやよ。ジェイリッドには私がつき添うわ」

「気持ちはわかるよ、ダーリン。尋問の間もそばにいて、弟を支えてやりたいんだろう。実際、君だけは最初からジェイリッドの無実を信じていたしな。でも、俺はこの事件の担当刑事に会っている。あれは融通のきかない男だぞ。ジェイリッドの嫌疑を晴らすのが目的なら、君より俺がつき添ったほうがはるかに勝ち目がある」

ジョンの言いたいことはヴィクトリアにもわかった。それでも、抗議せずにいられなかった。「あなただってその刑事と毎日連絡を取っていたわけじゃないでしょう。一度会っただけじゃないの？」

「確かにあの刑事とは一度会っただけだが、俺はこれまで何度となく警察に関《かか》わってきた。つまり、君よりも警察の仕組みがわかっているわけだ」

「でも、あなたはジェイリッドのことを何も知らないじゃない！　ジェイリッドは私がつき添ったほうが緊張せずにすむはずよ」

ジョンはジェイリッドに向き直った。「君の意見は？」

ジェイリッドは無言でジョンを見つめた。それから姉に顔を向け、すまなさそうに言った。「どのみち緊張はすると思うけど、姉さんが気にしないなら、僕は警察の仕組みがわかってる人につき添ってほしい」

「まあ、スウィーティ。私が気にするわけがないでしょう」でも、本当はちょっと気にしてる。まるで甘やかされた子供ね。私がつき添うと言い張ったのは、ジェイリッドを支えるためというよりも、前にジェイリッドを見捨てた罪悪感のせいなんでしょう？　ヴィクトリアは弟の手を握り、ジョンに目をやった。「あなたの指示に従うわ」

「ありがとう」穏やかに言ってから、ジョンは口調を改めた。「マック、弁護士の件を頼む。いつどこで会えるか、先方の都合を訊いてくれ」

「了解」ガートは椅子から立ち上がり、オフィスを出ていった。そして、あっというまに戻ってきた。「ラザフォードにはテッド・ブキャナンという弁護士を薦められたわ。そのブキャナンに電話したら、明日の午前十一時にハミルトン邸に来てくれるって」

「ハミルトン邸？」P・Jがぎょっとした様子でジェイリッドを見つめた。しかし、ジェイリッドは無言で小さく肩をすくめただけだった。

「そういうことなら、俺たちも今夜のうちに移動しよう」そこでジョンはP・Jに向き直った。「残るは君の問題だが」

P・Jの動きが止まった。「あたしの問題？　あたしは関係ないよ。ジェイリッドが来いって言うから、ついてきただけだもん」

「でも、また路上生活に戻るわけにはいかないだろう、ダーリン」

ダーリンという呼びかけにP・Jは一瞬戸惑ったようだが、すぐに顎をそびやかした。

「わかってる。あたしだって戻る気ないし。ママに電話してみる」

「もしまた電話を切られたらどうするんだよ？」ジェイリッドが問いただした。

「あなた、母親に電話を切られたの？」ガートが尋ねた。眼鏡の奥の青い瞳が険しくなった。

P・Jは質問を無視しようとした。ガートはやせた胸の前で腕組みをして、少女を見据えつづけた。根負けしたP・Jは肩をすくめ、顔を伏せたまままつぶやいた。「まあね」幼い顔が見る見る赤く染まった。

「それでも母親のもとに帰りたいのね？」

「うん」

「じゃあ、あたしが帰れるようにしてあげるわ」ガートはこともなげに言った。確かにこの人ならそれくらいできそうね、とヴィクトリアは思った。ガートはさらに続けた。「とりあえずはうちにいらっしゃい」

P・Jは伏せていた顔を上げ、疑わしげにオフィス・マネージャーを見返した。「おばさん、もしかして女の子が好きなの？」

ガートは鼻を鳴らした。「とんでもない。あたしに言わせれば、セックスなんてたいしたものじゃないわよ」

「あたしもそう思う！」

「そう。じゃあ、これで一件落着ね」

「ちょっと待って」少女の背筋がぴんと伸びた。「あたし、施しは受けないから」

「誰も施しを与えるとは言ってないでしょ。あなたには代わりにここを手伝ってもらうわ。ファイリングとか、準備とか、そういうことをね。頑張って働いたら、宿代と食事代だけじゃなくお小遣いも稼げるかもよ」

「オーケー」P・Jの顔が期待に輝いた。「ならいいよ」

「けっこう。あなたのセンスなら、きっとあたしの家も気に入るわよ。うちには……レトロだっけ？　そういうものがいっぱいあるから」

ジョンはジェイリッドに向き直った。ガートの話を鬱々《うつうつ》とした表情で聞いていた青年に、小声で念を押した。「君は？　それでいいのか？」

ジェイリッドは肩をすくめた。「ええ、まあ。でも、なんでP・Jもうちに来ちゃいけないんです？」

「P・Jは施しを嫌っている。マックのうちに泊まるだけでも、あれだけ抵抗したんだぞ。君の家は豪邸だ。あんなところに客として招かれたら、あの子がどんな反応を示すと思う？」

「くそ」ジェイリッドはポケットに両手を突っこみ、肩をいからせた。ジョンの目をまっすぐに見返した。「きっとぶるっちゃいますね」

「俺もそう思う。大丈夫。法的な問題さえ片づけば、また会えるさ」

それでジェイリッドは引き下がった。しかし、P・Jと引き離されることを快く思ってはいないようだった。

その気持ちを察したのか、ジョンは口調を和らげて問いかけた。「君はしばらくここに残るか？　P・Jやガートと一緒に？」

一瞬見つめ返してからジェイリッドはうなずいた。

「よし。キッチンに食料があるから、遠慮なく食べてくれ」ドアへ向かいながら、ジョンはヴィクトリアに声をかけた。「これからうちに荷物を取りに行く。でも、まずは君のホテルに寄ってチェックアウトだ」

18

車に乗りこむと、ジョンは仕事よりも別のことが気になりはじめた。ヴィクトリアのホテルに向かって車を走らせながら、彼は歯を食いしばった。いったいどうなっているんだろう？　俺《おれ》は今までセックスに関してはつねにクールな態度を貫いてきた。それが今はどうだ？　彼女の弟の問題に集中すべき時に、いったい何を考えている？　彼女の匂《にお》いのことだ。視界の隅でちらついているジーンズに包まれた太腿のことだ。

俺はどうしようもない人間だな。しょせんミリョーニの遺伝子からは逃れられなかったということか。

幸い、ホテルでは余計なことを考えている暇はなかった。二人は客室に直行し、ヴィクトリアの荷物とジョンが仕入れたコンドームの箱をかき集めた。記録的な速さでロビーに戻り、チェックアウトをすませてから、彼の自宅へ向かった。

ハンドルを握る間、ジョンはジェイリッドのことだけを考えようとした。その甲斐《かい》あってか、自宅のアパートメントに到着し、ドアのロックを解除する頃《ころ》には、セックスのことはあまり気にならなくなっていた。その代わり、どういうわけか彼女が我が家を見てどう思うかということばかりが気になった。

ところが、中に入ってドアを閉めると、ヴィクトリアはいきなり彼を振り返った。彼の腕の中に飛びこみ、唇に熱いキスをした。ジョンはインテリアに関する懸念を忘れ、ついでに高尚な決意も忘れた。ヴィクトリアに両腕を回し、さっそくキスに応《こた》えはじめた。

ヴィクトリアはすぐに身を引き、彼を見上げた。息を切らしながら「ありがとう」とつぶやいた。

「どういたしまして」ジョンは彼女のジーンズの前に手を回した。かすかな笑みを浮かべ、半分閉じたモスグリーンの瞳を見つめながら、ボタンとジッパーを外しはじめた。「どれくらい感謝してる？」

「とってもよ」ヴィクトリアの手も彼のウエストバンドへ伸びた。「態度で示させて」

気がついた時には、ジョンのパンツは足首まで下ろされていた。ヴィクトリアのジーンズとショーツも消えていた。熱いキスを続けながら、彼は片手でヴィクトリアの湿った熱を探り、もう一方の手でコンドームをつけた。準備が整うと、すぐさま彼女をドアに押しつけ、一気に彼女の奥へ進んだ。

ヴィクトリアはうめき声をあげ、二、三度深く突かれただけで絶頂に達した。次第に甲高くなっていくかすれた音をたてながら、ジョンの首にしがみつき、彼の腰の後ろで足首を交差させた。滑らかな筋肉で締めつけて、彼にその先をせがんだ。

「ああ」ジョンの胸に様々な感情がこみ上げた。絶頂を追い求める気持ちはそのほんの一部にすぎなかった。彼はうなだれ、ヴィクトリアの首と肩の間に開いた唇を押しつけた。日に焼けた肌に歯を立てた。彼女がさらに締めつけてくるのを感じながら、いっそう激しく腰を動かし、ほっそりとした首筋に舌を這《は》わせた。

脈打つ喉のくぼみから耳までキスでたどると、ジョンはその耳元でささやいた。「出会った最初の晩から君にはやられっぱなしだ。いつもは自分を抑えられるんだが、あの時だけは無理だった」絶頂が始まるのを感じながら、彼は顔を上げ、ヴィクトリアの情熱に曇った瞳を見下ろした。「君が俺を変えた」強烈な快感が全身を貫いた。彼はうなり声とともに腰を突き上げたが、火傷《やけど》しそうな衝撃に身をゆだねる直前に誓った。「本当なんだ、トーリ。君が俺をましな男にしてくれた」

ちくしょう、ミリョーニ。余計なことを言いやがって。嵐《あらし》が過ぎ去り、ぐったりと壁にもたれかかったところで、ジョンは自分をなじった。柄にもないことを言ったせいか、自分が丸腰になったような心もとなさを感じた。ヴィクトリアが足首を解き、彼の腰から脚を外そうとした。ジョンは彼女の太腿をつかんで引き留め、慎重に上体を起こした。

ここは軽く遊び人モードでいこう。「どこに行くつもりだ？」彼はうなった。ずり落ちていたジーンズを邪魔にならない程度に引き上げ、脱ぎ捨てられたヴィクトリアのショーツやジーンズを拾いながら、彼女をリビングまで運んだ。

むきだしの尻がたくましい太腿にぶつかり、ヴィクトリアが声をあげた。「こういう筋肉運動ってとても……興味深いわね。服を着ているのがもったいないくらい」彼女は顔を赤らめ、視線をそらした。火照った頬をジョンの耳元に寄せてささやいた。「びっくりしたわ。あなた、まだ硬いんだもの」

ジョンは笑った。気がつくと、遊び人モードも自制心もどうでもよくなっていた。これもトーリの影響だ。彼女は昔からそうだった。「楽しめるうちに楽しんどけ。すぐふにゃふにゃになるからな」

「ふうん」ヴィクトリアは大きな肩に頭をのせて微笑した。「退場するのに時間がかかるわけね。これも、その、長いことの利点の一つかしら」

目的地までたどり着くと、ジョンは腰を下ろした。膝にまたがる彼女をしばらくはただ抱いていた。こうしてずっと座っていたいくらいだ。ふとそんな考えが頭をよぎり、彼を落ち着かない気分にさせた。

やがてヴィクトリアは頭を上げ、背筋を伸ばした。その動きで二人の結びつきがいっそう深くなった。彼女は眉を上げ、村の愚か者を前にした若き女王のようにジョンを見下ろした。「すぐふにゃふにゃになるんじゃなかったの？」

「こいつは興奮しやすくてね。君が気持ちよすぎるんだ」ジョンはしぶしぶ彼女の体を持ち上げた。膝の端に座らせて、むきだしの尻を撫《な》でた。「あいにく、二回戦をやっている暇はない。君の弟をあまり待たせたくないからな」

「ええ、そうね」ヴィクトリアは両脚を伸ばして腰を浮かせた。素早く彼の唇にキスをしてから立ち上がった。「あの子、またうちに帰れると知ってほっとしているみたいだったけど、いつ気が変わって逃げ出すか知れないもの。そうなったら、今度こそ本当にお手上げだわ」

「その点は大丈夫」ジョンは請け合った。「それより俺はこっちのほうが心配だ。疲れ知らずの昔に戻ったみたいで」彼はコンドームを外し、自分の一物をジーンズにしまった。ヴィクトリアの着替えを眺めながら、そろそろとジッパーを上げた。彼には二人の関係を育てるつもりはなかった。しかし、荷物をまとめるから少し待ってくれと言うつもりで口を開いた時、そこから出てきたのは思いも寄らない言葉だった。「で、俺たちはこれからどうなるんだ？」

虚を突かれたヴィクトリアは、ジーンズのウエストバンドに手を押しこんだまま動きを止めた。それから、振り返ってジョンを見つめた。ジョンが見つめ返してきた。長椅子にだらしなく座り、頭の後ろで両手を組み、膝にもう片方の足をのせている。いかにもくつろいだふうの態度だが、わずかにこわばった肩とまなざしの強さからみて、彼が真剣にヴィクトリアの答えを知りたがっているのは明らかだった。

ヴィクトリアはシャツの裾《すそ》を押しこむ作業を再開した。私の気持ちははっきりしているわ。でも、それを口にするわけにはいかない。いったん口にしたら、後戻りできなくなるもの。私はとっくに自分の中の衝動的な部分を封印したんだもの。それに、ロケットにはまだ私の知らないことがたくさんあるわ。「あなた、お父さんは薄汚い酔っぱらいだと言ったわよね。あれはどういう意味なの？」

ジョンの表情が硬くなった。「そのとおりの意味さ。親父《おやじ》は酔っぱらいだった。俺はそうじゃない。なぜそんなことを訊《き》くんだ？」

「あなたに心を開く気があるのか、それとも、私と寝たいだけなのか、それを知りたいからよ」動揺のにじむ黒い瞳をのぞきこみながら、ヴィクトリアはゆっくりと答えた。「六年前、あなたはルールを設けたわ。お互いに深入りしないというルールを」

「君と出会う前はそのほうが都合がよかったからだ。黙って姿を消したところをみると、君もそのほうがよかったんだろう」

「私が姿を消した理由を知りたい？」

「聞かなくてもわかるよ、ダーリン。俺のルールが気に入らなかったんだろう」

「私は承知のうえであなたのルールを受け入れたわ」ヴィクトリアは彼につめ寄った。「でも、徐々に深みにはまっていく自分に気づいて怖くなったの。片思いはそう楽しいものじゃないでしょう。あなたは私の体にしか興味がないのに、私だけ本気になったら、ぼろぼろに傷ついてしまう。それが怖かったのよ」

「俺が夢中になったのは君の体だけじゃない」ジョンは抑揚のない声で言った。「以前の俺はああいう取り決めで満足していた。ところが気がつくと、君に関することならどんな些細《ささい》なことも知りたいと思うようになっていた。君の好きなもの。君の嫌いなもの。君の考え方。だから、もし君が薄汚い酔っぱらいがどんなもんか知りたいなら、俺が教えてやるよ」彼はにやりと笑ったが、そのまなざしは遠かった。彼の心はどこか別の場所にあるようだった。「薄汚い酔っぱらいってのは、ちょっとしたことでぶち切れる。考える前に拳《こぶし》を使う」

「お父さんは喧嘩《けんか》っ早い人だったの？　気の毒に。そういう親を持つのはつらいことだし、決まりが悪いことよね」

ジョンは無反応だった。その態度で真実に気づき、彼女は愕然《がくぜん》とした。

「待って。お父さんはあなたを殴ったの？」

ジョンはこともなげに肩をすくめた。黒い瞳には同情を寄せつけないプライドがあふれていた。

これほど大きくてタフな人が父親にたたきのめされていたなんて、私には想像もできない。でも、今はそんなことを考えている場合じゃないわ。ヴィクトリアは急いで部屋を横切り、彼の膝に腰を下ろした。彼の首に両腕を巻きつけ、厚い胸板に頬を寄せて、力強い心臓の鼓動を感じ取った。ジョンは両手を脇《わき》に垂らしたままだった。だが、彼女はかまわず言った。「まさにくそったれね。あなたの父親にはふさわしくない男だわ」

ジョンは笑った。苦笑でも嘲笑《ちょうしょう》でもない。心の底から湧《わ》き出た本物の笑い声だった。くすくす笑いを引きずりながら、彼はヴィクトリアに両腕を回した。

ヴィクトリアは頭を反らして視線を上げた。「何がそんなにおかしいの？　本当のことを言っただけじゃない」

「誰も嘘《うそ》だとは言ってないよ、ダーリン。ただ……この唇から〝くそったれ〟なんて言葉を聞かされると……」ジョンは問題の唇に親指を這わせた。「なんかおかしくてさ」

「あらそう。喜んでもらえてよかったわ」ヴィクトリアは辛辣《しんらつ》に切り返したが、その言葉に嘘はなかった。ジョンの瞳から暗い影を追い払うことができて本当に嬉《うれ》しかった。「それで、あなたはどう思っているの？」彼女はおずおずと問いかけた。「本物の関係を目指してみる気はあるの？」

ジョンは大きく吸いこんだ息を吐き出した。顎を引き、ヴィクトリアと視線を合わせた。

「ああ」

「その場合、エズメと過ごす時間も増えることになるのよ」ヴィクトリアは指摘した。しかし、言ったとたんに手を伸ばし、彼の引き締まった頬に触れた。「といっても、あなたはすでにそう心がけていたわよね。ジェイリッドの情報が入る前から」

「まあね」ジョンはのろのろ答えた。「最初はおっかなびっくりだったが、実際にやってみると……そう難しくもないみたいだ。エズメは人なつっこい子だし」彼はヴィクトリアの髪を撫でた。「君がとことん話し合いたがっているのはわかってる。俺だってできればずっとこのままでいたい。でも、人を待たせているからな」

「そうね。いいかげん戻らなきゃ」ヴィクトリアは彼の頭を指関節で軽くたたいた。「ただし、これで〝とことん話し合うこと〟から逃れられるとは思わないでね。覚悟なさい、ミリョーニ。あなたが気を抜いた時、予想もしてない時に不意を突いてあげるから」

「おお、こわ」ジョンは彼女を膝から立たせ、自分も立ち上がった。

「わかっていると思うけど」数分後、ヴィクトリアは寝室の戸口に立って、ジョンに話しかけた。ジョンはシルクのTシャツやプレスのきいたズボンを革のダッフルバッグにつめこんでいた。「父の家に戻ったら、セックスはめったにできなくなるわ」

「なんだと？」ジョンは荷造りの手を止めて、彼女を見返した。「だったら、さっきの話はなしだ。俺たちの関係もこれで終わりだな」

ヴィクトリアはひどく落胆した。それが表情にも出たのだろう。ジョンは几帳面《きちょうめん》にたたんでいたシャツを放《ほう》り出し、二歩で寝室を横切って、彼女の前に立った。

「そんな顔をするな。今のはジョークだよ」彼はヴィクトリアの両腕をさすった。「エズメのために自重しろってことだろう？　わかっている。多感な子供が走り回っている家で、この二日間みたいなことを続けるわけにはいかないよな」

「あの子はよく真夜中に私のベッドにもぐりこんでくるの」ヴィクトリアはすまなさそうに言った。「もちろん、毎晩というわけじゃないわ。でも、いつ現れるか予想がつかないのよ」

「だったら、俺たちはパンツをはいとくしかないね」

参ったわ。この件に関しては割り切って考えようと努力しているのに。マイナス面は無視して、楽しめる分だけ楽しもうと自分に言い聞かせているのに。ロケットにこんなことを言われたら、つい期待してしまう。二人の関係に未来があるような気がしてしまう。いつもの軽薄ぶった態度であっさりと私の条件を受け入れられると、彼がほのめかした約束にすがりつきたくなる。もし急に彼の気が変わったら。約束はなしだと言い出したら。その時、私は素直にあきらめられるかしら？　わかっているのよ。私は全然割り切れてない。ただ彼に恋をしているだけ。

19

木曜日、ジェイリッドは緊張と興奮にうずうずしながら、勢いよく自分の寝室のドアを開けた。戸口から電話へ直行し、ジョンから教わったガートの自宅の番号をプッシュすると、P・Jの声が聞こえたとたんに宣言した。「僕は自由の身だ」

P・Jが歓声をあげた。ジェイリッドは受話器を耳に当てたままベッドに仰向けに倒れ、天井に向かってにんまりほくそ笑んだ。不思議だな。何年も留守にしてた気がするのに、この家は何一つ変わってない。こうしてると、昼からずっと警察署にいたことも夢みたいだ。

「ちゃんと説明してよ」P・Jがせがんだ。

「いいけど、どこから始めるかな」

「脳外科手術じゃないんだから」P・Jはじれったそうに言った。「調査事務所を出たところから始めりゃいいじゃん」

いかにもP・Jらしいや。ジェイリッドは笑った。「オーケー。うちに帰り着いたのが火曜の夜の十時くらいだった。正直言って、もうくたくただったけど、まずはキッチンに顔を出して、コックとメアリーに――」

「コックって？ 料理人のコック？ うちに料理人がいるの？ うわあ、あんたってマジであたしとは違う世界の人間だったんだ！」

その言葉になぜかジェイリッドはうろたえた。「そんなことないって」彼はあせって反論した。「単にうちが金持ちなだけさ」

「単に、だって。ただ、じゃなくて、単に。でもまあ、それはいいや」P・Jは言った。

ジェイリッドの脳裏に、ひらひらと手を振る少女の姿が浮かんだ。「メアリーって何者？」

「うちの家政婦だよ。うちは父さんが何度も結婚したから、う、継母も次々と入れ替わってた。でも、メアリーは何年もここにいて、いつも僕に優しくしてくれたんだ。まあ、それは置いといて、とにかく僕は彼らと現在の継母に挨拶《あいさつ》した。継母は僕の顔を見て嬉《うれ》しそうなふりをしてたけど、実際はがっかりしてたんじゃないかな。で、あとはベッドに入ってばたんきゅうだった」

「昨日、起きてからは……」

「弁護士が来るまで、ちびすけと遊んでた。僕の顔を見て喜んでくれる人間もいたわけだ」

「ちびすけって、あんたの姪《めい》？」

「そう、トーリの娘だよ。エズメって名前で、今五歳なんだ」再会した姪のはしゃぎっぷりを思い返し、ジェイリッドは頬を緩めた。

「弁護士が来たあとは？」

「警察で何を言うべきか、何を言ってはいけないのか、徹底的にたたきこまれた」

「で、今日警察に行ったんだね。やっぱり、あの探偵がついてきたの？」

「ロケットのこと？　ああ、そうだよ」

「ロケットって名前なの？　あたしはジョンだと思ってた」

「それで合ってるよ。本名はジョン・ミリョーニ。ロケットは海兵隊時代のあだ名だ。彼が何年も海兵隊にいたことは話したっけ？　いや、待てよ、話してるわけないか。僕が知ったのが昨日だもんな」

「いかしたあだ名じゃん。でも、なんでロケットなんだろ？」

「さあ。僕も訊《き》いてみたんだけどね。彼は内緒って顔してにやりと笑っただけで話題を変えた。でも、なんかすごい秘密がありそうな気がする」

しかし、P・Jの興味はすでに先へ移っていた。「じゃあ、三人で警察に行ったんだね。それからどうなったの？」

「シンプソンとかいう名前のくそ刑事に会った」

「ファーストネームはホーマーだったりして」

「あいつにぴったりだな。ほんと、頭の悪い奴《やつ》だった」刑事に与えられた試練を思い返しただけで、ジェイリッドの体がこわばった。彼は深々と息を吸いこみ、意識して肩の力を抜いた。「はなから僕が犯人だと決めてかかってて、こっちの話に耳を貸さないんだ。ブキャナン弁護士が事実を突きつけて、捜査を見直すよう迫ってくれたけどね。ほんと、予習しといてよかったよ。おかげでおたおたせずにすんだ。それでも、なかなか尋問が終わらなくてさ。とうとうロケットがテーブルに身を乗り出して言ったんだ。俺《おれ》もこの青年も疲れている。警察に彼を拘束するだけの根拠がないのなら、いい顔を見せるのもここまでだ。逮捕するつもりならさっさとしろ。でないとうちに帰るぞって。あれはかっこよかったなあ。全然声を荒らげないんだ。だけど、ホーマーはそれで弱気になった。で、僕はうちに帰れたってわけ」僕もいつかあんなふうになりたい。クールな目つきをした大人の男に。何も恐れないタフガイに。「なあ、僕にポニーテールは似合うかな？」

「くっだらない。あの探偵に比べたら、あんたの髪型のほうがまだましだよ。もうタトゥーだって入れてるし」

「でも、彼のタトゥーを見たことある？」

「あるけど、よく覚えてない。なんか全体的に赤っぽくて、中が白かった気がするけど」

「髑髏《どくろ》マークだよ。その上と左右に〝素早く、静かに、容赦なく〟って文字が並んでて、下には所属部隊の名前が入ってるんだ。ロケットは数年前まで偵察部隊にいて、人質の救出とかやってたんだって」

「けっこうすごいかも」

「それだけじゃないんだ。彼はトーリの婚約者のふりをしてるんだよ。カントリークラブの金持ち連中に近づいて、父さんを殺した犯人を見つけるために。彼ならきっと犯人を捕まえられると思うね」父親の事件を思い出したとたん、高揚感は泡と消えた。ジェイリッドはため息をついた。「僕が犯人じゃなくて本当によかった」

「そうだね。あたしもそう思う」

「ずっと僕のせいだと思ってた。苦しくて苦しくてたまらなかった」よみがえってきた恐怖心と罪悪感を、ジェイリッドはきっぱりと振り払った。「でも、僕の話はもういいよ。そっちはどうしてる？」

「あんたにも見せてあげたいな。あのオフィス・マネージャーのうちで？」

「ここって昔のものがいっぱいあるんだ。たとえばキッチンだけど、古いクロム製のテーブルと赤いプラスチックの椅子があって、壁に黒猫の時計がかかってる。その猫、フェリックスって名前で、昔はやってたんだって。尻尾《しっぽ》が振り子になってて、目も動くんだよ」

「本物のベッドはやっぱり寝心地が違うだろ？」

「そりゃあね。あと、食べ物！　昨夜《ゆうべ》、マックがブラウニーを焼いてくれたんだ。あたし、誰かにブラウニーを焼いてもらったのって初めて。あんまりおいしいんで五つも食べちゃった」

そうか。Ｐ・Ｊは誰にもブラウニーを焼いてもらったことがなかったのか。うちは父さんは最低だったけど、トーリとメアリーとコックがいてくれた。でも、ちょっとでも同情っぽいことを言ったら、Ｐ・Ｊに嚙《か》みつかれそうだ。「それ、わかるなあ。僕もうちに戻ってからずっとキッチンに入り浸りだ。食べ物がつまった冷蔵庫ってありがたいよな」

外で人の叫び声がした。かなり遠くから聞こえてくるようだが、ただごとではない雰囲気だ。気になったジェイリッドはベッドを下り、窓辺に近づいて、親指と人差し指でブラインドの隙間《すきま》を押し広げた。差しこんでくる日差しに一瞬目がくらんだ。敷地の先に向けた視線が外界を遮断する門にたどり着いたところで、彼はあんぐり口を開けた。「ちくしょう」

「何?」P・Jが尋ねた。「どうかした?」

「ちくしょう、P・J」錬鉄製の門の向こう側に群がる人々とアンテナつきのバンをにらみつけながら、ジェイリッドは再び悪態をついた。「門の外にマスコミの連中が集まってる。それに、放送車も一台、二台、三台も停《と》まってる。まるで包囲攻撃を受けてるみたいだ」

20

まさにそれは包囲攻撃だった。ヴィクトリアは門の外で繰り広げられる騒ぎに丸二日間耐え忍んだ。そして、とうとう我慢できなくなったところでガレージの上の工房へ避難し、塀の向こう側から聞こえてくる記者たちの声をかき消すために、ラジオのボリュームを上げた。今週はたいしたニュースがないのか、警察がジェイリッドを不起訴処分にしたこともあって、マスコミはまたハミルトン殺人事件を大々的に報じていた。

数分後、いきなりドアが開いた。ドールハウスの仕上げに集中していたヴィクトリアは、火傷《やけど》した猫のように飛び上がった。工房に飛びこんできたのはエズメだった。

「ハロー、ママ！」

娘の笑顔を見たとたん、鬱々《うつうつ》とした気持ちが晴れた。糊《のり》を塗った板をドールハウスの屋根に張りつけると、ヴィクトリアは工具を脇《わき》にどけた。「ハロー、スウィーティ。びっくりしたわ」彼女はラジオのボリュームを下げ、上気した幼い顔ときらめく瞳を観察した。

「今まで何をしていたの？」

「あらいぐまと蟻《あり》作戦！」

ヴィクトリアの眉間《みけん》に皺《しわ》が刻まれた。「あらいぐまと蟻？」エズメの遊びはすべて把握しているつもりだけど、そんな遊びは聞いたことがないわ。

「うん！　ジェイリッド叔父ちゃまがお人形遊びはいやだって言うから、ジョンに遊んでってお願いしたの」

「あら、だめよ、エズ。彼はあなたとお人形遊びをするためにここにいるんじゃないんだから」

「でも、ジョンはいいって言ったもん！　これだけバービーがいるなら、しょ……ええと、しょう――」

「小隊だ」開いたままの戸口から、ジョンの低い声がした。広い肩を側柱にあずけて立つ彼の姿を見た瞬間、ヴィクトリアの背筋に軽い衝撃が走った。

ジョンは腕組みをし、物憂げな態度で彼女を見つめ返した。「これだけ筋肉質の人形が揃《そろ》っていれば小隊を編成できると言ったのさ」

エズメはくすくす笑った。「そう。だから、あたしたち、みんなにズボンをはかせたの」

「ドレスよりははるかに偵察任務向きだからな」ジョンは皮肉っぽくつけ足し、唇の端をゆがめて苦笑した。「ただし、足下が全員ハイヒールってところが微妙だが。エズメに言わせると、バービーはハイヒールと決まっているらしい。モリー・マッキンタイアのほうが地味な靴を履いている分ましだったんだが、あいにくアメリカンドールは一体しかなかった。それに、優秀な偵察部隊には後方支援が必要だ」

「だから、あたしたち、バービー小隊であらいぐまと蟻作戦をやったの！」エズメがはしゃいで踊った。「ユーカイされてドリームハウスに閉じこめられたラプンツェル・バービーを、みんなでキューシツしたのよ」

「ソルジャー・ケンに金の王冠と青いサテンの布を着せてな」

「プリンス・ステファンよ、ママ」

　ジョンは顔をしかめた。「ケンもあんな格好を人に見られたくはないだろう。でも、あの剣はなかなか似合っていた」

「プリンセス・バービーとベイウォッチ・バービーがホフクゼンシンをして、ポップ・センセーション・ケンが無線のオフェレーターになったの」

「オペレーターだよ」ジョンが訂正した。「あいつだけはまともな靴を履いていた」

「そんなことないもん！　ドリームグロー・バービーだってスリッパソックスを履いてたもん！」エズメは半回転して母親に向き直った。「シリューダンも持ってたし」

　ヴィクトリアはジョンに視線を転じた。「あなた、うちの子の人形たちに破壊兵器を装備させたの？」

「大丈夫。無血クーデターだったから」ジョンはしれっと答えた。「俺《おれ》たちは見事作戦を成功させ、なよっちいケンから人質のプリンセスを救出した。それに、手榴弾《しゅりゅうだん》といっても実際はただのヘアブラシだ」

　エズメは大きくうなずいた。「エキゾチック・ビューティのナイフは櫛《くし》で、オフェレーター・ケンの無線はドライヤーなの。でも、ミステリー・スカッド・ドリューはもともとモリー信号の本を持ってたから」独楽《こま》のようにくるくる回りながら、少女はジョンに近づいていった。

「モールス信号だよ、エズ。あれはなかなかよかったな。本来の目的に使えたし。派手な色にさえ目をつぶれば、靴もそこそこましだった」

「くそネオン色」エズメはうんざりした顔で吐き捨てた。誰かの台詞《せりふ》をそのまま真似《まね》ているのは明らかだ。少女はジョンに向かって身を乗り出し、頭をのけぞらせてにっこり笑った。「ドリームグロー・バービーの髪の毛と同じだよね、ジョン?」

ジョンはヴィクトリアに気まずそうな視線を返しながら、エズメの頭をそっと撫《な》で、片方の三つ編みを引っ張った。「ああ、ベイビー。ドリームグロー・バービーの髪の毛と同じだな」

ヴィクトリアは胸がつまった。ロケットはちゃんとエズメのことを考えてくれているのね。私に言われたとおり、エズメのことをよく知ろうと必死に努力している。やり方に少々問題があったとしても、それがなんだというの? 彼女は作業台の前に戻った。工作用のナイフにキャップをはめ、散らかっていた工具を片づけた。

それから、部屋を横切って、笑っている二人に歩み寄った。毎度のことながら、エズメは切り替えが速かった。すぐにジョンの前から駆け出し、母親の脚に抱きついた。ヴィクトリアは娘を抱き上げた。まずは娘にほほ笑みかけ、続いてジョンに笑顔を向けた。

「今日はコックがお休みなの。誰かキッチンに突撃してアイスクリームを奪取したい人はいるかしら？」

それまでジェイリッドは自宅に戻れただけで満足していた。しかし今日の午後には、満足感にいらだちが混じりはじめた。なぜこんなにいらいらするのか。理由は彼自身にもわからなかった。ただ、一階の玄関ロビーから聞こえてくる声に救われた気分になったことだけは確かだ。彼は自分の部屋から飛び出し、階段を駆け下りた。そして、キッチンへ向かう姉と姪《めい》とジョンを発見した。

最初にジェイリッドに気づいたのはエズメだった。大人たちの先頭に立って後ろ歩きで進んでいく姪の姿は、彼にP・Jを思い出させた。「ハロー、ジェイリッド叔父ちゃま！」エズメがつかんでいたジョンの手を放して駆け寄ってきた。「叔父ちゃま、いいとこに来たわ！　あたしたち、これからアイスクリームを食べるの！」

ヴィクトリアが笑顔で振り返った。「そうよ。ほんと、いいタイミング。あなたも一緒にどう？」

ジェイリッドは誘いに乗り、三人のあとに続いた。ジョンの軽やかな足取りを真似、海兵隊で鍛えられた筋肉の動きをつぶさに観察しながら、自分もいつかこんなふうになれる日が来るだろうかと考えた。

彼がジョンに好意を持っている理由はいくつもあるが、なかでも気に入っているのは無駄口をたたかないところだった。今までのところ、ジョンは口にしたことは必ず実行している。しかも、絶対に安請け合いはしない。彼はジョンのそういうところを高く評価していた。

とはいえ、ジョンとはまだ知り合って日が浅いし、ジェイリッドも物事を額面どおりに受け取るほど世間知らずではない――今はもう。彼は父親の承認を求め、何度となく傷ついた。そのため、ジョンに対しても、まだ心のどこかで不信感を抱いていた。

アイスクリームをボウルに取り分けて、テーブルの席に着くと、エズメがバービー戦争の話を始めた。聞いているうちに、ジェイリッドはだんだんむかついてきた。別に嫉妬《しっと》してるわけじゃないさ。彼は自分に言い訳した。ただ心配してるだけだ。

さんざんしゃべり散らしたあげく、エズメがようやく一息入れたところで、ジェイリッドは口を挟んだ。「人形遊びですか。それで父さんを殺した犯人を見つけられるわけ?」

テーブルに沈黙が訪れた。頬が熱くなるのを感じ、ジェイリッドは肩をいからせた。アイスクリームに視線を落とし、自分のエゴをずたぼろに引き裂く辛辣《しんらつ》な言葉を待った。

ところが、ジョンはこう言っただけだった。「いや。ゴルフをやったほうがまだましな結果が出るだろうね」

「あなた、カントリークラブに行くつもりなの?」ヴィクトリアがぎょっとした様子で問いかけた。

「ああ。明日の午前十時にスタートする予定だ。君の親父《おやじ》さんは毎週水曜日に四人でゴルフをやっていたらしい。で、フランク・チルワースが常連メンバーだった二人に声をかけて、俺たちを交ぜるよう交渉してくれた。一人は追悼式で会ったロジャー・ハムリン。昔に比べて立派になったとかなんとか言いながら、君の脚をじろじろ見ていたいたち野郎だ。もう一人はフレデリック・オルソンといったか」ジョンは苦笑を浮かべてかぶりを振った。「フレデリックねえ。フレッドと呼んだほうがいいのかな？」

「オルソンの奴《やつ》、頭にきてくそをもらすぞ」ジェイリッドはつぶやいた。

エズメがくすくす笑い、ヴィクトリアはとがめる口調で弟の名前を呼んだ。

「ごめん、トーリ」ジェイリッドは顔をしかめて詫《わ》び、姪を肘でつついた。「ごめん、エズ。今のは聞かなかったことにしてくれる？」

「うん、わかった」うなずきつつも、エズメは声には出さず、口の動きだけでその悪い言葉を繰り返した。

姪の反応を見なかったふりをして、ジェイリッドは大人たちへ視線を戻した。「言い方はよくなかったけど、オルソンはあのカントリークラブの理事長で、いつもそのことを鼻にかけてるんだ」

「ええ、自分の立場をかなり意識しているわね」ヴィクトリアも同意した。

ジェイリッドは姉に感謝のまなざしを投げた。改めてジョンに向き直り、しぶしぶながら称賛を口にした。「あの二人がよく土曜日のゴルフを承知しましたね。彼らと父さんとハヴィランド・カーターはゴルフは水曜日と決めてたんですよ。水曜日は男性専用の日だから」

「褒めるならフランクを褒めてくれ。すべて彼が手配したことだ。まあ、俺が推測するに、好奇心に負けたんだろうね。君と姉さんは莫大《ばくだい》な遺産の相続人だ。そして、俺は姉さんの婚約者ということになっている。フォード亡き今、誰がハミルトン家を牛耳ることになるのか、連中だって興味があるだろう」

徐々に上向きつつあったジェイリッドの気分が、父親の死を思い出したとたんに急降下した。「あなたが羨《うらや》ましいよ」彼はぶつぶつぼやいた。「少なくとも二時間は自由の身になれるんだから」

ジョンは黒い瞳で青年を見据えた。「君もそうしたいのか？　しばらく外の空気を吸いたいか？」

「決まってるでしょう」答えてから、ジェイリッドは鼻を鳴らした。「といって、どうなるものでもないか。デイヴとダンとは電話で話したけど、できればじかに会いたいし、明日の試合にも出たいですよ。だけど、門にあれだけ大勢の狼《おおかみ》がいちゃあね」

口のまわりに溶けたアイスクリームの輪を作ったエズメが目をぱちくりさせた。「オーカミ？」

「記者のことよ、スウィートハート」ヴィクトリアが答えた。「ママの話を覚えてる？　裏庭でしか遊んでいけない理由を？」

「うるさい人たちがいっぱいいるから」

「そう。それが門の外にいる記者たちのことなの。でも、ジェイリッドの気持ちもわかるわ。あの人たちの行儀の悪さときたら、人間よりも動物みたいだもの」

ジョンがジェイリッドに向き直った。「一日くらい解放されたいか？　俺が出してやってもいいぞ」

今度はジェイリッドが目をぱちくりする番だった。「ほんとに？」ボウルの底に残ったアイスクリームをのんびりこそげ取っている男を、彼はまじまじと見つめた。

「軟禁状態に嫌気がさしているんだろう？」ジョンは視線を上げずに言った。「だったら、少し外に出たほうがいい」それから、彼は空のボウルを押しやり、ジェイリッドに笑顔を向けた。「マスコミをだまくらかすくらい簡単だ。ただし、俺が戻る時には君も一緒に戻るんだぞ」

「はい！　僕、携帯電話を持ってるんです。だから、戻る時は連絡してください。デンバーにいる間は居場所を知られるのが怖くて使わなかったけど、今はちゃんと充電してありますから」

「じゃあ、明日の九時半に玄関ロビーに集合だ」

「はい。帰りに迎えに来てもらえるよう、行く先もちゃんと教えます」

ジョンは椅子の背にもたれ、テーブルの下で長い脚を伸ばした。「いい奴だな、君は」

その言葉がジェイリッドの中にあった奇妙ないらだちを吹き飛ばした。今、彼は最高にいい気分だった。

「本当にあの子を外出させても大丈夫なの？」

ジョンは振り返り、階段の上に現れたヴィクトリアに目をやった。寝室のドアの一つにもたれて、彼女が近づいてくるのを待った。「君もあの様子を見ただろう、ダーリン。あれはそうとうストレスがたまっているぞ。やってもいないことで疑われ、そのうえ、今度は自宅軟禁。少しは外に出て、仲間としゃべったほうがいいんだよ。ついでに体も動かせば、いい気分転換になるだろう」

「でも、もし誰かがあの子を傷つけるようなことを言ったら？」

「十代の連中とつき合っていれば、いつかは必ず何か言われる」いや、男と女じゃものの見方が違うからな。ジョンはぞんざいに肩をすくめようとして思いとどまった。だとしても……。「言われた側は男らしく受け止めるか、尻尾《しっぽ》を巻いて逃げ出すしかない。どっちを選ぶにしろ、それはジェイリッド自身が決めることだ」ヴィクトリアが不満げな声をもらした。ジョンは指先で彼女の頬を撫でた。「ジェイリッドは四週間も路上生活を送ってきた。それに耐えただけじゃなく、信頼できる仲間も見つけた。たいした男じゃないか。君がいくら弟を守りたいと思っても、真綿でくるむわけにはいかないんだよ」

「わかっているわよ。それでもやっぱりあの子を守りたいと思ってしまうの」

「気持ちはわかるが、向こうが君の保護を喜ぶかどうか。じき十八歳になるんだろう。もう一人前の男だぞ」

「これぞまさしく男のエゴね」

ジョンは笑った。「難しい言い方をするんだな。でもまあ、そういうことだ。未成年の男のエゴは特に繊細にできているのさ」

「あなたのエゴと違ってね」

「俺のエゴは岩並みに頑丈だ」ジョンは彼女に向かって眉を動かしてみせた。「感じてみたい？」

「ほんと、無作法なんだから」上品に眉をひそめつつも、ヴィクトリアは手を伸ばし、彼のズボンのジッパーを撫でた。モスグリーンの瞳を輝かせ、にっこり笑った。「でも、あなたのそういうところが好きよ」

「へえ？　俺は君の全部が好きだよ、ダーリン」硬くなったものに手のひらを押し当てられ、ジョンはうなり声とともに彼女を引き寄せた。最後に愛し合ってからまだ三日しかたたないが、もう何年もごぶさたのような気分だ。だったら、このチャンスを利用しない手はない。彼は頭を下げて、ヴィクトリアにキスをした。彼女の髪を両手でとらえて、思う存分味わおうとした。

しかし、彼女を腕の中に抱くと、キスだけでは満足できなくなった。ほどなくジョンの両手は柔らかな髪を離れ、彼女の首筋と肩を経て背中へ回った。その手が尻の丸みに行き着くと、ジョンは膝を曲げ、彼女を引き寄せた。

彼の硬く突き出たものが彼女の太腿の間をかすめ、二人は同時に息をのんだ。ジョンは彼女をさらに強く抱きしめ、夢中でキスを続けた。その時、彼の背中を支えていたドアが突然消えた。

ジョンが後ろに倒れずにすんだのは、ひとえに長年鍛えてきた反射神経のたまものだった。彼は華麗なフットワークでバランスを立て直した。ヴィクトリアを脇に抱えて、主寝室の戸口に立つディーディーを振り返った。

ディーディーは呆気《あっけ》にとられた顔をしていたが、すぐに驚きから立ち直った。「ちょっと、あなたたち。そういうのは部屋の中でやってよ。この家には小さな子供だっているんだから」

そういう自分は子供のことを考えているのか？　ジョンは心の中で反論したが、ヴィクトリアは痛々しいほど真っ赤になった。どうやらこの継母はトーリをいたぶるのが大好きらしい。彼はむっとしながら、フォード・ハミルトンの未亡人を眺め回した。

体のラインを強調した白いテニスウェア。ダイヤモンドのブレスレット。美容院から出てきたばかりのような髪型に、深紅のマニキュアを塗った爪。顔の化粧もばっちりだ。これからテニスに行くんだろうが、汗をかくつもりはないらしい。ジョンは以前メアリーから聞いた話を思い出した。

「テニスのコーチとやりに行くのか？」彼の露骨な問いかけに、ディーディーは目を丸くし、あんぐりと口を開けた。ジョンは額をぴしゃりとたたいた。「おっと、失礼。なんで言い間違えたんだろう？　テニスのレッスンだ。クラブのコーチにテニスのレッスンを受けに行くのか？」

「ええ、そう」ディーディーは素っ気なく答えた。「じゃあ、遅刻したくないから、あたしはこれで」主寝室のドアを閉めると、彼女は肩をそびやかして歩き出した。

その背中が階段の下に消えるのを待って、ジョンはヴィクトリアに視線を戻した。「そんな目で見るな」

ヴィクトリアは目をしばたたいた。「そんな目って？」

ジョンは彼女の上気した頬に指先を押しつけ、白くなった指の跡がまた赤く染まっていくのを眺めた。「背徳の罪を犯した人間みたいな目」

「でも、ディーディーの言うとおりだわ。エズメのいるうちで愛し合うことはできないと自分で言っておきながら、舌の根も乾かぬうちにこれだもの。あなたの、その……」

「岩みたいに頑丈なやつを撫で回して？」

ヴィクトリアはますます真っ赤になったが、それでも彼と視線を合わせてうなずいた。

「そう。しかも、誰が見ているかもわからない廊下の真ん中でよ！」

「確かに、それは問題だな。次はもっとうまくやろう。ただし、ディーディーがああ言ったのはただの嫌がらせだ」

「そうかもしれないけど」ヴィクトリアは彼を見上げた。「事実は事実よ。私の考えがたりなかった。あなたがなんと言おうと、その事実に変わりはないわ」

21

ジョンの調査スタイルにおいて、人の悪口が大好きな輩《やから》は貴重な資源だ。その点、ロジャー・ハムリンとフレデリック・オルソンはまさに金の鉱脈だった。

ただし、その前にくだらない雑談につき合わなければならなかったが。

スタート地点で顔を揃《そろ》えると、フランクはフィアンセの部分をことさら強調しながら、ジョンを二人に引き合わせた。もっとも、ジョンはすでに婚約パーティで二人に会っていた。二人が今日の招待を受けたのも、誰がハミルトン家の実質的な跡取りになるのか、それを知りたいためではないかと疑っていた。実際、ハムリンとオルソンが事情通を気取っているのは明らかだった。

彼らが筋金入りの性差別主義者であることは、顔を合わせて五分とたたないうちにわかった。ジョンはそこにつけこみ、自分がヴィクトリアの庇護《ひご》者であるかのようなポーズを取った。案の定、ハムリンとオルソンはそうでなくてはと言いたげな顔で賢人ぶってうなずいた。

そこまでは順調だった。ところが、その先に思わぬ障害が待っていた。彼らは詮索《せんさく》好きな割に口が堅かったのだ。ジョンはフェアウェーで芝を掘り返し、バンカーで砂と戦い、高級肥料のように愛想を振りまいた。それでも思うような収穫は得られなかった。ジョンは途方に暮れた。わけがわからなかった。ハムリンとオルソンがゴシップ好きなのは間違いない。それはキャディをつけていないことからみても明らかだ。人から奉仕されて当然と思っている男たちが、なぜキャディのサービスを断るのか。それはキャディの詰め所で噂《うわさ》になっては困るネタを話題にしたいからにほかならない。

ハムリンとオルソンはせっせと最新情報の収集に励んだ。ジョンもなんとか彼らをリラックスさせ、話を聞き出そうとしたが、いつもいいところでそのホールが終了した。老人たちはとっととカートに乗りこみ、次のホールへ移動した。そうなると、残されたジョンとフランクも、自分たちのカートであとを追うしかなかった。

二人の老人はジョンにフィリピンで見た闘鶏――相手を圧倒しようと威張って歩く雄鳥《おんどり》たち――を思い出させた。彼らは交互にハンドルを握り、カートから降りるたびに相手の運転にけちをつけた。口論は延々と続き、次のホールが終わる頃《ころ》にようやく収まるのだった。

あいにく、ジョンはあきらめの悪い男だった。そうでなければ、あっさり敗北宣言を出していただろう。実際、最後のほうには彼もフランクも悟りの境地に達していた。老人たちの奇妙な儀式を無視し、喧嘩《けんか》が始まっても口を挟まず、淡々とプレーをするようになっていた。だが、それがかえってよかったのだろう。老人たちの喧嘩も徐々に勢いをなくしていった。

ジョンが初めてまともなショットを打ったのは十六番目のホールだった。彼がにんまり笑いかけると、オルソンも曖昧《あいまい》な笑みを返した。さすがに〝やっとか〟とは言わなかった。一方、ハムリンは平然とその言葉を口にし、自分とフレデリックは午後からブリッジをする約束だが、これならなんとか間に合うかもしれないと嫌味を言った。

フランクは老人たちの身も蓋《ふた》もない態度にあきれたらしく、〝ナイス・ショット、ジョン〟と声をかけながら、ティーに歩み寄った。

ジョンはなおも老人たちから情報を聞き出そうとあがいたが、それは分の悪い戦いだった。ある時点で、彼はハムリンが自分のポニーテールを見ていることに気がついた。

ジョンの視線に気づき、ハムリンは言った。「ヴィクトリアはどう思っとるんだね？君が自分より髪を伸ばしとることを？」

「彼女は何も言いませんが」ジョンは考える表情でポニーテールをもてあそんだ。「最近切るのも悪くないかと思っているんです。もともと、海兵隊で過ごした十五年間の反動で伸ばしただけですから。ずっと丸刈りを続けていたので、どこまで伸びるか見てみたかったんですよ」彼は老人たちにウィンクした。「そうしたら、これが意外とご婦人がたに好評で」

最終ホールを迎える頃には、ジョンはかなり追いつめられていた。彼はあの手この手で話を聞き出そうとした。老人たちはよくしゃべったが、肝心の話題には触れなかった。そこで彼は一か八《ばち》かの賭《かけ》に出た。

老人たちに同情のまなざしを向けて言ったのだ。「出席したパーティでホストが亡くなったんですから、お二人ともさぞ驚かれたでしょう」さあ、どうだ。餌《えさ》に食いつくか？それとも、見向きもせずに無視するか？

彼らは餌に食いついた。その反応の素早さは、なぜ最初からこの手を使わなかったのかとジョンがあきれたほどだった。

「驚いたのなんのって」ハムリンが口角泡を飛ばす勢いで、フォードが刺し殺されたと知った時の心境を語りはじめた。

「いや、まったく」オルソンが割りこんできた。「メイドの悲鳴を聞いた時は、フォードが取りに行かせたコニャックを落としたのかと思ったんだがね。なにしろ、あのメイドは一夜だけの臨時雇いで――」

「臨時雇いは当てにならんから」ハムリンがまた口を挟んだ。

「そうそう。家内の話じゃ、それが世間の常識らしいな」

「うちの家内も同じことを言っとるよ。常雇いを使うだけでも苦労が絶えんが」ハムリンは尊大な口調で言った。「臨時雇いとなると……これはもう悪夢だ」

カントリークラブの理事長の薄い水色の目が意地悪く輝いた。「しかし、フォードの一件には驚かされたな。家庭内には選《え》りすぐりのものを、というのがあの男の信条だったんだが」

「確かに。だが、皇帝といえどつねに望みがかなうわけではないからな」ハムリンが小気味よさそうに宣言した。

「とにかく」オルソンが話を戻した。「メイドは悲鳴をあげつづけた。ただならぬ様子でな」

「あれは鬼気迫るものがあった」ハムリンはうなずいた。「思い出しただけでぞっとするわい」

ジョンは二人を交互に見やった。「それで、全員が様子を見に走ったんですね?」

オルソンが口を開いた。「ああ。しかし、彼が一言も発しないうちにハムリンが割りこみ、友人を脇《わき》に押しやった。「ああ。そして、フォードを発見した。図書室の床に横たわる彼を見た時の我々のショックがわかるかね?」

オルソンはいらだちの視線を投げ、相棒よりも半歩前に進み出た。絶対に負けてなるものかと決意しているようだった。「まさしく血の海だったな」

「胸にペーパーナイフが突き刺さっとった!」

ジョンは老人たちのにらみ合いを無視して問いかけた。「それで、犯人ですが、お二人は誰に賭《か》けているんです?」

二人は同時に彼に横柄な視線を向けた。「なんだと?」ハムリンが冷ややかに言った。

オルソンは自分より優に十五センチは背の高いジョンを無理やり見下した。

ジョンは落ち着き払って老人たちの反応を受け止めた。「男性用のロッカールームでは、いろんな賭がおこなわれているという噂ですよ。誰がどのゲームに勝つか。次に死ぬのは誰か。なんでも賭の対象になっているそうで。今度の件が対象から外されているとは思えないんですが」

老人たちは揃ってフランクをにらみつけた。

ジョンはかまわず続けた。「チルワースじゃありません。フィアンセから聞いたんです。ここ何年か海外で暮らしていたとはいえ、ヴィクトリアはこの地で生まれ育った人間ですからね。色々と事情に通じているんです」

ハムリンは納得のいかない表情を浮かべたが、すぐに思慮深げにうなずいた。「まあ、夫となる男にはすべて話しておかんとな」

「そうそう」オルソンも同調した。「結局は夫が妻を管理するわけだし」

トーリに男の管理はいらないだろう。それに、脳たりんの非力な女扱いされて喜ぶとも思えない。たとえ、それが有益な情報を得るためであっても。この会話がいつかヴィクトリアの耳に入らないことを祈りつつ、ジョンは話を進めた。「お二人はかなりの事情通のようだ。事件当夜のことも誰よりもよくご存じなんじゃないですか」

奇妙な老人コンビはまた〝自分が一番〟ゲームを再開し、事件が起きたと思われる時間にダイニングルームにいなかった人々の名前を、先を争うようにあげつらいはじめた。この場合は彼らの競争心がプラスに働いた。ジョンはパターをバッグにしまいながら、次々と出てくる名前を脳裏に刻みつけた。しかし、ある名前が出たところで、彼の動きが止まった。

ジョンは振り返って、ハムリンを見つめた。「ウェントワースもパーティに来ていたんですか？」

「ああ、そうだ」ハムリンはじれったそうに答えた。「今、そう言っただろうが」

「ええ、そうですね」ジョンは気難しい老人になだめるような笑みを返した。「家政婦が警察に提出した招待客のリストには彼の名前がなかったんですよ。それで、ちょっとびっくりしまして」

「リストのことは知らんが、あの男はジェラルド・ワトソンの穴埋めとして急遽《きゅうきょ》呼ばれたんだ。帝王切開を予定しておったワトソンの患者が早めに産気づいたとかで」ハムリンは腕時計を見やってからジョンに視線を戻した。「ぎりぎり間に合うか。今回の料金はこっちで持つが、次はそっち持ちだぞ。さっきも言ったが、わしらはブリッジの約束があるんでな」

ええ、何度も聞きましたとも。それを指摘するほど野暮じゃありませんがね。ジョンは笑顔で答えた。「ええ、楽しみにしています。どうぞお先に。フランクと俺《おれ》はプロショップに寄るつもりなんで」彼は老人たちと握手を交わした。「今日はゴルフにつき合っていただいたうえに、ためになるお話まで聞かせていただいて。ほんと、感謝の気持ちでいっぱいです」

「いや、こちらこそ」オルソンは急に理事長モードになった。「ヴィクトリアによろしく伝えてくれたまえ」

ハムリンもおざなりにうなずいた。「ああ、ああ。お嬢ちゃんにわしからもよろしくと伝えてくれ。わしが近いうちにまた集まろうと言っておったとな」彼はフランクに視線を投げた。「もちろん、あんたとパメラも」

社交辞令をすませると、老人たちはそそくさと立ち去った。

彼らの背中を見送ってから、ジョンとフランクは同時に互いに視線を転じ、かぶりを振った。

「今の台詞《せりふ》、僕らの〝お嬢ちゃん〟たちが聞いたら大喜びしそうだな」ゴルフバッグを担ぎながら、フランクがつぶやいた。

「あるいは、自分たちの新しい呼び名を知って、血の雨を降らすか」

フランクは笑った。歩きはじめながら、ジョンはヴィクトリアの友人の夫を観察した。なかなか鋭い男だ。ユーモアのセンスがあるところも気に入った。「面倒なことにつき合わせてしまったな。しかも、土曜の朝っぱらから」彼はプロショップのドアを開け、赤毛のがっしりした男を先に通した。「俺に昼飯を奢《おご》らせてくれ。せめてものお礼だ」

「悪いな」フランクは言った。「じゃあ、メニューで一番でかいサイズのステーキを頼むか」

ジョンが借りていたクラブを返す間に、フランクはゴルフバッグを自分のロッカーに押しこんだ。それから二人はクラブハウスに戻り、ロッカールームでシャワーと着替えをすませた。

ロッカールームを出ると、フランクは先に立って二階のロビーへ向かった。窓から差しこむ陽光が高価な壁紙を照らし、壁に飾られた美術作品を際立たせている。ずらりと並んだ鉢植えの横には、控えめな掲示板が立てられていた。ジョンはそこに書かれたコティヨン・クラスという文字に目を留めた。コティヨンてなんのことだ？　だが、それを確かめるより先に、フランクが顎でラウンジを示した。

「昼飯はあそこにしないか？　ダイニングルームよりくつろげる」

「賛成」

テーブル席に着くと、フランクはジョンに小さなメニューを渡し、自分もメニューを手に取った。「ロッカールームの賭事の件だが、しゃべったのは僕なのに、なんでヴィクトリアのせいにしたんだ？」

ジョンは肩をすくめた。「あんたはこの街で生きていかなきゃならないし、〝お嬢ちゃん〟の発言ならあの二人も大目に見ると思ったんだ」そこで彼は身じろぎした。「もちろん、このことがトーリにばれたら、俺はただじゃすまないだろうが」

フランクはしげしげとジョンを眺めた。「君たち二人は婚約者のふりをしているが、どうもそれだけの関係じゃなさそうだな」ジョンが無言で視線を返すと、彼はにやりと笑った。「まあ、いいか。で、これまでフォードの関係者たちを見てきてどう思った？」

「みんな仲良しグループみたいなふりをしているが、故人の死を悲しんでいる人間はそう多くはなさそうだ」

「はっきり言って、本気でフォードを好きだった人間はいないと思うね。彼は世界一のナイスガイとは言えなかった」

「ああ。俺もそう聞いている」

「最後の晩餐《ばんさん》に出席した連中にしてもそうだ。ハムリンとオルソンの話を聞く限り、ほとんど全員にフォードを殺す理由があったんじゃないか？」

「それは前々からわかっていた。でも、今日の会話でそのうちの何人かは除外できた」ジョンはフランクを見据えた。「すべてあんたのおかげだよ。ハムリンとオルソンは犯行時刻にダイニングルームにいなかった客をすべて把握していた。そんな二人とゴルフをすることになったのはただの偶然じゃないよな」

「長老ってのは愛すべき存在だ。なんでもよく知っている」

ウェイトレスが注文を取りにやってきた。ジョンは反射的にとっておきの笑顔――ミリョーニ・スペシャルを披露してから、ライムつきのコロナビールとクラブハウス・サンドウィッチを頼んだ。

ウェイトレスが笑みを返した。「ハミルトン家の勘定ということでよろしいですか、ミスター・ミリョーニ？」

初対面の人間に名前を呼ばれ、ジョンは密《ひそ》かに驚いた。「いや、ダーリン。勘定は自分で払う。フランクの分もね」彼は椅子の背にもたれ、ウェイトレスを観察した。肉づきのいい魅力的なブルネットだ。年は俺と同じくらいか。相手の名札に目をやって、彼は問いかけた。「ここに勤めて長いのかい、アビゲイル？」

「五年になります」

「五年か。けっこう長いな。この仕事が気に入っているんだね？」

アビゲイルは警戒する目つきになった。「ええ、まあ」

おまえがばかなことを言うからだ。ジョンは自分を叱《しか》り、卑下するような笑みを浮かべた。「つまらないことを訊《き》いちゃったね」どんなにいやな仕事でも、正面切っていやだと言う奴《やつ》なんているか？「じゃあ、話題を変えよう。君、子供はいるの？」最後の最後は直球勝負。それが俺のモットーだ。

狙《ねら》いは的中し、相手は目に見えてリラックスした。「ええ。五歳と三歳の子がいます」

でも、左手に指輪をしてない。てことは夫はいないわけか。「男の子？　女の子？」

「男の子と女の子が一人ずつ」

ジョンは徐々に客が増えはじめたラウンジを見回した。「これから忙しい時間なんだろう？　でも、もし子供の写真を持っていたら、手が空いた時に見せてくれないかな。俺は子供の写真を見るのが大好きでね」

「ええ、いいですよ」アビゲイルは母親のプライドがあふれる笑みを浮かべ、フランクの注文を取ってから立ち去った。

「ほほう」フランクがつぶやいた。「やるもんだ」

ジョンは顔をしかめた。「人に話しかけ、警戒心を解き、進んで話す気にさせる。それができなきゃこの商売は務まらないんだよ。ハムリンとオルソンの話を聞き出す時はいんちきセールスマンになった気がしたが、少なくともミズ・アビゲイルに対しては、そういう気分にならずにすむ」彼は身振りでその話題にけりをつけ、ウェイトレスが来る前までの話に戻した。「あの晩のパーティにフォードが乗っ取った会社の連中が来ていたことは俺も知っていた。でも、爺《じい》さんたちが言っていた〝寝取られ亭主〟というのはなんのことだ？」

フランクは鼻を鳴らした。「そういう噂があるんだよ。最後の晩餐にはジョージ・サンダースが妻のテリと一緒に来ていただろう。テリはフォードのアシスタントをしていた女性でね。ハムリンが情報源にしているロッカールームの識者たちの話によると、フォードはテリと深い仲だったらしい。テリが急におしゃれな髪型に変えたり、華やかな服を着たり、化粧に気をつかったりしはじめた頃から、暇なゴルファーや有閑マダムの間で噂されるようになったんだ」

「でも、あんたはその噂を信じていない。だろ？」

「ああ。確かにフォードは怪物並みのエゴの持ち主で、ナイスガイには程遠かった。でも、ここは狭い町だし、僕は生まれた時からこの町で暮らしてきたんだ。その僕が知る限り、フォードは浮気とは無縁だった。何度も離婚再婚を繰り返したが、夫婦でいる間は妻を裏切っていなかったと思う」

「ゴルフ仲間から推測するに、紳士気取りの人間だったようだしな」

フランクはうなずいた。「今まで考えたこともなかったが、それは重要ポイントだな。フォードにとって、アシスタントは自分の手下にすぎなかった。オフィスの家具と同程度の存在だったんだろう。ディーディーは彼の妻たちの中では最下層の出かもしれないが、そんな彼女でも多少のコネは持っている。年寄り連中はそういうものを重視するから」彼は赤褐色の眉を上げた。「ディーディーといえば、彼女も犯行時刻にダイニングルームにいなかったんだよな。警察はまず身内を疑うんじゃなかったのか？」

「そうだ。ただ、ここだけの話、ディーディーは婚前契約書にサインしていて、亭主を殺してもたいした得にはならないんだよ」

「訊いてもいいかな？」一瞬ためらってからフランクは切り出した。「さっきマイルズ・ウェントワースが最後の晩餐に来ていたと知って驚いていただろう？」

「ああ」ジョンはむっつりとうなずいた。「ちょっと気になってね」

「あいつも犯行時刻にダイニングルームにいなかったから？　それとも、婚約パーティでトーリに絡んできたからか？」

「両方だ。正直言って、もしあの男が犯人だったら胸がすっとするね。でも、安心してくれ。俺は証拠をでっち上げて、あいつを犯人に仕立て上げるような真似《まね》はしないから」ジョンは白い歯を見せてにっと笑った。「パーティで本人が口を滑らせたんだが、フォードはあいつに何かを約束していたらしい。ところが、フォードが死んでしまい、あの伊達《だて》男は狙っていた何かが手に入らなくなった。それで、ヴィクトリアとよりを戻そうと考えたんだろう。もっとも、フォードが心変わりして、ウェントワースとの約束を反故《ほご》にし、その結果、ペーパーナイフで心臓を一突きされた可能性もゼロじゃない」彼は肩をすくめた。

「現時点ではなんとも言えないが、追ってみたい線ではあるね」

「はい、どうぞ」先ほどのウェイトレスが二人の前にコースターを置き、そこにそれぞれが注文した飲み物をのせた。「サンドウィッチはあと二、三分でお持ちします」

「ありがとう、アビゲイル」ジョンはビールを一口すってから、ウェイトレスに問いかけた。「例の写真は？」

アビゲイルは黒いズボンのポケットに手を入れ、札入れと同じ大きさのスタジオ写真を二枚取り出した。

ジョンは写真に目を向けた。一月前の彼なら、眺めるふりをしただけだっただろう。当時は子供にまったく興味がなかったのだから。だが、今の彼には子供がいた。その子と親しくなろうと努力していた。ジョンはしげしげと写真を眺め、小さな男の子が写った一枚の端に指先で触れた。「この子が五歳なんだね？」

「ええ。ショーンといいます」

「元気いっぱいって感じだな。しょっちゅういたずらしてそうだ」

「ええ、ほんとに」アビゲイルは大きくうなずいた。「この夏、ティーボールを習いはじめてからは、だいぶお利口さんになりましたけど」

「なるほど」ジョンは相槌《あいづち》を打った。「いいガス抜きになっているわけだ」彼の視線がもう一枚の写真に移った。「おお、こっちは小さな天使みたいだ」彼はウェイトレスににやりと笑いかけた。「でも、天使じゃない時もあるんだろう?」

アビゲイルもにんまり笑い返した。「たまにびっくりするくらい強情なことがあるんですよ」

「この子、人形は好きかな?」

彼女は声をあげて笑った。「それはもう自然の摂理でしょう?」

ジョンはしおらしげな笑みを返した。「今日の俺は間抜けな質問ばかりしているな」

「アビー」近くのテーブルからじれったそうな声が飛んできた。「私たち、注文したいんだけど」

「はい、ただ今」アビゲイルはテーブルに並んだ写真を素早く回収した。ジョンに小さくほほ笑みかけてから、ゴルフウェアを着た年配女性の四人組のほうへ向かった。

ジョンとフランクはまたビールをちびちびやりはじめた。ほどなくアビゲイルがサンドウィッチを運んできた。そのサンドウィッチにかぶりついていた時、小さな女の子と男の子の集団がラウンジの前を通り過ぎた。女の子はパーティドレスを着て、ぴかぴかのおしゃれな靴を履き、男の子は黒っぽいズボンに白いシャツ、保守的なストライプのネクタイで決めている。ジョンは頬張ったサンドウィッチをのみ下し、その集団を顎で示した。

「あれはなんの集まりだ?」

フランクは体をひねって〝あれ〟の正体を確かめ、顔をしかめた。「コティヨン・クラスだよ」

「ロビーの掲示板に書いてあったやつか。いったいなんのクラスだ？」

「社交界デビュー前の女の子とエスコート役の男の子のレッスンクラス。社交ダンスとか、行儀作法とか、そういうことを学ぶんだ」

「冗談だろ？　あの子たち、うちの――あんたの娘やエズメとそう年が違わないじゃないか」

フランクは肩をすくめた。「そういうしきたりなのさ」

「お二人とも、お代わりはどうなさいます？」アビゲイルがテーブルのかたわらで足を止めた。

ジョンはフランクに向かって片方の眉を上げた。フランクは首を左右に振って言った。

「いや、けっこう」

「でしたら」アビゲイルはトレイにのせてあった革製のホルダーをテーブルに移した。

「ご精算の際は私にお申しつけください」

「待った」ジョンは腰を浮かせ、尻ポケットから札入れを取り出した。「今、払うよ」勘定書を抜き取り、額面を確かめると、二枚の紙幣とともにホルダーに戻した。「釣りはいいから」

「ありがとうございます！」アビゲイルはその紙幣をじっと見つめた。「あなたのフィアンセはお幸せですね。父親とはまるで違う方と結婚できて」彼女ははっとした表情で口に手を当てた。「いやだ、私ったら。本当にすみません。とんでもないことを言ってしまって」

「気にしなくていいよ。俺はフォード・ハミルトンに会ったことはないが、彼が好人物じゃなかったことはよく知っているから」

アビゲイルの顔に賛同の表情が浮かんだ。しかし、これ以上しくじりを重ねるつもりはなさそうだった。

情報の匂《にお》いをかぎ取ったジョンは、彼女に穏やかな笑みを向けた。「頼むよ。彼に対する君の印象を教えてくれないか。彼が殺された事情を知りたくても、トーリには訊きづらくてね。彼女を悲しませるだけだから」

アビゲイルのためらいの視線に気づき、フランクは即座に椅子から立ち上がった。

「ちょっと失礼していいかな。何か買って帰るものがあるか、妻に確認したいから」そう説明すると、彼は携帯電話を取り出しながらラウンジの入り口へ向かった。

アビゲイルはおぼつかなげな表情でジョンに視線を戻した。「特にお話しするようなことはないんですけど、ミスター・ハミルトンは最高のサービスを求める割にチップをけちる人でしたね。それに、ウェイターやウェイトレスを人間と思っていないようでした。私たちは空気扱いでしたもの」

「つまり、あまり利口な男じゃなかったわけだ。舞台で何が起きているのか、一番よく知っているのが裏方なのにね。きっとスタッフの間では賭がおこなわれているんだろう。誰が犯人かってことで」

アビゲイルは頬を赤らめ、周囲を見回してから声をひそめた。「一番人気は奥さんですね」

「テニスコーチの件があるから？」

彼女は目を丸くした。「どうしてご存じなんです？」

「誰かがそんなことを言っていた。それで彼女が本命視されているわけか？」

アビゲイルは首を横に振った。「コーチと深い仲になったのは、ミスター・ハミルトンが亡くなられたあとみたいですよ。彼女が本命視されているのは、テレビドラマやミステリー小説のせいです。殺人事件の犯人は家族か友人と相場が決まっているでしょう。といっても、この場合、二番人気を争っている候補が二人ほどいるんですけど」

「へえ？　誰と誰？」

アビゲイルは身を乗り出した。「実は私、ミスター・ハミルトンが人と言い争いしているのを聞いちゃったんです。相手は見たことのない男性でしたけど、見事な銀髪だったから、私たち、シルバー・ヘアと呼んでいるんです。シルバー・ヘアはいかにもお偉いさんて感じの男性で、会社のことでひどく腹を立ててました。どうもミスター・ハミルトンに何かされたみたいでしたね。もう一人はマイルズ・ウェントワース。ミスター・ハミルトンに叱られているのをキャシー・デューガンが聞いたんです。キャシーが言ってました。

目つきで人を殺せるなら、ミスター・ハミルトンはあの場で死んでただろうって」そこでアビゲイルは背中を起こした。「私、そろそろ仕事に戻らないと」

「そうだね。仕事中にすまなかった」

「どういたしまして。お役に立てたかどうかはわかりませんけど」

「大いに参考になったよ。知は力なりと言うだろう。何も知らないよりはずっといい」

去っていくウェイトレスの背中を見送りながら、ジョンはこの新情報を吟味した。しかし気がつくと、コティヨン・クラスとエズメのことを考えていた。エズメも二年後にはあいうことをやるんだろうか？　自分の娘なのに、俺はあの子のことをほとんど何も知らない。自分に子供がいると知ったのがついこの間だから、当然といえば当然か。とはいえ、俺はほかの問題にかまけて、こっちの問題をなおざりにしてきた。これはなんとかするべきだ。

俗物になるべく訓練を受けている子供たちを目の当たりにしたことで、ジョンの心境に変化が生まれた。

そろそろ、ヴィクトリアと真剣に話し合うべきだ。

22

ジェイリッドの一日は最高にして最低のものとなった。最高の部分は自宅から出られたことだった。マスコミの狼《おおかみ》たちに気づかれないよう、門を通り抜ける時はジョンの車の床にしゃがみこまなければならなかったが、ダンとデイヴに会えて、野球ができたことは最高に嬉《うれ》しかった。

ただ、嬉しいことばかりではなかった。たとえば野球場の男たちの視線。彼を見たチームメイトたちの突然の沈黙。そして、くだらない質問の数々。父さんの事件をどう思ってるかだって？　ほっといてくれ。好奇のまなざしを浴び、無神経な言葉にさらされるうちに、ジェイリッドは自分が珍獣になった気がした。ジョンが電話をかけてきて、これから迎えに行くと告げた時は、むしろほっとしたくらいだった。

だが、野球場に到着した元海兵隊員に今日の感想を尋ねられると、彼は〝よかったよ〟としか答えなかった。車のドアを閉め、シートベルトを締めて、まっすぐ前方を見据えた。

ジョンが運転席から視線をよこした。ジェイリッドはすべて見透かされている気分になった。だが、彼がもじもじしそうになったその時、ジョンは視線を前方に戻し、やんわりと言った。「ああ。気持ちはわかる」そして、クラッチペダルから足を離し、車をスタートさせた。

どういうわけか、それでジェイリッドは気が楽になった。しつこく詮索《せんさく》しないジョンの態度に救われた思いがした。それどころか、ジョンは彼を完全に放置した。革のハンドルを指でたたいて拍子を取りながら、音程の外れた声で《チェリー・ポッピン・ダディーズ》を歌いはじめた。

自宅の門まであと五百メートルほどの地点で、ジョンはいきなり路肩に車を停《と》めた。ギアをニュートラルに入れ、再び助手席に視線を投げた。「出がけに床に這《は》いつくばった時はいやそうな顔をしていたな。今度はどうしたい？　同じ手を使うのが一番簡単だが、堂々と座席にくつろいで連中を見返してやりたいなら、それでもいいぞ」

その提案にジェイリッドの心が動いた。それが顔にも出たのだろう。ジョンはにやっと笑った。「大当たりか。さすがは俺《おれ》だな」そこで彼の口調が真面目《まじめ》なものに変わった。「先に警告しておくが、こっそり外出したことを記者連中に知られると、次の外出が難しくなるぞ」

ジェイリッドの口から乾いた笑い声が飛び出した。「言い換えると、床に這いつくばらない限り、もう外出は無理ってことですね」

「そうは言ってない。床に這いつくばるのが一番簡単ではあるが」ジョンは狡猾《こうかつ》な笑みを返した。「君を家から出す方法なら、ほかにいくらもある」

「じゃあ、このまままで行きます」ジェイリッドは座席の背にもたれ、脚を前に投げ出して、頭の後ろで両手を組んだ。ジョンは一瞬彼を見つめてから大きくうなずいた。無言で車をスタートさせ、一路ハミルトン邸を目指した。

近づいてくる車に気づき、記者たちがいっせいに振り返った。ずらりと並んだカメラのレンズを前にして、ジェイリッドの空元気がしぼんだ。記者たちの怒号にさらされ、冷たい汗が噴き出した。門の外で彼の名前の大合唱が始まった。

だが、ジェイリッドにはジョンという手本がいた。ジョンはリラックスした様子でハンドルに片手をあずけ、ヴィクトリアから借りてあった門の開閉装置のスイッチを押した。いちおう速度を落としたが、車を停めはしなかった。この数日間、彼の出入りを見てきた記者たちは、車の前に立ちはだかるような真似《まね》はしなかった。強引に彼を停めて話を聞こうとした記者が、何人も蹴散《けち》らされていたからだ。

その代わり、地獄の番犬たちは車の両側から迫ってきた。助手席の窓に顔を押しつけ、質問をがなり立てた。だが、それもジョンの車が門柱の間を通り過ぎるまでだった。記者たちはそこで後ろへ下がり、大きく開いていた門がゆっくりと閉じはじめた。

その時、背後の道を一台の車がクラクションを鳴らしながら突進してきた。ジョンはバックミラーをのぞき、ジェイリッドは首をひねって背後に目をやった。消防車のように真っ赤な車が銃弾さながらのスピードで近づいてくる。ジョンに視線を戻したジェイリッドは、探偵の口元にかすかな笑みが浮かんでいることに気づいた。「誰の車か知ってるんですか?」

「ああ。ガートの車だ」ジョンは再び開閉装置のボタンを押し、門を開けた。「おおかたサインが必要な書類でも持ってきたんだろう」

ジェイリッドは真っ赤な車を振り返った。「いかしてますね。六九年型のカマロかな?」

「惜しい。六八年型だ。でも、いい目をしているな」

ジョンと違って、ガートは記者たちのために速度を落としたりはしなかった。新たな獲物に殺到した視聴率の亡者たちが、ひき殺されまいとして右に左に逃げまどう姿を見て、ジェイリッドは声をあげて笑った。二台の車が敷地内に入ると、門が静かに閉じられた。

ジェイリッドはにやにや笑いながら振り返った。「今の最高でしたね?」

ジョンも笑みを返した。「ああ、なかなか面白かった。マックは相手が誰だろうが屁《へ》とも思わない。それも俺が彼女を気に入っている理由の一つさ」彼はガレージの前で車を停めた。

地面に降り立ったジェイリッドは、車の屋根ごしにジョンを見やり、のろのろと言った。

「今日はその……ありがとうございました」

「お安いご用だ」ジョンはジェイリッドの目を見返した。「世の中にはばかなことを言う連中がいるからな」

ジェイリッドは肩をすくめた。

「そんな連中のことは忘れろ。苦境に陥るのも悪いことばかりじゃないぞ。誰が真の友人かわかるから。そうじゃない奴《やつ》らのことは気にするな。エネルギーの無駄遣いだ」ジョンはかたわらに停まった真っ赤な車に視線を転じ、唇の端をゆがめて苦笑した。「噂《うわさ》をすればなんとやら。連れがいるのは俺だけじゃなさそうだ」

振り返ったジェイリッドは、ガートの車から降りてくるP・Jの姿を発見した。とたんに鬱々《うつうつ》とした気分は吹き飛び、彼は歓声とともにP・Jに駆け寄った。

ところが、P・Jは彼に気づいてさえいないようだった。ぽかんと口を開けて、大きな家と周囲の敷地を眺めている。彼女はまったく動かなかった。不自然なほどじっとしていた。

こんなP・Jを見るのは初めてだ。不安になったジェイリッドは、彼女の前に立つと腰をかがめた。彼女の腹に肩を当て、消防士のように担ぎ上げた。そして、膝の裏側をつかんだところで、ようやく彼女がドレスを着ていることに気がついた。

ジェイリッドは唖然《あぜん》とした。P・Jとドレスが頭の中でどうしても結びつかなかった。一瞬、彼は棒立ちになった。P・Jも身を硬くした。

次の瞬間、彼女はいつものP・Jに戻り、手足をばたつかせて抵抗した。

頭をはたかれ、ジェイリッドはしかたなく彼女を地面に下ろした。「なんだよ、P・J！」

「そっちこそ何よ！」P・Jは花柄のサンドレスのスカートを手で払った。まるで彼に埃《ほこり》をつけられたかのような態度だ。彼女はジェイリッドをにらみつけた。つややかな赤茶色の髪が片目を覆うように垂れ落ちていた。「いったいどういうつもり？」

「なんでもない。ただ君に会えて嬉しかっただけさ」ドレスの肩紐《かたひも》を引っ張るP・Jを眺めているうちに、ジェイリッドはある事実に気づいた。おっぱいがある。小さいけど、これは間違いなくおっぱいだ。

彼の考えを読んだかのように、P・Jがきっとして顔を上げた。ジェイリッドは顔が赤くなるのを感じた。

しかし、P・Jはこう言っただけだった。「そりゃあね……あたしもあんたに会えて嬉しいけど。せっかくドレスアップしてきたんだから、洗濯物の袋みたいに振り回さないでよね」

ジェイリッドは周囲を見回した。ジョンとガートはすでに家の中に消えていた。ということは、レディに対する狼藉《ろうぜき》を誰にも見られずにすんだわけだ。彼は少しほっとしてP・Jに視線を戻した。「本当だ。さっきは車のせいで見えなかったけど。その格好――」まるで十三より年上みたいだ！「よく似合ってる」

「ありがとう」P・Jはドレスのスカートを撫《な》でてから視線を上げた。らしくもない堅苦しさが急に消え、ジェイリッドが見慣れたあの溌剌《はつらつ》とした表情が戻ってきた。「自分でもけっこういいと思ってるんだ。これ、ガートが買ってくれたんだよ」彼女はまたスカートを撫でた。「こんなきれいなドレス、見ることある？」

「〝見たことある？〟だろう」ジェイリッドは反射的に訂正した。

　P・Jの手が止まった。「え？」

「なんでもない。ごめん。僕が無作法だった。そうだね。僕もこんなにきれいなドレスは見たことがないよ」だが、すでに手遅れだった。溌剌とした表情が消えていくのを見て、ジェイリッドは自分を蹴飛ばしたくなった。P・Jは寒さから身を守るように自分の体に両腕を巻きつけ、小声で歌を口ずさみはじめた。怯《おび》えたり、緊張したりした時に彼女がよくやる癖だ。ジェイリッドは不安でたまらなくなった。

　くそ。まずいぞ、これは。彼は必死の思いでP・Jをつついた。「まだそんなカントリー&ウエスタンを歌ってんのか？」

　P・Jはすばらしい喉の持ち主だった。その歌声は普段のかすれた話し声からは想像もつかないほど明瞭《めいりょう》で力強かった。

「カントリー&ウエスタンじゃないって！　これはロックンロール。あんたの好きなラップよりずっといいじゃん」

「ああ、ああ、そうですか。じゃあ、僕の部屋に来て、僕を納得させてみろよ」

「いいよ。案内して」

　二人はキッチンを通り抜け、廊下を進んでいった。玄関ロビーに出たところでP・Jの足が止まった。

「うわあ」彼女は天井から吊《つ》るされたシャンデリアを見上げ、ゆっくり回転しながら周囲のありとあらゆるものを観察した。「すっごくきれい。こんなきれいな家、生まれてからいっぺんも見ること——見たことないよ。ここだけでママのトレーラーハウスが丸ごと入っちゃいそう」P・Jは細い腕を動かして玄関ロビーを示した。一瞬表情を曇らせたが、すぐに明るい笑顔を作った。「じゃあ、あんたの部屋を見せて。きっとあれ——タージマハールだっけ？——よりでかいんじゃない？」

「いや。どっちかっていうとバッキンガム宮殿みたいな感じだね」

それからもP・Jは時折いつもの彼女らしさをのぞかせた。しかし、本人はマナーを守らなくてはと気を張っているようだった。自分が物に触れたら壊れると思っているのか、ジェイリッドの部屋を見て回る間も両手を後ろに組んでいた。P・Jが最もリラックスしたのは、ジェイリッドがインターネットで注文した《ディクシー・チックス》のCDをかけた時だった。彼女はCDに合わせて歌い、腰を振った。この一週間はまともに食べているせいか、その腰も少し女らしくなっていた。

曲が終わると、P・Jは彼と並んでベッドに仰向けになった。自分の爪を眺め、ベッドの柱にかけてあった野球のミットを眺めてから、ようやくジェイリッドに視線を向けた。

「ママから電話があったんだ」

ジェイリッドは冷水を浴びせられた気がした。P・Jの母親に会ったことはないが、ろくな人間とは思えない。それでも、彼は慎重に感情を隠し、当たり障りのない口調で言った。「そうか」

「うん。ガートがママに連絡してくれてね。あたし、プエブロに帰ることになった」P・

Jの顔には希望と不安の表情があった。彼女はドレスのポケットに手を突っこみ、一枚の紙を取り出した。「ほんとは今日はそのために来たんだ。ガートがちゃんと会ってさよならを言うべきだって言って、ジョンにやらせる書類仕事を無理やり作ってくれたんだよ」彼女は手の中の紙を見下ろし、それからジェイリッドに差し出した。「あたしは明日帰るけど、電話番号を渡しとけば、これからも話ができると思って」彼女はおぼつかなげに広い部屋を見回した。「あんたに電話する気があればの話だけど」

「もちろん、あるさ」ジェイリッドは彼女の顎をとらえ、強引に視線を合わせた。彼の手を引きはがそうとするP・Jの動きを無視して、反抗心と恐れと不安が入り混じった金褐色の瞳を見据え、きっぱりと言い切った。「必ず電話するよ。絶対に」

ヴィクトリアは父親のかつてのオフィスで、今週発送したドールハウスの納品書を作成していた。視線を上げた彼女は戸口に立つジョンの姿に気づき、パソコンにデータを保存してからほほ笑みかけた。「ガートとP・Jは無事に門を抜けられた?」

「ああ」

ヴィクトリアは立ち上がり、デスクの前へ回りこんだ。デスクに両手をついて体重をあずけ、戸口にもたれているジョンに目を向けた。「P・Jはいつもの元気がなかったみたいね」

ジョンは側柱に肩を押しつけた。「マックがあの子の母親を見つけ出して、話をつけたんだ。その結果、P・Jは明日プエブロに帰ることになった」

「まあ。それであの子が幸せになれたらいいんだけど」

「だったらいいが。俺が聞いた話だと、あの子のママは母親の鑑《かがみ》ってタイプじゃなさそうだ。ジェイリッドも心配している」

「でも、P・Jにとってママであることには変わりないのよね」

「ああ。プリシラ・ジェーンがうちに帰ることを望んでいる以上、俺たちにできることは何もない」

「プリシラ？　それがあの子の本名なの？」一瞬考えてからヴィクトリアは微笑した。

「あの子にぴったりの名前ね」

「だな。一見タフなちびすけって感じがするから、最初はそう思わないかもしれないが、本当は繊細な子だから」ジョンはかぶりを振った。「君にドールハウスをもらって大喜びしていたし。でもあれ、客に渡す予定だったんじゃないのか？」

ヴィクトリアは肩をすくめた。「また作ればいいわ。あの子、今まであまりプレゼントをもらったことがないみたいね」

「あのプレゼントは大事にされるだろう。帰る時も、ガートが後部座席に置けと言ったのに、それを無視して、自分の膝に抱えていたくらいだ」

ヴィクトリアは笑った。そして、話題を変えた。「ずっと今日の成果が知りたくてうずうずしていたの。何か新情報は見つかった？」

「ああ。エズメとそう年の変わらない女の子たちがコティヨン・クラスとかいうのに通っていることは知ってたか?」

「なんですって?」ヴィクトリアは目をしばたたいた。予想とまったく違う展開についていくことができなかった。

「君にも見せたかったね。小さながきどもが大人みたいにしゃれこんで、海兵隊顔負けの隊列を組んで行進していくんだ。社交ダンスやカントリークラブの会員にふさわしいマナーを学ぶために」ズボンのポケットに両手を押しこむと、ジョンは側柱から背中を起こし、彼女に近づいていった。「まさかエズメもあそこに通わせるつもりじゃないだろうな?言っとくが、俺は反対だぞ。マナーやしつけが悪いとは言わないが、自分の子には革靴の傷や靴下の中の砂を怖がる社交界のプリンセスよりましな人間になってほしい。もっと意味のあることを学ばせたいんだ」

ヴィクトリアは腕組みをした。「具体的には?」

「そうだな。もっと役に立つことだ。たとえば……サバイバル技術！　森の中で迷っても生還する方法とか、自給自足で飢えをしのぐ方法とか。まあ、地虫までは食べないとしても、食べても平気な木の実と毒のある木の実を見分けることくらいはできないと」

「なるほど。確かにそういう知識があれば、いざという時に大いに役立ちそうね」こういう時は笑うべきなの?　それとも悪態をつくべきなの?　ヴィクトリアは足で床をこつこつたたいた。ロケットがエズメの将来に興味を示している。本気であの子に関《かか》わるつもりなら、それもけっこうなことだけど……。

「おいおい。なんだかむかっ腹を立てているみたいに見えるぞ」

ジョンがさらに近づいてきた。ヴィクトリアは黒い瞳を見上げ、ついでにつんと顎をそびやかして、冷ややかに言い切った。

「ハミルトン家の人間はむかっ腹なんて立てません」

「へえ？　なんでまた？　そんな下品な真似はしないってことか？」

「そんなところよ」ヴィクトリアは答えた。「私たちは冷静かつ理性的なの。不愉快なことをされた時は……いらだつのよ」

「いらだつ、ねえ」ジョンは彼女の唇に息がかかるほど顔を近づけた。「じゃあ、君は今いらだっているわけだ」

「少しね」

「なぜ？　俺にあの子のことをよく知るべきだと言ったのは君だぞ。あれはあの子のやることに興味を持てって意味じゃなかったのか？」

「そうよ。でも……」ヴィクトリアは深々と吸いこんだ息を一気に吐き出した。「オーケー。はっきり言わせてもらうわ。私は六年近く一人で子育てしてきたの。あなたから聞きたいのは、よく頑張ったって言葉だけ。今さらふらりと現れて、私の娘にどんな知識が必要で、どんな知識が不要か、あれこれ指図してほしくないのよね」

「それが君の言い分か？」

「ええ」

黒い瞳が細められた。「不当な言い分だな」

「不当ねえ。だったら、あなたはどうなの？　いきなりここに現れて、私にあれをやれ、これはやるなと指図するのは正当なことなの？」

ジョンは背筋を伸ばし、腰に両手の拳《こぶし》を当てた。「いったいなんの話だ？　俺は何も指図なんかしていない。ただ娘の将来に関する希望を述べているだけだ」

ヴィクトリアのいらだちが激しい怒りに変わった。「つまり、あなたは私のことを甘やかされた社交界のプリンセスだと思っていて、エズメにはそうなってほしくないと言いたいわけね？」

「誰がそんなことを言った！」ジョンは髪をかきむしった。乱れた髪が一筋、左目の前にぶら下がる。その髪を無視して、彼はヴィクトリアを見据えた。「君はコティヨン・クラスに通ったのか？」

「もちろん」

「で、自分がそこで最高に楽しい時間を過ごしたから、エズにも同じ経験をさせたいと思っているわけだな？」

ヴィクトリアはジョンを見返した。自分がこの口論を楽しんでいることに気づき、少なからずショックを受けた。確かに言いたいことを言えるのは痛快だし、娘の将来について意見を戦わせるのも悪くない。だが、彼女が楽しんでいる理由はほかにもあった。それはジョンの大きくてたくましい体やかすかに紅潮した頰、確信に満ちた黒い瞳と無関係ではなさそうだった。

そういえば私たち、最後に愛し合ってからもう何日もたつんだわ。不意にそのことを意識し、ヴィクトリアは落ち着かなげに髪をかき上げた。

「私、コティヨン・クラスは嫌いだったわ。でも、このままコロラド・スプリングスに残れば、エズメもあそこに通うことになるでしょうね。できればあの子には色々な世界の人と友達になってほしい。でも、今はレベッカしかいないの。もしレベッカがコティヨン・クラスに通うとなれば、当然エズも行きたがる。あそこが気に入るかどうか、私はあの子自身に判断させたいのよ」

ジョンは考える表情になった。「それなら納得がいく」彼は顔をしかめ、急に一歩あとずさってかぶりを振った。「やれやれ。俺は君の反論を期待していたんだが」

「どうして？　私が反論すれば、あなたもまた反論できるから？」

「違うよ、ダーリン。そうなれば、このでかいデスクの上のものを全部床に払い落として、君を押し倒せるからだ」

「まあ」デスクの端をつかんでいた彼女の両手に力が加わった。「それはあまり――」変声期の少年のように声がかすれ、ヴィクトリアは咳払《せきばら》いをした。「いいアイデアじゃないわね」

「わかっている。でも、これはハードな問題だ」

ヴィクトリアは反射的に彼のズボンを見下ろした。

ジョンは吹き出した。「ああ、こっちもハードだな。でも、俺が言ったのは口論のことだよ。めちゃくちゃハードで、君も俺もぴりぴりしているし――」

「ちょっと感情的になっている?」

「そういうこと」ジョンは両手をポケットにしまい、直立不動の姿勢を取った。「でも、子供がいるうちではセックスはしない約束だ。だから、頼むよ。デスクの向こう側に戻ってくれ。そうしたら、俺がゴルフをしながらオルソンとハムリンから仕入れた情報をたっぷり聞かせてやるからさ」

23

「申し訳ありませんが、あなたがおかけになった番号は現在使われておりません」

ジェイリッドは悪態とともに受話器をたたきつけた。P・Jから渡された番号に電話するのは三度目だが、答えはいつもこれだ。P・Jはなぜ使われてない番号をわざわざ僕に教えたんだろう？

おまえのことが嫌いになったと言うより簡単にすむからさ。心の中でささやく声が、彼が必死に忘れようとしていた事実を思い出させた。先週ここを訪ねてきた時、P・Jがひどく気づまりな様子だったことを。

「違う！」ジェイリッドは心の声を押しやり、みぞおちにわだかまる冷え冷えとした感情から逃れるように自分の部屋を出た。力まかせに閉めたドアが反動でまた開いたが、それを無視して廊下を突き進んだ。

原因は僕じゃない。きっとあの最低な母親が何かしたんだ。ロケットに頼んで、P・Jを捜してもらおう。P・Jもここに住めばいい。

しかし、二階の廊下の角を曲がって、ジョンの姿を見つけたとたん、ジェイリッドの足はぴたりと止まった。元海兵隊員が姉と抱き合い、人生最後の食事を味わう死刑囚のようにキスをしていたからだ。ヴィクトリアの両腕は彼の首に巻きつき、ジョンの長い指は彼女の尻をつかんでいた。

何かの気配を感じ取ったのか、ジョンが不意に顔を上げた。自分たちを見つめているジェイリッドの姿を発見し、小声で短く悪態をついた。あんぐりと口を開けていたことに気づき、ジェイリッドは急いで口を閉じた。P・Jの身を案じる気持ちと電話の無機質なメッセージに対する鬱憤《うっぷん》が、姉とのっぽの探偵に対する怒りに変わった。

ジェイリッドは薄ら笑いを浮かべて、二人に近づいていった。ヴィクトリアが振り返った。唇が赤く腫《は》れ、服装が乱れていた。彼は姉の全身をわざとらしく眺め回した。しかし、裏切られたという思いのせいか、ジョンに目を向けることができなかった。尊敬してたのに。ヒーローみたいに崇《あが》めてたのに。こいつはトーリに近づくために、僕によくしてくれただけだったんだ。

ジェイリッドは吐き気を感じた。結局、こいつも父さんと同じか。虎視眈々《こしたんたん》とチャンスを狙《ねら》ってたんだ。トーリが急に金持ちになったから、さっそくそのチャンスに飛びついたんだ。

しかし、それを口にするだけの度胸はジェイリッドにはなかった。彼は自分の臆病《おくびょう》さを恥じ、さらに怒りを募らせた。ジョンと姉と彼自身。誰が一番憎いのかもわからないまま、彼はヴィクトリアをにらみつけた。

「姉さんは僕を助けようとしてくれてるのかと思っていたよ」ジェイリッドは押し殺した声で言った。ちくしょう。トーリが信じられないなら、僕は誰を信じりゃいいんだ？　P・Jはだめだ。P・Jはもう僕を友達だと思っていない。でなきゃ、嘘《うそ》の電話番号なんか渡さない。それでも、トーリは――トーリだけは何があっても僕の味方だと思ってた。

それがこのざまだ。

みんながみんな僕の存在を忘れてる。まるで父さんが生きてた頃《ころ》みたいだ。でも、まさかトーリにまで裏切られるなんて。深く傷ついたジェイリッドは考えなしに口走った。「そう、僕は姉さんが僕を助けようとしてくれてるんだと思っていた。でも僕のことなんて、その女たらしをここに引き留める口実にすぎなかったんだね」彼は心の痛みを隠し、肩をすくめた。「姉さんはそいつといちゃいちゃしたいだけ。僕のささやかな問題なんかどうだっていいのさ」

ヴィクトリアの瞳がショックで見開かれた。だが、ジェイリッドが後悔するより早く、ジョンが彼女の前に立ちはだかった。黒い瞳に見据えられ、ジェイリッドはよろけるようにあとずさった。

「俺《おれ》のオフィスに来い」ジョンは命令した。「今すぐにだ！」

ちくしょう。ちくしょう。噴き出した冷たい汗がジェイリッドの背筋を伝い落ちた。あそこは父さんが僕を呼びつけて、説教を垂れてた部屋じゃないか。ロケットにくそくらえと言ってやりたい。でも、口を開くのが怖い。虚《むな》しい怒りにさいなまれながら、ジェイリッドはきびすを返して歩き出した。後ろに続く大男の存在を意識しつつ、階段を下りて一階の廊下を進み、まだ新しい南棟の裏手のオフィスへ向かった。

ドアを開けてオフィスに入ると、彼はデスクの向かいの椅子に近づき、そこにどかりと腰を据えた。激しく轟《とどろ》く心臓の上で腕組みし、デスクの奥の席へ向かうジョンを反抗的ににらみつけた。

「まず一つはっきりさせとこう」デスクに前腕をあずけると、ジョンは日に焼けた長い指をジェイリッドに突きつけた。その動きに合わせて、腕に入れられた髑髏《どくろ》マークのタトゥーが揺れた。「俺に言いたいことがあるなら、何を言ってもかまわない。ただし、自分の姉に対して――いや、どんな女性に対してもだ――ああいう口のきき方はするな。みんなが疑っている時でも、トーリだけはずっと君を信じていたんだぞ。君のために自分の人生までめちゃめちゃにしたんだぞ。その彼女を見下すことは俺が絶対に許さない」

そりゃあ、トーリに迷惑をかけたのは悪いと思ってるさ。でも、僕からトーリに何かしてくれと頼んだわけじゃない。なのに、なんで僕が責められなきゃならないんだ？

それに、たとえロケットの言うことが当たってたとしても、意地でも認めたりするもんか。ジェイリッドは虚勢を張って、相手をにらみ返した。正論で戦おうとした。「いったいなんの話ですか？　僕がトーリの人生をどうめちゃめちゃにしたっていうんです？　トーリが決めたことなら、それはトーリの責任だ」

「なあ坊主、人間は誰だって私利私欲で生きているが、五分ぐらいは自分以外の誰かのことを考えられないのか？　君の姉さんは君のために生きているわけじゃないんだぞ。彼女はイギリスで暮らしていたのに、その生活を捨てて戻ってきた。エズメを転校させ、叔母さんや友人たちと別れ、工房の荷物を一切合切まとめて、地球の裏側に送ったんだ。こんな恩知らずのためにな。それもこれも君を大切に思えばこそだろうが」

急に正論が虚しく思えてきた。「で、誰がトーリにそんなことを頼んだんです？」弁解がましく言い返したとたん、ジェイリッドはいたたまれない気分になった。弁解なんて最低だ。負けを認めるよりひどい。軽蔑《けいべつ》される価値もない。ロケットだってきっとそう思ってるはずだ。

くそ。僕を助けるためにトーリがそこまで苦労したなんて、今まで考えたこともなかった。「わかってます」ジェイリッドはのろのろと認めた。「誰に頼まれなくても、トーリはそうするしかなかったんだ」なのに、僕はロケットに指摘されるまでそのことに気づかなかった。彼は屈辱感を振り払い、とっさに反撃に出た。「でも、あなたはどうなんです？私利私欲のために姉さんをたらしこんだんじゃないんですか？」

ジョンは険しい形相で椅子から身を乗り出した。「自分の姉について話す時は言葉を選べ！　今度やったら承知しないぞ」それだけ言うと、彼は表情を改め、椅子の背にもたれて、デスクに両手を置いた。

だが、その両手が一瞬かすかに震えたことをジェイリッドは見逃さなかった。彼はしてやったりの気分になり、調子に乗って鼻を鳴らした。「でも、父さんの遺言が検認されたら、トーリが大金持ちになることは、あなただって知らないわけじゃないでしょう」

「俺は彼女の金には興味がない！」

「ふうん。だったら、なぜ数週間前に出会ったばかりの女性とあんなになれなれしくしてるんです？」

ジョンは顔色一つ変えなかったが、黒い瞳には激しい怒りがあった。感情を排した歯切れのいい口調で彼は言った。「君には関係ないことだが、俺と君の姉さんは昨日や今日知り合ったわけじゃない。出会ったのは数年前で、エズ——」彼は途中で言いやめて立ち上がった。「いったい俺は何をやっているんだ？　なんで君とこんな話をしているんだ？」彼はまたジェイリッドに向かって指を突きつけた。「姉さんに謝れ。俺のことは好きにならなくていい。信じてくれなくてもけっこうだ。でも、彼女にはちゃんと敬意を払え。感謝することも忘れるな。彼女がいなかったら、君はまだ道で物乞《ものご》いを続けていたんだからな」

ジョンがデスクを回りこんだ。そのまま出ていくのだろう、とジェイリッドは思った。ところが、ジョンは彼の前で立ち止まり、ズボンのポケットに両手を押しこんで、座っている彼を見下ろした。ジェイリッドは反抗的ににらみ返したが、みぞおちが凍りついたような気分だった。ロケットは顔をしかめてるだけだけど、本当はものすごく怒っているんだ。その証拠に肩も顎もこわばってる。自信をぼろぼろにされるような捨て台詞《ぜりふ》を覚悟して、ジェイリッドは身構えた。

ところが、ジョンの口から出たのは思いも寄らない言葉だった。「トーリが男を惹《ひ》きつけるのに金が必要だと思っているなら、君は自己中心的なうえに、とんだ大ばかってことになる」

ジェイリッドは目をぱちくりさせた。これで終わり？　〝おまえは役立たずの屑《くず》だ〟も〝みんなに迷惑をかけるだけの厄介者は生まれてくるべきじゃなかった〟もなし？　ただトーリを弁護しただけ？　聞き慣れた父親の罵倒《ばとう》とあまりに違うその言葉に、彼はただ目をしばたたくことしかできなかった。

ジェイリッドがようやく驚きから立ち直った時には、ジョンはすでに大股《おおまた》でオフィスを出ようとしていた。

落ち着け。落ち着け。落ち着け。全身を駆け巡る怒りのリズムに合わせて同じ言葉を繰り返しながら、ジョンは階段を上り、自分の部屋へ向かった。落ち着け。とにかく落ち着くんだ。でも、ちくしょう！　なんで俺はトーリに手を出さずにいられないんだ？　そのうえ、危うく彼女の弟をぶちのめすところだった！

「なんてこった」ジョンは自分の部屋のドアを開けた。「これじゃ俺の親父《おやじ》と同じだ」

「あら、私はそうは思わないけど」

彼ははっと顔を上げた。部屋の奥に置かれた縦縞《たてじま》のシルクの椅子に、ヴィクトリアが座っていた。彼女は優雅に背筋を伸ばし、長い脚を組んで、片足を宙にぶらぶらさせていた。自分が周囲にまったく注意を払っていなかったことに気づき、ジョンは自嘲《じちょう》的に笑った。

「最高だね。これでも昔はどんなものも見逃さなかったんだぞ。誇り高い精鋭部隊の一員だったんだ。それが今じゃ、セレブなドールハウス・デザイナーと十七歳の若造にもあっさり隙《すき》を突かれる始末さ。お次はなんだ？　エズメにやられることになるのか？」

「いいことを教えてあげる。私たちといる時は警戒する必要なんてないのよ」

いいや、警戒はするべきだ。ジェイリッドとあんな口論をした直後ならなおのこと。ジョンは彼女に冷たい視線を返した。「悪いが出ていってくれないか？　ちょっと息抜きしたいんだ」

ヴィクトリアは微動だにしなかった。「ジェイリッドとの話し合いがうまくいかなかったのね」

ジョンは乾いた声で笑った。「ああ、何もかもさっぱりだ。そもそも、君といるところを彼に見られたのが間違いだった。昔はこんなどじは踏まなかったんだが」

「昔というのはあなたが――あなた、ペンサコラでなんと言っていたかしら？――極秘偵察専門の殺戮《さつりく》兵器だった頃の話？」

俺は本当にそんな間抜けなことを言ったのか？　まあ、言ったんだろうな。だとしても、その表現は当たらずといえど遠からずだ。ジョンは素っ気なくうなずいた。

「だったら、肩の力を抜いたら？」ヴィクトリアは言った。「当時のあなただって息抜きくらいはしたはずよ。女性にもてもてのプレイボーイだったんだから。でも、殺戮兵器モードのまま女性を口説いていたとは思えないわ」

ジョンは怒りを静めるために部屋を歩き回っていたが、彼女の言葉で足を止めた。「そんな言葉で俺の気が楽になると思うか？　はっきり言って、よけい落ちこむだけだ。ここにいる間はセックスなし。何度も確認し合ったことなのに、君を見るたびに手を出してしまう」

「私は抗議した覚えはないけど。それに、今日先に手を出したのはどっち？」

トーリだ。でも……。「どっちが先に手を出したかは問題じゃない。俺が約束を破った言い訳にはならない。いや、それだけだったらまだいいさ。俺は君の弟をぶちのめしたいと思ってしまったんだ！」

「そんなこと。私だって経験があるわ」ヴィクトリアはどうでもよさそうに肩をすくめた。「あの子はティーンエージャーなのよ。誰だって一度や二度はティーンエージャーをぶちのめしたくなるものでしょう？」

「いや」ジョンは指を曲げ伸ばししていた拳《こぶし》から視線を上げ、彼女を見据えた。「君にはわかってない。俺は本気で彼を傷つけたくなった。あの細っこい首を両手でつかみ、顔から血の気が失《う》せるまで締めつけたくなったんだ。ああ、トーリ。俺はあの子を拳で殴りたかった。あの子の顔を床に押しつけたかった。これじゃ親父と同じだ。こんなことを言う日が来るとは思わなかったが、俺はもう少しで癇癪《かんしゃく》を起こしそうになった。言葉と拳の両方であの子をたたきのめしたくなった」彼は震えの止まらない両手で髪をかきむしった。「俺がどんなにそうしたかったか、君には絶対わからない。きっと俺の親父もそうだったんだ。さっきの俺と同じ気持ちで、俺に怒りをぶつけたんだ」

ヴィクトリアは穏やかに彼を見つめた。「でも、あなたはそうしなかった。でしょ？」

「ああ。でも、ほとんどそうしかけた」

「未遂は未遂よ」ヴィクトリアは椅子から立ち上がり、彼に歩み寄った。厳粛なまなざしで彼を見上げ、なだめるように彼の腕を撫《な》でた。「事実、あなたはそうしなかった。ちゃんと癇癪を抑えきった。うちの父のようにあの子を屑呼ばわりすることも、あの子を殴ることもしなかった」

「今回はな」力のない声でつぶやくと、ジョンはあとずさった。トーリの信頼のまなざし。俺に信頼される資格はないのに。俺がどんな血筋の人間か、トーリにはよくわかっていないんだ。でも、俺にはわかっている。「俺を表彰するのは早いぞ、ダーリン。次にジェイリッドが俺を怒らせたらどうなるか、まだ誰にもわからないんだから」

三日後、エズメが泣きそうな顔でヴィクトリアに駆け寄ってきた。「ママ、ジョンが遊んでくれないの！」少女は母親に抱きついた。「この前もよ！　あたしがあらいぐまと蟻《あり》作戦をやろうって言ったのに、今はだめだって！」

「ジョンはあなたとお人形さんごっこをするためにここにいるんじゃないのよ、スウィーティ。お仕事のためにここにいるの」ヴィクトリアは平静を装って言い聞かせたが、内心はひどく動揺していた。本当は髪をかきむしりたい気分だった。それでも、彼女はいらだちを抑え、娘に手を差し伸べた。「ジョンと偵察隊ごっこをするよりは楽しくないかもしれないけど、今日は工房でママのお手伝いをしてみない？」

「うん、お手伝いしてもいいよ」エズメは浮かない顔で差し出された手を握り、しぶしぶヴィクトリアについてきた。しかし、根っから楽天的な性格なので、ガレージに着く頃にはスキップをしながら、レベッカと電話でしゃべった内容を母親に報告していた。親友がどんなことを言い、自分がどう切り返したのか、一言一句まで再現しながら、少女は工房へ続く階段を上っていった。

ヴィクトリアは相槌《あいづち》を打ち、時折コメントを差し挟んだ。しかし、頭の中ではジョンのことばかり考えていた。

まったく、彼にはいらいらさせられる。ジェイリッドと衝突したくらいで、自分は父親と同じだと思いこむなんて。私がいくら説得しても、全然耳を貸してくれないし。おかげでこっちは何をやっても一、二分しか集中力がもたないわ。このままだと本当に胃潰瘍《いかいよう》になってしまいそう。でも、彼がばかな真似《まね》を続ける限り、ずっとこのストレス状態が続くのね。

ヴィクトリアはエズメにゆったりとしたエプロンを着せ、ドールハウスの縮尺模型と糊《のり》と間違った色を注文してしまった屋根板を用意した。考えてみれば、この注文ミスもロケットのせいだわ。〈センパー・ファイ調査事務所〉のジョン・ミリョーニがかつての恋人だと知った翌日に注文したんだから。

　実際、今の彼女は世界のあらゆる問題点をジョンのせいにしたい気分だった。

エズメが作業に熱中しはじめると、ヴィクトリアは道具を手に取り、P・Jにプレゼントしたドールハウスの代替品に屋根板を張りつけはじめた。幸い、これまでに何十回もこなしてきた作業なので、集中できなくても指が勝手に動いてくれた。

　ジェイリッドが彼女に謝罪したのは一昨日のことだった。謝罪といっても決まり悪そうにぼそぼそと詫《わ》びただけだが、それは姉のセックスという微妙な問題のせいだろう。ジェイリッドのしどろもどろな説明から察するに、ジョンはジェイリッドをぶちのめしたい衝動に耐えながら、終始一貫して彼女を擁護したらしい。ジェイリッドはそのことに深く感銘を受けたようだった。父親の言動を見てきた彼女には、弟の気持ちがよくわかった。

　でも、ロケットにはジェイリッドの気持ちがわかるかしら？　まず無理ね。彼は自分が子供を虐待しかねない人間だと思いこんでいる。心に壁を築いて、ジェイリッドやエズメに近づかないようにしている。彼の態度には文句のつけようがないわ。でも、どこかよそよそしさが感じられる。エズメとジェイリッドを守ろうとして、慎重に距離を保っている感じがする。

　ジェイリッドはそのことを気にしていないようね。あの子は大人の男に期待してはいけないことを身をもって学んだから、どんな形であれジョンに関心を向けられるだけで満足なのかしら。少なくとも、自分が英雄視している男に嫌われずにすんで、ほっとしているみたいだわ。

だけど、エズメは違う。一緒に遊んでくれた人が急に遊んでくれなくなって、わけがわからずに戸惑っている。あの子に私やジェイリッドのような思いをさせたくなくて、わざわざパパから引き離したのに。あの子の悲しそうな顔を見るのはいいかげんうんざりよ。

下のガレージから車のエンジン音が聞こえてきた。その特徴のあるうなりに気づき、ヴィクトリアは唇をゆがめた。噂《うわさ》をすればなんとやら。鼠《ねずみ》が船から逃げ出そうとしているわ。

エズメもこの音に気づいたかしら？　また傷ついているんじゃないかしら？　ヴィクトリアは不安げに娘を見やった。しかし、エズメは舌を上下の歯で挟み、屋根に小さな板を張りつける作業に集中していた。門の外で記者たちが騒ぎ出すまで、視線を上げようともしなかった。

「あれ、狼《おおかみ》の声？」エズメが尋ねた。

ジェイリッドが記者たちを狼と呼んだことが、よっぽど印象に残っているのね。ヴィクトリアはかすかにほほ笑んだ。「ええ、そうよ」

「みんな、どうしてわめいてるの？」

「あの人たちのことはよくわからないけど、人がここを出入りすると興奮してしまうんじゃないかしら」

「じゃあ、誰かここに来たってこと？」エズメはぴょんと立ち上がり、椅子を窓際まで押していった。その上によじ登り、爪先《つまさき》立って外を眺めた。それでは思うような結果が得られなかったらしく、今度は椅子の肘かけ部分に上ろうとした。

「ちょっと待って！　ママが椅子の安全について話したことを覚えてる？」ヴィクトリアは窓辺に近づき、娘を抱いて床に下ろした。少女のふっくらとした顎に手を当てて、互いの視線を合わせた。「それに、ここから門は見えないわよ、スウィーティ」

「でも、誰だか知りたいの。あたしたちに会いに来たお客様かもしれないでしょ」

「お客様じゃないわ」ためらってからヴィクトリアは答えた。「ジョンがお出かけしただけよ」

エズメは一瞬母親を見上げ、それからうなずいた。「お仕事のためね？」

「ええ」

「オーケー」エズメは椅子を作業台の前に押し戻した。その上に座って、糊づけしていた屋根板に手を伸ばしたところで、記者たちの怒鳴り声が聞こえてきた。「いいんだ」少女は板を屋根に張りつけた。

ヴィクトリアも糊づけ作業に戻った。「いいって何が？」

「ジョンがお仕事から戻ってきたら、遊んでくれるかもしれないし」

「まあ、エズ。戻ってきたあとも、遊んでいる暇はないかもしれないのよ」

「でも、あるかもしれないでしょ」

ロケットのくそったれ。彼がこのままずっとねつづけるつもりなら、一度がつんと言ってやらなきゃ。エズメの人生に関《かか》わる気があるなら、こんなばかな真似はやめなさいって。

怒っていてもいなくても、彼が子供を殴るはずがないわ。いいかげんそのことに気づいてくれないと、こっちの我慢も限界よ。私は子供より自分の時間を優先する父親の下で育つしかなかったけど、エズメに同じ思いはさせられないもの。ヴィクトリアは保護本能をむきだしにした目つきで幼い娘を見やった。

この子の愛情に応《こた》えられない――応えようとしない父親がいるくらいなら、父親なんていないほうがましよ。

24

ジョンはその日の午後をカントリークラブで過ごした。ダイニングルームの女支配人やプロショップのマネージャー、数人のキャディたちに話しかけ、さりげない会話を装いながら情報収集に努めた。最後はバーでビール片手にバーテンダーと雑談し、そうやって集めた情報を頭の中にしまいこんだ。情報はどれも個人の癖に関するものだった。そういう情報は誰がどんな行動を取りそうか推測するうえで役に立つ。そのことを経験から学んでいたジョンは、今日の収穫に大いに満足した。

しかし、バーテンダーにチップをはずんで、自分の車へ向かううちに、その満足感は薄れていった。代わりに彼の頭を占めたのは、どうやって殺人事件を調査するかという問題だった。

俺《おれ》は元海兵隊員だから体力勝負が基本だ。それに、殺人事件は俺の専門分野じゃない。家出少年や捨て子を捜すのと、殺人犯を見つけるのとではわけが違う。最初に依頼された時点でよく考えるべきだった。いや、考えはしたさ。でも、トーリのこととなると、俺は理性がなくなるらしい。実際の話、この調査を成功させるには地元警察の協力が不可欠だ。

ところが、俺はシンプソン刑事にあまり好かれているとは言えない。仮に俺がフォード・ハミルトンを殺した犯人を突き止めたとして、その先はどうすればいいんだろう？　犯人を痛めつけて無理やり自白させるか？　ジョンの唇から自嘲《じちょう》的な笑いがもれた。ああ、エース。おまえならやりかねない。

俺にはやるべき仕事がある。マックからも毎日電話でせっつかれている。一方、ここで俺が上げた成果は、今のところジェイリッドを見つけたことぐらいだ。このままいくと、トーリへの請求金額は国家の債務に匹敵する数字になりかねない。

現実を直視しろ、エース。おまえとトーリでは住む世界が違う。最初からわかっていたことだが、今日半日カントリークラブで過ごして、改めてその事実を思い知らされた。そろそろ自分をだますのはやめるべきだ。そもそも、なんでトーリとの将来があるなんて思った？　どういう根拠でエズメの本当の父親になれると考えた？

でも、あの二人と離れ離れになることを思うと、はらわたを切り裂かれたような気分になる。俺はトーリに未来を期待させるような態度をとった。今さらどうやって未来はないと言えばいいんだ？

こうなったら、スマートにいこう。とりあえずは彼女を避けることだ。明日の夜にはカントリークラブのダンスパーティに出ることになっている。その時、彼女に話をしよう。

別に臆病《おくびょう》風に吹かれたわけじゃないぞ。ジョンは自分に言い訳した。俺は正しいことをやろうとしているだけだ。人目のある場所なら、トーリも冷静に受け止められる。客観的に判断できる。これはトーリのためなんだ。

俺は一人の女と安定した関係を築ける男じゃない。ずっと前からわかっていたことだ。それなのに、この二週間はその事実に目をつぶってきた。でも、自分をだますのももうおしまいだ。俺は父親には向いてない。それは誰よりも自分が一番よく知っている。ジェイリッドとの一件でますます確信が深まった。暴力的衝動を持つ男は子供に関《かか》わるべきじゃない。俺はここにいちゃいけない。

デンバーへ戻ろう。それがみんなのためだ。

もちろん、そのことも人前でトーリに話そう。それが一番利口なやり方だ。感情的な言い争いでごたごたするのは好きじゃない。違うやり方があるのに、わざわざ揉《も》めたがる人間がどこにいる？　トーリは礼儀にこだわるから、人前で騒ぎは起こさない。そこをうまく利用するんだ。彼女だってこれ以上のごたごたはごめんだろう。

車に到着したジョンは、覚悟を決めたように熱い金属の屋根に手をついた。そう。物事はシンプルに進めたほうがいい。これは度胸のあるなしとは関係ない。

トーリは俺に失望するだろうが、そんなのは知ったことか。

翌日の夜、ヴィクトリアとジョンがカントリークラブへ出発しようとしていると、高くそびえるハイヒールを履いたディーディーが、よたよたとした足取りで車回しに現れた。肉感的なブロンドは玄関先から彼らを呼び止めた。ドレスの深いスリットから脚をちらつかせながら車に近づき、運転席の窓をたたいた。

ジョンが窓を下ろすのを待って、彼女は言った。「ついでに乗せてって。あたしの車、タイヤがパンクしちゃったの。修理を呼んだんだけど、明日までは来られないって言うのよね」

ヴィクトリアにとっては予想外の展開だった。この三十六時間、彼女はほとんどジョンと顔を合わせていなかった。どうしても彼と話がしたいと思っていた。しかし、ジョンは大きな肩をすくめて、〝ああ、どうぞ〟と答えた。礼儀を重んじる彼女は抗議の言葉をのみこんだ。

「なんだか悪いわね」ジョンの手を借りて後部座席に乗りこむと、ディーディーは言った。ドアが閉まるのを待って、大きく開いたドレスのスリットを引き寄せた。

そして、ヴィクトリアの表情を見て、意地の悪い微笑を浮かべた。

「大丈夫。心配しないで。二人の夜を邪魔するつもりはないから。あたしだって一晩中あなたたちとつき合わされるのはごめんよ。こっちにも色々予定があるの。だから、帰りはほかの人の車に乗っけてもらうわ」それだけ言うと、ディーディーはコンパクトを取り出して、化粧のチェックを始めた。顔を左右に向け、化粧の出来映えに満足すると、閉じたコンパクトを小さなパーティ用のハンドバッグに放《ほう》りこんだ。

車が門に差しかかった。ヴィクトリアは記者たちと視線を合わせないようにしたが、ディーディーは背筋を伸ばし、肩を後ろに引いて胸を突き出した。顔に悲しげな表情を張りつけ、記者たちの熱っぽい視線を受け止めた。しかし、記者たちの姿がはるか後方に遠ざかると、不幸な未亡人のポーズをやめて、座席から身を乗り出してきた。「あたし、引っ越しを考えてるの」

「ねえ、いいことを教えてあげる」彼女はヴィクトリアに話しかけた。「あたし、引っ越しを考えてるの。どこか慎《つつ》ましやかに暮らせる場所を探すつもり」

ヴィクトリアは前方に視線を戻し、ひっそりとほほ笑んだ。ディーディーが引っ越し。今夜はいい夜になりそうだわ。

ディーディーは前言どおりに行動した。カントリークラブに到着すると、車が停止したとたんに後部座席から降り立ち、二人を待たずに先に中へ入った。おかげで、ヴィクトリアも予定どおりに行動することができた。

「私たち、話し合うべきだわ」数分後、会場のサロンに入りかけたところで、彼女はジョンの袖《そで》に手を置いて引き留めた。開かれたドアから、音楽と人々の笑いさざめく声が聞こえてくる。毎年恒例となっている労働者の日のダンスパーティはすでに盛り上がりを見せていた。夏用のタキシードに身を包んだ男たち。オートクチュールの古典的なドレスから最新流行のドレスに至るまで様々なファッションで着飾った女たち。その光景は絶えず色が変化する万華鏡を思わせた。

「わかってる」ジョンはサロンをのぞきこんでから彼女に視線を戻した。「まずは俺たちのテーブルを探そう。話はそれからだ」

大勢の人に囲まれたテーブルでは、落ち着いて話ができないわ。ヴィクトリアは受付コーナーを見回し、支配人の小さなオフィスに目を留めた。「いいえ、こっちにしましょう」決然とした口調で答え、ロビーの反対側へ向かった。

「トーリ、待てよ！」

しかし、彼女は足を止めなかった。目指すドアまでまっすぐに歩き、わずかに開いていたドアの隙間《すきま》から中のオフィスをのぞきこんだ。よかった。誰もいないわ。彼女は先に中へ入り、振り返ってジョンを待った。

ジョンはあとを追ってきたが、戸口の前で立ち止まった。両手をズボンのポケットに押しこみ、肩を丸めてヴィクトリアを見つめた。「なあ、ダーリン、サロンに戻ろう。あそこでも話はできる」

「あそこは人が多すぎるわ」

パニックに似た表情がジョンの顔をよぎった。「人がいてもいいじゃないか。小声で話せば」彼はドアのネームプレートを見やった。「ここは誰かのオフィスだ。勝手に入るのはまずいだろう」

「よく言うわ」ヴィクトリアは笑った。「普段は他人にどう思われようと気にも留めないくせに」彼女は手を伸ばし、ジョンの腕をつかんで引っ張った。「ここで話すのよ、ミリョーニ」

「くそ」ジョンはオフィスの中に入ったが、ドアは開けたままにした。

ヴィクトリアは身を乗り出してドアを閉めた。念のために鍵《かぎ》もかけ、緊張が高まるのを感じつつ、ジョンの半分閉じた目を見上げた。「なぜ私と二人きりになりたくないの？」

「なんの話かわからないね」ジョンは肩をいからせ、ポケットから両手を出して、ゆっくりと背筋を伸ばした。視線を合わせつづけるために、ヴィクトリアは頭をのけぞらせなくてはならなかった。「いや、本当はわかってる。確かに、俺はほかの場所で話ができたらと考えていた。君が騒ぎを起こしづらい場所で」

「なんですって？」私は侮辱されたと怒るべきなの？　それとも、恐れるべきなの？　ジョンのむっつりとした決意の表情に気づき、ヴィクトリアは逃げ出したくなった。だが、ここで逃げ出すことはできない。彼女は不安を隠し、つんと顎をそびやかして、わざと冷淡に言った。「ハミルトン家の人間は騒ぎを起こしたりしません。だから、言いたいことがあるならさっさと言って」

「俺はデンバーへ戻ることにした」

嘘《うそ》！　ヴィクトリアは思わずあとずさった。実用的なデスクに太腿の裏側がぶつかる。これ幸いとばかりにそこに尻をあずけると、とたんに脚から力が抜けた。彼女は両手でデスクの端をつかんだ。角が手のひらに食いこんだが、そのかすかな痛みをむしろありがたいと思った。「今度は日帰り？　それとも泊まり？」期待をこめて、ヴィクトリアは問いかけた。

「ずっとだ」

「ずっと」ヴィクトリアは力なく繰り返した。心の中に激しい痛みが広がった。だが、その痛みは冷たい怒りに取って代わられた。急にデンバーへ戻るなんてどういうわけ？様々な可能性が頭をよぎり、最後に一つの結論が残った。彼女は目を細めて、ジョンを見据えた。「あらそう。つまり、私はあなたにだまされていたわけね？」

「何を言ってるんだ？」ジョンは表情を変えなかった。ヴィクトリアは彼の軍人としての顔を見た気がした。「俺は君になんでも正直に話してきた。今もそうしているつもりだ」

「見え透いたことを」ヴィクトリアはうんざりした表情でかぶりを振った。「私はあなたとの関係が六年前とは違うものだと信じていたのよ。でも、違っていたのは私の理解能力ね。今度はあなたが逃げ出す側になりたがっていることを見抜けなかったんだから」

一歩前につめ寄ったところでジョンは自分を押しとどめた。だが、その顔はもうクールな無表情ではなかった。彼は前かがみになり、ヴィクトリアをにらみつけた。「それは違う。君もわかっているはずだ！」

「そう？　じゃあ、そういうことにしてあげる。今度は一週間以上もったわね。でも、結局は前と同じ。あなたは期限つきで私を求めた。そして、その期限が来た。どういうことなの、ジョン？　あなたの体には期限を知らせる体内時計が備わっているの？」

「違う！」ジョンはもどかしげに彼女をにらみつけた。なんでトーリは話をややこしくするんだ？「ちくしょう。どこからそんな考えが出てくるんだ？　前にも言っただろう。俺は君に会って変わったと。だから、その恩に報いるために、君の人生から出ていくんだ」

「ご立派な考えだこと」

ヴィクトリアの辛辣《しんらつ》な不信の言葉が彼の神経を逆撫《さかな》でした。「俺たちにどんな未来があると思っていたんだ、トーリ?」いや、自分を見失ったら話にならない。ジョンは怒りを抑えた。無理に眉を開き、軽い口調で言った。「ベイビー、君はシャンパンで、俺はビールだ。ビールはビールで悪くはないが、シャンパンの世界には馴染《なじ》まない。このままいけば最後はどうなると思う? 君はあの豪邸を、カントリークラブを、何台もの高級車を捨てて、俺の小さなアパートメントで暮らすつもりだったのか?」

ヴィクトリアはデスクから腰を浮かせ、彼と顔を突き合わせた。怒りに燃えるモスグリーンの瞳を前にして、ジョンは思わず身を引いた。

「あなたは、恩着せがましい、傲慢《ごうまん》な、ばか野郎よ」彼の胸を指で突きながら、ヴィクトリアは一語一語はっきりと言った。「父が亡くなるまで、私は寝室が三つしかないフラットに住んでいたの。三つ目の寝室が必要だったのは、自宅に工房が欲しかったからよ。それに、誰があなたと暮らしたいなんて言った?」彼女の唇から乾いた笑い声がもれた。「冗談じゃないわ。あなたにはエズメの父親になる覚悟すらできてない。そんな人に未来を約束されて、私が信じると思うの?」

「ちょっと待った!」ジョンの頭に血が上った。ここまでこけにされたら、とても黙っていられない。

「いいえ、待つのはあなたよ!」ハイヒールの力を借りて、ヴィクトリアは限界まで背伸びをした。「あなたと私だけの問題ならまだいいわ。私たちは大人だもの。問題があっても話し合いで解決できるし――まあ、できない場合もあるけど、心が傷つくことになっても、大人として対処できる。でも、エズメを傷つけることだけは許さないわ」

「俺だってそんなことをするつもりはない！　でも、俺がここにいたら、何が起きるかわからないだろう？　この前はなんとか君の弟をぶちのめさずにすんだが、あれはもう奇跡みたいなもんだ。俺みたいな男をエズメに近づけていいのか？　こんな血筋の男を？　虐待者はたいてい子供の頃《ころ》に虐待された過去を持つ。これはもう常識だ。君に賛成してもらえないのは残念だが、俺はエズメを危険にさらす気はない。そんなことをするくらいなら、自分が身を引いたほうがましだ」

「誰にとってましなの？」

「みんなにとってだよ！」

「じゃあ、そうすればいいわ。ただし、二度と戻ってこない覚悟でね」

ジョンのはらわたが凍りついた。「なんだと？」

「立ち去るのもとどまるのもあなたの自由よ。ただし、両方は選べないわ。気が向いた時に戻ってきて、気分次第でまた出ていくなんてことは許されないのよ」

「俺は何も言って――」

「そうね。あなたは昔から何も言わない男だった。人のことは話題にしても、自分のことは話題にしない。自分の気持ちを表さない。それならそれでけっこうよ。私が代わりに言ってあげる。エズメの父親になる気がないなら、あの子の人生から出ていって」ヴィクトリアは彼の鼻先に自分の鼻を突きつけた。「私はエズメを混乱させたくないの。だから、この場でどっちか選んで。そして、その選択に従って」

自分で立ち去ることを決意するのはいい。でも、最後通牒《つうちょう》を突きつけられたら話は別だ。ジョンは激しい怒りに駆られた。と同時にパニックに陥った。パニック？　俺がそんなみっともない状態になるもんか。彼はヴィクトリアの体を挟みこむようにしてデスクに両手をついた。

体と体がぶつかりそうになり、ヴィクトリアはあわてて身を引いた。デスクに体重をあずけ、唖然《あぜん》としながら彼を見上げた。

気をつけの姿勢が崩れ、彼女の膝が開いた。ジョンはそれを利用して、彼女の膝の間に入りこんだ。たっぷりとしたドレスのスカートに太腿を押しつけながら、彼女を見下ろした。「本気で言ってるんじゃないよな、ダーリン」

ヴィクトリアはぽかんと開けていた口を閉じ、顎をそびやかした。「なんなの？　自分は女も虐待するってことを証明しようとしているの？」

「違う！」ジョンの眉間《みけん》に皺《しわ》が刻まれた。「でも、俺が癇癪《かんしやく》を起こして、子供を傷つける可能性があることは否定できない。これは軽視できない事実だ」

「何が事実よ。私の意見を聞きたい？　私が思うに、あなたは子供を傷つけるくらいなら自分の右手を切り落とす人だわ。それなのに、その態度は何？　エズメと私を大切に思っているふりをしたかと思うと、次の瞬間には私たちを突き放す。それは自分の感情を持て余しているからじゃないの？　その感情を直視したくなくて、根拠のない〝父親の二の舞〟説にしがみついているだけじゃないの？」ヴィクトリアは大きな肩をぴしゃりとたたいた。「どういうことか、はっきり言ってよ！」

俺は君に恋しかけているんだと思う。思いがけない言葉が脳裏をよぎり、ジョンは怖気《おぞけ》をふるった。ばかな！　そんなはずがあるもんか。俺は女たらしのミリョーニだ。恋に落ちるなんてありえない。六年前も。今も。確かに、トーリとエズメのことは大切に思っている。だからこそ、二人のためにこの決断をしたんだ。とびきりのセックスだけじゃ関係は長続きしない。トーリはセックスだけじゃないと言うだろうが、彼女は生まれついてのレディだ。遅かれ早かれ、俺の下品さに耐えられなくなる。

それに、ジェイリッドを傷つける可能性も無視できない。ジョンはデスクから両手を離し、上体を起こしかけた。クールな笑みを浮かべて、気のきいた台詞《せりふ》を吐こうとした。ヴィクトリアが現実に目覚める台詞を。これ以上彼女に心の内を暴かれずにすむ台詞を。

ところが、ヴィクトリアは蝶《ちょう》ネクタイをつかんで彼を引き留めた。「図星ね、ジョン。結局はそういうことだったのね。あなたは私に――エズメに――なんらかの感情を抱いている。でも、その感情に従う勇気がない。そうなんでしょう？」

痛いところを突かれたジョンは、彼女の口を封じたい一心で唇を重ねた。そして、彼女に押しやられるのを待った。だが、ヴィクトリアは彼の舌に自分の舌を絡ませた。その瞬間、彼の理性は砂漠の太陽に照らされた露のように消えた。ジョンはデスクから離した両手で彼女の尻をとらえ、二人の体を密着させた。柔らかな太腿の間に自分の硬くなったものを押しつけた。

ヴィクトリアは息を吸いながら、両手でズボンのジッパーを引っ張った。気がついた時には、彼はパンツを下ろされ、ヴィクトリアの両手に包まれていた。そして、彼も行く手を阻むつるつるした薄い生地と格闘していた。なんとかドレスをたくし上げ、レースのショーツを横にずらすと、ジョンは彼女の誘導に従った。彼女の奥深くに身を沈め、自分をとらえて離さない筋肉の熱く湿った感触に低くうなった。

ああ、なんて気持ちいいんだろう。まるで我が家に戻ったみたいだ。ジョンは腰を動かしはじめた。両手を彼女の尻の下に滑りこませ、激しいリズムで引いては突きを繰り返した。ヴィクトリアは彼の背中で足首を組み、彼の首に両腕を巻きつけて、熱いキスにキスで応《こた》えた。

次の瞬間、彼女は唇を引きはがし、頭をのけぞらせた。彼女の喉から小さなうめき声がもれた。その声は次第に大きく甲高いものに変わっていった。

きつく締めつけられ、ジョンは歯を食いしばった。ヴィクトリアの絶頂が彼の背中を押した。ジョンは彼女の尻に指を食いこませ、うなり声とともに最後に深く貫いた。

二人は同時に力を失い、互いの体にもたれかかった。まるで金色の海を漂っているみたいだ。ジョンはまぶたを閉じて、その感覚に浸ろうとした。ヴィクトリアが身じろぐのを感じて、両腕に力をこめた。だが、彼女は頭を傾《かし》げ、ジョンの肩とほほ笑む口元にキスをしただけだった。

それから、彼女は身を硬くしてささやいた。「いやだわ。私たち、なんてことをしてしまったの?」その言葉で黄金の瞬間は終わりを告げた。我に返ったジョンはデスクに両手をついて、彼女から身を引いた。

「ほら、俺の言ったとおりだろう? 君は早くも後悔しているじゃないか」

「私たち、避妊具を使わなかったわ!」

ジョンの心臓がどきりと鳴った。彼はあわててあとずさり、二人がつながっていた部分を見下ろした。自分の種が彼女からしたたり落ちていることに気づき、胸ポケットのハンカチを出して、彼女の脚の間に当てた。「ごめん、トーリ。本当にごめん」

二人の背後でドアノブががちゃがちゃと音をたてた。ジョンは言いかけた言葉をのみこんだ。ハンカチを当てたまま慎重にショーツを元に戻すヴィクトリアを眺めながら、自分もズボンを引き上げ、ジッパーを閉めた。ドアにノックの音が響いた。

「そこにいるのは誰だ?」男の声が問いただした。「ここは私のオフィスだ。ドアを開けなさい!」

「一分だけ待ってくれ!」ジョンはヴィクトリアに視線を向けたまま答えた。「ちょっとした緊急事態で、ここを使わせてもらっている。問題が片づいたら、すぐ出ていくから」

一分が何分になろうが知ったことか。俺たちは話し合うべきだ。

だが、ヴィクトリアの反応は違った。彼女はデスクから立ち上がり、青紫の生地を振ってドレスを元通りにした。結い上げた髪を撫でつけてから、ドアのロックへ手を伸ばした。五分前に自分の感情を語らないとジョンをなじったことが嘘のようだった。

ジョンは彼女の手をつかんで止めた。「ダーリン――」

「やめて」ヴィクトリアは手を振りほどいた。「今はその話はできないわ。六年前のことは欠陥コンドームのせいにできるけど、今度のことは私たち自身のミスよ」

「でも、結論を先延ばしにする必要は……」結論？　結論なんて出せるのか？　次に何が起きるか、さっぱりわからないのに。

彼の考えを読んだかのように、ヴィクトリアは言った。「もしまた私が妊娠したら、今度はどう対処すればいいの？　ああ、もう」彼女はジョンを回りこみ、再びロックへ手を伸ばした。「しかし、ロックを解除する代わりに、ドアに額を押し当てた。「私たち、何も解決できなかったわね。あなたの言うとおりかもしれない。あなたはデンバーへ戻るべきなのかも」

十分前の俺はそれがみんなのためだと思っていた。なのに、なぜトーリの賛同の言葉を聞いても気が晴れないんだろう？　なぜこんなに胸がむかむかするんだろう？　「俺が言いたかったのはそういうことだ」ジョンは答えた。だが、自分が正しいことが証明されても、自分の心をモップ代わりにして床を掃除されたような不快感は消えなかった。

勝手にしろ。ロックを解除するヴィクトリアを眺めながら、ジョンは心の中で毒づいた。

両手を拳《こぶし》に握って、彼女のうなじに指を這《は》わせたい衝動に耐え、ことさら快活に言った。「君はどうか知らないが、俺は今、外に出ていって婚約解消を発表する気分じゃないんだ。コロラド・スプリングスに朝の食卓の話題を提供するのはまた今度にして、今夜のところは当たり障りのない形で乗り切らないか？」

振り返ったヴィクトリアの顔を打ちひしがれた表情がよぎった。ジョンは彼女を腕の中に引き寄せたい衝動に駆られた。だが、彼女はすぐに背筋を伸ばし、顎をそびやかした。そして、滑らかな肩をすくめて言った。「いいわよ。あなたにできるなら、私にだってできるわ」

「できるさ。朝飯前だ」そう答えると、ジョンも背筋をぴんと伸ばし、彼女に代わってドアを開けた。

25

ばか、ばか、ばか！

ヴィクトリアはほかの客たちに囲まれて立ち、笑みを浮かべ、何も問題がないふりをしておしゃべりを続けた。しかし内心では、悲鳴をあげ、足をじたばたさせ、髪をかきむしりたい気分だった。子供のように体を丸めて、思い切り泣きたい気分だった。

なぜあんな見境のない真似《まね》をしてしまったの？　あれは自分の心――ジョン・ミリョーニのこととなるとさっぱり当てにならない心――に対しても、自分の体に対しても無責任きわまりない行為だわ。エズメを産んだことについては後悔していないし、ああいう形で出産したことを恥じてもいないけど、また父親のない子供をこの世に送り出すつもりはなかった。でも、ああいうことになった以上、九カ月後にエズメの弟か妹が生まれなかったとしたら、まったくの幸運としか言いようがないわ。六年前は避妊していても子供ができたのよ。あんな軽率な真似をして妊娠せずにすむなんてことがあるかしら？

まったくもう。どうしてロケットを前にすると理性をなくしてしまうの？　私が彼に恋しているのは事実だけど、それは理性をなくしていい理由にはならないわ。なのに、彼に触れられると、私はいつも頭が真っ白になってしまう。これは彼のせいよ。

　意固地になって私の愛に応《こた》えようとしない彼のせい。

　小国を支援できそうなほど大量の宝石で飾り立てた女性が、ようやく長話に終止符を打った。ヴィクトリアはにっこり笑って、おざなりな返事をつぶやいた。なぜか相手はぎょっとした表情になった。しかし、ヴィクトリアがその理由を追及する気力を奮い起こす前に、ジョンが相手の女性に断りを入れ、彼女の肘を軽く引いた。ヴィクトリアはぼうっとした状態で彼の誘導に従った。

　バーへ向かいながら、ジョンは彼女に耳打ちした。「ペットのプードルが死んだ話に〝あら、すてき〟はないだろう」

「ええ、まあ」ヴィクトリアは曖昧《あいまい》に同意した。一瞬、頭の中の靄《もや》が晴れ、ジョンの顔がはっきりと見えた。ジョンは半分まぶたを伏せ、眉間《みけん》に皺《しわ》を寄せて彼女を見下ろしている。彼女もそうだが、ジョンも幸せそうには見えなかった。

　ヴィクトリアは胸を締めつけられた。この面倒な状況の責任を全部彼に押しつけたい。でも、それはできないわ。彼に恋したのは私の勝手。今夜のしくじりも半分は私の責任よ。いいえ、半分以上かも。先に手を出したのは私だもの。しかも、私はそのことを反省すらしなかった――コンドームを使わなかったことに気づくまでは。

「今夜は引き揚げたほうがよさそうだな」ジョンが静かに言った。

　ヴィクトリアはうなずいた。ここから逃げ出したい、一人になって気持ちを整理したいという思いが急に強くなった。「そうね。そろそろ――」

「ミズ・ハミルトン」遠慮がちな女性の声が割りこんできた。「ハロー」

前腕にそっと触れられ、ヴィクトリアは目をしばたたきながら振り返った。砂色の髪の若い女性と連れのがっしりした男性。どこでこの二人に会ったのだろう？　記憶の糸をたぐりつつ、彼女は反射的に答えた。「どうぞヴィクトリアと呼んで」そこで答えがひらめいた。「お元気、ミセス・サンダース？　ダンスを楽しんでらっしゃる？」

「ええ、元気です。どうか私のこともテリと呼んで。すばらしいパーティよね」

「ええ、ほんと。私のフィアンセにはもうお会いになった？」答えを待たずに、ヴィクトリアはジョンに向き直った。「ジョン、こちらはテリ・サンダースとご主人のジョージよ。テリは父のアシスタントだった人なの。テリ、ジョージ、この人が私のフィアンセのジョン・ミリョーニ」

「はじめまして」ジョンはサンダース夫妻と握手をした。「といっても、フォードの追悼式ですでにお会いしているのかな。だとしたら、勘弁してください」彼は気さくな笑みを浮かべた。「あれから今夜までの間に数え切れないほど大勢の人に会ったので、頭がパンク状態なんですよ。ここらで一息入れないと、とてももちそうにない。どうです？　お二人もご一緒に？　ぜひ飲み物でも奢《おご》らせてください」

ヴィクトリアは喉まで出かかった抗議の言葉をのみこんだ。ジョンの最上級の笑顔にただならぬものを感じたからだ。そうだわ。テリ・サンダースならパパについて何か知っているかもしれない。そのことに気づいた彼女は雑念を振り払った。四人でテーブル席へ向かいながら、ジョンをちらりと見やった。「あなた、さっきプードルがどうとか言ってなかった?」

ジョンの口元にかすかな笑みが浮かんだ。「ああ。その話はまたあとで」

ジョンがバーから飲み物を調達してくる間、ヴィクトリアはサンダース夫妻と当たり障りのない会話を続けていた。彼女が重要な事実を思い出したのは、戻ってきたジョンがグラスをテーブルに並べていた時だった。ヴィクトリアは腕を差し伸べ、テリの手に触れた。

「うっかりしていてごめんなさい。父の死後、あなたのお仕事がどうなったか訊《き》くのを忘れていたわ。新しい最高経営責任者が就任したことは知っていたけど、身内の問題で手いっぱいで、会社の皆さんのことにまで頭が回らなかったみたい。ほんと、無作法でごめんなさいね」

「とんでもない」テリは語気を強めた。「それに、ほとんどの人は職を失わずにすみました。あなたのお父様は厳しく管理しながら実務には口出しされない方だったから、そのままの体制を維持できたんです。私も新しい最高経営責任者の下でアシスタントを続けられたんですけど、残務処理だけ引き受けることにして、〈サウンドヒル・インヴェストメンツ〉社からの誘いを受けることにしました。あの会社は取り引き先の一つで、私の仕事ぶりもよくわかってくれていますし」

「彼女は有能ですからね」ジョージが誇らしげに妻にほほ笑みかけた。

「私がそう言うよう彼に仕込んだんですよ」

ジョンは笑って身を乗り出し、テリに愛嬌《あいきよう》たっぷりの笑顔を見せた。「〈サウンドヒル〉社は見る目がある。いつから勤めはじめるんです？」

「三週間後の月曜日から。その前にアイルランドを旅行するんです。ジョージと私の長年の夢だったから」

ヴィクトリアは椅子の背にもたれて会話を聞いていた。ジョンの質問のしかたがあまりに巧妙なので、テリもジョージも尋問されているとはまったく気づいていないようだ。ジョンはテリから現在の最高経営責任者の名前を聞き出し、さらにフォードの死で得をしたと思われる会社の人間たちの名前を聞き出した。テリが会社で重要な役割を果たしていたと知ると、盛んに彼女をおだて、会社は有能な人材を失ったと嘆いてみせた。

そこでヴィクトリアはテリのほうへ身を乗り出した。「ジョンの言うとおりだわ。あなたにアシスタントをやってもらえて、父は本当にラッキーね。父は気難しい人だったでしょう。ああいうボスの下で働くのは大変だったんじゃなくて？」

「それはまあ」ジョージが答えた。「でも、あなたはお父さんと全然違いますね」彼は妻の椅子の背に腕をあずけ、彼女の腕を指先で撫《な》でた。「ハニー、お二人にボーナスの件を相談してみたら？」

テリは唇を噛《か》み、ジョンとヴィクトリアを交互に見やった。それから、深々と吸いこんだ息をそっと吐き出して姿勢を正した。「ご存じかどうか知りませんが、フォードは数年前に会社の拠点をケイマン諸島へ移し、取締役会とボーナスを無記名債権で受け取る密約を交わしたんです」

ヴィクトリアは目をしばたたいた。「はあ?」

しかし、ジョンはそこに重要な意味を感じ取ったようだった。彼は一瞬沈黙してから大きく息を吸い、背筋を伸ばして、元アシスタントに視線を据えた。「ケイマン諸島で登録された事業は債権を国税庁に報告せずにすむから?」

「ええ。私、取り引きの記録のコピーを取ったんですけど、それをあなたにお渡ししてもかまいませんか? 無記名債権は現金みたいなものでしょう。でも、フォードが亡くなってから、一度もその話を聞かないし。あの債権がそのまま宙に浮いているんじゃないかと気が気じゃなかったんです」テリは後ろめたそうに眉をひそめた。「本当は私から警察に届け出るべきだったんでしょうけど、フォードの隠し財産を公にするのもどうかと思って」

「いや、見上げた忠誠心だ」ジョンはいったん沈黙し、改めて口を開いた。「アイルランドにはいつ出発するんです?」

「それなんですけど、実は明日の午後を予定していて」

「で、コピーは今どこに?」

テリはためらい、それからほうっと息を吐いた。「会社を辞める際に自宅に持ち帰りました」

ジョンは表情を変えなかった。「だったら、今夜お宅にうかがって、コピーを受け取ることにしましょうか？　そうすれば、あなたもすっきりした気分で旅に出られるし」

「いいんですか？」

ジョンの問いかけの視線を受けて、ヴィクトリアはテリにほほ笑みかけた。「もちろん。帰る時は声をかけてくださいね」

「実は私たち、そろそろ帰ろうとしていたんですよ。まだ荷造りが終わってないもので。でも、あなたを見かけて、挨拶《あいさつ》しておくべきだと考えたんです」

「そういうことなら」ヴィクトリアはきびきびとした動作で立ち上がった。ようやく長い夜の終わりが見えてきた気がした。

しかし、ジョンの車に乗りこんだとたん、彼女の安堵《あんど》感は緊張感に変わった。サンダース夫妻の車を追って彼らの自宅へ向かう間も、車内の緊張は一分ごとに高まっていった。最初の赤信号で、ジョンが彼女に視線を向けた。「トーリ、聞いてくれ」

あの話を蒸し返すつもりなら聞きたくないわ。お互い、言うべきことはすべて言ったはずよ。でも、傷ついただけでなんの解決にもならなかった。「わざわざ父の債権のことを教えてくれるなんて、テリは本当にいい人ね。そう思わない？」前方の車を見据えたまま、ヴィクトリアは冷ややかに言った。

「あれが善意から出た行為だと思っているのか？」ジョンははっと笑った。「俺《おれ》には自分の尻拭《しりぬぐ》いのための工作に見えたけどね」

ヴィクトリアは体をひねり、運転席に目を向けた。「それ、どういう意味？」

「テリ・サンダースは合法な取り引きだと言っていたが、本当は自信が持てないんだ。それで、自分の尻に火がついた時に備えて、しかるべき立場の人間――この場合、君のことだ――に報告しておこうと考えたのさ」

彼女は唖然《あぜん》としてジョンを見つめた。「あきれたわ。あなたってなんでも疑ってかかるのね」

「現実的と言ってほしいね。彼女には自ら警察に届け出るチャンスがあった。でも、前の雇い主の秘密をもらしたことが知れ渡ったら、彼女の職探しはどうなったと思う？」ジョンは肩をすくめ、あとは無言でサンダース夫妻の車を追った。着いた先はカントリークラブからそう遠くない中流階級向けの魅力的な住宅地だった。彼は前の車に続き、三車線道路から私道に入ったところで車を停《と》めた。

サンダース夫妻の自宅はこぎれいな煉瓦《れんが》の家だった。テリは彼らを廊下の奥の書斎へ案内し、ファイルキャビネットの引き出しを開けて、薄いファイルを取り出した。

それをヴィクトリアに手渡すと、彼女は晴れ晴れとした笑顔になった。「やっと肩の荷が下りました。これで心おきなく旅行を楽しめそうだわ」

夫妻と軽く冗談を言い合ったのち、ヴィクトリアとジョンは車に戻った。ジョンはいったん車をスタートさせたが、一つ角を曲がったところでブレーキを踏み、エンジンを切って車内のライトをつけた。ヴィクトリアはファイルを開き、運転席に身を乗り出して、彼と一緒に父親の無記名債権のコピーに目を通した。

「参ったね」ジョンはため息とともに座席に身を沈めた。「年間六百五十万ドルのボーナスを五年続けてか。こいつはかなりの大金だ」彼はヴィクトリアに視線を向けた。「君は親父《おやじ》さんの遺品を整理したんだろう？　債権の実物は見なかったのか？」

「ええ」パパの遺品の中に債権はなかった。弁護士から渡された財産リストにも記載されていなかった。今夜の私は頭が働いていないけど、これが異常な事態だということはわかるわ。

ジョンは低く悪態をつき、頭上のライトを消した。それから、改めて彼女を見やった。

「この意味するところは君にもわかるよな？」

「誰かが父を殺して、無記名債権を奪った可能性も出てきたわけね？」

「そうだ」薄暗がりの中で黒い瞳が謎《なぞ》めいた輝きを帯びた。「だから、その誰かが君の家の住人じゃないことがはっきりするまで、俺はどこにも行かない」

ジョンは胸の重石《おもし》が取れた気がした。自分からデンバーへ戻ると言い出したものの、それからずっと惨めな気分を引きずっていたのだ。ヴィクトリアに話し合いを拒絶され、ほかに選択の余地がありそうな態度をとられると、惨めな気分はますます強くなっていった。

でも、これでコロラド・スプリングスに残る正当な理由ができた。これはいいニュースだ。悪いニュースは事件がさらに複雑化したこと。一財産分の無記名債権は人を殺すには充分すぎる理由だ。もともとフォードには大勢の敵がいた。さらに誰でも現金化できる債権を持っていたとなれば、何が起きてもおかしくない。

この混沌《こんとん》とした状況で一つはっきりしているのは、今はトーリとエズメから離れるわけにいかないということだ。長い目で見れば、俺は二人に害を及ぼす人間かもしれない。でも、とりあえず二人を犯人から守る防波堤くらいにはなれる。

彼はヴィクトリアに目をやった。彼の宣言に対して、ヴィクトリアは何も言わなかった。今も助手席側の窓にもたれ、茫然《ぼうぜん》とした表情で彼を見返すだけだった。

彼女に触れたい衝動に耐えて、ジョンはハンドルを握りしめた。「債権を見つけるために家捜ししてもいいか？」

ヴィクトリアは小さくうなずいた。

「すでに誰かが持ち去った可能性もあるが、まずは家のどこにもないことを確かめておかないと。それがすんだら、警察に届け出なきゃならないだろうが」

「しかたないわね」ヴィクトリアはぐったりした様子でつぶやいた。「家捜しは今夜するの？」

「いや」最初はそのつもりだったにもかかわらず、ジョンは否定した。「明日の朝一番に始める」

結局、ジョンはほとんど眠れないまま翌朝を迎えた。午前八時にジェイリッドをたたき起こし、八時七分には二人揃《そろ》ってヴィクトリアのスイートの外に立っていた。ジェイリッドに状況説明を終えると、彼はスイートのドアをノックした。ドアはすぐに開いたが、そこには誰もいなかった。下へ向かったジョンの視線が、笑顔で見上げるエズメの視線とぶつかった。

「ハイ！　あたしと遊びに来たの？」

「違うわ、スウィーティ」部屋の中からヴィクトリアの声が聞こえ、一秒後には彼女も戸口に現れた。「これからみんなでお祖父《じい》ちゃまのなくし物を捜すのよ。おはよう、ダーリン」彼女は弟に挨拶し、身を乗り出して頬に軽くキスをした。「あなたも来るとは思わなかったわ」

「彼も参加するべきだと思ってね」ジョンは説明した。「今度の件は殺人事件の捜査にも影響する。つまり、彼も関係者というわけだ」

「言われてみれば、確かにそうね」ヴィクトリアは同意した。しかし、ジョンに視線を向けようとはしなかった。

「でも、それって干し草の山から針を見つけ出すようなもんだよね」ジェイリッドが気乗りしなさそうに言った。「まあ、みんながやるなら、僕もやるけどさ」

「あたし、やる！」エズメがぴょんぴょん飛び跳ねた。「あたしも一緒にお祖父ちゃまのものを捜す。ねえ、いいでしょ、ママ？」

「いいけど、これはゲームじゃないのよ、エズ。だから、退屈しても文句はなし。いいわね？」

「わかった」

ジョンはヴィクトリアと自分の娘から視線を引きはがした。この二人は俺のものだと主張したい。誰の目にも――トーリ自身の目にもわかる形で。いや、ばかなことは考えるな。所有欲はトラブルの元だ。自分の欠陥をわざわざ人目にさらすようなもんだ。

俺の親父がいつもそうしていたみたいに。

でも、今はそんなことを考えている場合じゃない。ジョンは雑念を振り払い、頭を仕事モードに切り換えた。「昨夜《ゆうべ》ネットで調べてみたんだが、無記名債権は所有者が登録されない。だから、支払い代理人――この場合、〈アンスバーチャー・ケイマン・リミテッド〉社だな――は持ち主が誰か明言できないわけだ。もちろん、最後に支払った相手は把握しているはずだが、今日は祝日だから、明日の朝までは問い合わせができない。で、家捜しのほうだが、この家には君の親父さんが頻繁に使っていたと思われる部屋が三つある」

「前のオフィスと今のオフィス、それと主寝室ね？」ヴィクトリアは推測を口にした。

「そのとおり」

「だったら、選択肢は二つだね」ジェイリッドがぼそりとつぶやいた。「主寝室はずっとディーディーが居座ってるから」

ヴィクトリアも落胆の表情でかぶりを振った。

しかし、ジョンは肩をすくめただけだった。「彼女の許可を取って捜せばいい」

「もし断られたら？」ジェイリッドは疑わしげな口調で尋ねた。

悲観的なことばかり言いやがって。ジョンはいらだちを抑え、感情を排した口調で答えた。「この家の法的な所有者は君と君の姉さんだ。君たちの許可さえあれば、ディーディーの許可は必要ない。でも、いちおう彼女の意見も聞いてみないか?」

「あたし、ディーディーって好きじゃない」エズメがぶつぶつ言った。

ヴィクトリアは苦笑しながら娘の肩を軽く握り、ジョンと視線を合わせた。「エズメと私は前のオフィスを担当していいかしら?」

「もちろん」ジョンはジェイリッドに向き直った。「残るは君と俺だな。行くか、坊主」

主寝室へ続く廊下を進みながら、彼はジェイリッドを観察した。こいつがそばにいる時は自分の癇癪《かんしゃく》の心配ばかりしていたが、どうやらこいつの気分も下り坂らしい。

「調子はどうだ?」ジョンは問いかけた。

「ばっちりですよ」

なるほど。最悪ってことだな。「仲間にひどいことでも言われたのか?」

「そういう連中もいるけど」ジェイリッドはあっさりと認めた。恨みがましい響きがないところをみると、原因は仲間ではないようだ。「ほとんどはいい奴《やつ》らです」そこでジェイリッドは唇をゆがめた。「ほとんどでもないか。たいていの奴はくだらない質問をするのはかっこ悪いと思ってるだけだから。でも、僕にとって本当に大事な友人たちは、みんなクールに受け止めてましたね」

「プリシラ・ジェーンみたいに?」家出少女のことを思い出し、ジョンは頬を緩めた。

「あの子、うちに戻ってからどうしているだろうな?」

ジェイリッドは身を硬くした。「さあ、知りませんね。彼女がくれた電話番号にかけてもつながらないから」

なるほど。原因はそれか。「マックもP・Jの母親にはいい印象を持っていなかった」

ジョンはのろのろと言った。「俺があの親子の居場所を捜してやろうか?」

一瞬、ジェイリッドはその申し出に飛びつきそうな様子を見せた。だが、すぐにふて腐れた表情になり、反抗的な態度で言った。「いいです。P・Jは僕と話したくないんだ。でなきゃ使われてない電話番号なんか渡すはずないし」

「そのあと引っ越したのかもしれない」

「可能性はありますね。でも、こっちは引っ越してないんだから、向こうから電話をかけてきて、新しい番号を教えりゃすむ話でしょう。P・Jなんか知ったことか」

ばかな奴だと思いながらも、ジョンはただうなずいた。「決めるのは君だ。気が変わったらそう言ってくれ」

主寝室に到着すると、彼はドアをノックした。返事はなかった。少し間を置いて、さらに強くノックしても、結果は同じだった。

ジョンは遠慮をかなぐり捨ててドアをたたいた。「ディーディー!」

「何よ?」小さな寝ぼけ声が返ってきた。

「ドアを開けてくれ。君に話がある」

「あとで出直してちょうだい」ディーディーはぼんやりとした口調で答えた。

「いや。今だ」

「まったく――」悪態が途中で消えた。閉ざされたドアの向こうから、裸足《はだし》で硬材の床を歩くかすかな足音が聞こえた。いきなりドアが開き、ディーディーがにらみつけてきた。

彼女は裸同然の姿だった。

26

ジョンはジェイリッドに視線を投げた。ジェイリッドは瞬《まばた》きをすることも忘れて、透けたベビードールの下の豊満な乳房を見つめていた。女のお宝を隠すことより見せびらかすことを狙《ねら》ったランジェリー。どうやらディーディーは〈フレデリックス・オブ・ハリウッド〉がごひいきらしい。それに、この坊やの目玉。今にも頭から飛び出しそうだ。

ジョンはにやりと笑い、皮肉っぽい口調で助言した。「舌は口の中にしまっとけ。そのまま歩き出して転んだら、やばいことになるぞ。それから、君」彼はフォードの未亡人に向き直り、厳しい口調でつけ足した。「ローブか何かを羽織ってくれ。今朝のレッスンはここまでだ。ジェイリッドには刺激が強すぎる」

「平気ですよ」継母の見事な曲線を食い入るように見つめながら、ジェイリッドは反論した。「この程度の刺激なら」

だが、ディーディーはジョンのズボンに視線を走らせ、肩をすくめて背中を向けた。

「ちくしょう」ジェイリッドは物欲しげにつぶやいた。「すごい迫力だなあ」ビキニショーツにベビードールを着ただけの父親の五番目の妻が戸口の奥に消えるのを待って、彼はジョンの脇腹《わきばら》を肘でつついた。「今の見ました？　彼女、あなたの反応をチェックしてましたよ」彼は腰を引き気味にし、拳《こぶし》に握った両手をズボンのポケットに押しこんで、硬くなりかけた自分のものが目立たないようにした。「僕の反応なんかまったく気にしてなかった」

「君は十七だろう」ジョンは親しげな態度でジェイリッドに肩をぶつけた。男の悩みにとって、十代の性欲がどれほど有益なものか、彼にはよくわかっていた。「あれを見て興奮しなかったら、そっちのほうがよっぽど大問題だ」

「でしょうね。でも、あなただって男だし、まだ年寄りってわけでもない」

「ああ」ジョンは哀れっぽい笑みを返した。「いちおう体は動くな」

「なのに、なんであれを見ても無反応だったんです？」

「なんでだろう。俺《おれ》もあの眺めを楽しまなかったわけじゃないんだが。裸の女を見て興奮する年じゃなくなったってことか」

「じゃあ、僕なんかまだまだだ」ジェイリッドはにんまり笑った。それはジョンに初めて見せる屈託のない笑顔だった。「あなたみたいな悟りの境地に到達するには、もっともっと修行を積まないと」

しばらくすると、ディーディーが赤いサテンの着物を羽織って戻ってきた。ついでに髪をとかし、口紅とマスカラもつけてきたらしい。「で、お二人さん」彼女はにこりともせずに男たちを見据えた。「あたしになんの用かしら？」

「昨夜《ゆうべ》、小耳に挟んだんだが、フォードは毎年のボーナスを無記名債権で受け取っていたそうだな。債権のことは彼の資産リストには記載されていなかった。この情報を警察に伝える前に、債権がこの家のどこかにしまわれていないことを確認したい。というわけで、君に主寝室を捜すことを許可してほしいんだが」

ディーディーは肩をすくめ、戸口からあとずさった。律儀に入室許可を待っている二人に言った。「好きにすれば」それでは冷淡すぎると気づいたのか、彼女は悲しげな表情を顔に張りつけた。「中はフォードが生きてた頃《ころ》のままよ。まだ彼の遺品を整理する気になれなくて。よかったら、この部屋から始めて。あたしは奥の寝室で着替えてくるから」

ジェイリッドは居間から出ていく継母を目で追った。今度は称賛のまなざしではなかった。「わけがわからない女だな。まるで二重人格だ。父さんにべた惚《ほ》れだったふりをしたかと思うと、次の瞬間には父さんの死なんかなんとも思ってないような態度をとる」

「ああ、あれはそうとうしたたかだ。俺も最初は戸惑ったが、実はただの目立ちたがり屋なのかもしれないな」ジョンは頭を切り換え、部屋の片隅の小さなデスクを指さした。「君はあそこから始めてくれ。俺は棚の本を出してチェックする」

「オーケー」うなずいたものの、ジェイリッドはすぐには動こうとしなかった。「でも、無記名債権てどんなものなんです?」

「いい質問だ」ジョンはポケットから取り出した紙をジェイリッドに差し出した。「ほら。これが昨夜君の親父《おやじ》さんのアシスタントから渡された債権のコピーだ」

「やれやれ」ジェイリッドは大きなため息をついた。「干し草の山の中から針を捜すなんてもんじゃないな。これはもっと大変そうだ」

ぼやきながらも、彼は作業に取りかかった。一時間半後、居間の捜索を終えて寝室へ移動する頃には、ジョンはジェイリッドの勤勉さと不屈の精神に感銘を受けていた。ディーディーはすでにカントリークラブに出かけていたため、彼らは遠慮なく寝室を捜索することができた。自分の担当箇所を割り振られると、ジェイリッドは文句も言わずに作業を再開した。

キングサイズのマットレスを二人で持ち上げていた時、廊下に通じる居間のドアが勢いよく開かれた。「ジョン！」

動揺のにじむヴィクトリアの声に、男たちは視線を合わせ、マットレスを下ろした。ジョンがベッドの端を回りこむより早く、寝室のドアが開き、ヴィクトリアが飛びこんできた。彼女は不意に足を止め、うろたえた目つきでジョンを見つめた。

「ああ、ジョン。大変なことになったの」モスグリーンの瞳から涙があふれた。「エズメがいなくなってしまったのよ！」

ジョンがベッドの角を飛び越え、大股《おおまた》で近づいてきた。不安に打ちのめされたヴィクトリアは、荒い息をつきながら、ただその場に突っ立っていることしかできなかった。

ジョンは彼女の両肩をつかんだ。「いなくなったってどういう意味だ？」

「いるべき場所にいないのよ！」ヴィクトリアの声がヒステリックにうわずった。「どこを捜しても見つからないの！」

「オーケー、落ち着いて。ばかな質問をして悪かった。大きく息を吸って、ダーリン。次はゆっくりと吐き出して。よし、いい子だ。それで」ジョンのあやすような口調が有無を言わさぬ口調に変わった。「最後にあの子を見たのはいつだ？」

ヴィクトリアは瞬きで涙を押しとどめ、恐怖をのみこんで、意識を集中させた。「九時二十分前後よ。思ったとおり、あの子が債権捜しに飽きてきたから、ヘレンのところに連れていったの」

「で、ヘレンはいつあの子の姿が見えないことに気づいたんだ？」

「わからないわ。二十分くらい前かしら」ヴィクトリアはかぶりを振った。「少なくとも、彼女が私のところに来たのはその時間だった。でも、もちろん、その前に彼女一人でエズメを捜したんだけど」

「エズメがいなくなる前に、何かいつもと違うことをしたのか？」

「いいえ。しばらく人形遊びをしてから、レベッカに電話をしただけ。そのあと、あの子はまた私の手伝いをすると言い出したんですって」

「で、ヘレンはあの子を一人で行かせたわけか？」ジョンはあきれた口調で問いただしたが、すぐに唇をゆがめ、かぶりを振った。「もちろん、そうするよな。同じ家の中にいる母親のところに戻るだけなんだから」彼はヴィクトリアの肩をつかむ手に力をこめた。

「すでに捜した場所を全部教えてくれ」

「家の中で思いつく場所はすべて捜したわ。キッチンも、コックとメアリーの部屋も。地下室だって捜したのよ。エズメはあそこが大嫌いだから、一人で行くはずはないんだけど。私の工房も捜したし、家の外も。門の前にマスコミが待機するようになってから遊びを禁止した場所以外はすべて捜したのに」

「敷地の前のほうは？」

「いいえ。あっちには行かないよう何度も言って――」ヴィクトリアは途中で言葉を切った。「そうだわ。なんで気づかなかったのかしら？　行くなと言われれば、よけい行きたくなるものよね」彼女はジョンの手を振りほどき、ドアに向かって駆け出した。

ジョンは階段の手前で彼女を追い越した。彼女が一階の玄関ロビーに着く頃には、すでに外へ出て、私道を走っていた。突然、彼は私道を外れ、敷地に点在する樫《かし》と松の林の奥に消えた。

林に入ると、ジョンは走るのをやめた。ゆっくりと深呼吸をして、心臓の鼓動を落ち着かせようとした。くそ。自分の荒い息のせいで何も聞こえない。俺もトーリみたいにパニックに陥りかけているんだろうか。

感情に溺《おぼ》れていては探偵稼業は務まらない。実際そうなりかけている自分に気づき、ジョンはショックを受けた。それは普段の冷静な彼からは考えられないことだった。

でも、問題を見極めることと、その問題に対処することとは別だ。これは探偵としての仕事じゃない。俺の娘の問題だ。いなくなったのは俺の小さな娘なんだ。あせって動くな。息をひそめて、耳を澄ませ。新兵みたいにふるまっても、誰の得にもならないぞ。

落ち着きを取り戻したジョンは、今まで聞き逃していた音に気づいた。遠くで男の声がする。敷地と外界を隔てる塀のあたりだ。彼は静かにそちらへ向かった。不明瞭《ふめいりょう》だった男の言葉がはっきりと聞こえるようになったのは、三十メートルほど進んだ頃だった。「ねえ、お嬢ちゃん」不自然なほど陽気な声がささやいている。「こっちを見てくれないかな。お嬢ちゃんはエズメっていうんだろう？　すごくかわいいよ、エズメ。カメラに向かって笑って。ほら、こっちだよ」

怒りにジョンの血が煮えたぎった。彼は足音を忍ばせて、声のするほうへ近づいていった。音を頼りに鬱蒼《うっそう》とした木立を抜けていくと、目の前に空き地が広がった。木漏れ日の差す塀の内側に、高価な白いシャツを着たぼさぼさ頭の中年男がしゃがんでいるのが見えた。男は怯《おび》えて立ちつくすエズメに高性能のデジタルカメラを向けていた。エズメが自分のほうを向くようになだめたりすかしたりしながら、立て続けにシャッターを切っていた。考えられる最も残虐な方法でこいつの頭を体から引きちぎってやる。一歩前へ出たところで、ジョンは怒りを静めるために深呼吸をした。いや、エズメはもう充分怯えている。このうえ、信頼している人間が暴力をふるう光景を見せるわけにはいかない。ランボーのように飛び出していって、悪党からエズメを救出するか。それとも、静かに近づいていくか。背後からエズメを呼ぶヴィクトリアとジェイリッドの声が聞こえてきた。エズメと記者はまだ気づいていないようだったが、その声でジョンは覚悟を決めた。

悪党といっても、しょせんは小悪党だ。それに、俺が飛び出していけば、エズメがパニックを起こす恐れがある。ジョンは前傾姿勢になり、木の幹から別の幹へと移動した。エズメに手が届く距離まで来ると、〝エズ〟と小声で呼びかけた。

エズメが顔を上げて振り返った。つぶらな黒い瞳で木立の下の暗がりを見回した。

ジョンは腰をかがめたまま木の幹から姿を現し、少女に向かって腕を伸ばした。「パパのほうにおいで、ダーリン」

「狼《おおかみ》がいるの！」エズメは金切り声をあげ、ジョンの腕の中に倒れこんだ。同時に、ヴィクトリアとジェイリッドが空き地に飛び出してきた。ジョンは娘を抱いて立ち上がった。ヴィクトリアとジェイリッドがエズメの名前を呼んだ。エズメは「ママ！」と叫び、母親のほうへ両腕を伸ばした。記者が悪態とともにあとずさりはじめた。

「おい、そこを動くな」ジョンはむっつりと言い渡した。伸びてきたヴィクトリアの腕にエズメを預け、ジェイリッドに二人を連れてここから離れるように命令した。三人が林の中に消えるのを待って、逃げ出した記者のあとを追った。

記者はすでに塀を乗り越えようとしていた。ジョンは相手のシャツをつかんで引きずり下ろした。デジタルカメラが宙に弧を描き、記者が地面にひっくり返った。ジョンはカメラの長いレンズをつかみ、ストラップを相手の頭から引き抜いた。

記者は寝返りを打ち、四つん這《ば》いで逃げようとした。ジョンはカメラを自分の首にかけ、再び記者のシャツとズボンのウエストバンドをつかんだ。中年男が少女のような悲鳴をあげた。ジョンはかまわず男の体を持ち上げ、塀のほうに向き直った。

騒ぎを聞きつけたほかの記者たちが、門からぞろぞろと移動してきた。第一陣が到着すると同時に、ジョンは記者を胸の高さまで持ち上げ、勢いをつけて塀の向こう側へ放《ほう》り投げた。

足下に落ちてきた仲間を見て、記者たちがのけぞった。ジョンは蔑《さげす》みの目で一人一人の顔をにらみつけた。「次にこの塀を登った蛭《ひる》はこの程度じゃすまないぞ」彼は奪ったカメラを首から外し、ストラップを握って振り回した。石の塀にたたきつけ、粉々に破壊した。

地面に転がっていた記者が怒声とともに立ち上がった。「くそったれ！」その声はエズメの気を引こうとしていた時よりも数オクターブ高かった。「器物損壊だ。訴えてやる！」

「やれるもんならやってみろ」ジョンは言った。「その時はこっちも不法侵入と幼児虐待で訴える。いや、誘拐未遂事件として警察に通報するか。他人の家に入りこんで、小さな子供をおびき寄せようとしたんだからな」記者はしどろもどろで抗議した。ジョンはそれを無視して、集まった記者たち全員を見渡した。「今度俺の娘に手を出したら、カメラが壊れるくらいじゃすまないぞ。俺の娘を怖がらせた奴《やつ》は誰だろうとただじゃおかない」彼は再び問題の記者に視線を据えた。凶暴な怒りをむきだしにして、薄い笑みを浮かべた。

記者はぎょっとしてあとずさった。「命拾いしたな。感謝しろ。あの子に指一本触れていたら、おまえの首はへし折れていたはずだ」次々に飛んでくる質問とカメラのフラッシュに背中を向けて、彼は大股で林の中へ戻っていった。

林から広い芝生に出ると、近づいてくるヴィクトリアの姿が見えた。ジョンが自分のしくじりに気づいたのはその時だった。彼は小声で悪態をつき、足を速めた。あとからやってくるジェイリッドと彼に肩車されたエズメが到着する前に、ヴィクトリアと話し合う必要があった。

「エズは大丈夫か？」顔を合わせるなり、ジョンは尋ねた。

「ええ。知らない大人と林の中で二人きりになったことで動揺していたけど、子供の立ち直りの速さはすごいわね。それより、あなたこそ大丈夫？」ヴィクトリアは彼の腕に触れた。「さっきはずいぶん怖い顔をしていたけど」

「その件については、いいニュースと悪いニュースがある。いいニュースは君が正しかったことだ」

ヴィクトリアは目をしばたたいた。「自分が正しかったと認められるのは嬉《うれ》しいけど、どのあたりが正しかったの？」

ジョンは一瞬ためらった。だが、林の中で彼が抱いた保護本能を否定することはできなかった。「俺がエズメを傷つけることは絶対にありえないってことだ。さっきの騒ぎでそれがよくわかった。俺はあの男の頭を引きちぎってやりたいと本気で思った。でも、そんな真似《まね》をすれば、エズをますます怖がらせることになる。俺は考えるより先にあの子の気持ちを優先していた。それで気がついたんだ。こと子供に関する限り、俺は自分で思っていたより自制心があるらしい。だとすると、俺は親父とは違うってことだ」

「そんなの当たり前じゃない」ヴィクトリアはきっぱりと言い切った。それから、表情を和らげ、彼の手の甲に浮いた血管を指先でたどった。「ようやくわかってくれたのね。これであの子の父親になる覚悟はできた?」

「実はそれが悪いニュースだ」ジョンは彼女の顔を見据えた。自分のミスを認めたくはないが、こうなった以上はしかたない。「さっき、大勢の前でエズメは俺の娘だと言ってしまった」

「どういうこと?」

「塀の向こうに放りやろうとしてあの記者を持ち上げたら、ホラー映画の女優みたいに悲鳴をあげやがった。それでほかのマスコミ連中が集まってきたんだ。で、俺は全員を前にして啖呵《たんか》を切った。俺の娘に手を出したらただじゃおかないと」

「それを映像に撮られたの?」ヴィクトリアは愕然《がくぜん》として彼を見返した。「待って。向こうは一般論として受け止めるかもしれないわ。結婚相手の連れ子なら、ある意味、我が子と同じでしょう。でも、もし誰かが詳しく調べたら……」

トーリは俺が父親だということをそんなに伏せておきたいのか。ジョンは深く傷ついた。ミリョーニの遺伝子の呪《のろ》いから解放された喜びは跡形もなく消え失《う》せた。そして彼はようやく、自分がヴィクトリアに対して欲望よりもはるかに深い感情を抱いていることに気がついた。そうか。俺はずっと自分をだましつづけてきたのか。本当は最初からわかっていた。彼女に対する気持ちが、ほかの女たちに対する気持ちとまったく違うことを。でも、俺は自分の思いこみにとらわれていた。どんなに頑張ったところで、俺みたいな血筋の人間じゃトーリにふさわしい相手にはなれないと思っていた。

トーリもそう思っているんだろう。だから、俺がエズメの父親だということを世間に知られるのが怖いんだ。くそったれ。胸が引き裂かれるみたいだ。これが愛ってやつなのか。

ジョンの背筋がぴんと伸びた。何を期待していたんだ？　昨夜は自分で認めていたじゃないか。トーリみたいな上品な女とおまえみたいな男では住む世界が違うと。心が凍りついたような息苦しさを覚えつつ、彼はヴィクトリアにうなずきかけた。「その可能性はあるな」

「騒ぎが大きくなる前に、私たちからエズに話すべきだわ」

「実はその……今日の俺はどうも口が軽くて……すでにやらかしちまったかもしれない。正確には覚えてないんだが、林の中であの子に〝パパのほうにおいで〟とかなんとか言った気がする」

「あれだけ動揺してたんだもの。きっと気づいてないのよ。たとえ気づいたとしても、婚約ごっこの延長だと思ったんじゃないかしら。だってあの子、私にはそんなことがあったなんて一言も言わなかったもの」

ああ。君と同じで、あの子も俺と関《かか》わりたくないのかもな。ジョンは苦々しげに考えた。

わかっているさ。今さら悔い改めても手遅れだってことは。ジョンはプロの冷静さを装って言った。「では、そちらの言うように、俺たち二人からあの子に話そう」

「そちら?」ヴィクトリアはあんぐりと開けた口を閉じ、その手には乗らないわよと言いたげな笑みを返した。「私たち、そういう他人行儀な段階はとっくに過ぎたんじゃない?」

いや、今でも充分に他人だ。俺が思っていた以上に。しかし、ジェイリッドとエズメがすぐそばまで来ていたので、ジョンはただ彼女を見返しただけだった。

ヴィクトリアはいぶかしげな表情になった。「ジョン、あなた、どこか悪いの?」

「悪いどころか」ジョンはきびきびと答えた。「俺は……元気だよ。元気そのものだ」

27

「見て、ママ！　上よ！　あたし、木の上にいるの！」

ヴィクトリアは増築された南棟に影を落とす黒胡桃《くろぐるみ》の木の下で足を止めた。頭上を見上げて、濃い緑の葉の向こうに目を凝らした。彼女はヘレンからジョンがエズメを散歩に連れ出したと聞かされ、二人のあとを追ってここまでやってきた。ジョンが自分抜きでエズメに話すつもりかもしれないと思ったし、記者との一件以来、彼の態度が妙によそよそしいことも気になっていたからだ。

だが、まさか二人が高い木の枝に並んで座っているとは思いもしなかった。笑顔で身を乗り出す娘の姿を見たとたん、ヴィクトリアの心臓が喉までせり上がった。しかし、彼らの娘はジョンの力強い腕に支えられていた。

私たちの娘。まだしっくりこないけど、エズメは私たちの娘なんだわ。

「ジョンとここまで登ったの！」エズメがはしゃいだ声をあげた。その立ち直りの速さに、ヴィクトリアは改めて舌を巻いた。彼女は今日一日娘からまとわりつかれることを覚悟していた。ところが、林の中から救出されて十五分とたたないうちに、エズメは元気よく走り回っていた。

「ママもこっちに来て！　ジョンが大事なお話をしてくれるんだって」

ヴィクトリアは唖然《あぜん》とした。やっぱり、私抜きでエズメに話すつもりだったのね！　彼女は険しい表情でジョンをにらみつけた。しかし、ジョンは悪びれた様子もなく、あの癪《しゃく》に障る無表情で彼女を見返しただけだった。

なんなの、あの態度？　まるで私に非があるみたいな。エズに話す前に事実を世間にぶちまけたのは私じゃないし、そのあと姿を消したのも私じゃないわ。

「ママ、早く！」

「今行くわ」一番下の枝までの距離を測りながら、ヴィクトリアはむっつりと答えた。

「そこまで登れる方法が見つかったら」

ジョンがため息をつき、エズメに向き直った。「こっちに体をずらして。俺《おれ》がママを助けに行く間、この幹にしっかり抱きついているんだぞ」

エズメは崇拝のまなざしを返しながら、彼の指示に従った。

「そのまま絶対に動かないこと。いいね？」

「わかった」

娘の安全を確保すると、ジョンはしなやかな身のこなしで枝から枝へと移動し、最も地面に近い枝の上に立った。身をかがめながら頭上に視線を投げ、エズメの無事を確かめてから、枝に手をついて、もう一方の手をヴィクトリアのほうへ差し出した。そして、ぐずぐずしている彼女にじれったそうになった。「ほら、早く。あの子を一人にしといていいのか？　両手でつかまれ」

つかまってどうなるの？　私は片手で持ち上げられるほど小柄じゃないのよ。それでも、彼の有無を言わさぬ態度に負けて、ヴィクトリアは力強い手首と腕をつかんだ。彼の腕力に対する疑問は口にせず、代わりに小声で問いかけた。「なぜこんなことをするの？」

ジョンは質問を無視し、彼女の腕をつかんで軽々と引き上げた。さらにもう一方の腕もつかみ、そのまま体を起こして、彼女を枝の上に立たせた。そして、ショックにあえいでいる彼女の両手を自分の腕から引きはがし、頭上の枝を握らせた。一瞬、二人の胸と腕が触れ合った。彼女の両手に重ねられたジョンの手は、皮膚が固く温かかった。

ジョンは謎《なぞ》めいた表情で彼女を見下ろした。「足場は確保したか？」

全身で彼を意識しながら、ヴィクトリアはうなずいた。すると、ジョンは彼女を置き去りにし、するすると木を登って、またエズメの隣に腰かけた。

ヴィクトリアも慎重な動きであとを追った。恐る恐る娘の隣に腰を下ろすと、枝をしっかりとつかみ、周囲の景色を眺めながら、この木が植え替えられた時のことを思い返した。今は新しくできた南棟に視界を遮られているが、右側に少し体を傾ければ、キッチンを見下ろすこともできた。キッチンではメアリーが大きな作業台で銀器を磨きながら、調理中のコックに話しかけていたが、窓が閉まっているため、話の内容までは聞き取れなかった。次にヴィクトリアが目を留めたのは、ほぼ正面に並ぶ窓だった。この高さから見たことがないせいか、最初はそこが父親の新しいオフィス——現在はジョンが使っているオフィスだと気づかなかった。

「すごいよね、ママ?」

「ええ、楽しいわね」ヴィクトリアは笑顔で娘を見下ろした。「ママもこの木に登るのは初めてよ」でも、私は景色を楽しむためにここまで上がってきたんじゃない。彼女はジョンの無表情な顔を見やった。「エズメの大冒険のあと、どこへ行っていたの?」

「テリ・サンダースが旅行に出る前に確かめたいことがあってね。彼女ならマイルズ・ウエントワースと君の親父《おやじ》さんの約束について何か知っているかもしれないと考えたんだ」

「それで、どうだったの?」

「大当たりだった。どうやらフォードはマイルズにヨーロッパ部門を任せる約束をしていたらしい。だとすると、君の親父さんが死んで、あの男はでかいチャンスを失ったことになる」

「ということは……」ヴィクトリアはちらりと娘を見やった。

「そう。俺の一押しの容疑者には動機がなかった」

エズメがそわそわと身じろぎした。ヴィクトリアは思わず息をのんだが、ジョンの腕が娘を背後から支えていることに気づいて、密《ひそ》かに胸を撫《な》で下ろした。エズメはじれったそうな表情で母親を見上げた。

「あたし、そのマイルなんとかって人のことはどうでもいいの。ジョンの大事なお話が聞きたいの」少女は膝の間で両手を組み、ジョンに顔を向けた。「ねえ、お話しして」

「そうよ、ジョン」ヴィクトリアは愛想よく言った。「どうぞご遠慮なく」

ジョンは彼女のほうを見ようともしなかった。エズメに視線を据えて、咳払《せきばら》いをした。

「ママから聞いた話を覚えているかな？」

「うん。でも、神様はママに特別な女の子を授けたかったの。パパは君と一緒にいられないって話を？」

よこしたのよ」エズメは母親に視線を転じた。「そうよね、ママ？」だから、私をママのもとに
「ええ、そうよ」

「実にいい話だね」

幼いエズメにはジョンの皮肉がわからなかったかもしれない。しかし、ヴィクトリアにはわかった。彼女は娘の頭ごしにジョンを見つめた。ジョンは三つ編みをひねって、エズメの関心を自分に引き戻した。わけがわからないわ。なぜ彼はこんなに機嫌が悪いの？

「とにかく」ジョンは少女に語りかけた。「神様はいい仕事をした。それで、今度は君にパパを授けることにしたんだ」

「パパ？」

「俺のことだよ。俺が君のパパだ」

エズメは眉間《みけん》に皺《しわ》を寄せた。それから、突然理解したかのように眉を開き、大きくうなずいた。「お芝居のパパね」婚約ごっこの話を思い出し、少女は満足げににっこり笑った。

今度はジョンの眉間に皺が刻まれた。こうして見ると、本当によく似た親子だわ。ヴィ

クトリアは密かに考えた。今まで誰も気づかなかったのが不思議なくらい。

ジョンはしかめっ面をやめ、うなじをさすった。「いや、スウィートハート。本物のパパだ」彼はヴィクトリアに視線を投げた。「知らん顔してないで、俺を助けてくれよ」

誰が助けてあげるもんですか。五分前までは私を出し抜く気満々だったくせに。ヴィクトリアは目を丸くし、猫撫で声で切り返した。「あら、私の助けが必要なの？　私はてっきり、あなた一人で話をしたがっているのかと思っていたわ」

言ったとたん、彼女は後悔した。今は意地悪を言っている場合ではない。我が子の将来がかかっているのだ。実際、エズメは戸惑った様子で母親に顔を向けた。ヴィクトリアは娘の目にかかる癖毛をそっと払いのけた。

「本当よ、スウィーティ。ジョンはあなたの本物のパパなの」

エズメはつぶらな目をしばたたき、ヴィクトリアを見上げた。「でも、どうして今まで来てくれなかったの？」

「ジョンも私もお互いのいる場所を知らなかったの。だから、あなたのことをジョンに教えることができなかったのよ」

いいえ。その気になれば、ロケットを捜すことは可能だった。私は彼のタトゥーを見ていたんだもの。六年前、何度もあのタトゥーをもてあそび、指や舌で輪郭をなぞったんだもの。あの時、私の脳裏に焼きついた言葉。素早く、静かに、容赦なく。第二偵察大隊。それだけわかっていれば、あとはロケットというあだ名を頼りに彼を捜せたはずよ。決まりの悪い思いをするだろうし、一朝一夕というわけにはいかないけど、本気で彼をエズメの人生に関《かか》わらせたいと思えば、そうすることはできたはずだわ。ヴィクトリアは後ろめたい思いでジョンを見やった。

ジョンはじっとエズメを見つめていた。その顔に浮かぶ優しい表情を見ると、彼女の罪悪感はさらに深まった。

「もうずっとここにいるのに」エズメは言った。「どうしてあたしのパパだって言わなかったの？」

「君のママは――いや、ママと俺は――君に話をする前に、俺がいいパパになれるかどうか確かめたかったんだ。俺がだめな奴《やつ》だったら、君をがっかりさせちゃうだろ」

「ジョンはだめな奴なんかじゃない」エズメは憤慨して言った。

「ああ、ママと俺もやっとわかったんだ。俺が……」ジョンはまた咳払いをした。「いいパパになれるかもしれないことが」

ヴィクトリアは胸がいっぱいになった。

エズメもきらきら輝く瞳でジョンを見上げた。「本当にあたしのパパなのね？」

「そうだよ」

エズメは枝の上で体を揺すった。「じゃあ、ずっとママとあたしのそばにいてくれるの？」

「いや！」自分がきつい言い方をしたことに気づき、ジョンは口調を和らげた。だが、決然とした響きは少しも変わらなかった。「いや。俺は君の本物のパパだけど、婚約は本物じゃないんだ。だから、婚約ごっこのことは誰にも内緒だよ」そこで彼はヴィクトリアに厳しい視線を向けた。

ヴィクトリアは頬をぶたれた気がした。そういうことなの。よくわかったわ。私とセックスはしても、結婚する気はない。だから、つまらない期待はするなってことね。

エズメがジョンを質問攻めにしはじめた。ヴィクトリアは惨めな思いを隠し、二人からわずかに身を離して、木の葉の隙間《すきま》から見える父親の新しいオフィスを凝視した。

彼女は気持ちを整理しようとした。だが、様々な言葉とイメージが頭の中で渦を巻き、まともに考えることができなかった。いったい何を驚いているの？　将来を誓い合ったわけでもないのに。でも、ジョンはいつも私を守ろうとしてくれた。それに、私と愛し合う時のあのまなざし。あれはとてもただのセックスとは思えなかった。私だけじゃなく、彼ももっと深い何かを感じていると思ったのに。でも、そうじゃなかった。

胸が痛い。

心が張り裂けそう。

焼けつくような胸の痛みに荒い息を吐きながら南棟の側面を見つめるうちに、ヴィクトリアは奇妙な違和感を覚えた。何か……変だわ。この新しいオフィス、中から見た時とこうして外から見ている時ではどこか印象が違う。胸の痛みを忘れるために、彼女はこの違和感を利用した。建築家の目で検証を始めた。どこかおかしいのは確かだけど、いったいどこがおかしいのかしら。そのことにどんな意味があるのかしら。彼女は建物全体を眺め、窓の中をのぞきこんだ。目分量で計測した。そして、不意に気がついた。

「そうよ。だから、あの部屋に入るといつも妙な気がしたんだわ」ヴィクトリアは娘を振り返った。ジョンと顔を合わせる格好になったが、無理に平静を装った。「スウィーティ、ママは先に下りるわね。あなたも少ししたら下りるのよ。もうすぐお昼の時間だから」ジョンに視線を向けると、またあの痛みがぶり返した。彼女は素早く目をそらし、娘に〝気をつけてね〟と声をかけた。しかし、エズメはすでにジョンとのおしゃべりを再開していた。彼女は苦い思いで木を下りはじめた。一番下の枝まで下りたところで、途方に暮れて地面を見下ろした。

「そこで待ってろ」ジョンの声が降ってきた。「今、手を貸してやる」

「来ないで！」ロケットに触れられたくない。彼の気持ちを知った今は。とっさにきつい言い方をしたヴィクトリアは、それをごまかすために曖昧《あいまい》な笑みを返した。「いいえ、いいの。一人でなんとかできるから」

彼女は足下の枝を見つめ、どうしたものかと考えた。無力な自分を認めたくなくて、必死に知恵を絞った。あなたは賢い人間なんでしょう。これくらいの問題が解けなくてどうするの。彼女は腰を落とし、枝にまたがった。枝に両手と両脚を巻きつけて腹這《はらば》いになり、そろそろと体を下へずらした。

いきなり体がずり落ち、彼女は枝からぶら下がる格好になった。猿みたいに枝にしがみついて。情けないったらないわ。彼女はジョンとエズメの足を見上げた。幸い、向こうからは彼女の姿が見えていないようだった。

だが、一日中ここでこうしているわけにはいかない。ヴィクトリアは枝を握りしめ、足から力を抜いて宙吊《ちゅうづ》りになった。手を離す前にできるだけ足を地面に近づけておこうとした。

少なくとも、彼女の計画ではそうなるはずだった。しかし、自分の腕力を過信していたのか、足を落とすことによって生じるはずみの力を甘くみていたのか、それとも、何かが間違っていたのか。次の瞬間には両手が枝から離れ、地面が真下に迫っていた。彼女は派手な音とともにひっくり返った。

「どうした？」ジョンの声が遠くに聞こえた。

私のことなんてどうでもいいくせに。「なんでもないわ」ヴィクトリアは地面から起き上がり、体についた土を払った。「ちょっと着地に失敗しただけ」ぼろぼろになった威厳をかき集めながら、彼女は足を引き引き家の裏側へ回った。だが、キッチンのドアにたどり着く頃《ころ》には、落下の衝撃を引きずっているだけで、たいした怪我《けが》ではないことがわかっていた。

父親の新しいオフィスへ向かう間に、彼女は荒れ狂う感情を意識の隅に押しやった。気持ちの整理は後回しよ。今は私の推論を確かめなくては。私の考えが正しければ、オフィスの西側の壁は二重構造になっているはずだわ。

ヴィクトリアは問題のオフィスに足を踏み入れた。ずっと心に引っかかっていた何か。ようやくその正体がわかったわ。外側の壁に比べて、内側の壁が短いのよ。今まで意識して見比べたことはなかったけど、ここに来るたびに何かがおかしいとは感じていた。きっと心のどこかでそのことに気づいていたんだわ。

ヴィクトリアはオフィスの壁一面を占める書棚に近づき、じっくりと観察した。きっと何かの仕掛けでこの書棚が動くのよ。どこかにスイッチみたいなものがあるんじゃないかしら。彼女はまず棚の枠の部分を手探りしてみた。少しずつ慎重に手を動かして何もないことを確かめると、次は棚本体を調べはじめた。

棚の奥の板を手探りしていた時、何かが指先に触れた。埋めこみ式のスイッチだった。しかし、そのスイッチを押しても、棚はびくともしなかった。彼女はスイッチを押したま、もう一方の手で棚の内部を探りつづけた。指が側面から上部へ移ったところで、第二のスイッチが見つかった。それでも棚は動かなかった。第二のスイッチを見つけた驚きで、第一のスイッチを押す指から力が抜けていたのだ。そのことに気づいた彼女は、両方を同時に押してみた。

書棚が静かに開いた。

「嘘《うそ》みたい」何かあるとは信じていたけど、実際に目にすると驚きだわ。こういうのは探偵小説の中だけの話で、現実にはないと思っていたのに。

しかし、隠し部屋は確かにそこに――書棚の裏に存在した。奥行き五十センチ足らずの部屋には小さな棚があり、箱が一つのっていた。ヴィクトリアは手を伸ばし、その箱を開けてみた。

思ったとおり、箱の中には行方不明の無記名債権が入っていた。彼女は債権の数字を二度暗算し、出てきた答えに口笛を吹いた。債権を箱に戻し、蓋《ふた》を閉めてから背中を起こした。さて、これからどうしたものかしら？

まずはロケットに報告するべきだわ。今は彼と顔を合わせたくないけど、黙っているわけにもいかないし。鬱々《うつうつ》とした気分で、彼女は箱を元の位置に戻した。

「パパがこれを隠していたということは」気持ちを引き立たせようとして、ヴィクトリアはぶつぶつ言った。「このうちの中に犯人はいないってことよね」

「困ったことになったわねえ」背後で皮肉っぽい声がした。「できれば見逃してあげたいけど、それを資産リストに加えられたら、せっかくの苦労が水の泡になっちゃうのよ」

ぎょっとして振り返ると、すぐそばにディーディーが立っていた。ディーディーは白いテニスウェアに身を包み、いつものハイヒールではなくスニーカーを履いていた。髪はカールして一つにまとめられ、顔にはしっかり化粧が施されている。左右の手首にはダイヤモンドのブレスレットがきらめいていた。

しかし、ヴィクトリアの関心をとらえたのは継母のアクセサリーではなく、その手に握られたナイフだった。彼女はこれほど刃が長く恐ろしげなナイフを見たことがなかった。

しかも、ディーディーは本気でそれを使うつもりのようだった。

28

「あなたが言っているのはこれのこと？」ヴィクトリアは背後の棚に置かれた債権の箱を見やり、改めてディーディーに向き直った。ともすればナイフのほうへ向かいがちな視線を無理やり引きはがし、継母の顔をのぞきこんだ。「せっかくの苦労ってどういう意味なの？」言ったとたんに後悔した。訊《き》くんじゃなかったわ。答えは一つしかありえないのに。それでも、彼女は思わず口走っていた。「そうだったの。あなたが父を殺したのね」

恐怖のせいでかすれた声しか出なかったが、相手には充分伝わったようだった。ディーディーは肩をすくめ、ナイフで手のひらをたたきながら、こともなげに言い放った。「あんたね、自分がどれだけはた迷惑な存在かわかってる？　あたしは完全犯罪をやってのけたのよ。まあ、犯罪は言い過ぎかもね。ある意味、自業自得ってやつだから。とにかく、あたしはうまくやった。一週間後にはここを出て、自由の身になるはずだった。だけど、その計画がすべてぱあ。あんたがあちこちかぎ回って、隠し部屋を見つけたりするからよ。だいたい、なんでこの部屋のことを知ったわけ？」

ヴィクトリアは気を引き締めて説明を始めた。なるべく話を引き延ばし、時間を稼ぐつもりだった。「確信というより勘みたいなものだったの。この部屋に入るたびに、なんとなく……変な感じがしていたのよ。どこが変なのかずっと考えていたわ。色の問題なのか、サイズの問題なのか、それとも――」

「もういいわ」ディーディーが話を遮った。「別に興味ないし。肝心なのは、あんたのせいですべてが台無しになったってこと。ほんと、ついてないったらありゃしない」苦々しげな口調で言うと、彼女はかぶりを振った。その動きに合わせて金色のカールが揺れた。「あんたの父親と結婚した時は、一発当てたと思ったんだけど。お金はいくらでも使えるし、お偉いさんたちとも知り合える。あたし、最高に幸せだったわ。だから、彼に婚前契約書にサインしろと言われても気にならなかった。少なくとも、初めのうちはね」

話すうちに怒りがよみがえったのか、ディーディーは唇をゆがめた。険悪な目つきでヴィクトリアに一歩つめ寄った。

「でも、いったん結婚した以上、あなたは父と暮らすしかなかった」ヴィクトリアはあわてて口を挟んだ。ディーディーに話を続けさせるのよ。彼女がしゃべっている間に、この状況から抜け出す方法を考えるの。「色々苦労もあったと思うわ。父は難しい人だったから」ジョンはどこにいるの？　私が本当に彼を必要としている時に、どうしてここにいないの？

幸い、ディーディーは同情を示されて少し心が動いたようだった。それとも、自分の利口さを誰かに自慢したかったのだろうか。彼女は立ち止まってうなずいた。「そう、あたしはあの屑《くず》野郎と暮らさなきゃならなかった。変な話だけど、あいつの癇癪《かんしゃく》とわがままに耐える覚悟はできてたわ。だけど、親子ほど年の違う男と毎晩寝なきゃならないなんて」ディーディーは身震いした。「ほんと、殺されたほうがまだまし」

その表現はやめてほしかったわ。ヴィクトリアは密《ひそ》かに考えた。〝殺す〟という言葉で自分の目的を思い出したのか、父親の未亡人――父親を殺した犯人は肩をいからせ、さらに一歩前へ出た。

ヴィクトリアは両手を掲げてあとずさった。「あなただって本当はこんなことをしたくはないんでしょう、ディーディー」

意外なことに、ディーディーはまた立ち止まり、しぶしぶといった様子でうなずいた。

「そりゃそうよ。でなきゃ、この部屋に来た時点であんたを刺してたわ。あんたは反吐《へど》が出るほどむかつく女だけど、フォードが死んだあともあたしを追い出さなかった。あたしをここに置いてくれた。もちろん、追い出されたほうが、さっさと債権を持ち逃げできてよかったんだけど」一瞬いらだった様子を見せたものの、ディーディーは肩をすくめて続けた。「とにかく、あんたはあたしに礼儀正しかったわ」

「最初から債権だけ持ち逃げすればよかったのに。なぜ父を殺したの？」

「それ、マジで訊いてんの？　あいつがどんな男だったか、あんただって知ってるじゃない。ある晩、あたしはたまたまあいつがこの本棚を開けてるところを見たの。あとで戻ってきて、あいつが何を隠したか知った時は、金鉱を掘り当てた気分になったわ。だけど、考えてみて気づいたの。あいつはあたしに債権を盗《と》られて泣き寝入りするような男じゃないって。警察に訴えることはできなくても、あいつなら必ず何か手を打つに決まってる。下手したら、殺し屋にあたしを狙《ねら》わせる可能性だってある」言葉を重ねるうちに、ディーディーは明らかに不機嫌になっていった。「それに、あいつは世界中にコネを持ってた。あたしが泥棒だと触れ回るのは目に見えてた。それじゃせっかく債権を持ち逃げしたって、世間のつまはじきにされるだけ。だから、あたしはあきらめたのよ」ディーディーの表情がこわばった。「そしたら、あのディナーパーティの夜、あいつが離婚すると言い出した。あのくそ野郎、あたしに飽きたって言ったのよ。荷物をまとめて、ほかに住む場所を探せ。でも、その前にパーティのホステス役を完璧《かんぺき》にこなせって」ナイフを手のひらにたたきつけながら、ディーディーはヴィクトリアをにらみつけた。「ほんと、冗談じゃないわ。だけどね、計画してああなったわけじゃないの。あたしが図書室に行った時には、あいつは床に伸びてたの。息子に押し倒されたせいでね。で、あいつは意識を取り戻して、あたしに手を貸せと命令した。下僕に指図するような態度でよ。それでまあ……そういうことになったわけ」

ディーディーは嘘《うそ》は言ってない。あれは冷酷な犯行じゃなかったんだわ。だとしたら、まだ希望はあるかも。「だったら、今からでも遅くないわ、ディーディー。債権だけ持って逃げて。私は誰にも言わないから」

ディーディーは目を細めた。「あたしがそんなばかに見える？」

「とんでもない。でも、あなたはお金が欲しくて、私は命が惜しいから——」

「あたしがこの部屋を出た十秒後には、あのイタリアの種馬を呼ぶくせに」

ヴィクトリアの口から苦い笑いがもれた。「あんな人、関係ないわ」

「よく言うわ！」ディーディーは疑心に満ちた視線を返した。「あんたたち、どう見たって深い関係じゃない」

「私もそう思っていたわ。でも、今日ジョンにはっきり言われたの。あれは一時的な火遊びで、もう終わったことだって」継母の顔に浮かぶ決意の表情に気づき、ヴィクトリアはあせって言葉を続けた。「それはそれとして、あなたはなぜ私たちの婚約芝居を後押ししたの？　だって、あなたは知っていたわけでしょう——ジョンがここにいるのは調査のため、ジェイリッドを捜し出し、あの子の容疑を晴らすためだと。秘密を隠している人間にとって、探偵は邪魔な存在だと思うんだけど」

「あれはあたしのミスよ。若くて精力的な男があたしよりあんたを気にしてるのが癪に障ったの。それに、あんたたちはお互いのことで悩んでるみたいだった。で、試しにあんたたちの背中を押してみたら、これが面白くて、すっかりはまっちゃったってわけ。だけど、はまりすぎちゃったのね。あたしはみんなを——特にあんたの探偵を——うまくだましてるつもりだったけど、どこかで計算ミスをしてたんだわ。探偵のほうばかり監視して、あんたに関してはノーマークだった。ほんと、大失敗よ」

ヴィクトリアはこっそりオフィス内を見回した。なんでもいい。どんなものでもいい。

この状況から抜け出すために使えるものはないかしら。「だとしても、すぐに逃げ出さなかったのはたいしたものよ。賢明な選択だわ」

この発言が裏目に出た。ディーディーの表情が険しくなった。「そう。あたしはうまくやってた。あんたがすべてめちゃくちゃにするまでは。無駄話はここまでよ。あたしが誰にも知られずに債権を持ち逃げするためには、あんたに騒ぎ回られちゃ困るの。だけど、ほら、そこに新しい秘密を隠すにはおあつらえ向きの場所がある。いい子だから、あそこに入るのよ」

「わかったわ」ヴィクトリアは両手を掲げて降参のポーズを取った。「なんでもあなたの言うとおりにするから」ここで刺し殺されるくらいなら、息苦しい小部屋に入るほうがましよ。そのうち、誰かが助け出してくれるわ。素直に従うふりをしながら、彼女はわずかにあとずさった。

彼女の考えを読んだのか、ディーディーがにやりと笑った。

ヴィクトリアの足が止まった。「なんなの？」

「言い忘れたけど、その部屋、防音室なのよ」

狭い空間でじわじわと死を迎えることを考え、ヴィクトリアはパニックを起こしかけた。しかし、ディーディーの得意げな表情を見て、なんとか自分を抑えた。「なぜこんなことをするの？　私を傷つけたくないんでしょう？」

「気が変わったのよ。あたしの苦労を台無しにした人間に情けをかけてやる必要はないってね」

「でも、誰かが私を見つけるわ」

「そう思う？　あんた、自分で言ったじゃないの。ジョンとはうまくいってないって。あたしがあの男にあんたは急用でロンドンに戻ったって話したら、どんなことになるかしら？　だけど、あの男、どういうわけかあんたのがきが気に入ってるみたいだし、あたしも心の広い人間だから、あんたの代わりにがきの面倒を見るよう言っといてあげるわ」

ディーディーが言葉を重ねるたびに、ヴィクトリアの怒りと決意が強まった。結局は私を殺すつもりなのね。血は流れなくても、最期まで見届けなくても、これは殺人と同じよ。でも、やっぱりディーディーはあまり利口とは言えないわ。本当に利口な人間なら、ここまで手の内を明かさないもの。ディーディーが余計なことを言わなければ、私はおとなしく隠し部屋に入っていたはずだもの。

「それとも、がきはヘレンに任せるべきかしら」ディーディーは話しつづけた。上手に出てヴィクトリアをいたぶるのが楽しくてしかたないようだった。「だってね、ハニー、あたし、あの男の一部がすごく気に入ってるの。あんたさえいなくなったら、もう邪魔者はいないわけだし」彼女は自分の曲線的な体にゆっくりと手を這《は》わせた。「そうね。本物の女がどんなものか、あの男に教えてあげるのも悪くないかも」

オーケー。ヴィクトリアはつんと顎をそびやかした。もう充分よ！

29

俺《おれ》は女を知りつくしたつもりでいたが、エズメには驚かされてばかりだ。女の子ってのは何かあると親友に報告せずにはいられないもんなのか？　ジョンは苦笑をもらしつつ、レベッカの電話番号をプッシュする娘を残して外へ出た。

今日は俺の人生最高の一日にして最低の一日だった。六週間前、誰かにおまえは父親になって大喜びすると言われたら、俺は笑い飛ばして、そいつに脳の検査を勧めていただろう。ところが、今の俺はどうだ。初めて知る感情の重さに押しつぶされそうになりながら、その感情を楽しんでいる。いや、〝楽しんでいる〟なんてもんじゃない。すっかり有頂天になっている。

でも、俺は今日、自分がトーリを愛していることにも気づいた。そして、深く傷ついた。彼女が俺を愛していないと知って、胸にナイフを突き立てられた気分になった。エズメと記者を見つけた林のほうへ向かいながら、ジョンは鬱々《うつうつ》として考えつづけた。

彼は松ぼっくりを蹴飛《けと》ばした。まあ、いいさ。損をするのはトーリのほうだ。俺のよさがわからないような俗物女なんかくそくらえ。

ただ……その理屈はおかしくないか？　彼は足を止めた。ズボンのポケットに両手を押しこみ、虚空を見つめた。俺が見た限り、トーリは俗物から程遠い。だったら、俺がエズメの父親だと名乗ったと知って、彼女はなぜあんなにうろたえたんだ？

確かに、マスコミ連中があいう情報をほっとくとは思えない。きっと大騒ぎになるだろう。それならそれでいいじゃないか。些細《ささい》なことだ。でも、女ってやつはそういうことに妙に反応するからな。

ジョンは落ち着かなげに肩を回した。いや、些細なこととは言えないか。でも、木の上にいた時もそうだった。トーリは機嫌が悪かった。

もちろん、俺が彼女抜きでエズメに話そうとしたせいかもしれないが。実際、あれは愚かな考えだった。それは俺も認めざるをえない。

トーリはおまえに触れられたくないんだよ、エース。

そうだな。その点は否定できない。トーリは俺に〝来ないで！〟と言った。そのあと適当に言い繕っていたが、拒絶は拒絶だ。彼女は俺の手を借りるより、木から落ちるほうを選んだんだ。

くそ。ジョンは背中を丸め、また別の松ぼっくりを蹴飛ばした。愛なんてろくなもんじゃない。

でも、少なくとも俺にはエズメがいる。彼は向きを変えた。のろのろと家へ引き返しながら、娘との会話を思い返した。

〝ずっとずっとママとあたしのそばにいてくれるの？〟

彼は再び足を止めた。それで俺はなんと答えた？　あの時、俺は虚を突かれた。俺の爆弾発言に対するトーリの反応に傷ついてもいた。だから、ついきつい言い方で否定してしまった。トーリの態度が冷淡になったのはあれからか？

ちくしょう。どうしても思い出せない。覚えているのは自分が不機嫌だったことと、俺が一人でエズメに話そうとしたと知って、トーリがへそを曲げていたことくらいだ。こうなると、もう何がなんだかわからない。

このままずっと何がなんだかわからない状態でいいのか、エース？

ジョンは気をつけの姿勢を取った。いやだ。絶対にいやだ。愛が自分自身を危険にさらすことなら、たとえそれで傷つくことになってもかまうもんか。トーリの気持ちを推測して一人悶々《もんもん》とするくらいなら、当たって砕けたほうがまだましだ。少なくとも、真実を知ることはできる。

決意を新たにすると、ジョンは足を速めた。エズメをヘレンに預けた時、トーリは自分の部屋にいなかった。となると、あそこを捜しても無駄か。そういえば、彼女が木の上で部屋がどうのと言っていた気がする。あの部屋に入るといつも妙な気がしたとか。文脈から考えて、あの部屋というのは俺が使っているオフィスのことだろうか。トーリがあそこに行くとは思えないが、いちおうチェックはしてみよう。

とりあえずの手始めとして。

嫉妬《しっと》がヴィクトリアに新たな力をもたらし、不安と迷いを吹き飛ばした。彼女はすでに覚悟を決めていた。隠し部屋で死を待つよりは、この場で死んだほうがましだと。しかし、ディーディーは大きなミスを犯した。ジョンのことで嘲《あざけ》られては、とても黙っていられなかった。

「ふざけないで」ヴィクトリアは声を張り上げた。「私は一度戦わずにジョンと別れているの。同じ過ちは二度と繰り返さないわ」相手が唖然《あぜん》としている隙《すき》に、彼女は後ろへ下がって棚の箱をつかんだ。それを胸に抱きかかえて、素早く書棚の前へ回りこんだ。これでもう隠し部屋に閉じこめられる心配はなくなったわ。自分とドアの間に立ちはだかる敵を値踏みしながら、彼女は腹をくくった。

ディーディーはののしり合いがしたいのかしら？　いいわ、受けて立とうじゃないの。マナーなんてくそくらえよ。勝負にマナーは関係ないわ。

「ほら、ディーディー。債権はここよ。欲しかったら奪ってごらんなさい――できるものならね」ヴィクトリアは横柄な目つきで相手を眺め回した。「最近少し太ったんじゃない？」

「ちょっと、あんた！　言葉に気をつけなさい。あたしはナイフを持ってるの。なめたら承知しないわよ」

ヴィクトリアはどうでもよさそうに肩をすくめた。「でぶにはナイフが必要よね。私のほうが若くてスリムだし」

ディーディーは何度も口を開け閉めしたあげく、ようやく声を絞り出した。「ばか言ってんじゃないわよ。あたしはあんたとそう年が違わないし、毎日テニスをやってるんだから！」

「テニスねえ。私は毎日五歳児を追いかけているのよ。それに、だらしない女は老けるのが早いと言うわ。ついでにいいことを教えてあげる。私のほうが腕が長いし、あなたみたいなずんぐりむっくりより速く走れるの。さらに重要なのは、私のほうが利口だってこと。それから、おでぶさん――」

「やめてよ、その呼び方！」

ヴィクトリアは肩をすくめた。「あなたが裸の自分を銀の皿にのせて差し出しても、ジョンは見向きもしないわよ。あなたじゃ父の相手がせいぜいね」

ディーディーが金切り声をあげて飛びかかってきた。ヴィクトリアはその攻撃をかわし、軽いステップで書棚から飛びのいた。一方のディーディーはそのまま書棚にぶつかった。書棚が勢いよく閉まり、ディーディーの手からナイフが落ちた。

ナイフを取るべきか、逃げるべきか。ヴィクトリアの心に迷いが生じた。利口が聞いてあきれるわ。彼女は自分を叱《しか》り、とにかく逃げようと決心した。しかし、一秒遅かった。ディーディーがナイフに飛びつくのを見て、彼女は逃げられるうちに逃げておかなかったことを悔やんだ。相手がナイフを握ったら、もう背中は見せられない。ディーディーの手がナイフへ伸びた。ヴィクトリアはとっさに前へ出て、ナイフを蹴った。

それでもディーディーはナイフを放さなかった。寝返りを打って仰向けになり、また蹴られないよう闇雲《やみくも》にナイフを振り回した。ヴィクトリアが後退するのを待って、素早く立ち上がった。私はディーディーの運動神経を過小評価していたようね。ヴィクトリアは小声で悪態をつき、継母に向かって力まかせに箱を投げつけた。

狙《ねら》いは当たり、ディーディーはナイフを捨てて、債権が入った箱をキャッチした。その隙を突いて、ヴィクトリアはドアへ走った。だが、たどり着く前にドアが開き、彼女は何か固いものにぶつかった。

ヴィクトリアの喉から耳をつんざくような悲鳴がほとばしった。長い腕に包まれたとたん、彼女はパニックに陥り、手足を振り回して暴れはじめた。もうだめ。ディーディーには共犯者がいたんだわ。

「トーリ、落ち着け」冷静な声が聞こえた。「俺だよ」

その聞き覚えのある声が、感情を排した口調がヴィクトリアの混乱した意識に届き、落ち着きを取り戻させた。彼女は頭をのけぞらせてジョンの顔を見上げた。愛《いと》おしい顔を食い入るように見つめながら、彼のシャツを握りしめた。「ああ、ロケット。もう二度と会えないと思ってた。ディーディーだったの。ディーディーが父を殺したの。あの人、私が見つけた債権を奪おうとして、私を壁の中に閉じこめようとしたから、私たち、喧嘩《けんか》になって、それで、それで――」

彼女の言葉は説明になっていなかったが、ジョンはすぐに理解したようだった。彼は険しい目つきになり、彼女を脇《わき》にどけて、オフィスの奥へ進んだ。再びディーディーの手に戻っていたナイフをむしり取り、宙に放《ほう》って刃先をキャッチすると、書棚に向かって投げつけた。ナイフは上から二段目の本の背表紙に突き刺さった。それから、彼はディーディーの手首をつかんだ。

ディーディーは彼の日焼けした長い指を見下ろしてから、ゆっくりと顔を上げた。背中を反らして胸を強調し、唇に舌を這《は》わせながら、彼の脇腹を撫《な》でた。「あたし、ここに一財産持ってるの」彼女は脇に抱えた箱を軽く揺すってみせた。「ねえ、ヴィクトリアをなんとかしてくれない？　そうしたら、二人で山分けできるわよ」

「つまり、こういうことか？　君は俺に——」

ヴィクトリアが鼻を鳴らした。「私を殺せと言っているのよ」

「あら、いやだ」ディーディーはジョンに体を押しつけ、無邪気な少女のようなまなざしで見上げた。「あたしがそんなことを言うはずないじゃない。あたしはただ、しばらく彼女を黙らせて、あたしたちが逃げる時間を稼ぎたいだけ。あなたたち、もうなんの関係もないんでしょ？　彼女が言ってたわよ。今日あなたに捨てられたって」

ジョンの視線を受けて、ヴィクトリアはわずかに顎をそびやかした。顔色一つ変えないのね。まあ、事実だから当然だけど。

「トーリがそんなことを言ったのか？」

「ええ。だから、あたしと組まないかと言ってるの。大金と最高のセックスが手に入るチャンスよ」

ジョンは自分にべったりと寄り添う女には一瞥《いちべつ》もくれなかった。「それはトーリの誤解だ。俺はこっちが彼女に捨てられたんだと思っていた」黒い瞳がヴィクトリアの瞳をとらえた。「警察を呼んでくれ、ダーリン。それから、二人できちんと話し合おう」

「何よ！　このくそったれ！」下品な言葉をまき散らしながら、ディーディーは足をばたつかせ、彼の手を振りほどこうともがいた。それでも彼が手を離さずにいると、今度は腕に噛《か》みついた。しかし、ジョンが彼女の手首に何かしたとたん、抵抗は止まった。箱が床に転がり、中身がこぼれた。ディーディーは彼にぐったりともたれかかり、床に散らばった債権を見つめた。彼女の目から涙があふれ、頬を伝い落ちた。

ジョンは茫然《ぼうぜん》と立ちつくすヴィクトリアを振り返り、また同じ言葉を繰り返した。「警察を呼んでくれ」それから、白い歯を見せてにっこり笑った。「ダーリン」

ヴィクトリアは彼の指示に従った。しかし、受話器を握って九一一をプッシュする間も、頭の中では別のことばかり考えていた。ロケットは私が彼を捨てたと思っていたの？　いつ？　私たち、確かに話し合うべきだわ。ジョンのとっておきの笑顔とダーリンという呼びかけを思い返し、彼女は頬を緩めた。

もちろん、これはそう簡単に片づくような状況ではなかった。駆けつけたパトカーのサイレンと、仏頂面のシンプソン刑事らの登場によって、門前の記者たちは騒然となった。

家の中の者たちも何事かと集まってきた。ヴィクトリアはジェイリッドにのみ同席を認め、エズメはヘレンのもとへ、スタッフたちはそれぞれの仕事へ追い返した。それから、ジョンと二人で刑事たちに債権の存在を知った経緯を報告し、さらに隠し部屋を発見するに至った流れを説明して、実際に書棚を動かしてみせた。事情聴取を終えた刑事たちがディーとともに引き揚げると、オフィスにはヴィクトリアとジョンとジェイリッドの三人だけが残された。

ジョンはジェイリッドに向き直った。「まだ訊《き》きたいことはあるだろうが、しばらく君の姉さんと二人きりにしてくれないか？　今すぐはっきりさせておかなきゃならない問題があるんだ」

「いいですよ」ジェイリッドはオフィスを横切り、戸口で彼らを振り返った。最近では彼のトレードマークと化していたしかめっ面が笑顔に変わった。「これってかなりの大ニュースになりますよね」

問いかけとも断定ともつかない言葉に、ジョンはうなずいた。「ああ。これで君は天下晴れて自由の身だ。よかったな」

「はい」ジェイリッドの笑みが顔全体に広がった。「ほんと、よかった」

ドアが閉まると、ジョンは振り返り、ヴィクトリアの頬を撫でた。ざらつく指先の感触が彼女の全身に興奮をもたらした。

「大丈夫？」ジョンが尋ねた。

　ヴィクトリアは無言でうなずいた。

　ジョンはわずかに身じろぎし、ポケットに両手を押しこんで、体を上下に揺らした。

「トーリ、俺を愛してるか?」とたんに彼は顔をしかめ、かぶりを振った。「ごめん。答えなくていい。話を元に戻そう。君がディーディーと争っていたところに俺が入っていっただろう。あの時、俺は君を捜していたんだ」

「私を?」

「ああ」ジョンは二人の距離を縮めた。「今日君を愛していることに気づいたから——たとえ当たって砕けることになっても、そのことを君に告げるべきだと思ったからだ」

　ヴィクトリアの中で、極彩色の花火のように純粋な喜びがはじけた。独立記念日と誕生日と初めてエズメを抱いた時の喜びを一つにまとめて百倍にしたような気分だった。

「俺はいつも女のこととなると慎重に構えていた」ジョンは低くかすれた声で続けた。「でも、君に対しては慎重になりたくない。君が俺の気持ちに応《こた》えてくれなくても、俺には君しかいないことを知ってほしい」

「何言ってるの? 私だって愛しているのに」

「そうでないと、ただの——なんだって?」ジョンの顔にゆっくりと笑みが広がった。

「本当か?」

「ええ、本当よ。ジョン、あなたを心から愛しているの。私はあなたとの間に確かな関係が芽生えつつあると思っていたのよ。だから、あなたがエズに向かってその関係を否定した時は死にたくなったわ」

「俺は君の考えを代弁したつもりだったんだ！　俺がマスコミにエズは俺の娘だと言った時、君はひどく腹を立てていただろう。それで——」

「それはエズにまだ話してなかったからよ。詮索《せんさく》好きな記者にあの子の出生証明書を調べられて、あることないこと報道されたくなかったの」

「ああ、俺もよく考えてみて、その可能性に気がついた。でもあの時は、君が俺を恥じていると思ったんだ。俺みたいな男が子供の父親だということを世間に知られたくないんだと」

ヴィクトリアは前へ出て、彼の胸を手のひらでたたいた。「私がどういう人間か、いつになったらわかるのよ？」

「わかっている、ダーリン。さっき、ようやく気がついた。本当は六年前から直感的にわかっていたんだと思う。君はエリート主義者じゃない。もし俺が君の気に食わないことをしたら、俺のことが嫌いになったら、君ならはっきりとそう言うだろう」ジョンは彼女を引き寄せ、愛おしくも憎たらしい傲慢《ごうまん》な態度で見下ろした。「じゃあ、俺たちは本当に結婚するわけだな？　俺はそうするべきだと思う。それも、なるべく早く」

これが彼なりの謝罪なの？　これがプロポーズなの？　ヴィクトリアは目をしばたたいた。それから、唇の端をゆがめてほほ笑み、彼の首に両腕を絡ませた。まあ、いいわ。この人は遅れて帰ってきた猫みたいなものよ。帰るうちはあっても、野良の精神を忘れない猫。私に愛されていると知って、少しはおとなしくなるかしら。それとも、ずっと半野良のままかしら。とにかく、彼が絵に描《か》いたような家庭人間にならないことは確かだわ。だけど、私はかまわない。大切なのは彼の気持ちだもの。彼は傷つくことを恐れずに私に気持ちをさらけ出してくれた。なんの見返りも求めずに。

ヴィクトリアは素早くキスをしてから身を引いた。「私も早いほうがいいわ。結婚式は盛大にやりたい？」

「勘弁してくれ！　君だってそういうのはいやだろ？」彼女がにんまり笑い返すと、ジョンは目を細めた。「ははん、俺をからかったな。いい度胸だ」

ヴィクトリアの笑みが広がった。「あなたって本当にそういう社交的なことが苦手なのね。でも正直な話、私よりあなたのほうがカントリークラブ向きだと思うけど」ジョンが笑うと、彼女はまたキスをした。長いキスが終わると、彼女は言った。「私は身内だけでささやかにやりたいわ。あなたと私とジェイリッドとエズ。あとは親戚《しんせき》と友人を少々。それならどう？」

「いいね」ジョンはデスクに意味ありげな視線を投げた。抱擁を解いてあとずさり、残念そうに言った。「俺たち、ここを出たほうがよさそうだ。できれば君をそのデスクの上に押し倒したいが、好奇心でうずうずしている子供が二人も待っているからな。あの子らの好奇心を満足させるためにも、家中に聞こえるような騒ぎを起こさないためにも、俺をこの誘惑から遠ざけてくれ」

二人は笑いながらオフィスを出たが、廊下を数メートル進んだところで立ち止まってキスをした。キスが熱を帯びてきた時、ジェイリッドの声が聞こえた。「二人とも、よくやるよ」

ジョンは顔を上げ、ジェイリッドに向かって臆面《おくめん》もなく笑いかけた。「やあ、君に真っ先に知らせたかったんだ。さっき君の姉さんが俺との結婚を承諾したぞ」

ジェイリッドの笑顔がこわばり、瞳に影が差した。彼は姿勢を正し、丁重にうなずいた。「よかったですね。おめでとう。じゃあ、僕はその――新しい学校を探さなきゃ」

ヴィクトリアの胸が痛んだ。ジェイリッドがそう考えるのも当然だわ。パパが結婚するたびに、この子は寄宿学校に追いやられていたんだもの。

しかし、彼女が弟を安心させる前に、ジョンが言った。「ああ、そうするべきだろうな」

思いがけない言葉に、ヴィクトリアはぎょっとして彼を見つめた。「ロケット！」

ジョンは彼女のかたわらを離れてジェイリッドに歩み寄った。自分とそう背丈の変わらない青年の首に腕を回し、頭のてっぺんを指関節でこすった。「ただし、学校探しはデンバーでやれ。君はあそこで俺たちと暮らすことになるんだから」

そうね。ロケットはそういう男よ。私が愛する男。私は彼を愛しているわ。胸が張り裂けそうなくらい愛してる。

子供独特の勘が働いたのか、エズメがばたばたと階段を下りてきた。ほどなく家中の人間が集められ、ディーディーが逮捕された経緯と結婚式のプランを聞かされることになった。続いて、キッチンで婚約祝いのアイスクリーム・パーティが始まった。

ヴィクトリアがようやくジョンと二人きりになったのは、それから一時間半後のことだった。彼女はジョンに続いて彼の寝室に入り、ドアを閉めてから、たくましい腕の中に飛びこんだ。ジョンは笑いながら踊るような足取りでベッドに近づき、二人一緒にマットレスに倒れこんだ。

ヴィクトリアは真剣な面持ちでジョンを見上げた。ジョンは彼女の左右に腕をつき、大きな体を浮かせた。彼の肩から彼女の胸へポニーテールが滑り落ちた。ヴィクトリアはその髪をとらえ、自分の手に巻きつけた。「さっきの騒ぎはほんの手始め。これからはずっとこの状態が続くのよ。それでもかまわない？」

「ああ。俺は家庭の味をよく知らずに育ったから、大いに楽しみにしているよ」ジョンは頭を下げ、彼女の顎に鼻をこすりつけた。「ただし、ダーリン、これだけは忘れるな。君はすべて俺のものだ」

「いいわよ」ヴィクトリアは頭をのけぞらせた。「ねえ、家族を増やすことについてはどう思う？」

ジョンは顔を上げ、彼女を見下ろした。「それはもっと子供が欲しいって意味か？」黒い瞳が輝いた。「賛成だね。大賛成だ。二人で一代王朝を築こう」

「王朝？　大きく出たわね、ミスター・ミリョーニ」ヴィクトリアはウィンクを返した。

「本当にそれだけの覚悟があるの？」

ジョンは彼女と体を重ね、腰を揺すった。

「まあ。覚悟は充分みたいね」

「任せとけ。さっそく始めるか？」

「今から？」ヴィクトリアは太腿を開き、彼と腰を合わせてため息をついた。

「善は急げだよ、ダーリン。俺は何事にも全力でぶつかる主義なんだ。で、一度目が失敗に終わったらどうするか」ジョンはとろけるようなキスをしてから身を引き、彼女と視線を合わせた。その顔には笑みが、黒い瞳には愛情があふれていた。彼女の腫《は》れた唇を撫でる指先は夏のそよ風よりも優しかった。再び顔を近づけると、彼はヴィクトリアの耳元でささやいた。「訓練だよ。訓練、訓練。ひたすら訓練あるのみだ」

エピローグ

気がつくと、ジョンは数時間ぶりに一人きりになっていた。彼は結婚式のレセプション会場として借りた〈ブラウンパレス・ホテル〉のこぢんまりしたバンケットルームの壁にもたれて幸福感に浸った。会場の奥で演奏するカルテットの音楽に合わせて足を鳴らしながら、無人のダンスフロアを眺めた。今、この部屋は閑散としていた。彼の花嫁はほかの女性たちと一緒に席を外していた。さんざん彼を冷やかした親友のクープとザックも、数分前に姿を消した。ふといやな予感がジョンの脳裏をよぎった。あいつら、駐車場で俺《おれ》の車に変なものをくっつけているんじゃないだろうな。トーリと出発する段になって、ばつの悪い思いをするのはごめんだぞ。まったく、がきじゃあるまいし。これならジェイリッドのほうがよっぽど大人だ。

新しい義弟のことを考えていると、本人が目の前に現れた。ジェイリッドは仕立てのいいタキシードに身を包み、これまでに見たこともないような満面の笑みを浮かべていた。前言撤回。どうやらこいつ、早くも俺の悪友どもに毒されたみたいだ。

「あなたの仲間って最高だよね！　ザックから聞いたんだけど、クープはあのジェイムズ・リー・クーパーなんだって？　僕、『鷲《わし》が羽ばたく』を読んだんだ。傑作だよね、あれ？」

「そうだな。あいつの才能はかなりのもんだ」

「かなりどころか。ザックは夜目がきくから、海兵隊でミッドナイトと呼ばれてたんでしょう。で、クープは状況が厳しい時ほど冷静になるからアイス。でも、あなたがロケットと呼ばれてる理由を訊《き》いても、二人とも笑って、本人に訊けと言うだけだった。なんでロケットなの？」

「ロケット並みのお宝の持ち主だからさ」

ジェイリッドは笑った。「またまた。本当の理由を教えてよ」

ジョンはにやりと笑った。わかってないな。事実は小説よりも奇なり、だぞ。でも、ここは適当にごまかしたほうがよさそうだ。「武器に精通していたからだよ」ポケットの中身のことを思い出し、彼は言った。「そうだ、今のうちにあれを渡しておこう」

「あれ？」

「これだ」ジョンはタキシードの内側からカードを取り出し、ジェイリッドに向かって差し出した。「Ｐ・Ｊの居場所を突き止めた。君は興味がないと言っていたが、いつか気が変わるかもしれないし、住所と電話番号くらい知っててもいいんじゃないかと思ってね」

ジェイリッドは受け取ったカードを見下ろした。「Ｐ・Ｊは今、ワイオミングにいるの？」

「ああ。あの子の母親はドライブインで夜勤をやっている」

ジェイリッドはしばらく無言でカードを見つめた。それから、カードをポケットにしまい、ジョンに視線を戻した。「ありがとう」いったん口をつぐんでから、言いにくそうに切り出した。「ロケット、遺言状が検認される前に、僕の受け取り分から百ドルもらえないかな？」

「そいつは無理だが、俺が貸してやってもいいぞ」

「ほんとに？」ジェイリッドは話の落ちを待つかのようにまじまじとジョンを見つめた。

「理由を訊かなくていいの？」

「ああ。君の肩の上には立派な頭がついている。きっとちゃんとした理由があるんだろう」

「そうなんだ」ジェイリッドはうなずいた。「前にデンバーにいた時、ある女性が僕になけなしのお金をくれた。僕がイラクで戦死した息子に似てるからって理由だけで。その人にお金を返したいんだ」

「その人に百ドルもらったのか？」

「ううん、三ドル。でも、彼女の財布をのぞいたら、もともと五ドルしか入ってなかった。そんな人をだますなんて僕は最低の人間だと思った」

「いい心がけだ。借金の話はなしにしよう。今すぐ小切手を書いてやる。その女性に対する君の姉さんと俺からのささやかな感謝の気持ちだと思ってくれ」ジョンは内ポケットから小切手帳を引っ張り出し、金額を書きこんだ。そのページを切り取って、義弟に手渡した。

ジェイリッドは小切手をポケットに押しこんだ。「ありがとう」少しためらってから彼は言った。「トーリがあなたと結婚して本当によかった」

「それはお互い様だ、相棒。俺も君という弟ができて嬉《うれ》しいよ。君は見どころのある奴《やつ》だ」

ジェイリッドは複雑な表情になった。自分が認められた喜びと、今にも泣き出してしまうのではないかという不安がせめぎ合っているようだった。幸い、彼の不安が現実になる前に、エズメの興奮した声が聞こえてきた。「ねえ、パパ。あたしを見て！」

ジョンは声のするほうを振り返った。エズメはクープに肩車されていた。大男のつんつんに逆立てたブロンドの髪を両手で握りしめ、はるか遠くにある床に少しびくつきながら、自分のフリルつきの靴下を見下ろしていた。癖のある髪を後ろに垂らし、小さなパーティドレスと革靴でめかしこみ、瞳を輝かせている娘の姿と〝パパ〟という呼びかけが、ジョンの胸を締めつけた。「ああ、見ているよ。そのでかいおじさんをどうやって丸めこんで、肩に乗っけてもらったんだ？」

「ミスター・ブラックストックが乗れって言ったの！　あたしより少し大きな姪《めい》がいて、その子、リジーっていうんだって。いつかみんなで遊びにおいでって！」少女はブロンドの髪にしがみつき、身を乗り出して、クープの顔をのぞきこんだ。「もう下ろして、ミスター・ブラックストック」

「クープと呼んでほしいな、おちびさん」クープは頭上に両手を伸ばし、少女を抱えて床に下ろした。腰を折り曲げ、真剣な表情でパーティドレスの乱れを直した。

エズメはにっこり笑った。「肩車してくれてありがとう、ミスター・クープ。すごく楽しかった！　レベッカとフィオーナ叔母ちゃまに教えてあげなきゃ」少女はすみれ色のドレスの裾《すそ》と白いペチコートを翻し、部屋の反対側へ駆けていった。

数メートル先で立ち止まってそれを見ていたヴィクトリアが、二人の男に近づいてきた。

「あなたのお友達は本当にいい人たちね、ジョン」

「やあ、おかえり！」ジョンは振り返り、花嫁をかたわらに引き寄せた。顎でベールを押しのけて、彼女の耳に鼻を押しつけた。「このほうがいい。十分ぶりかな。そろそろ撤退しようか。どこに行ってたんだ？」

「ロニーやリリーとおしゃべりしていたのよ。恥ずかしい話だけど、私、最初はリリーに対して少し腰が引けていたの」

クープがにやりと笑った。「あのマリリン・モンローみたいな髪と罰当たりな体のせいだろう」

ヴィクトリアは彼に笑みを返した。「ええ。まさにセクシー・ダイナマイトって感じでしょう？　普通の状況ならなんとも思わないんだけど……ディーディーのことはもうご存じよね？　リリーはディーディーに似ているの。もちろん、洗面所であなたの奥さんの世話を焼いているリリーを見たら、共通するのはセックスアピールだけだとすぐにわかったわ。リリーは本当にいい人よ。それに、とても親切だわ」

クープの眉間《みけん》に皺《しわ》が寄った。「ロニーは具合が悪そうだった？」

「ええ、まあ」ヴィクトリアはクープの腕に手を置いた。「吐き気の合間にあなたをこき下ろしていたけど、これはおめでたいことよね」

「おまえ、父親になるのか？」ジョンは友人の肩をたたいた。「すごいじゃないか。おめでとう、アイス！」

クープは誇らしげな表情を浮かべつつも、婦人用の洗面所のほうへ気遣いの視線を投げた。「ありがとう。俺たちも楽しみにしているんだ。ただ、ロニーのつわりがひどくてね。そろそろ安定期に入るから、あとちょっとの辛抱だと思いたいが」不意にチョコレート色の瞳を輝かせると、彼は断りを入れて、ヴィクトリアのかたわらを通り過ぎた。

肩ごしに振り返ったヴィクトリアは、今話題にしていた女性がこちらへ向かってくるのに気づいた。

「やあ、スウィートピー」クープは妻にささやいた。「もう平気なのか？」

「ええ」ロニーは汗ばんだ額からつややかな黒髪を押しのけて微笑した。「だいぶ楽になったわ」

「でも、顔色が悪いぞ」

ジョンは友人をいぶかしげに見やった。「なんで顔色が悪いとわかるんだ？」

ヴィクトリアは新郎の脇腹《わきばら》を肘でつついた。でも、気持ちはわかるわ。ロニーは本当に色白だもの。さっきの彼女と今の彼女の顔色がどう違うのか、私にも区別がつかないわ。バンドがジャズを演奏しはじめたあたりで、パムとフランクが話の輪に加わった。パムとロニーがつわりの苦労話に花を咲かせ、ヴィクトリアがリリーに最近購入したばかりのデンバーの家について説明していた時のことだった。突然、リリーが視線を脇へそらし、あんぐりと口を開けた。

「何よ、あれ？　嘘《うそ》みたい！」

振り返ったヴィクトリアは、ジョンのオフィス・マネージャーとダンスに興じるザックの姿を発見した。長身で黒い髪をしたリリーの夫はガートを半回転させ、揃《そろ》って左足を前へ蹴《け》り出した。それから、再びガートを引き寄せ、複雑なステップを踏みながら頬と頬を合わせた。

ヴィクトリアは口元をほころばせ、ザックの妻や友人たちに視線を戻した。ほかの者たちも皆笑っていた。ダンスが終わると、ジョンとクープは足を踏み鳴らし、歓声をあげて称賛した。

ザックは敬礼でそれに応《こた》え、ガートとともに友人たちのいる場所へやってきた。そして、ぽかんと開いたままの妻の唇に素早くキスをした。「スウィーティ、悪いが離婚してくれないか。俺はガートとジャマイカに駆け落ちする」

「年寄りをからかうんじゃないわよ、坊や」ガートはザックをはたき、まんざらでもない表情で青い髪を撫《な》でつけた。「あたしのペースメーカーはこれが限界ね」

全員が笑ったが、リリーだけはまだ唖然《あぜん》としてザックを見つめていた。「いつのまにダンスを習ったの？」

「毎週火曜日の夜は特殊作戦コースを教えていると言っただろう。実はあの時間にレッスンを受けていた。君が俺もダンスができたらいいのにと言ったから一念発起したのさ」ザックは妻の頬をそっと指先で撫でた。「君をびっくりさせたくてね」

「びっくりしたなんてもんじゃないわ。ほんとに踊ってるんだもん！」リリーは夫の手をつかんで引っ張った。「次は私が相手よ。ほかにどんなダンスを習ったか、たっぷり披露してちょうだい」

あとから話の輪に加わったジェイリッドが、ザックの後ろ姿を目で追った。「彼は教官なの？」そう尋ねる声にはかすかな幻滅が感じられた。

「誰でもいつかは一線から退く日が来る」クープがぴしりと言った。「それに、あいつはただの教官じゃない。キャンプ・レジューンのＭＯＵＴ訓練所でも一、二を争う優秀な指導教官だ」

「ＭＯＵＴってなんですか？」ジェイリッドは尋ねた。

「市街地戦闘だよ」ジョンが説明した。「現代の戦闘は市街地で繰り広げられるケースが増えている。海兵隊の戦闘研究所は新しい戦術と実験的技術を実地検証するために市街地戦闘員プログラムを設けているんだ。ザックは来年除隊するから、その前にみんなでノースカロライナを訪ねて、自分の目で確かめてみるか？　きっといい経験になる」

ジェイリッドの瞳が輝いた。「ほんと？」

「本当だ」ジョンはうなずいた。

「ああ、あれはすごいぞ」クープが自分が見学した時の経験談を語り出した。しまいには男三人でカーペットに腹這《はらば》いになり、演習の実演が始まった。

大人の男たちに交じって幸せそうにしている弟を眺めながら、ヴィクトリアは幸せを噛《か》みしめた。こんな幸運があっていいのかしら。私はただ一人愛した男の心を手に入れた。エズメには父親ができ、ジェイリッドにも兄ができた。そのうえ、私たち三人にこんなすてきな仲間ができた。

寝返りを打って上体を起こしたジョンが、彼女の視線に気づいて、照れ臭そうににやりとした。「海兵隊は辞められても、海兵隊魂は捨てられないってね」彼は勢いよく立ち上がり、ヴィクトリアに歩み寄ると、白いベールをもてあそんだ。「今日の君は本当にきれいだ。でも、今夜はこれだけを身にまとった君が見たい」サテンとレースのドレスに手を這わせながら、彼は唇の端をゆがめて苦笑した。「といっても、この下には白いストッキングやら靴やらも履いてるんだろうが」

「ああ、ジョン、心から愛しているわ」

「おいおい、どうした？」ジョンは彼女の頬を濡《ぬ》らす涙を指先でとらえ、そのまま自分の口へ運んで味わった。少し膝を折り曲げて、彼女の顔をのぞきこんだ。「女ってやつはすぐおセンチな気分になるんだな」

ヴィクトリアは彼の腕をぶった。「これだから男はだめなのよ」

「俺は男でよかったよ」ジョンは彼女の手をつかみ、薬指にきらめく三粒のダイヤモンドを親指でなぞった。「君に涙目を見られずにすむから」しかし、愛情深いまなざしでヴィクトリアを見下ろす黒い瞳は、その言葉を裏切るものだった。次の瞬間、ジョンはにやりと笑い、彼女を抱き上げてキスをした。「でもダーリン、こう考えてごらん。君には俺のだめなところを直す時間が何年、何十年もあるんだと」

訳者あとがき

スーザン・アンダーセンはユーモラスでセクシーな作風で注目を集めるアメリカの作家です。本作は『この賭《かけ》の行方』と『氷のハートが燃えるまで』に次いでMIRA文庫でご紹介する彼女の三つ目の作品で、〈マリーン・シリーズ〉の三作目に当たりますが、実はこのシリーズ、一、二作目は他社から刊行されています。そのあたり、少々複雑で申し訳ないのですが、どうかお間違えなきように。

〈マリーン・シリーズ〉は海兵隊第二偵察大隊で絆《きずな》を育《はぐく》んだ男たちの物語です。一作目のヒーロー、クープは弟が殺人事件の容疑者となり、二作目のヒーロー、ザックは妹が誘拐事件に巻きこまれ、それぞれが家族を救おうとする中で運命の女性に出会います。その両作品に海兵隊上がりの私立探偵として登場していたのが本作のヒーロー、ジョン・ミリヨーニです。

ジョンはある身体的特徴からロケットとあだ名された男。かつてはそれを武器に浮き名を流していましたが、トーリという女性と出会ったことをきっかけに生き方を見直し、海兵隊を辞め、私立探偵を生業《なりわい》とするようになりました。そして六年後、彼のもとに事件の調査依頼が舞いこみます。依頼人はあのトーリ。ジョンは運命の女性との再会を喜びますが、それもほんの一瞬のことでした。衝撃の新事実、難航する調査、自分自身の過去。体力勝負で生きてきたジョンは面倒な状況に追いこまれ、またしても生き方の見直しを迫られます。はたして彼はこの新たな転機をどう乗り越えていくのでしょうか。

本作ではストリートチルドレンの実態も描かれています。謝辞を見ていただければおわかりでしょうが、作中に出てくる〈スタンドアップ・フォー・キッズ〉はアメリカに実在する支援団体です。家族と離れ、社会からも見放された子供たちが何に苦しみ、何を喜びとして生きているか。ともすれば暗くなりがちなテーマでも、決してユーモアを忘れないところが、さすがスーザン・アンダーセンですね。

なお、アメリカではすでに本作の続編が刊行されています。主役はもちろんあの二人。スーザン・アンダーセンは本作を執筆するうちに、どうしてもこのカップルのことを書きたくなったのだとか。近いうちにMIRA文庫でご紹介できると思いますので、こちらもどうぞお楽しみに。

二〇〇九年十月

平江まゆみ

訳者　平江まゆみ

1959年生まれ。熊本県出身。上智大学文学部新聞学科卒。主な訳書に、クリスティーナ・ドット『幸せを売る王女』、M・J・ローズ『記憶をベッドに閉じこめて』、キャンディス・キャンプ『過去の眠る館』『遠い夢の秘宝』（以上、MIRA文庫）がある。

プラムローズは落とせない

2009年10月15日発行　第1刷

著　　者／スーザン・アンダーセン

訳　　者／平江まゆみ（ひらえ　まゆみ）

発 行 人／立山昭彦

発 行 所／株式会社 ハーレクイン
東京都千代田区内神田1-14-6
電話／03-3292-8091（営業）
03-5309-8260（読者サービス係）

印刷・製本／凸版印刷株式会社

装 幀 者／中野弥生

ISBN978-4-596-91384-5

この賭の行方

スーザン・アンダーセン
立石ゆかり 訳

ギャンブラーのジャックスは、ある目的のため、偶然を装いダンサーのトリーナに近づくが…。ラスベガスを舞台に、熱く激しい恋のゲームが始まる！

氷のハートが燃えるまで

スーザン・アンダーセン
立石ゆかり 訳

愛犬たちとシングルライフを楽しむカーリーの生活に異変が！ 隣の部屋に、セクシーなのに性格は最悪の同僚が越してきたのだ。『この賭の行方』関連作。

デザートより甘く

キャンディス・キャンプ
高木しま子 訳

料理研究家のマレッサは風変わりな芸術家一家を束ねるしっかり者。弟の婚約者の父で実業家のリンを空港に出迎えた彼女は一瞬にして恋に落ちるが…。

さよなら片思い

キャンディス・キャンプ
鹿沼まさみ 訳

10年間ボスに片思いをしてきたエミリーは、恋人を持たぬまま30歳に。誰にも愛されないと嘆く彼女にボスがくれた誕生日プレゼントは、彼との一夜だった！

言えないことば

ジュディス・マクノート
江田さだえ 訳

美貌と経済力に恵まれた女性ケイティの前に現れたのはハンサムなラテン系の男。強引な彼に惹かれるものの家柄の違いや辛い過去が彼女を躊躇させて…。

レイクショア・クロニクル
あの頃、憧れは遠くに

スーザン・ウィッグス
加藤しをり・京兼玲子 共訳

ロークはジェニーの窮地を知り駆けつけずにいられなかった。たとえ悲しすぎる過去が二人を遠く隔てていても…。懐かしさと切なさが溢れるシリーズ第2弾。